Nerea Vara

PRAZERES VIOLENTOS

TRADUÇÃO
Rafael Otatti

ubook ubk Publishing House

Este livro contém conteúdo sensível em relação à abuso sexual

Publicado mediante acordo com Nova Casa Editorial, Espanha. Edição original do livro, *Placeres violentos*, publicada por Nova Casa Editorial.

COPIDESQUE Rowena Esteves
REVISÃO Juliana Rocha | Mario Felix
PROJETO GRÁFICO Bruno Santos
CAPA China Yanly
ADAPTAÇÃO DE CAPA George Lima

Dados Internacionais de Catalogação na Publicação (CIP)
(Câmara Brasileira do Livro, SP, Brasil)

Vara, Nerea
Prazeres violentos / Nerea Vara ; tradução Rafael Ottati. -- Rio de Janeiro : Ubook Editora, 2019.

Título original: Placeres violentos.
ISBN 978-85-9556-087-1

1. Ficção espanhola I. Título.

19-28785 CDD-863

Ubook Editora S.A
Av. das Américas, 500, Bloco 12, Salas 303/304,
Barra da Tijuca, Rio de Janeiro/RJ.
Cep.: 22.640-100
Tel.: (21) 3570-8150

Para as pessoas que ainda acreditam no poder do amor.

Prólogo

HELL

— Venha aqui, garoto. — A voz severa pede. Olho para o homem que sou obrigado a chamar de pai com o canto do olho.

— O que foi? — respondo sem vontade alguma enquanto me aproximo dele arrastando os pés. Nada de bom sai daquela boca.

— Se eu descobrir que você chegou perto daquele covil novamente, vou esquecer que você é meu filho. Entendeu? — Ele aponta para mim com o pente da arma em que está introduzindo as balas.

— Não me dê sermões. A esta altura do campeonato você não vai me dizer onde eu posso ir ou não.

— Você está avisado. E o mesmo vale para você — acrescenta e olha para Nathan. — Responda se entendeu ou não. — Ele levanta o dedo para nós.

— Sim, senhor — responde meu irmão.

— Hell — insiste ele, fixando os olhos em mim.

— Sim. Já posso ir? Tenho muito o que fazer.

— Não.

— O que foi agora?

— Vá buscar sua irmã — ele ordena, com sua voz autoritária. — Eu disse a ela para voltar antes das onze, mas como sempre **não me deu ouvidos**. — Ele dá uma olhada em seu relógio.

— Eu não sou a babá dela — comento, sabendo que, por mais que eu reclamasse, ele não desistiria. — Mande o Casper.

— Casper está lidando com assuntos importantes. Não me desobedeça, garoto. Vá logo. E você. — Meu irmão para antes de sair pela porta. — Vá com ele.

— Passo, vou ficar aqui — responde Nate, tomando outro gole de uísque.

— Não, você vai acompanhá-lo. Vão buscar a merda da sua irmã, já! — ele exclama, batendo na mesa do escritório.

Quando V diz alguma coisa, não há Deus no céu, nem diabo no inferno, que o faça mudar de ideia. Por que eu ainda não saí de casa? Simples, por dois motivos: o primeiro, somos uma família e família é sagrada. Você não a abandona, não a deixa na mão e nem a trai. Três valores que meu pai ensinou a meus irmãos e a mim: lealdade, comprometimento e segurança. E o segundo motivo? Bem, tem muita gente querendo me ver morto para eu me arriscar e deixar a morte me alcançar mais uma vez. Digamos que minha cabeça está à venda e a cada bala que disparo o preço aumenta.

— Coloque no viva-voz — peço ao meu irmão quando já estamos no carro, ligando para Sasha.

— O que você quer? — A princesinha da mansão responde ao quarto toque.

— Saia daí e me espere na entrada — falo em uma voz calma.

— Não fode, Hell. Nós vamos ver um filme e depois vou pra casa. — Pelo tom de sua voz, percebo que ela não está disposta a facilitar.

— Não fode você. Se não sair quando eu chegar, vou escrever o meu nome nas suas malditas cabeças. Especialmente na do seu namorado.

— Que inferno — responde com raiva. — Já estou indo.

— Ela vai estar insuportável, que merda. — Meu irmão aumenta o volume da música.

— É, eu sei. Espero que ela **não** esteja do lado de fora quando chegarmos, só para eu entrar e quebrar a cara daquele babaca. — Nós dois rimos enquanto eu piso no acelerador do meu carro 4x4.

HOPE

— O senhor pode começar — digo ao padre.

— Não vem mais ninguém?

Eu me permito observar ao redor por um momento, mas não há ninguém exceto os trabalhadores do lugar.

— Não — respondo com resignação.

Vejo dois homens jogando terra sobre o túmulo da minha avó enquanto o padre faz seu sermão. O dia não poderia estar mais cinzento, combinando com o meu estado de espírito que não me deixa levantar a cabeça. As lágrimas mal me deixam ver o último resquício marrom do caixão antes que a terra o cubra completamente. Antes que minha avó seja enterrada por toda a eternidade.

Sozinha. Foi assim que eu fiquei. Sozinha e com noventa dólares na carteira. Na verdade, eles estão no bolso de trás da minha calça jeans, que é a única que me resta. O que devo fazer agora?

Katherine Hope Kerrington. Essa sou eu. Pelo menos é o que está escrito na minha certidão de nascimento, embora não ficaria surpresa se fosse falsa. Como tudo na minha vida. A única coisa verdadeira que me restava era minha avó e a perdi. É uma coincidência que ela tenha tido um ataque cardíaco dois dias depois do incêndio em nossa casa? Agradeço a Deus porque pelo menos ela não sofreu.

Mas e agora? É o que tenho me perguntando nos últimos três dias, em que dormi na rua. Vale a pena viver? Eu não sei, a verdade é que não há nada que me motive. Nada que me encoraje ou me faça querer continuar viva. Passei os últimos cinco anos cuidando dela e vivendo da pensão que lhe davam. Agora não tenho mais nada. Por que eu não trabalho? Bem, eu não terminei o ensino médio e eles pedem o diploma para qualquer cargo, então eu estou completamente fodida.

— Moça. Ei, oi — diz uma garota morena. — Estou falando com você. O que você está fazendo aí deitada?

— Eu... — Olho ao redor, vendo o papelão em que estou deitada. — Bem, só me resta viver na rua e eu não sei...

— Levante-se — ela me interrompe, estendendo a mão para mim. — Meu nome é Bárbara. Você tem um nome? — ela pergunta, vendo que eu não respondo.

— Me desculpa, meu nome é Hope.

— Hope, seu nome significa "esperança", né? É o que nos falta ultimamente... esperança.

— Eu não tenho muita sobrando — confesso, olhando para o chão.

— Isso está prestes a mudar. — Ela pisca para mim e enrosca seu braço no meu.

I

HELL

Eu me aproximo da casa daquele riquinho enquanto termino de fumar meu segundo cigarro. Nate digita alguma coisa em seu telefone, acho que está dizendo aos seus amigos que V o proibiu de sair novamente. Não é a primeira vez que nos manda vir procurar nossa irmã, ela geralmente escapa com facilidade...

— Ligue para ela. — Estaciono o carro do outro lado da rua, na frente da casa do namorado.

— Droga, por que eu? — ele reclama, saindo do carro.

— Porque se eu ligar e ela não sair, vamos ter problemas. — Tomo um pouco de água da garrafa que guardo no porta-luvas e me inclino sobre o painel do carro, pegando outro cigarro. — Vamos, o que está esperando? — murmuro com o cigarro nos lábios.

Meu irmão bufa e obedece. Ele se afasta alguns metros, eu o vejo gesticular, movendo os braços, provavelmente porque Sas se recusa a obedecer. Retorna alguns segundos depois, com o telefone na mão e uma sobrancelha arqueada.

— Ela mandou a gente se foder. — Eu sorrio e ele faz o mesmo. Atravessamos a rua até a casa dos ricaços e tocamos a campainha com tranquilidade.

— Papai vai nos matar por isso — diz Nate, sorrindo.

A porta se abre e uma garota nos recebe. Ela não é mais velha que minha irmã, mas é muito bonita. Embora não mais que Sasha, isso seria impossível.

Ao longo dos meus vinte e quatro anos, já vi muitas mulheres, muitas mesmo. Bem mais do que você poderia imaginar. O motivo? As redes de prostituição do meu pai. Sim, não estou brincando.

Vladimir Ivankov. Eu vou te contar a história dele...

V é o mais novo de cinco irmãos, todos já morreram. Ele cresceu em Rijskaia, Moscou, nas mãos do homem mais poderoso que você poderia ouvir falar: meu avô. Eu não vou dizer o nome dele, não faz diferença, e além disso ele também já morreu. V cresceu cercado por prostitutas, traficantes, assassinos e viciados em drogas. Meu avô tinha tanto dinheiro que não tinha como contar. Mas quer saber? Meu pai tem ainda mais. Quando o velho morreu, V assumiu todos os seus negócios, que incluíam tráfico humano, lavagem de dinheiro, extorsão, sequestro, prostituição, entre outros. Em poucas palavras, ele se tornou o chefe dos chefes. E o que isso significa? Inimigos. Muitos inimigos.

Como se isso não bastasse, V tinha dezessete anos na época e um filho, eu. Mas o que aconteceu com sua mãe? Você deve estar se perguntando. Bem, ela morreu com uma bala na cabeça quando eu tinha dois anos de idade. Esse foi o momento que meu pai se transformou. Foi o momento em que Vladimir Ivankov deixou de ser um garoto mimado com negócios que ele não sabia administrar, para ser um rapaz cego de raiva. Cego de raiva e com a ideia fixa de acabar com toda a família que matou a mamãe. E fez isso. Quando terminou com eles, decidiu que era hora de dar mais um passo e expandir, então nos mudamos para o Bronx.

Casper veio com a gente. Ele é o segundo no comando, o braço direito do meu pai. Ele é um fantasma. Está sempre pronto e até parece ser um cara amigável, mas atira em você antes que consiga piscar e pronto, desaparece.

Dois anos depois de chegar em Nova York, amedrontando toda a cidade com apenas dezenove anos, V conheceu Beatrice. Uma garota teimosa, mas com uma beleza incrível. Eles se casaram em dois meses e em quatro meses ela estava grávida de gêmeos. Foi assim que Nathan e Natasha Aleksandra entraram na minha vida, mas minha irmã odeia o seu nome, então a chamamos de Sasha. Ela tem vinte anos, mas não se deixe enganar pelo seu rostinho bonito de quem nunca quebrou um único prato em toda a sua vida. Está bem, sobre pratos eu não sei se já quebrou algum, mas narizes e corações, com certeza já quebrou aos montes. É ainda mais bonita que sua mãe e tem mais caráter que seu pai, então você pode imaginar como ela pode ser temperamental e teimosa.

Quanto a Nate, ele é uma cópia minha, apenas quatro anos mais novo. É corajoso, seguro de si e não tem medo de nada. Um ano atrás, foi baleado pela primeira vez, no clube que V nos proibiu de frequentar. Nem mesmo piscou. Entrou no carro, pegou o álcool e os curativos que eu sempre levo no porta-luvas, e ele mesmo tirou a bala da perna. *Acho que está na hora de você me dar uma arma*, foi o que disse depois de tomar um gole da garrafa que eu passei para ele.

Foi aí que tudo começou. Mas ainda temos muito tempo, então vou contando aos poucos.

— Olá, linda. Qual é o seu nome? — diz Nathan para a garota que abriu a porta, mostrando seu sorriso mais sedutor.

— Natalie. E não se esforce, seu charme não me impressiona — ela responde, impedindo-nos de passar.

— Então vamos parar de bobagens — eu digo, afastando-a descuidadamente. — Sasha!

— Deus! Que porra você quer! — Minha irmã aparece no corredor com o namorado atrás.

— Você. No carro. Agora. — Pronuncio cada palavra com seriedade, deixando claro que não estou aqui porque quero.

— Eu a levo mais tarde — diz o namorado, com arrogância. Esse mauricinho acabou de cometer um grande erro.

Eu ando até seu namorado, mas minha irmã fica no meio e, olhando para mim com raiva, coloca as mãos no meu peito.

— Nathan! — grita ela, me empurrando de volta. — Porra, me ajude a convencê-lo! — resmunga, sem sair do lugar.

— Entre na porra do carro, Sas. Papai já acabou com a minha noite para eu vir te buscar, então não me provoque. — Eu sorrio com a resposta do meu irmão e pisco para o namorado dela, que parece estar se decidindo se vai me confrontar ou fugir.

— Vocês vão se arrepender por isso, vocês dois, não vou me esquecer disso — rosna antes de se virar. — Me dê um minuto que ela já vai — diz sem olhar para nós.

— E eu tenho cara de quem dá um minuto para alguém? — pergunto sem levantar a voz.

— Agh! — Ela agita as mãos e dá um beijo rápido no idiota antes de sair correndo da casa.

Nathan e eu permanecemos alguns segundos lá dentro, para ter certeza de que nem o riquinho nem seus amigos iriam pensar em nada para impedir que Sasha viesse conosco. Mas eles sequer se mexem. Nós nos viramos e atravessamos a rua de um jeito descontraído, observando Sas sentar no banco traseiro do 4x4 e bater a porta. Nate e eu ficamos do lado de fora para terminar o cigarro e irritá-la, um dos nossos passatempos favoritos.

— Por que você me fez sair tão cedo?! — exclama, abaixando a janela traseira.

— Já te disse. — Nate ri e balança a cabeça.

— Nós já vamos, não fique chateada ou seu cabelo vai cair. — Finjo preocupação e dou umas tragadas rápidas no cigarro antes de entrar no carro.

— Vão se foder.

— Isso não teria acontecido se às onze horas você estivesse em casa, como papai mandou. — Nate se vira e a observa, achando graça.

— É injusto que eu tenha que estar em casa na hora em que você costuma sair!

— A vida é injusta — eu digo, mantendo os olhos na estrada.

— A mamãe me disse...

— A mamãe não manda em nada — seu irmão gêmeo a interrompe. — Então nem comece.

Ela grita de frustração e se joga no banco de trás, colocando os saltos agulha no meu apoio de braço. Ela sabe que eu odeio quando faz isso.

— Tire seus pés daí — ordeno. Ela me desafia com os olhos no espelho retrovisor, mas não leva cinco segundos para obedecer. — Você não tinha terminado com esse babaca? — pergunto, procurando por seu olhar.

— Ele me deu isso aqui e eu não pude recusar. — Ela se inclina e estende a mão com satisfação entre os dois bancos da frente para vermos.

— Quantos quilates tem? — Nate pergunta enquanto segura a mão para observar o anel.

— O suficiente para você o aguentar por mais um mês. — Ela ri.

Nathan e eu também rimos, enquanto avanço com o carro pela estrada em alta velocidade.

Eu amo minha irmã mais do que tudo neste mundo, assim como amo seu irmão gêmeo, mas se fosse apenas mais uma mulher na minha vida eu certamente me distanciaria o máximo possível. É adoravelmente manipuladora e perigosa. Lúcifer em sua versão feminina.

Quando chegamos à nossa propriedade no Bronx, Boyd abre o portão de metal externo para entrarmos. Eu aceno e vou com o carro até o portão interno, do qual George é o responsável. Acha dois portões exagero? Eu riria, mas não é engraçado.

Assim que estaciono ao lado do BMW que comprei semana passada, Sasha sai e caminha até o canto do prédio maior, abaixando-se quando passa em frente às janelas do escritório de seu pai.

— Quando você cair e desfigurar esse rosto, não me venha chorando para levá-la para consertá-lo — falo enquanto a vejo subindo com agilidade pela fachada.

Ignorando que usa saltos tão altos quanto o Everest, coloca um pé na janela do quarto dos fundos, toma impulso e apoia o outro no galho da árvore que ela mesma mandou plantar. Esticando-se, segura a borda do telhado que dá para a janela do seu quarto. De lá de cima ela se volta para nós, sorrindo, e nos mostra com elegância o dedo do meio e entra em seu quarto pela janela que, muito convenientemente, deixara aberta.

Meu irmão e eu entramos pela porta da frente. Deixo minha jaqueta pendurada no cabideiro e vou para o escritório do meu pai, para ver se é possível que finalmente me deixe em paz por hoje.

— Ela já está no quarto, estou saindo — digo, aproveitando que ele está ao telefone.

— Espere — diz à pessoa do outro lado da linha. — Onde você vai?

— Eu disse que tinha coisas para fazer.

— Também estou indo. — Nate bota a cabeça na porta.

— Preciso de vocês dois amanhã às oito. — Seu olhar nos avisa que ele não está brincando e que não podemos perder a hora.

— Espero que seja às oito horas da noite. — Rio, mas fico sério de novo quando meu pai olha para mim de forma severa. — Às oito horas, está ok.

— Hell — ele me chama quando estou prestes a sair. Eu olho para ele. — Não pegue o BMW, ainda temos que blindá-lo.

— Ok.

HOPE

Bárbara está me levando por ruas cheias de mendigos, prostitutas e viciados em drogas. Eu me agarro ao seu braço com força enquanto andamos por um beco e não posso evitar olhar para trás, sentindo que alguém está nos seguindo. Deus, para onde esta mulher está me levando? E o pior, por que estou seguindo alguém que acabei de conhecer? E se for uma assassina? Se ela me matar e me jogar em uma caçamba, não haverá ninguém para reivindicar meu corpo.

Que sorte eu tenho, não é?

— Fique tranquila, eu conheço bem este lugar. Moro por aqui — ela diz, percebendo meu nervosismo.

— Onde?

Aponta para um local a cinquenta metros de distância. Tem luzes vermelhas e um segurança enorme na porta. Paro de andar quando leio o letreiro *La Diva*, acompanhado do desenho em neon cor-de-rosa de uma mulher nua.

— Vamos lá, não pare, estou atrasada. — Bárbara pega minha mão e me puxa.

— Ei, eu... Desculpe, mas eu não acho que esse lugar seja pra mim — aponto quando chegamos à porta.

— Ela está comigo — diz ao segurança, ignorando minhas palavras.

O cara me olha de cima a baixo e se afasta, me convidando para entrar. Bárbara não solta minha mão em momento algum, guiando-me por entre as mesas e pelos homens que enchem a sala. Passamos por algumas cortinas imundas e entramos no que parece ser um vestiário. Embora me pareça mais uma prisão turca suja, daquelas que apareciam nos programas de presídios que eu costumava assistir com a minha avó.

— Eu vou explicar como isso funciona, Hope. — Ela tira o casaco e começa a se despir na minha frente e na frente das outras dez garotas lá dentro.

— É a menina nova? — Uma ruiva parece interessada enquanto olha para mim da mesma forma que o segurança e masca um chiclete como se não houvesse amanhã.

— Eu vou te dizer em um minuto — responde, olhando para mim. — Como você pode ver, este é um clube de striptease. Os homens pagam para ver garotas dançando e tirando a roupa. Precisamos de uma moça nova, então você decide. — As outras se aproximam e ficam em silêncio esperando a minha resposta.

Meu Deus, isso é realmente o melhor que posso esperar para a minha vida a partir de agora? Tirar as roupas na frente de homens sedentos por carne? Minha respiração fica presa na garganta quando vejo uma garota abrir outra porta, caminhar até a pia e limpar o que parece ser sêmen de sua mão. Rapidamente olho para longe quando ela percebe, e seguro uma golfada para não a ofender. Não conheço a história de nenhuma delas e não sou eu que vou julgá-las.

— Bárbara, agradeço, mas nunca...

— Você tem algo melhor? — uma delas me interrompe.

— Quê?

— Você tem algo melhor? Se sim, vá embora. Se não tiver, isso não é tão ruim quando você se acostuma. — Ela encolhe os ombros.

Eu olho para todas elas, imaginando o que as levou a isso. E quanto a você? Minha consciência me pergunta. Ela está certa, a verdade é que é isso ou a rua.

— Apenas dançar e me despir? — Depois de ver a mão da mulher que acabou de chegar, não tenho certeza se isso é apenas um clube de striptease.

— Bebê. — A moça com o chiclete na boca chama minha atenção. — Você pode fazer o que quiser. Alguns homens vão te oferecer dinheiro pelo seu corpo. E bem, olhe para você. — Ela me olha de cima a baixo. — Você é um docinho. Eu aposto que você é virgem.

— Você é? — Bárbara olha por cima das botas que estava calçando.

— Não, mas também não tenho muita experiência — eu admito. — Se eu aceitar, vou apenas dançar e... me despir. Nada mais. Eu não quero que ninguém me toque.

— Bem, isso não é...

— De acordo. — Bárbara interrompe uma morena e a olha de uma forma que não entendo. — Vista isto.

Eu pego o conjunto de lingerie que ela me dá e suspiro antes de começar a tirar minhas roupas. Por um momento penso em procurar um lugar para me trocar, mas imediatamente percebo que devo parecer uma idiota, já que elas estão todas se despindo na frente uma das outras.

Enquanto eu me troco Bárbara explica que eu vou dormir com ela em um dos apartamentos que ficam no último andar do prédio. Aparentemente, eu vou conhecer o chefe de tudo isso aqui mais tarde, embora não queira.

— Você está vendo aqueles russos? — pergunta, apontando para um grupo de homens sentados em cadeiras reservadas.

— Estou vendo.

— Eles são sua prioridade esta noite. Estão dispostos a gastar muito dinheiro e gostam de uma beleza... virginal, por assim dizer.

— Eu já disse que não sou virgem.

— Mas você parece ser. — Olho para ela, arqueando uma sobrancelha. — Me desculpe, mas é assim. Portanto, dê mais atenção a eles que aos outros. Faça com que se sintam especiais. Me escute e você vai lotar o seu armário de roupas em poucas noites. — Bárbara me dá um sorriso travesso e percebo o quão confortável ela se sente nesse ambiente.

Isso me faz pensar se eu posso ser como ela em alguns meses.

— Está bem. — Suspiro e olho para eles novamente. — Farei o que puder.

— Mais — ela me pede, segurando meu pulso.

— Hã?

— Mais do que você puder.

— Tudo bem. — O olhar dela me intimida e, por um momento, só quero sair desse lugar, me encolher em qualquer banco de rua e chorar até cair no sono.

— Anda, você tem que estar no palco em trinta segundos. Está pronta? — Balanço a cabeça afirmativamente, mas não estou totalmente convencida. — Engole isso.

— Eu nunca usei drogas.

— Ei, eu não te daria nada que não fosse te ajudar, ok? Apenas tome isto.

— Merda. — Eu pego o copinho plástico parecido com os de embalagem de remédio e bebo o líquido. É um gosto estranho, algo que não sei descrever. Ácido.

— Vamos, bebê, está pronta? — ela pergunta enquanto me acompanha até a beira do palco. Digo que sim. — Vai, mostre o quanto você vale.

É para isso que eu sirvo? Se minha avó me visse...

Ando pela passarela iluminada tentando não cair com esses saltos. Eu enrugo a testa e sem querer levo a mão aos olhos devido às luzes ofuscantes que não me deixam ver claramente. Eu avanço para a barra central e começo a notar os efeitos do que eu engoli. Me seguro nela e giro o corpo, me deixando cair e balançando. Sigo as instruções de Bárbara e olho para os russos. Eram cinco. Três deles conversam enquanto olham para mim, um deles está digitando algo no telefone e o quinto... o quinto tem os olhos fixos em mim como um animal. Um leve sorriso se forma em seus lábios quando nossos olhos se encontram. Eu sorrio.

Por que você está sorrindo, caramba?

Eu não sei, é essa maldita droga.

Balanço-me de um lado para o outro, enquanto a música continua e meu corpo sente o ritmo. Neste momento, nada importa para mim, sinto que o que estou fazendo é certo, que eu deveria estar aqui. Me vejo ajoelhada, engatinhando em direção àquele homem, que se inclina e gesticula para eu me aproximar. Ele tira uma nota do bolso da camisa e coloca entre meus seios, em meu sutiã. Pisca para mim e retorna ao seu lugar. Logo depois, outra garota que estava no camarim entra no palco e gesticula para que eu saia. Murmura *bom trabalho* e sorri quando eu passo por ela.

— Nossa senhora, Hope! — Bárbara me abraça quando me junto ao restante das garotas. — Você foi incrível!

— Obrigada — respondo com alívio, ainda tonta. — Eu estava muito nervosa, mas aquela coisa que você me deu funciona mesmo.

— De nada — ela afirma presunçosamente.

— O russo quer a menina nova. — Um homem com olhar de Charles Manson entra na sala, sorrindo. — Bem-vinda, qual é o seu nome?

— Hope.

— Hope, esse é o Jerry — disse Bárbara. — O chefe — acrescenta, olhando para mim com cautela.

— Obrigada, senhor. — Esboço um sorriso.

— Foi a sua primeira vez? — Ele deixa os degraus que separam a área do camarim do palco e para na minha frente. Muito perto para o meu gosto.

— Sim.

— Bem, você foi muito bem. — Ele acaricia meu braço com a mão direita. — Tanto que o russo quer um show particular, vamos.

— O quê? Eu não... — Olho para Bárbara.

— Jer, Hope só está interessada em dançar. Eu vou.

— Ele pediu ela — retruca, olhando para nós duas.

— Sinto muito. — Me armo de coragem e levanto o queixo. — Mas eu não sou uma prostituta.

Ele mantém seu olhar em mim por alguns segundos antes de responder. De repente, solta uma risada e balança a cabeça, dá um passo para trás e sorri maliciosamente antes de sair.

— Não se preocupe, eu disse que você não teria que fazer nada que não quisesse.

— Obrigada.

De alguma forma isso me faz relaxar um pouco, mas eu não gostei nada desse último sorriso do chefe.

As garotas continuam se apresentando uma após a outra e parece que é a minha vez novamente, mas não me sinto pronta agora que os efeitos da poção mágica passaram. Então, antes de colocar os pés no palco, aceito outra dose que Bárbara me oferece sorrindo.

O russo não tira os olhos de mim, mas agora parece que está zangado. Eu olho para ele, mas não me aproximo tanto quanto antes.

— Quanto você conseguiu? — pergunta a moça do chiclete, depois que o clube fechou e nos vestíamos para sair.

— Deus — eu digo, terminando de contar —, duzentos e quarenta dólares.

— Eu te falei. — Bárbara se aproxima e dá um tapinha no meu ombro com um sorriso. — Vamos jogar o lixo fora e ir dormir. Foi uma noite longa.

Ela recolhe o saco cheio de preservativos usados e outras substâncias que eu prefiro não saber, e nos despedimos do resto das meninas. Jogamos o saco na caçamba de lixo do beco, no caminho para a entrada e conversamos sobre como me senti essa noite. Não gosto nem um pouco desse lugar, parece que vão te atacar a qualquer momento.

— Olá, querida. — O sotaque russo faz meu sangue congelar imediatamente.

— O-oi. — Recuo para ficar um pouco atrás de Bárbara, como se ela pudesse me proteger.

— O que você acha de darmos uma volta? — ele pergunta, dando um passo à frente.

— Talvez outro dia. — Ela sorri para ele, respondendo por mim.

— Não falei com você. — Sua voz é firme. — Eu vou falar de outra maneira, ou você vem comigo da forma fácil ou da forma difícil.

Ele continua vindo em nossa direção, andando devagar, por um momento parece que tudo está em câmera lenta. Então, quando ele está quase em cima de nós, a cena toma um rumo inesperado.

— Então vai ser pela forma difícil. — Sem esperar, Bárbara dá um passo à frente e o chuta na virilha. — Corra!

HELL

— Aonde você vai? — pergunto ao meu irmão enquanto descemos as escadas da mansão para entrar nos carros.

— À Cielo, claro, é sexta-feira. E você?

— Também. Já estão todos lá, vamos juntos. — Eu pego as chaves da mão dele.

— Não, cara, quero dirigir a moto — reclama ele.

— Nem pensar. Nós dois sabemos como fica quando bebe.

— Eu não vou beber.

— Hoje é dia da festa dos shots. — Ergo as sobrancelhas e olho para ele.

— Você dirige. — Nós dois rimos e entramos no carro. Eu queria ir com o BMW, mas se não está blindado prefiro deixá-lo em casa. Você nunca sabe o que pode acontecer, ainda mais no nosso caso. Na nossa família.

Estaciono no lugar de sempre e pego a jaqueta jeans do banco de trás antes de descer. Meu irmão tira sua Glock 26 e olha para mim formando uma linha com os lábios.

— Tornozelo — sugiro, abrindo o porta-luvas e tirando dois coldres de tornozelo. — Na última vez falaram que não iam tolerar mais isso, mesmo assim é melhor não correr o risco.

— Ok, mas a sua não encaixa na proteção — ele diz enquanto esconde a arma.

— Eu vou pegar a Ruger.

— Parece um brinquedo — ele zomba quando a vê. — É anã, rá.

— Você que é um anão. — Nós dois rimos. — Poxa, ela dispara.

Deixo a 9 mm no porta-luvas e coloco a outra arma no meu tornozelo antes de sair. Fecho o carro e viro a esquina em direção à Cielo, nossa boate favorita em toda a cidade de Nova York. A fila dá a volta no prédio. Duas vezes. Andamos em silêncio sob o olhar das pessoas que já estavam lá, e é bem provável que estejam se perguntando para onde estamos indo e se pretendemos furar a fila. Quando chegamos à porta da frente, sorrio para o segurança e o cumprimento.

— Boa noite, grandão.

— Tudo bem, Hell? — ele diz, puxando a corda vermelha para o lado para nos deixar entrar... — Nate. — Bate na mão do meu irmão e dá um tapinha no ombro dele quando entramos.

As pessoas começam a reclamar e ouvimos suas queixas lá fora, mas isso só nos faz sorrir porque nos sentimos poderosos. O que você quer que eu diga? O poder é viciante e nós somos os Ivankov.

— A gente se vê depois! — Nathan grita por causa do volume da música.

— Ei, cuidado, ok? Não se meta em encrenca de novo!

— Tudo bem, papai! — Concordo, repreendendo-o com os olhos, nós vamos cada um para uma direção.

Subo as escadas laterais e cumprimento o segurança que está vigiando para que ninguém entre na área vip. Ele se afasta e me deixa passar para o meu lugar de sempre. O principal.

— Puta que pariu, cara, já estava na hora! — Dave tira a loira de seu colo e faz um gesto para que eu o espere. — Onde você estava?

— Tive que ir buscar Sasha. — Eu me aproximo do resto do grupo, apertando as mãos dos meus colegas enquanto me sento no meio.

— A Babi estava te procurando. — Calvin diz, chamando um garçom, que olha para mim e acena com a cabeça.

— Onde ela está?

— Por aí.

Em poucos instantes me servem um copo de Jack Daniel's e mais uma rodada para o resto do grupo. Dou dois goles e aceito o canudo que Dave me passa para cheirar a carreira que colocou sobre a mesa. Eu sei, eu sei. As drogas são ruins e blá, blá, blá. Nem me fale. Se três tiros não me mataram, a porra da cocaína não vai, nem me enche.

— Como foi o seu dia? — Dave deita no sofá depois de se despedir de Nadine, a garota que ele escolhe já há algumas semanas.

— Bem, essa manhã eu tive que ir resolver a mercadoria, você sabe. V quer que Nate se envolva mais e quer que eu o leve junto, mas não acho que ele esteja pronto.

— Por que não?

— É muito impulsivo, cara. Nesse negócio você tem que ter uma cabeça fria, principalmente pra inspecionar as mercadorias. — Dave concorda e toma um gole de seu copo, Calvin se levanta e, quando tenta sair, eu boto o pé na frente dele, fazendo-o cair em cima de nós. Nós três rimos.

— Você está bêbado — brinca Dave.

— Seus babacas, eu ia falar com aquela moça gata. — Com a cabeça ele indica a garota. — Agora, por causa de vocês, ela deve estar pensando que sou um desajeitado.

— Que nada, seu bobo, você vai ver. — Aceno para que o segurança da área vip deixe a menina e sua amiga passarem. — Boa noite, senhoritas. — Eu empurro Dave e Calvin para se moverem no sofá e darem espaço às garotas.

— Olá — elas nos cumprimentam, animadas. — Como vocês se chamam? — a morena nos pergunta.

— Eu sou Hell, esse é o Dave e este campeão aqui é meu amigo Calvin. — Dave e eu rimos e decido que eu já o zoei demais por hoje. — Infelizmente, nós dois estamos comprometidos, então vamos deixar vocês a sós para que possam se conhecer. Foi um prazer conhecê-las.

As meninas não parecem desapontadas e o sorriso de Calvin não poderia ficar maior, então trocamos de sofá para abrir mais espaço.

Cerca de três horas depois, vejo Babi conversando com um dos seguranças da área vip. Eles riem e ela coloca a mão em seu ombro, aproximando-se dele para dizer alguma coisa em seu ouvido.

— Você viu isso? — Eu puxo Dave e aponto para eles.

— Não se preocupe, você sabe como é — diz ele, franzindo o nariz.

— Ela pode fazer o que quiser, mas que não venha depois choramingando. — Pego meu copo e termino a bebida num gole.

— Hell! — Elliott, o terceiro amigo que compõe o nosso grupo, está encostado no bar à frente da pista de dança e me chama.

— E aí? — Me levanto para ficar ao lado dele.

— Nate — ele diz sem muita importância — está se metendo em encrenca de novo — afirma, apontando lá para baixo.

— Que merda de irmão. Ei! — Eu me inclino chamando-o. — Nate! Nathan! — Grito em vão. A música está muito alta. — Vou lá embaixo.

— Vamos com você — diz ele, sinalizando para Dave e Calvin, que há um tempo está beijando as duas garotas.

Passamos pelo resto das pessoas nos sofás e por perto de Babi. Ela me segura pela mão com um sorriso de paquera, mas eu a olho com indiferença e continuo. Quem ela pensa que é? Parece até que não me conhece.

Eu desço as escadas e empurro as pessoas para abrir caminho. Elas me olham querendo quebrar a minha cara, mas se arrependem quando me reconhecem.

— Ei! Ei! — Eu grito, agarrando meu irmão pelo pescoço. — Chega!

— Me larga!

Dave, Elliot e Calvin se preocupam em segurar o outro cara, seus amigos e os amigos de Nathan.

— Que merda você pensa que está fazendo? Qual a parte de "não se meta em encrenca de novo" você não entendeu?

— Me deixe em paz! — Eu o empurro para trás, forçando-o a caminhar para a saída do clube.

Ele tenta voltar para o meio da pista para continuar a briga, então sou forçado a segurá-lo mais uma vez pelo pescoço, giro-o para dobrar seu braço nas costas e o faço caminhar em direção à saída.

— Você me tira do sério! — exclamo quando saímos pela porta do estabelecimento. — Vai lá pegar o carro.

— Você já vai? — Dave me pergunta, vindo atrás de nós.

— Sim. Olha como esse animal está bêbado — respondo, apontando para o meu irmão, que agora está ziguezagueando em direção ao carro. — Além disso, tenho que estar acordado em três horas.

— Ok, digo algo para Babi? Porque você sabe que ela vai falar comigo.

— Diz para ela se resolver logo, que se é pra ficar lambendo a orelha do segurança não precisa me procurar mais, só isso.

— Ok. — Me despeço dos meus amigos e sigo Nate.

— Puta que pariu. — Rio quando Nate bate com a cabeça ao entrar no banco do passageiro.

— Ah, eu odeio tequila — ele responde, esfregando a testa e fechando a porta.

— Da próxima vez, você vai deixar a arma no carro. Se eu não tivesse te tirado de lá, sabemos o que você teria feito.

— Eu continuaria socando aquele idiota.

— O que aconteceu dessa vez? Esqueça — digo quando vejo que ele vai começar a falar —, eu não me importo, só não vomita no meu carro.

Com o maior silêncio possível, eu o ajudo a entrar em casa e a subir as escadas até o segundo andar. Nesse momento, a porta de Sasha se abre e ela aparece vestindo um pijaminha e franzindo a testa.

— Mais barulho do que isso impossível, não é? — ela provoca, encostando na parede do corredor antes de bocejar. — Nossa senhora. — Ela levanta as sobrancelhas e balança a cabeça quando vê o estado de seu irmão gêmeo.

— Papai está em casa? — pergunto, ela balança a cabeça e se aproxima para segurar o outro braço de Nathan.

Nós dois o jogamos na cama, Sasha pega o cobertor que está na ponta para o proteger do frio quando o efeito do álcool desaparecer e toda sua temperatura corporal diminuir.

— Tire a arma do tornozelo dele, para evitar que dispare enquanto ele dorme — eu sussurro, enquanto pego um balde do banheiro dele e o coloco no chão.

— Me larguem, seus babacas. — Ele descobre o rosto puxando o cobertor.

— Vai se foder — minha irmã o provoca, se jogando em cima dele e bagunçando seu cabelo.

— Para com isso! — reclama tentando acertá-la.

Nós dois rimos e implicamos um pouco mais até que ele realmente fica bravo.

— Puta merda, saiam da porra do meu quarto! — ele grita, jogando o travesseiro em cima da gente.

Nós o devolvemos e fechamos a porta no momento exato em que ele joga o balde contra ela.

HOPE

Bárbara e eu atravessamos o beco a toda velocidade, sua mão puxando a minha para corrermos cada vez mais rápido, então ouvimos um barulho e uma van aparece na nossa frente. O medo toma conta do meu corpo quando quatro homens saem da parte de trás do veículo com os rostos à mostra, sem se preocupar se os identificamos... Isso só pode significar que eles não nos darão a oportunidade de denunciá-los. Eles querem nos matar. Mas por quê? O que eu fiz? Que merda!

— Não!

— Pare de gritar. — Um deles soca minha amiga com tanta força que ela cai no chão, inconsciente. Agora estou perdida.

— Bárbara! Não! — Eu me viro chutando, mas dois caras me levantam no ar. — Me soltem!

— Você deveria ter vindo comigo quando eu pedi.

Viro a cabeça para descobrir que é o mesmo homem que estava me observando enquanto dançava, aquele homem repugnante que pediu para transar comigo.

Eu mal tenho tempo para ver seu rosto antes de cobrirem a minha cabeça com um pano preto. Tento tirá-lo, mas é inútil, me agarram pelos pulsos e os amarram bem apertado. Seguro um grito de dor quando me jogam no que deve ser o veículo em que vão me matar, me sequestrar ou fazer Deus sabe o quê.

Eles dirigem por um longo tempo, conversando sobre coisas que não compreendo direito — e espero ter entendido errado —, enormes quantias de dinheiro, drogas e... a van para de repente, me fazendo tombar para um lado, mãos fortes me seguram e me colocam de joelhos novamente. Eu me sinto tonta e vou vomitar a qualquer momento. Alguém abre a porta e uma corrente de ar chicoteia de fora. O cheiro lembra... quando uma tempestade de verão cai sobre o asfalto, conhece esse cheiro? Mal consigo sentir o odor com esse saco na cabeça, mas isso me lembra aqueles verões quando mamãe e papai me levavam para Ponder, nossa cidade no Texas.

— Tirem ela daí. — A voz do homem responsável por tudo isso me traz de volta à realidade.

— Onde...? — Eu percebo que estou chorando quando ouço minha voz aterrorizada. — O que você vai fazer comigo?

— Eu não farei nada, você agora é dele. — Sua voz sarcástica faz meu sangue gelar.

Tiram o saco da minha cabeça de repente, me forçando a fechar os olhos e levar as mãos até eles para esfregá-los, depois que cortam a corda que as amarravam. É difícil se acostumar com a luz da manhã, não poderia ser mais do que oito ou nove horas, já amanheceu e eu não sei onde estou.

Um homem de cerca de quarenta anos, barbeado e com feições muito duras está parado a poucos metros, olhando para mim. Me examinando.

— O que é isso? — ele pergunta, apontando para mim. Também é russo, o sotaque não é fácil de esconder.

— Carne fresca — responde o outro.

O homem barbeado, que usa terno e sapatos elegantes, aproxima-se e anda em torno de mim, levanta meu cabelo para olhar meus ombros e pescoço, e faz um barulho com a boca que me enoja imediatamente. Levanta meus braços e os vira, observando os antebraços e pulsos, mãos e unhas. Então, ele segura meu queixo com uma das mãos e com os dedos da outra abre minha boca e levanta meus lábios para observar meus dentes.

— Vou ficar com ela, combine o preço com Casper — ele diz, me soltando e virando as costas para mim. — Onde estão meus filhos? — ele acrescenta, olhando para a porta do prédio atrás dele.

Dois rapazes saem do edifício, um deles rindo e o outro com cara de quem está passando mal. Ambos são loiros, mas um é um pouco mais alto do que o outro e parece mais velho também.

— Hell, leve-a lá para cima e explique tudo a ela — o homem barbeado me puxa pelo braço e me empurra contra o que eu suponho ser seu filho. Nossos olhos se encontram enquanto eu abraço meu corpo e o encaro com puro terror, mas rapidamente ele olha para o lado e endurece de novo.

— Vamos — diz o rapaz, afastando-se para me deixar passar pela porta.

HELL

O despertador toca às sete e meia, peguei no sono faz duas horas, mas as responsabilidades e os negócios vêm em primeiro lugar.

Bem, não, primeiro vem a família, e V precisa de mim em meia hora, então é melhor eu tirar a bunda da cama e tomar um bom banho para conseguir acordar.

Enquanto me seco mexo no iPhone para verificar a hora e vejo que Babi acabou de me mandar uma nova mensagem.

Babi
Ainda está na festa ou já foi para casa?
07:39 am

Eu
Estou me arrumando para encontrar o V.
O que foi? Dave não te falou para me deixar em paz?
7:42 am

Babi
Não faz assim, Hell.
Vai fazer uma ceninha de ciúmes agora? Não temos nada sério.
7:43 am

Eu
Não temos nada.
7:44 am

Babi me conhece e sabe que estragou tudo comigo. É verdade, não temos nada sério, apenas transamos de vez em quando e ela me ajuda quando eu preciso de seus serviços de enfermeira, não confio em mais ninguém. Mas isso não significa que vou fazer papel de idiota na frente do clube todo. Todo mundo me conhece, sabem que temos algo, o que quer que seja, enfim, sabem que rola alguma coisa. Se ela quiser flertar com outros caras, por mim tudo bem, mas eu não vou ser segunda opção. Nunca.

Desço as escadas e encontro meu pai fora do escritório, pronto para sair.

— Onde se enfiou seu irmão?

— Não vai precisar dele, você já tem o suficiente comigo — respondo, tentando convencer V a deixar Nate em casa.

— Eu disse às oito, para os dois. — Ele olha para mim severamente enquanto acende um charuto. — Esse menino tem que crescer e aprender de uma vez. Se ele não estiver aqui em cinco minutos, eu mesmo irei buscá-lo.

Eu concordo e me viro para subir as escadas novamente, é melhor não o fazer esperar. Atravesso o corredor, entro no quarto de Nathan que fica ao lado do meu e abro a janela para o ar entrar, aqui cheira como se houvesse um homem morto há três dias.

— Mano, acorde. — Bato em seu pé, mas ele não se move. — Nate, vamos lá. — Ainda não está respondendo. — Nathan!

— Vá embora — ele murmura.

— Levanta, V quer nós dois.

— Me deixa em paz, ainda estou bêbado.

— Vamos! — Descubro-o fazendo a luz do dia bater na sua cara ao sair da frente da janela.

— Meu Deus, Hell, não grite — diz ele, enfiando a cabeça debaixo do travesseiro.

— Se você não estiver lá embaixo em cinco minutos, ele vai vir aqui e te arrastar da cama. — Ele imediatamente olha para mim e eu aceno para reafirmar o que disse.

— Porra, sério? — Não me movo. — Já vou.

Fico onde estou e me divirto vendo como ele rasteja da cama para o chuveiro, tira a roupa e abre a torneira da água fria, deixando escapar um pequeno gemido quando seu corpo encosta na parede. Passa os dedos pelo cabelo e não perde tempo passando só um pouco de sabonete antes de sair. Ele olha para mim, apertando os olhos enquanto se veste e eu rio quando tropeça na toalha que está no chão e quase cai. Seu estômago dá um grunhido e eu rio novamente quando uma ânsia de vomito sobe até sua garganta e ele faz uma cara de quem vai vomitar.

— Babaca — diz ele, vestindo-se rapidamente.

— Vamos, calça qualquer coisa. — Eu o apresso e saio antes que ele termine de amarrar os sapatos e me seguir.

Nós estamos descendo as escadas no momento que V sai do escritório, guardando a arma atrás da jaqueta e soprando fumaça pela boca.

— Você está bêbado? — ele pergunta ao seu filho mais novo, franzindo a testa.

— Que nada — ele responde, tentando parecer normal.

— Vamos. — Eu ando na frente dele e toco meu pai no ombro para deixar essa discussão de lado. — Não vamos perder mais tempo.

Vladimir observa Nate por mais alguns segundos, na esperança de ver algum indício em seu rosto que justifique impor alguma punição, mas meu irmão se segura como pode.

— Siga-nos. — Meu pai desce as escadas da mansão e sobe no banco do passageiro, Casper dirige para ele.

Nate sobe no meu 4x4, fecha a porta saindo do alcance dos olhos de V, respira aliviado e descansa a cabeça no encosto do banco enquanto abaixa a janela e eu dou a partida no carro. Eu lhe entrego uma garrafa de água que tiro do refrigerador do carro e ele mata a metade em um gole só.

— Porra, não dirige tão rápido — reclama, cobrindo a boca quando passamos por um buraco.

— Eu juro por Deus que se você vomitar no carro eu te desovo numa vala.

Vladimir é um homem misterioso, faz parte do seu charme, pelo menos para algumas pessoas. E é por isso que, mais uma vez, não temos ideia de para onde estamos indo até chegarmos ao local. O prédio à nossa frente é familiar, como não poderia ser? É a sede, como ele o chama, o local que temos para acomodar as novas meninas.

Meu irmão fica sentado com a cabeça apoiada no encosto do banco, os olhos fechados e franzindo a testa. Saio e me aproximo do meu pai, evitando olhar para as janelas do prédio.

— Suba e se certifique de que tudo esteja em ordem — ele ordena, apontando para cima.

Obedeço sem reclamar e vou até a porta do passageiro do meu carro para abri-la.

— Vamos, ele quer que a gente suba para vê-las.

— Eu não gosto disso — lembra ele, balançando a cabeça enquanto sai.

— Também não, mas ordens são ordens — afirmo, fechando a porta atrás dele.

Nosso pai fica conversando com um grupo de homens, sócios, e nos dirigimos para a entrada.

— E se fosse a Sasha? — Nathan pergunta enquanto subimos as escadas.

— Não diga isso — eu o advirto com o dedo.

— Hell...

— Cale a boca. — Ele reclama, mas não insiste.

Coloco a chave na porta do apartamento número cinco e a abro.

Este é o apartamento das novas garotas. Das meninas que Vladimir Ivankov compra e força a se prostituir. Bem, na verdade ele não suja as mãos, tudo isso é feito por Jax, mas esta manhã ele foi cuidar de um dos nossos clubes, onde aparentemente houve problemas na noite passada.

A primeira coisa que vemos ao entrar são três garotas no sofá da sala, chorando. Assim que nos veem, elas correm para o fundo da sala e olham para nós com medo.

— Fiquem tranquilas, não vamos fazer nada com vocês — digo, levantando as mãos. — Onde estão as outras? — Uma delas indica o corredor.

Eu aceno para o meu irmão para que ele vá até lá olhar e eu fico onde estou.

Pobres meninas. Eu gostaria de saber mais sobre elas, saber como conheceram o filho da puta que as vendeu para V.

Mas eu não posso, eu não devo.

Se eu soubesse o nome de algumas, sei que não aguentaria a culpa, o peso na consciência. Seu nome não sairia da minha cabeça, me atormentando todas as noites.

— Estão todas aqui. — Nate aparece novamente e confirma com a cabeça.

— Ok. Vocês precisam de algo? — pergunto às três na sala.

— Por favor, me deixe...

— Vamos — digo ao meu irmão quando vejo as intenções da mais velha.

Não aguento isso.

Eu as tranco novamente e suspiro por um segundo antes de me virar.

— Isso é uma merda — Nate repete, estalando a língua. — Não é certo, Hell.

— Cale a boca. — Passo por ele para voltar ao térreo e evitar a conversa que temos todas as vezes que a gente vem aqui, ou quando vem à tona o ramo dos negócios que mais odiamos na nossa família.

— Deus, como a porra da minha cabeça dói — reclama quando chegamos à entrada.

— Foda-se. — Rio, saindo para a rua. — Na próxima vez, pense duas vezes antes de tomar... Quantos *shots* você tomou?

Ele ia me responder quando V se vira para nós e atrás dele eu vejo uma garota ruiva que não passa dos vinte anos de idade.

— Hell, leve-a lá para cima e explique tudo a ela. — Ele a agarra pelo braço e a joga contra o meu corpo.

Ela se abraça e olha para mim com terror. Está acabada, destruída e com os olhos cheios de lágrimas. Por um momento, quero puxar a arma que carrego em minhas calças, atirar em todos os guarda-costas de meu pai e deixá-la escapar, mas não consigo.

A família vem em primeiro lugar. Lealdade.

Eu desvio meus olhos para longe de seu olhar e me afasto para deixá-la passar.

— Vamos.

Nate fica do lado de fora e eu passo na frente dela para subir as escadas novamente, mas me viro quando vejo que ficou parada.

— Suba — ordeno com uma voz firme.

— Por favor, isso... isso foi um mal-entendido — ela gagueja, juntando as mãos em um sinal de súplica. — Eu não...

— Não me faça te obrigar a subir, por favor — eu a interrompo.

— Olha, eu não sei quem é você ou... — ela faz uma pausa por um segundo e respira. — Meu nome é Hope.

II

HOPE

O rapaz fecha os olhos e libera o ar lentamente. Ele move os dedos como se fizessem cócegas e balança a cabeça.

— Por que você me disse o seu nome? — Ele abre os olhos e me encara do alto das escadas.

— Por favor, não me force a... O que quer que vá me forçar a fazer. Eu só quero ir embora — rogo, ignorando sua pergunta.

— Vamos — repete ele, descendo os degraus em minha direção.

— Por favor... — Dou alguns passos para trás até que meu corpo esteja colado à parede.

Ele avança e para a alguns metros, olha para mim mais um segundo e franze a testa, como se estivesse lutando consigo mesmo. Então, ele agarra meu pulso e puxa com força em sua direção, me obrigando a avançar.

— Não! — grito, tentando me soltar enquanto ele me arrasta. — Por favor, me deixe! Eu não fiz nada!

— Não torne isso mais difícil para mim. — Sua voz rouca congela meu sangue, mas não posso desistir agora.

— Por favor. — Eu ando até ele e tento fazer com que me olhe nos olhos. — Hell, seu nome é Hell, certo? — Ele me observa por um segundo, mas me puxa de novo. — Eu preciso da sua ajuda, Hell. Minha avó morreu e eu não tenho mais ninguém, estava dormindo na rua há dias até a noite passada, quando a Bárbara me encontrou e me ajudou. Eu tive que dançar para aqueles russos nojentos e aquele babaca — murmurou em voz baixa — nos atacou no beco, e minha amiga...

— Cale a boca! — Ele para no patamar entre o primeiro e o segundo andar e olha para mim. Sua reação é tão inesperada que congelo com o eco que a voz dele causou em todo o prédio.

Seus olhos verdes parecem estar me perfurando enquanto sua mandíbula está prestes a arrebentar. Seu peito sobe e desce rapidamente e a pressão que faz em meu pulso está ficando cada vez mais forte. Me arrasta até me encurralar na parede e aproxima seu rosto do meu.

— Você está me machucando... — murmuro de medo sem ser capaz de desviar o olhar dele.

— Por favor — pronuncia cada palavra lentamente. — Não fale mais.

— Sinto muito. — Abaixo a cabeça e paro de resistir.

Pode a cara do inferno ser a mais bonita que já vi na minha vida?

HELL

Puta que me pariu! Que mamãe descanse em paz.

Meu nome é Hope. Eu - me - chamo - Hope.

Por quê, caramba?! Por que me disse seu nome? E achou que isso não foi o suficiente, porque também me contou toda a porra da sua vida. E ainda me pediu perdão. Ela. Sinto muito! Deus.

— Entre, por favor — peço, quando abro a porta do apartamento número cinco.

— O que tem aí dentro? — Ela permanece parada no corredor.

— É o apartamento para onde trazem as novatas — respondo automaticamente.

— Trazem?

— Sim. Entre.

— Quem as traz, Hell? — De alguma forma, ela consegue que eu a olhe novamente.

— Jax. Pare de me fazer perguntas, eu nem deveria estar falando com você. — Pego sua mão e empurro-a para dentro.

— Ou seja, você não é responsável por isso — continua, sem perceber as garotas que estão nos observando da sala de estar.

— Não.

— Então você pode me ajudar, por favor. — Volta a fixar aqueles olhos caramelo em mim e sinto que vou explodir se continuar olhando para eles. Mas eu não posso. — Hell, você tem que me tirar daqui.

Eu me obrigo a recuar e olhar para o outro lado. O que não ajuda muito, porque o que vejo me deixa enjoado. Uma das meninas sai do banheiro, com olheiras grandes e vestida para... trabalhar. Eu imediatamente vejo Sasha nela. Eu vejo minha irmã se prostituindo e vendendo seu corpo para babacas e filhos da puta. Homens que não valorizam as mulheres como elas merecem. Que as tratam como objetos descartáveis. E então eu a vejo parada na minha frente, aterrorizada e indefesa. Hope.

— E-eu sinto muito — gaguejo pela primeira vez na minha vida. — Tenho que ir.

— Não... — ela implora, segurando minha mão. — Por favor, não me deixe aqui.

— Sinto muito. — Sem olhar para ela de novo, atravesso a porta e a fecho atrás de mim.

— Hell! — Ouço através da porta.

Eu me inclino contra a parede e fecho meus olhos, mas então ela me chama de novo e eu tenho que fugir daqui. Desço as escadas correndo e saio para a rua.

— Tudo bem? — meu pai me pergunta.

— Não!

— Como é? — Eu olho para ele e sua expressão é como um soco que me faz voltar à realidade.

— Sim, tudo bem. Nathan, estamos indo embora.

Meu irmão obedece rapidamente. Ele é a pessoa que mais me conhece, tanto quanto Sasha. Sabe perfeitamente quando eu estou bem e quando estou mal, quando pode perguntar o que aconteceu e quando tem que me dar tempo para que eu possa dizer a ele.

Eu acelero o carro fazendo os pneus cantarem no asfalto. Nate se agarra a seu assento, mas não abre a boca, é melhor que sua ressaca já tenha passado.

Eu dirijo entre as casas e os prédios de tijolos, sem olhar para trás. Sem me preocupar com a polícia me parando ou me multando. Até esses idiotas são comprados.

O que sinto no coração eu nunca havia experimentado antes. É um sentimento de vazio e desamparo. Quero salvar aquela garota que nem sei quem é e levá-la embora. Dizer a ela que não se preocupe e que tudo ficará bem, que não vou deixar que o bastardo do meu pai a obrigue a se prostituir.

Mas eu não posso fazer isso, a família vem em primeiro lugar.

Eu chego à mansão e paro do lado de fora, antes do primeiro portão, quero largar meu irmão aqui e partir para outro lugar até que eu consiga relaxar.

— Saia.

— Não — ele diz, olhando para mim.

— Saia.

— Não — ele insiste, decidido. — Vá para onde você quiser, mas eu vou junto.

— Nathan, eu preciso que... — fecho minha boca e engulo.

Sem dizer mais nada, arranco de novo e dirijo pela cidade sem rumo. Eu pego a estrada, atravesso a ponte do Brooklyn e não paro até chegar a Manhattan. Entro com o carro em um estacionamento e subo até o último andar, parando ao lado da borda do prédio. Meu irmão não abriu a boca durante todo o caminho, mesmo quando eu bati no volante e soltei a frustração com um grito.

Salto do carro e sento no capô, observando a cidade. Nate está ao meu lado e me oferece um cigarro, que eu aceito e deixo que ele o acenda.

— O nome dela é Hope.

— De quem? — ele pergunta confuso.

— A garota que eu levei até o apartamento.

— Ah. Bem... o nome dela não parece adequado à situação, né? — acrescenta, olhando para a cidade, como estou fazendo.

— Sua avó morreu e ela não tem nada. Não tem ninguém. Ela dormiu na rua até a noite passada, quando outra garota a ajudou e deu um emprego como *stripper* pra ela. O russo a sequestrou e vendeu para V. — Falo tudo isso sem conseguir olhar para o rosto dele. Estou simplesmente envergonhado.

— Hell... — ele fala com cautela — isso é muita informação.

— É demais. Ela me pediu pra tirar ela de lá, pra não a deixar sozinha. — Me levanto do capô e vou para a grade do telhado, enfiando as pernas para o lado de fora e sentando.

— Droga.

— Eu fui embora e a deixei lá, Nate. Eu a condenei a uma vida de prostituição, abusos e merda.

— Você não fez nada disso, irmão. — Ele segura meu rosto com a mão e me força a olhar para ele. — Não foi você.

— Eu não impedi, então dá no mesmo.

— E o que você poderia ter feito? Hein? Se você a soltasse e a deixasse fugir, correndo pela porta, não teria percorrido vinte metros antes que um dos russos, ou mesmo V, atirasse na cabeça dela.

— Você acha que eu não sei disso? — Fico nervoso e dou um golpe na beirada em que me apoio. — Maldita seja.

— Hell. — Meu irmão suspira e se senta ao meu lado. — Nós somos Ivankov. — Eu olho para ele. — Nós somos a máfia. Nosso pai é o mafioso mais importante e poderoso de toda a Costa Leste. Há coisas que podemos fazer e outras que não, outras que escapam de nossas mãos. E libertar essa menina hoje não estava em suas mãos. — Balanço minha cabeça, não estava convencido, apesar do lembrete do meu irmãozinho. — Não, Hell — insiste ele —, você precisa acreditar nessas palavras porque eu te conheço. Não será capaz de continuar sua vida com esse fardo sobre seus ombros. — Concordo com a cabeça, mas é apenas um ato automático para que ele me deixe em paz e não se preocupe.

Ficamos no mesmo lugar por cerca de duas horas. Não falamos mais nada, apenas fumamos e observamos os carros e as pessoas nas ruas de Nova York. Eu não conseguia parar de pensar no que Jax iria fazer com ela assim que chegasse. No que iria forçá-la a fazer.

HOPE

Quando finalmente aceito que nem Hell nem ninguém virá me salvar, eu decido me acalmar e analisar a situação. Viro e olho para as três garotas atrás de mim, que me observam com pena.

— Qual o seu nome? — A que parece menos abalada se aproxima e tenta sorrir para mim.

— Hope.

— Oi, Hope, eu sou Megan e essas são Kate e Grace. — Ela aponta para as outras duas que estão se aproximando.

— Eu gostaria de dizer que é um prazer conhecê-la, mas eu não deveria estar aqui. — Eu aproximo das janelas da sala para ver ser consigo escapar por alguma.

— Nem tente — Kate diz quando percebe o que estou tentando fazer.

— Eu não pretendo ficar aqui. — Eu percorro os quartos e o resto da casa. Não é pequena, mas também não é gigantesca. Há três quartos com várias camas, dois banheiros e uma cozinha. Além da sala de estar que dá para a porta principal do apartamento.

— E o que você vai fazer? — pergunta uma delas quando eu volto.

— Não sei. Eu preciso pensar — respondo, secando minhas lágrimas.

— Bem, é melhor você fazer isso rápido. — Grace está olhando pela janela e começa a tremer. — Jax — acrescenta ela, olhando para as outras duas.

— Isso aqui é o que exatamente? — questiono, me afastando da porta.

— Você ainda não entendeu, não é? — Kate olha para mim com mais pena do que antes.

— Não.

— Prostituição.

A palavra que eu venho negando desde que me tiraram daquela van ressoa na sala. Minhas pernas ficam moles e tenho que morder meu lábio para não começar a chorar de novo.

— Vocês... você já...? — As três concordam tristemente e duas delas se abraçam. — Isso não pode estar acontecendo — nego, me sentando no sofá. — Eu tenho que sair daqui.

Nesse momento, a porta se abre e um cara enorme entra. Ele sorri quando me vê e lambe os lábios, andando devagar.

— Olá, querida. — Ele se aproxima de mim, mas eu volto para o sofá. — É melhor você se acostumar com a proximidade dos homens, porque amanhã eu vou te mandar para o clube. Agora levante e coloque isso. — Ele me joga uma bolsa que eu pego no ar. — Tenho que tirar uma foto.

— Não — digo, criando coragem não sei como.

— O que você disse? — Ele arqueia uma sobrancelha, inclinando a cabeça com uma das mãos na orelha.

— Por favor, me deixe ir, eu não deveria estar aqui. — Ele nega com a cabeça e ri.

— Vamos, querida, não me faça perder mais tempo, sou um homem ocupado. Vocês, ajudem a moça aqui. — Ele pede às outras meninas, largando-se na cadeira.

As três se aproximam e puxam minha mão para me levantar.

— Não! — Eu tento me libertar.

— Por favor, não deixe ele irritado. — Kate sussurra com olhos suplicantes.

— Por que fazem o que ele manda? — exclamo com indignação.

O homem muda de expressão e se levanta, franze a testa e agarra Grace pelo pescoço, trazendo-a para mais perto de seu corpo.

— Coloque isso — repete ele, olhando para mim seriamente.

— Solte ela, ela não é culpada de nada! — Eu me levanto, mas não atrevo a me aproximar. Ele não diz nada, nem muda de expressão, apenas começa a pressionar o braço em volta do pescoço da pobre menina.

— Você tem cinco segundos.

— Por favor! — As outras duas imploram, olhando para mim.

— Eu não...

— Por favor, faça o que ele manda!

Grace não pode falar, ela apenas olha para mim enquanto seu rosto se contrai e o ar começa a se esgotar.

— Tudo bem! — Eu levanto minhas mãos e pego a bolsa. — Mas solte Grace!

— Você aprende rápido. Isso será bom para você. — Sorri.

Kate e Megan correm para ela e a seguram para que não caia no chão.

Eu acho que esse cara deve ser o tal de Jax que Hell mencionou antes. Como pôde me deixar aqui sabendo o que esse cara ia fazer comigo quando chegasse? Nos seus olhos, eu pude ver que não queria, que não estava de acordo. Por que foi embora?

Jax se recosta na cadeira e junta as mãos, sem desviar o olhar do meu corpo. Eu abro a bolsa e suspiro ao ver o conteúdo.

— Isso é necessário? — pergunto, olhando para ele.

— Você está esgotando a minha paciência. — Franze o cenho e fecha os olhos.

Concordo com ele e tiro o conteúdo da bolsa. Eu retiro meu suéter e camiseta, tentando não olhar para a sua expressão nojenta, e faço o mesmo com minhas calças, tentando terminar o mais rápido possível. Megan me ajuda com a pequena peça de roupa que este porco quer que eu use para a fotografia.

— Tira tudo — diz ele quando vê que estou vestindo aquilo por cima do meu sutiã. — Tudo — acrescenta, apontando para minha calcinha.

— Não...

— O quê? — Ele se inclina para frente.

Eu o encaro com ódio e obedeço. Ele olha meu corpo de cima a baixo e sorri, imaginando Deus sabe o que em sua mente perturbada e doente. Megan acaba de me vestir com a lingerie e se vira para Jax.

— Saia de perto — fala para ela, levantando-se. — Fique ali — ele me diz, apontando para uma parede branca.

Ando até onde mandou e me viro. Ele tira uma câmera de sua mochila e fica parado a poucos metros.

— Finge que você não me odeia, vai — ele sugere, levantando a câmera.

— Isso é impossível — murmuro.

— É por isso que eu disse para *fingir*, querida.

— O que quer que eu faça? — pergunto, desejando terminar logo com isso.

— Faça uma pose, docinho, posa para mim.

Depois de uma dúzia de fotos, ele guarda a câmera novamente e me deixa mudar de roupa.

— Nos armários dos quartos você vai encontrar roupas limpas. Tome um banho, você está fedendo. — Ele sorri repugnantemente antes de abrir a porta para sair. — É melhor você estar pronta para amanhã. Com essas fotos terá muito trabalho. — Ele aponta para a mochila e, quando está prestes a fechar a porta, olha para mim. — A propósito, se depile. — Ele solta uma risada e bate a porta.

— Que fotos são essas que tirou de mim? — pergunto às garotas.

— Eles colocam as fotos num catálogo... no clube. — Grace evita meu olhar. — E os homens escolhem o que querem.

— Me diga que é uma piada. — Ela nega e as outras duas a imitam.

— Hope. — Megan se aproxima de mim. — Eu sei que isso é um pesadelo, mas acredite em mim se eu disser que, se você não obedecer, será um inferno.

— Hell — eu murmuro.

— O quê?

— Hell. O rapaz que me trouxe.

— Sim, o nome dele é perfeito para ele, não é?

— Mas ele me disse que não é o responsável por isso aqui. — Eu olho em volta.

— É verdade, Hell é muito pior — diz Kate.

— Isso não é verdade, ele nunca nos machucou.

— Mas ele também não nos ajudou a escapar. E poderia ter feito isso muitas vezes. — A voz de Kate mostra seu ódio pelo homem loiro.

— Sim, isso é verdade.

— Quem é o Hell? — eu pergunto, olhando para as três.

— Hell Ivankov — Meg começa. — Filho do homem mais cruel que existe, Vladimir Ivankov. O chefe da máfia russa. Você sabe o que é a máfia?

— Não sou estúpida.

— Bem, esqueça tudo que você achou que sabia porque não chega nem perto da realidade — continua ela. — Tráfico de drogas, assassinato, sequestro, tráfico de pessoas... e prostituição. — Ela faz uma pausa. — Hope, eu sei que agora você só pensa em fugir assim que eles te levarem pra fora desse apartamento, mas é isso que eles esperam. Todas nós fizemos isso. — Ela olha para as outras. — E nós fomos espancadas e punidas por isso. Não deixe que façam isso com você, não dê razões para isso.

— Você não pode esperar que eu me conforme em ser estuprada por um grupo de homens e ser paga por isso.

— Eu já não espero nada. — Ela abaixa a cabeça e se senta.

— Mas eu, sim.

Grace me oferece toalhas e roupas limpas, então eu tomo um banho e jogo as roupas velhas no lixo. Elas me apresentam para o resto das meninas e eu vejo que somos nove no total, a que está aqui há mais tempo é Tessa, um mês. Estou surpresa que ainda tenha esperança de fugir, e digo isso porque Grace, Meg e Kate parecem se conformar com essa vida de merda. Tessa não. Ela tenta fugir toda vez que tem uma chance, e é por isso que eles ainda a mantém com as novatas, já que geralmente só ficam aqui por cerca de duas semanas.

— Aonde vão me levar? — pergunto enquanto ela pinta as unhas de outra garota.

— Para o clube Nightmare. — Ela olha para mim e concorda, reafirmando a si mesma. — Sim, é um pesadelo assim como o nome diz, sinto muito.

— E o que vão fazer comigo? — Ela fecha o esmalte e olha para a outra garota antes de olhar para mim.

— Os homens veem o catálogo e escolhem. Cada uma de nós tem um preço, eles pagam por isso e nós... bem, eu acho que essa parte você já sabe.

— Eu não sou uma prostituta — apresso-me a dizer.

— E nós também não somos — ela responde, ofendida.

— Sinto muito, eu não quis dizer isso. — Eu baixo minha cabeça, envergonhada.

— Hope, as coisas são assim. Quanto mais cedo você aceitar e entender, mais cedo vai poder decidir o próximo passo.

— Qual é o seu?

— O mesmo desde que cheguei aqui, acabar com Jax e escapar. E levar minha irmã comigo — diz ela, acariciando o rosto da menina a sua frente.

— Vocês são irmãs? — Ela confirma e dá um abraço na menina. — Quantos anos vocês têm?

— Tenho 22 anos, Riley, dezessete.

— Você tem *dezessete* anos? — pergunto, cobrindo minha boca com angústia.

— Sim.

Não consigo fechar os olhos a noite toda. Tento analisar a situação e penso no que posso fazer para escapar. Meg disse que eles sabem que eu vou tentar fugir quando me levarem ao clube, então não devo nem tentar, tenho que fazer algo diferente. Pense, pense... Hell. Eu preciso do Hell. Nos seus olhos pude ver que ele não está feliz com a situação, que ele não gosta disso. Talvez se... ou não, as garotas disseram que ele poderia tê-las tirado daqui muitas vezes e não o fez, por que me ajudaria?

— Boa tarde, minhas lindas prostitutas. — Nós todas olhamos para Jax na sala de estar, enfileiradas, como as garotas me falaram que ele gosta de nos encontrar. Ninguém diz nada. — Você vai facilitar pra mim, certo? — pergunta diretamente para mim, apenas aceno de forma submissa. — Bem, vamos lá, uma de cada vez, sejam boazinhas.

Ao descermos os lances de escada, lembro-me cada vez mais de Hell, talvez tenha sido o último homem com quem tive contato fora do bordel.

Eles estacionaram um micro-ônibus logo na entrada do prédio e as garotas vão entrando como se já estivessem acostumadas a isso. Eu sou a última. Quando chega a minha vez, Jax aponta para o interior com a mão, como se me deixasse escolher.

Está me testando.

— Vamos, querida, você vai fugir ou vai entrar? — Ele arqueia uma sobrancelha e passa a língua sobre os lábios, com expectativa.

Tessa sacode a cabeça de dentro do veículo, indicando que este não é o melhor caminho. Eu tenho que esperar pelo momento certo, então baixo minha cabeça e entro sem responder.

Eu obedeço a todas as ordens que Jax me dá até chegarmos ao beco atrás do clube Nightmare. Eu vejo em seu rosto que ele está surpreso, mas não diz nada. Na minha frente estão Tessa, Riley e duas outras garotas, o resto está atrás de nós.

— Por aqui — diz ele, abrindo uma porta de metal.

Nós nos movemos ao longo de um corredor estreito até chegarmos a uma grande sala. Na frente, há duas portas e outro corredor, iluminado com luz neon. Jax me empurra através de uma das portas, assim como o resto.

— Bem, senhoritas — ele diz, pegando seu telefone —, vocês sabem como é. Riley, querida. — Ele sorri para ela e pega algo do armário que fica encostado na parede. — Você deixou o velho japonês tão feliz no outro dia que ele quer repetir. Ele mandou você usar isso.

— Não pode fazer isso, por...?

— Não comece. — Jax interrompe Tessa. — Eu deixo você ficar junto dela para que a menina não me dê problemas, mas trabalho é trabalho. Além disso, você já tem três para essa noite. — Ela balança a cabeça e abraça a irmã. — Comovente. Hope, querida, para a sua noite de abertura eu preparei algo muito especial. — Ele sorri mostrando seu dente de ouro e me joga uma fantasia de empregada. — Eu venho te buscar daqui a pouco, coloque isso. As outras, irei chamando aos poucos.

Eu fico estática, observando tudo. A maneira como esse cara nos trata, como se fôssemos mercadoria e eles estivessem se enfileirando para nos comprar. A troco de quê? Qual o propósito?

— Por que vocês fazem isso? — Eu me viro e olho para todas quando estamos sozinhas.

— Hope, não é tão fácil... — responde Kate.

— O que não é tão fácil? Somos nove contra um! Nós podemos com ele! — grito em voz alta. — Por favor, vocês não podem deixar que ele continue fazendo isso!

— Você viu o que ele fez com a Grace ontem? — Megan anda até mim completamente séria. — Isso não é nada comparado ao que ele fez com Tessa na noite em que ela tentou impedir que levassem a irmã dela.

Ela se aproxima da outra e levanta sua blusa, forçando-a a se virar. Mais de dez cicatrizes de chicote marcam suas costas. Riley começa a chorar e ela a abraça.

— Isso não é um jogo, Hope. E me desculpe, mas a esperança não vai te salvar dessa vez.

HELL

— O que aconteceu? — Sasha entra no meu quarto sem se preocupar em bater na porta e se senta na cama. — Você só toca quando está realmente na merda.

— Você já pensou na vida que a gente leva? — pergunto encostando o violão na parede.

— O que você quer dizer com isso? — ela franze o cenho, confusa.

— Nada, não importa. O que você queria? — Eu me levanto da poltrona no canto do quarto e me sento ao seu lado na cama.

— Você está bem? — Ela coloca a mão no meu ombro e sorri. — Se é por causa de uma mulher, eu a mato.

— Não precisa, ela já está morta. — Eu suspiro e me deixo cair no colchão. — Morta-viva.

— De quem você está falando? Não é daquela Babi, né? — murmura entre os dentes. — Tenho raiva dela.

— Não, e não pergunte mais nada, eu não quero falar disso — respondo, olhando para ela. — Me escute. — Eu me sento e tomo seu rosto em minhas mãos. — Não deixe nenhum homem te tratar mal, nunca. Você é melhor do que todos eles e nenhum merece uma única lágrima sua. Se algum... — Eu fecho meus olhos e recupero o fôlego. — Se algo acontecer com você, por menor que seja, me diga e...

— E você vai matá-lo — ela conclui a minha frase e eu concordo. — Eu sei. Não se preocupe, eu sei cuidar de mim mesma.

— Venha aqui. — Ela me deixa abraçá-la sem fazer mais perguntas. Como Nate, ela sabe quando deve me dar espaço.

Eu lhe dou um beijo na testa e ela se levanta depois que balanço a cabeça, me observa de perto por alguns segundos e espera que eu sorria para ela, piscando antes de sair. A porta se fecha e eu me deixo cair na cama. Nem acredito quando pego o celular e vejo o nome de Avery.

Avery Tretiakova é minha prima pelo lado materno. Ela veio da Rússia há apenas um ano, então ainda está se acostumando à vida aqui. É só dois anos mais nova que eu, 22 anos, mas ganhou maturidade devido aos altos e baixos pelos quais passou. Quando mataram minha mãe, meu tio, isto é, seu irmão e pai de Avery, caiu em depressão e acabou cometendo suicídio. A partir daquele momento eram apenas ela e sua mãe contra o mundo, pois Vladimir e eu, a única família que elas tinham, viemos morar nos Estados Unidos.

Alguns anos atrás, sua mãe refez sua vida com outro homem. Pelo que Avery me disse, é um bom homem e se esforçava muito para cuidar de ambas, mas ela não era feliz ali, seu sonho sempre foi morar em Nova York. Então, quando viu que sua mãe não ficaria mais sozinha, decidiu vir. Ela mora em um apartamento compartilhado com outras duas pessoas porque, na cafeteria onde trabalha, mal ganha o suficiente para sobreviver e pagar as contas.

Nem preciso dizer que ela não aceita nada que eu ofereço. Nunca.

Avery é reservada e não gosta do meu mundo, é por isso que nos vemos pouco. Ela fica longe de tudo isso o máximo possível. Só nos encontramos em lugares distantes do Bronx, peço alguma bebida onde ela trabalha, entramos no carro e dirigimos para longe, ou então eu vou até a sua casa, mas nunca em lugares muito públicos, nem na rua. Faço todo o possível para que as pessoas que me vigiam, inimigas da família, não a conectem a mim. Avery é o meu tesouro secreto, a única coisa que me restou da parte de minha mãe, eu não posso perdê-la também.

— Oi! Tudo bem? — ela me cumprimenta feliz como sempre. Eu sorrio imediatamente.

— Como você está? Trabalhando?

— Não, hoje eu estou no turno da noite. — Sua voz demonstra esgotamento, ultimamente vem fazendo horas extras para poder pagar o que deve do aluguel.

— Você quer se encontrar?

— Claro! Estou fazendo um chá, se quiser, vem me buscar e damos uma volta.

— Ok, te aviso quando sair de casa.

— Ótimo. Beijo.

— Um beijo. — Eu desligo e saio da cama, vou até a porta para sair, mas então dou de cara com Nathan, que ia entrando.

— Venha — ele diz, enfiando a bola de futebol no meu peito —, vamos lá fora.

— Talvez mais tarde, mano — eu a devolvo.

— Não foi uma pergunta. — Olho para ele com um sorriso e obedeço quando arqueia uma sobrancelha, esperando que eu me mova. Com certeza, Avery não vai se importar em esperar um pouco.

Descemos as escadas e vemos Beatrice conversando com Sasha. Ou melhor, discutindo, como sempre. A mãe está com as mãos apoiadas nos quadris, tentando se mostrar superior nos saltos tão altos quanto os da filha.

— Você não vai sair desse jeito e ponto final — diz, apontando para as roupas da minha irmã.

— Eu tenho vinte anos, pelo amor de Deus! Você não vai me dizer o que posso e o que não posso usar — ela ri na cara da mãe, que levanta a mão e lhe dá um tapa.

— Me respeite. Você fala assim com seu pai?

Sem falar mais nada, Beatrice olha para nós três e sai. Eu ando até Sasha e levanto seu queixo para que ela possa desviar o olhar das costas de sua mãe e fixar os olhos em mim.

— Ei — digo, segurando as mãos dela para que pare de cerrar os punhos —, se acalme. Para onde vai?

— Eu vou ficar com o Pitt.

— E o riquinho? — pergunto, levantando uma sobrancelha.

— Está na casa dele. — Ela encolhe os ombros e sorri. — Eu não pertenço a ele, é um idiota.

— Você não pertence a ninguém — seu irmão gêmeo intervém.

— *Touché.* — Os dois batem as mãos e nós três rimos.

— Hell, preciso de você. — V abre a porta do escritório e gesticula para eu entrar.

— Eu não posso agora, vou...

— Você vai entrar e obedecer. — Ele me olha seriamente sem deixar que eu termine a frase.

— Vai se aquecendo — digo, passando a bola para o meu irmão.

— Eu não acho que você vai ter tempo para jogos hoje, garoto — meu pai informa.

— Vá — murmura Nate. — Vou levar Sas e depois vou encontrar com Mitch.

— Sinto muito. — Eu bagunço o cabelo dele e olho para Sasha. — Se comporte — sussurro, antes de me virar.

— Nunca. — Ouço ela responder. Sorrio já no caminho para o escritório.

V me oferece uma dose de uísque indicando que eu me sente. Ao longo dos anos, aprendi a obedecer sem que ele precisasse falar, através de seus gestos e expressões.

— Você tem que ir ao Nightmare hoje à noite.

— De jeito nenhum — eu digo sem hesitação.

— Não é uma escolha. É para ir. — Ele toma um gole sem vacilar nem um pouco.

— Você sabe muito bem que não suporto aquele lugar, nem o resto dos seus bordéis. Você tem gente o suficiente pra cuidar do que quer que esteja precisando.

— A garota que você levou esta manhã para o apartamento se mostrou um pouco rebelde. — A respiração fica presa em minha garganta quando percebo que está se referindo à Hope. — Jax me disse que custou a tirar as fotos e suspeita que ela está tentando convencer as restantes a se rebelar.

— E o que isso tem a ver comigo? — Eu aperto o copo de cristal, mantendo-o no braço da poltrona, para não o quebrar.

— Quero que você vá ao clube porque hoje é a primeira noite dela e temos certeza de que vai causar problemas.

— Vou repetir. O que isso tem a ver comigo?

— O russo pagou por ela. — O copo de cristal quebra em minhas mãos. — O que está acontecendo contigo?

— Continue — peço, olhando para ele e retirando os cristais que ficaram presos na minha pele.

— O russo pagou por ela e a quer esta noite. Eu preciso de você para que não nos dê problemas e realize o serviço corretamente. — Não falo nada, só olho para o sangue nas palmas das minhas mãos. — Limpe isso. — Ele aponta para os cacos de vidro no chão antes de sair.

Chamo uma das faxineiras para cuidar do copo e eu mesmo limpo minhas feridas. Vou precisar de alguns pontos, pego o material e resolvo tudo em poucos segundos, coloco um pequeno curativo e abro o grupo dos meus amigos no WhatsApp.

Eu
Preciso de vocês.
2:40 pm

Calvin
O que foi?
2:40pm

Dave
Diz aí.
2:40 pm

Eu
Tenho que ir ao Nightmare e não vou conseguir me controlar. Não quero que as coisas saiam do controle ou vou acabar tendo problemas com V.
2:41 pm

Elliot
Que horas?
2:41 pm

Calvin
Estou acabando de comer e vou pra sua casa.
2:41 pm

Eu
Não, vamos nos encontrar lá mesmo, às sete.
2:41 pm

Dave
Tudo bem.
2:42 pm

Elliot
Sem problemas.
2:42 pm

Volto para o meu quarto e deito alguns minutos na cama para relaxar, não quero me encontrar com Avery nesse estado.

Como pode me pedir para ir àquele maldito lugar? V me conhece, é o que mais me conhece depois dos meus irmãos, sabe que acho esses lugares repulsivos. Saber o que está acontecendo lá me deixa nauseado, ainda mais quando estive no apartamento pouco antes, vendo a tristeza e a resignação nos rostos daquelas pobres garotas. Sequestradas, forçadas a serem prostitutas pelo resto de seus dias.

Uma mensagem de Avery me tira dos meus pensamentos, pergunta se já saí e diz que quer muito me abraçar. Eu respondo que sim, que acabei de entrar no carro e avisarei quando for para descer do apartamento.

Um sorriso bobo surge no meu rosto quando ela abre o portão do prédio velho e feio onde fica seu apartamento, em Chinatown. Nosso relacionamento com os chineses não é muito bom, então tento não vir muito aqui.

— Olá, seu feio! — Ela se joga para me dar um abraço e eu o devolvo com alegria.

— O que aconteceu com o seu cabelo? Um flamingo mijou em você? — pergunto quando vejo que o tingiu de cor-de-rosa.

— Cala a boca, seu idiota. Não vai dizer que ficou ruim. — Ela faz uma pose no banco do passageiro e eu apenas balanço minha cabeça rindo e ligo o carro.

Passamos por um *drive-thru* e, com os nossos pedidos, dirijo ao mesmo terraço que estive ontem com Nathan. Avery me conta como foi sua semana, diz que seu chefe está ajudando muito ao deixá-la fazer horas extras, mas isso está fazendo com que durma pouco e por isso está muito cansada. Ela me disse que foi ao médico ontem e que ele recomendou algumas vitaminas para ficar mais forte.

— Avery, por favor...

— Não. — Ela cobre minha boca com a mão suja de ketchup. — Não me ofereça dinheiro de novo.

— Eu não vou deixar você ficar doente, entendeu? — respondo, limpando meu queixo que ela encheu de molho.

— Eu não vou ficar — afirma ela, com a boca cheia de hambúrguer.

— Quantas horas por dia você está trabalhando? — Estamos comendo dentro do carro, então baixo a janela para que o ar aqui de cima possa entrar.

— Umas catorze.

— Avery!

— Hell! — Ela olha para mim e balança a cabeça, encerrando o assunto.

— Você não percebe o absurdo que você está fazendo, né? — Eu suspiro e tomo um gole da minha Coca-Cola.

— Como você está? — Ela é especialista em mudar de assunto.

— Você não quer saber. — Eu olho para ela.

— É algo que não tem a ver com o chefe cruel da máfia que você chama de pai, ou com o império dele?

— Não, Av, você sabe que a minha vida gira em torno disso. Todos os meus amigos e as pessoas que me envolvo são desse meio. Você é a única coisa que tenho que não está dentro de toda essa... merda.

Ela para de comer as batatas fritas e pega a minha mão, está sorrindo quando eu olho para ela e isso faz eu me sentir um pouco melhor.

— Me diga. — Nego. — Me diga.

— Eu conheci uma garota.

— Isso é fantástico! — celebra, saltando no assento. — Espere, não é fantástico? — Ela muda de opinião ao ver meu rosto sério.

— V acabou de comprá-la.

Avery arregala os olhos surpresa, dá uma bufada e fecha os olhos. Seu cabelo cor-de-rosa toca a parte de trás do assento quando ela recosta a cabeça e enfia um punhado de pelo menos oito batatas na boca.

— Diga alguma coisa — imploro, tirando a comida de perto dela quando enfia outra porção na boca de forma ansiosa. Ela resmunga algo com a boca cheia, mas eu não entendo nada, então lhe passo o copo de refrigerante.

— Você não pode se apaixonar por uma mulher que será forçada a dormir com todos os tipos de homens. — Ela nega freneticamente com a cabeça. — Você não pode, Hell.

— Quem disse que eu me apaixonei? Você está exagerando, para você não há meio-termo, né? — Eu olho para longe, mas ela vira meu queixo em sua direção.

— De quantas mulheres já conversamos até hoje? — Não abro a boca, só viro os olhos enquanto mastigo. — Deus, primo, achei que você fosse gay!

— Bem, não, Av, eu gosto de mulheres, mas nunca contei nada sobre nenhuma delas porque eu nunca tive... — Ela sorri orgulhosa quando não consigo encontrar as palavras para terminar a frase. — Nenhuma delas... — Ela continua sorrindo, pega o pacote de batata e bate as mãos se parabenizando. — Não dá, Avery, fui eu quem a forçou a entrar na porra do apartamento das novatas. Ela me disse seu nome, contou sobre sua vida e me implorou para não a abandonar naquele apartamento.

— Muita informação. — Ela levanta a mão e seu rosto se torna sério. — E você a deixou lá?

— Avery... — Ela balança a cabeça em desaprovação, fazendo com que eu me sinta ainda pior.

Largo a comida e saio do carro, eu preciso de ar. Eu esfrego os cabelos e grito de frustração, eu precisava fazer isso desde ontem. Coloco um cigarro entre os lábios e o acendo, então ela sai e caminha até mim, se aproxima e me abraça, descansando a cabeça no meu peito.

— Sinto muito — ela sussurra, me apertando mais. Eu lhe dou um beijo na cabeça e espero que olhe para mim. — Eu sei que você não gosta disso, que se fosse por você já teria acabado com essa parte do negócio. — Eu aceno com um nó na garganta. — Sua mãe teria orgulho do homem que você se tornou, Hell.

— Acho que não. — Eu solto uma risada amarga e me afasto dela, dou uma tragada e caminho até a borda do prédio.

— Claro que sim, olhe para si mesmo. Você está se sentindo um bosta por causa de uma garota que acabou de conhecer, se sentindo culpado pelo futuro que a espera. Você poderia ter o ódio e o rancor de seu pai, poderia ser tão cruel quanto ele, mas você não é. — Ela segura meu rosto para que eu a olhe. — Você não é como Vladimir Ivankov.

***

Depois de deixar minha prima em casa, volto para a mansão e caio na cama, ligando o aparelho de som com o controle remoto. Eu olho para a maconha na mesa de cabeceira, mas mudo de ideia imediatamente, preciso estar completamente lúcido esta noite e já são seis horas. Tomo um banho e visto uma calça jeans, camisa cinza de mangas curtas, jaqueta e sapatos pretos.

Quando eu passo pelo escritório de V, ele me olha de sua mesa e acena, presumindo que vou fazer o que ele me pediu. Devolvo o aceno e ando para a porta.

— Onde você está indo? — pergunta meu irmão. Ele acabou de chegar com seu amigo Mitch.

— Ao Nightmare. — Nós trocamos olhares e não precisamos dizer mais nada.

— Por isso que o papai te chamou? — Eu concordo com a cabeça. — Nós vamos com você.

— Não, já chamei os rapazes. Não se preocupe, divirtam-se — digo, olhando para os dois.

— Hell — ele me para segurando a manga da minha jaqueta. — Ela é só mais uma garota. Você tem muito a perder. — Ele olha nos meus olhos com aviso e preocupação.

Concordo com a cabeça e me forço a sorrir para tranquilizá-lo, fecho a porta atrás de mim e inspiro profundamente.

Minutos depois, estou estacionando na calçada em frente ao clube. Eu vejo que Dave, Elliot e Calvin já estão esperando por mim lá fora, atravesso a rua correndo para não ser atropelado e aceno para eles me seguirem. Nós não falamos, estou muito nervoso. O porteiro, um cara enorme — realmente enorme — abre a porta assim que me vê.

— E agora o quê? — Dave pergunta.

— Pois é, você não nos contou o que está errado. — Calvin pega o maço de cigarros e oferece um para cada um.

— Vão se sentar e peçam alguma coisa — respondo, aceitando. — Se virem alguma confusão, me encontrem.

Os três concordam e vão para a área reservada, onde podem passar sem problemas, os funcionários já viram que estão comigo.

— Onde está o Jax? — eu pergunto a um garçom.

— Ele chegou há um tempo com as meninas novas. Acho que uma delas está causando problemas — acrescenta quando ouvimos um grito no corredor dos quartos.

Eu corro para lá, e então tenho que parar quando vejo outro funcionário arrastando Hope enquanto ela grita e chora implorando. Jax segue os dois enquanto ri e fala ao telefone. O russo aguarda por ela, encostado na porta do quarto.

Eu saio do corredor e soco a parede. Levo minhas mãos para a cabeça, puxando os cabelos e me odiando por não parar o que estão prestes a fazer. Ela é só mais uma garota, ela é só mais uma garota, repito para mim mesmo as palavras do meu irmão. Não é outra garota, porra! É a Hope. A garota que morou na rua e cuja avó morreu, deixando-a sozinha e fazendo com que o destino a levasse para um clube de striptease.

— O que aconteceu? — Dave pergunta, olhando para os meus dedos enquanto me sento ao lado dele.

— Nada. Ei, eu preciso... Porra. — Esfrego a testa e apoio os braços nos joelhos.

— Cara, conta pra gente o que está acontecendo. — Desta vez é Elliot quem fala.

— Ontem eles trouxeram uma garota nova — começo a falar sem olhar para eles. — Eu tive que forçá-la a ir até o apartamento.

— Bem... — Dave tenta falar com cuidado. — Isso é uma droga, nós sabemos, mas não é a primeira vez que você tem que fazer isso.

— Mas é a primeira vez que sei o nome dela. — Eu olho para eles. — Seu nome é Hope. Esperança. — Eu rio sarcasticamente com o significado do nome. — Ela me implorou pra tirá-la de lá, chamou pelo meu nome e me implorou para não a deixar sozinha. E o que eu fiz?

— O que teve que fazer. — Elliot é o único que se atreveria a me dizer algo assim.

— Eu a deixei lá. E agora eles a estão estuprando e fazendo Deus sabe o quê. — Com um chute eu viro a mesa com tudo que tem em cima, os copos e cristais fazem um estrondo ao se quebrarem.

Uma garçonete se aproxima sem dizer nada, nem se atreve a olhar para nós e começa a recolher e limpar toda a bagunça. Meus amigos tentam me distrair, mudando de assunto, mas eu não consigo tirá-la da minha cabeça. É como se eu conseguisse escutar seus gritos, mas não, eu apenas os ouço na minha cabeça. Isso é a culpa?

HOPE

A porta se fecha e eu tiro o cabelo do rosto para poder ver onde estou. Eu reconheço o rosto do russo, cujo nome eu não sei. Ele corre a língua lentamente pelos lábios e começa a desafivelar o cinto. Por instinto, me encolho na cama até chegar à cabeceira. Olho em volta, tentando encontrar algo para me defender. Não há nada. Respiro tentando me acalmar e ser capaz de pensar em como sair daqui. Ele tira os sapatos e as calças, mantendo as meias e a cueca.

— Você vai ser boazinha? — pergunta, enquanto se livra da parte de cima de suas roupas.

Eu não respondo, cubro meu corpo praticamente nu com o travesseiro que estava atrás de mim, tento criar algum tipo de barreira que me mantenha longe dele. Eu percebo que minha respiração está ficando mais rápida, eu preciso me acalmar e pensar.

— Isso não vai te servir de nada, querida. — Ele ri e termina de tirar a roupa.

Dá vários passos em direção à cama e coloca os joelhos no colchão, meu pulso acelera incontrolavelmente enquanto avança. Ele coloca as mãos em meus tornozelos e inesperadamente os puxa com força, colocando-se em cima de mim de forma rápida e ágil.

— Não faça isso, por favor. — Eu tento conter as lágrimas.

— Ah, não chore. — Eu viro meu rosto quando sinto o toque dos dedos dele na minha bochecha. — Vamos nos divertir.

Eu levo minhas mãos ao seu pescoço e cravo minhas unhas nele para mantê-lo longe, mas ele as tira e me dá um tapa. Fico alguns segundos paralisada por causa da dor, momento que ele aproveita para unir meus pulsos com uma corda que não sei de onde saiu. Amarra a ponta à cabeceira e então eu começo a gritar.

— Não! Socorro! — Esperneio, mas não adianta, ele já está em cima de mim.

Ele não diz nada, apenas ri e aproxima o rosto do meu, cuspindo em mim a cada gargalhada. Tenta me beijar, mas recebe uma mordida nos lábios. O tapa que recebo desta vez não é como o anterior, ele rasgou o meu lábio. O gosto amargo do sangue entra na minha boca. O russo não ri mais, sua expressão é bastante eufórica e consigo ver um volume sob sua cueca.

— Não... por favor — eu imploro, sem esperança, sabendo o que está por vir.

Consigo ouvir meu sangue latejando em meus ouvidos. Meu pulso dispara e minhas mãos estão suando, atadas. Eu respiro de maneira entrecortada, se não me acalmar logo, vou desmaiar. Um zumbido alto começa a soar na minha cabeça. Uma de suas mãos aperta meu pescoço, enquanto puxa uma das tiras de pano da fantasia com a outra. Baixo o olhar e vejo que meus seios estão quase à mostra. Sem pensar, ele tira a mão do meu pescoço e começa a massageá-los, lambendo e puxando os meus mamilos com os dedos, provocando uma dor assustadora. Eu chuto de novo e grito, mas parece que isso o excita mais.

— Já faz um bom tempo desde que eu comi uma virgem.

— Eu não sou virgem — digo rapidamente, esperando que isso diminuísse seu desejo.

Ele franze a testa e seu sorriso se expande lentamente.

— Bem, então não preciso ser delicado contigo. — Ele se afasta e puxa minha calcinha de uma vez.

— Não! Socorro! Hell!

— Hell? — Ele ri novamente. — Tenho certeza que ele fará o mesmo com você quando eu terminar.

Ele se livra de sua cueca e imediatamente uma náusea sobe pela minha garganta quando leva uma das mãos ao membro e começa a se masturbar.

— Socorro! — Fico me contorcendo e puxando a corda, fazendo com que a cabeceira se mova, mas não consigo me soltar.

A impotência que sinto é angustiante, não posso detê-lo de maneira alguma. Ele vai me violar e não há nada que eu possa fazer para evitar isso. Começo a hiperventilar, meu peito dói e não consigo respirar. Acho que estou transpirando, uma gota de suor desce pela minha testa e um nó se forma no meu estômago.

Olho para baixo quando percebo como ele começa a tocar minha área íntima. Eu fecho minhas pernas me contorcendo o máximo que posso, mas ele sorri e coloca uma mão na minha barriga, empurrando, de forma que eu não consigo me mexer. Suas unhas me arranham quando ele tenta abrir minhas pernas com a outra mão.

— Me deixa, não me toque! Hell!

Ele tira a mão do meu abdômen e com as duas consegue separar minhas pernas completamente, aproveitando para colocar seu corpo no meio para que eu não as feche de novo. Rapidamente vejo quando ele coloca sua ereção em minha entrada e empurra sem cuidado ou medo.

— Ah! — grito, fechando os olhos com força.

A dor mais aguda que senti em minha vida se forma dentro de mim toda vez que seu membro sai e entra outra vez, me abrindo de maneira impaciente e violenta. Ele deixa cair seu corpo pesado no meu e leva a boca aos meus seios, lambe e morde meus mamilos com a mesma falta de cuidado com que me penetra.

— Para! — As lágrimas caem pelas laterais do meu rosto, chegando aos meus ouvidos.

Meu corpo começa a ficar dormente e sinto um formigamento nas mãos e nos pés. Minha garganta dói, minha boca está tão seca que eu não posso engolir.

— Pare de fingir, eu sei que você gosta. — O cheiro nauseante de álcool misturado com o tabaco de sua respiração me causa tanta repulsa que vomito.

Ele coloca suas mãos nas laterais do meu corpo e me levanta um pouco, conseguindo me penetrar profundamente. Minha visão fica nublada e meus ouvidos coçam, sinto meu coração pulsando acelerado neles. De repente, a sala parece menor e menor, como se estivesse diminuindo de tamanho, aproximando cada vez mais o corpo desse homem ao meu.

Ele continua fazendo isso por mais alguns minutos. Minutos em que decido bloquear minha mente e meu corpo e apenas esperar que acabe. Então, ele para, subindo pelo meu corpo até ficar sobre meus seios.

— Não, não — eu balanço minha cabeça, desviando o máximo que posso.

— Abra a boca, cadela. — Com uma mão me força a olhar para cima e tenta separar meus lábios, enquanto com a outra posiciona a ponta de seu membro entre eles.

Eu cerro meus dentes para impedi-lo de entrar, assim como meus olhos para evitar olhar o que está na minha frente. Ele continua tentando abri-los sem sucesso, enquanto esfrega seu membro nas minhas bochechas, nariz e queixo. O desejo de vomitar cresce a cada segundo. Incapaz de evitá-lo, abro a boca quando uma golfada maior do que a anterior sobe pela minha garganta. E ele consegue entrar. Percebo que vou desmaiar quando ele toca minha garganta com a ponta de seu membro.

— Ah! — ele grita de dor e tira seu membro quando meus dentes o machucam.

Um outro golpe faz meus lábios sangrarem ainda mais. Ele não hesita e desce pelo meu corpo, abrindo mais uma vez as minhas pernas me penetrando com mais violência do que antes.

— Eu quero gozar na sua cara. — Ele respira ofegantemente alguns minutos depois e me força a olhar para ele. — Mas eu não acho que tenho mais tempo. — Eu fecho meus olhos, mas ele me dá mais um tapa. — Olhe para mim, cadela! — Arriscando-me a ser espancada novamente, recuso-me a registrar esse momento em minha memória.

Quando o ritmo da violência aumenta, a porta do quarto é derrubada.

HELL

— Onde você está indo? — Dave pergunta quando, trinta minutos depois, levanto-me de repente.

— Não estou aguentando.

— Ei, você vai estragar tudo.

— Cara, pense no que você vai fazer. — Calvin se levanta e fica na minha frente.

— Podia ser a Sasha — falo entre os dentes, fechando os punhos.

— Mas não é, nem nunca será.

Eu olho para ele por um segundo, refletindo, mas depois eu os empurro para o lado e passo pelo corredor. Com a música alta eu não os escuto, mas sei que estão vindo atrás de mim. Ando até a porta onde vi o russo mais cedo e tento abri-la, mas está trancada por dentro. Me viro e vejo meus amigos a apenas um metro de mim, preocupados, mas determinados a me apoiar até o fim. Eu me afasto, pressionando as costas contra a parede oposta e chuto a madeira da porta, estourando a fechadura.

Eu tremo um segundo quando olho para dentro. O russo deitado em cima de Hope, se movendo e ofegante. Completamente nu, exceto pelas meias. Ela estava amarrada pelos pulsos na cabeceira da cama, o rosto ensanguentado e com lágrimas nos olhos.

Na minha vida já vi muitas pessoas morrerem, já vi os últimos momentos de muita gente, mas o terror que vejo nos olhos dessa menina, eu não tinha visto antes. Em apenas uma fração de segundo, vejo a imagem de Sasha no rosto de Hope e a voz do meu pai repetindo mil vezes: *A família vem em primeiro lugar. Nunca abandone os seus. Você tem todo o poder na palma de suas mãos, Hell.*

— Hell. — Sua voz fraca me traz de volta à realidade. Um sussurro vindo do fundo de sua garganta.

Meu corpo se move sem minha permissão. O russo se vira para olhar para mim enquanto eu atravesso o quarto até ele, tiro a arma encaixada atrás da calça jeans, destravo-a e o levanto pelo pescoço sem dar tempo de ele reagir, jogando seu corpo nu na cama, e sem pensar eu disparo entre seus olhos. Hope não grita, apenas fecha as pernas e tenta soltar as mãos. Sem olhar para o seu corpo praticamente nu, eu dou a volta na cama e desato o nó de seus pulsos. Ela imediatamente se encosta na cabeceira, abraçando as pernas, com lágrimas secas e sangue nos lábios. Pega o travesseiro e tenta cobrir seu corpo com ele.

Tento dizer algo quando escuto passos no corredor. Me viro para meus amigos, que agora balançam a cabeça, e Jax aparece atrás deles, empurrando-os para dentro do quarto.

— Você perdeu a maldita cabeça?! — grita ele, levantando as mãos e olhando para o corpo. — Você cavou seu próprio túmulo, garoto. — Ri. — Quando seu pai descobrir, você vai pagar como merece.

Ele se vira para sair, mas meus amigos o seguram quando eu olho para eles. Empurram Jax contra mim e eu o jogo contra a parede.

— Eu sei o que você está pensando — diz sorrindo —, mas deveria pensar melhor. Se você me matar, você será o próximo.

— Isso soou como uma ameaça — eu digo, pouco antes de socá-lo no estômago. Tão forte que se encolhe e cai no chão.

— Tudo isso por uma puta, Hell? — Soco sua boca para calá-lo de uma vez.

Sento-me sobre ele e deixo a fúria tomar conta do meu corpo, continuo a bater até perceber que está morto. Com cada soco, libero uma pequena porção da raiva que tenho por meu pai por obrigar todas essas garotas a fazerem isso. Mas isso não é suficiente, nunca será. Percebo que os nós dos meus dedos estão se abrindo e tenho certeza de que um deles se quebrou quando vários dentes foram lançados no chão, mas não me importo.

Paro quando o rosto dele já está desfigurado. Me estico, ainda ajoelhado com o corpo dele entre as pernas, e percebo como meu peito sobe e desce com violência, meu coração lateja nos meus ouvidos e gotas de suor caem pela minha testa.

Todas as veias dos meus braços e pescoço estão prestes a explodir, meu coração também se eu não me acalmar. Dave me estende a mão, eu a aceito e dou um passo em direção a eles para me afastar do cadáver.

— Se desfaçam desse corpo — ordeno aos dois caras que estão atrás dos meus amigos, não sei em que momento eles chegaram. — Se V descobrir isso, vocês vão me implorar por uma bala na cabeça, entenderam? — Os dois acenam e levantam o corpo pelos braços arrastando-o para longe.

— Hell. — Calvin aponta para as minhas costas.

Então eu me viro e a vejo novamente. Ainda mais aterrorizada do que há alguns minutos.

III

HOPE

Não consigo parar de olhá-lo. Como se ele fosse o próprio inferno em pessoa, mas ao mesmo tempo meu salvador, Hell se aproxima lentamente da cama onde estou.

— Temos que ir — diz ele cautelosamente. — Venha comigo.

— Não me toque — gaguejo, me afastando um pouco mais.

— Você pode andar? — pergunta, me oferecendo sua mão.

— Sim. — Eu seco as lágrimas dos meus olhos e ele dá um passo para trás quando começo a me levantar.

— Espere — ele diz, tirando a jaqueta. — Aceite, por favor. — Ele entrega para mim e eu a pego depois de hesitar por um segundo.

Eu não sei o que pensar, não sei como me sinto. A dor que sinto em todo o corpo é incomparável a qualquer coisa que já passei. Por outro lado, esse homem me salvou. Bem, será que salvou? Poderia ter chegado mais cedo ou me tirado do apartamento quando pedi. Mas agora ele está aqui, oferecendo ajuda, sem nem me conhecer direito. Ele não deveria ter feito isso, mas o fez. E ele matou o russo e Jax. Foi o nome dele que eu gritei enquanto aquele bastardo me estuprava, por quê? Mesmo assim, não posso deixar de sentir um pouco de medo dele. Ele não deixa de ser quem é.

Deus, eu não sei se posso andar.

Visto sua jaqueta, que bom que sou pequena e a peça é enorme, porque, graças a ela, o tecido cobre minha bunda e parte das minhas pernas.

— O que você vai fazer com ela? — pergunta um dos rapazes da porta.

— No momento, vou levá-la para a casa no Brooklyn — diz ele sem tirar os olhos de mim.

— Não me toque — repito quando ele estende sua mão. — Eu posso ir sozinha.

Eu apoio minhas mãos no colchão para ganhar impulso, mas quando levanto minhas pernas tremem e ele me segura antes de cair no chão.

— Me deixe ajudá-la, por favor — diz ele, fixando os olhos nos meus.

Eu aceno e coloco um braço em volta do seu pescoço para que me carregue. A última coisa que quero agora é que alguém me toque, mas o que mais quero é sair daqui e sei que não posso fazer isso sem a ajuda dele.

Nós caminhamos em direção aos outros três caras, que se afastam para nos deixar passar.

— Tem certeza disso? — pergunta o loiro, tocando seu ombro. — Você sabe o que está em jogo. Isso não vai ter volta, Hell.

Ele olha para o rapaz por alguns segundos e depois para os outros dois, suspira e concorda com a cabeça.

— Saiam e me avisem quando a porta dos fundos estiver segura. As chaves estão no meu bolso — ele diz ao cara de cabelos escuros com uma tatuagem no pescoço, que as tira dos jeans do homem que me carrega em seus braços.

Sem dizer outra palavra ou contradizê-lo, eles saem do quarto e desaparecem. Ele me coloca no chão e pede para que eu me apoie em uma cadeira.

— Eu já volto — diz, olhando para mim.

HELL

— Não. — O tom desesperado de sua voz retorna. — Por favor, não me deixe. — Seus olhos se enchem de lágrimas novamente.

— Será apenas por um segundo — eu digo, tentando convencê-la. — Eu prometo que voltarei.

— Por favor — murmura, engolindo saliva para não chorar.

— Um segundo.

Eu olho para o corredor e corro para o camarim, abrindo-o e ignorando o restante das garotas lá dentro, elas me olham surpresas e assustadas.

Eu não posso levar todas, que merda.

Abro o armário e tiro as primeiras calças que encontro.

— Está tudo tranquilo lá fora. — Calvin me avisa através da porta dos fundos.

— Já vou.

Eu volto para o quarto de onde vim e a encontro tremendo e agachada no chão. Seus olhos brilham levemente quando me vê.

— Aqui — eu digo, passando-lhe as calças. Eu a ajudo a se levantar e deixo que se apoie no meu ombro enquanto se veste. — Vamos lá.

Eu a coloco de volta em meus braços e caminho com ela pelo corredor, certificando-me de que ninguém nos veja ou siga.

— Espere — ela diz, quando passamos em frente ao camarim.

— O que foi?

— As garotas.

— Eu não posso libertar todas elas, Hope.

— Por favor. — Seu lábio inferior treme. — Riley tem dezessete anos e Tessa...

— Pare de me contar sobre elas, eu não quero saber de nada. — Sem prestar mais atenção ao que ela diz e ignorando suas lágrimas, continuo andando.

Calvin se afasta para nos deixar passar e depois fecha a porta atrás dele. Dave, que foi buscar o meu carro e o trouxe para o beco, abre a porta do passageiro. Coloco Hope no chão e ela entra no carro sem dizer uma palavra. Eu fecho a porta e encaro os meus amigos.

— Isso não vai acabar bem — diz Dave, entregando-me as chaves.

— Eu sei — respondo antes de entrar no carro.

Dirijo pela rua principal e acelero para sair logo de Hunts Point. Para os que não sabem, esse é o bairro mais prostituído do Bronx — e possivelmente de Nova York — cheio de gangues e degenerados. Perigoso e cheio de miséria, como os bairros de Melrose ou Mott Haven, nada a ver com o lugar onde moro, Riverdale. Esse é o local mais rico do Bronx e um dos mais ricos da cidade.

Meu telefone toca e vejo o nome de Casper na tela. Eu olho para Hope com o canto do olho e me amaldiçoo quando vejo que ela ainda está tremendo. Está com medo ou com frio? Pelo sim, pelo não, ligo o aquecedor.

— Está bem? — Que droga de pergunta é essa? Ela olha para mim, mas não responde. — Ei, sinto muito pelo que...

— Estou bem — ela me interrompe.

— Ok, então — respondo com a mesma secura.

Atravesso a ponte para entrar no Queens e continuo meu caminho sem falar com ela. Eu também não sei o que dizer.

— Para onde você está me levando? — ela pergunta quando chegamos ao Brooklyn.

— Eu tenho uma casa em Brooklyn Heights. É discreta, você pode ficar lá até... até eu decidir o que fazer com você.

— Eu estou sendo sequestrada?

Olho para ela, mas não respondo. Se ela está sendo sequestrada? Porra, eu acabei de tirá-la daquele maldito lugar e ela me pergunta se está sendo sequestrada.

— O seu silêncio é a minha resposta — diz, olhando pela janela.

— Você não está sendo sequestrada, Hope.

— Então pare o carro e me deixe sair.

— Não posso fazer isso. — Ela está me deixando nervoso e a porra do telefone não para de tocar. Agora é o V.

— Por quê?

— Para onde você iria? — Eu olho para ela, aproveitando o fato de que estamos parados em um semáforo.

— Isso não é problema seu. — Ela me desafia com o olhar.

— Está errada. Você é problema meu a partir do momento que eu matei dois caras por sua causa.

— Não pedi por isso.

— De nada! — exclamo com uma risada sarcástica, partindo com o carro novamente.

Ela me observa por mais alguns segundos e vira o rosto novamente.

Quando chegamos ao prédio onde fica meu apartamento, estaciono em um espaço livre e desligo o carro. É um milagre que haja uma vaga nessa área.

— Me escute — eu começo, olhando para ela. — Eu não posso deixar você sair sozinha, porque eles podem te encontrar e te matar. E depois me matariam pelo que fiz.

— Por que você fez isso? — pergunta, relaxando um pouco sua expressão.

— Você não entenderia — limpo minha garganta e escuto o maldito telefone tocar de novo. — Vai cooperar comigo? — pergunto.

Ela suspira e concorda, puxando a trava para sair. Eu me aproximo dela rapidamente para segurá-la e ajudá-la a subir os degraus da porta da frente. Pego as chaves do bolso da jaqueta que ela está usando e abro a porta. Entramos no apartamento e a acompanho até a sala, para que ela possa se sentar no sofá.

— Todos esses livros são seus? — Ela olha ao redor.

— Sim.

— Você leu todos eles?

— Os naquela prateleira sim. — Eu aponto para a da direita. — Os da outra, não.

— E os filmes? — Ela vira a cabeça para o armário de vidro.

— Assisti a quase todos eles. Ei, agora tenho que ir. — Aí está aquele olhar de angústia novamente. — Mas ninguém vai procurar por você aqui — acrescento para tranquilizá-la. — Ninguém sabe que eu tenho essa casa, você está segura aqui.

— Como você sabe que eu não vou fugir quando for embora?

— Porque você é uma garota esperta.

— Você vai voltar?

— Amanhã de manhã. Vou trazer comida e algumas roupas.

— Até quando vou ter que ficar aqui? — pergunta ela, levantando-se do sofá.

— Não sei. O quão ferrada você está? Você disse que não tinha para onde ir e que estava sozinha.

— Eu continuo sozinha — ela diz rapidamente.

— Mas agora você tem onde dormir — retruco, um pouco ofendido.

— O que você disser. — Ela anda pelo corredor, até parar na frente do piano.

Ela olha para mim e eu a olho de volta. Não dizemos nada. Ela levanta a tampa e senta-se ao banco, deslizando os dedos pelas teclas. A primeira nota ressoa, depois outra e depois outra, fico espantado ao ver como ela toca, com delicadeza e elegância. Acho estranho ver uma garota vestindo minha jaqueta, calças duas vezes maior que seu tamanho, desgrenhada e com sangue seco nos lábios, tocando dessa forma tão... mágica? Nossa, estou me tornando um canalha com coração mole.

— Tenho que ir. — Escutar minha própria voz interrompendo esse momento me incomoda.

Ela para e olha para mim.

— Então, vá.

— Você precisa que eu chame um médico? — pergunto de forma desconfortável, tentando não pensar sobre o que aquele filho da puta fez com ela.

— Não. Estou bem. — Ela baixa a cabeça e toca as teclas novamente. — Até amanhã.

Eu ando até a porta da frente e a observo por mais um segundo, antes de sair e trancá-la. Meu telefone toca novamente.

HOPE

Eu termino a música que tocava para a minha avó todas as noites e fecho a tampa do piano antes de me levantar. Tiro o casaco, que guarda o cheiro intenso de Hell, colocando-o no sofá antes de ir para o corredor. A cozinha fica à direita e em frente há um banheiro. Eu sinto uma necessidade absurda de tomar um banho. O que... o homem fez comigo... me faz querer arrancar minha pele para me livrar do odor que ficou gravado em mim. Lágrimas se misturam com o sangue seco da minha boca, o sangue que ele fez brotar com seus golpes.

O banheiro é simples, um chuveiro, uma pia com vários armários, espelho e vaso sanitário.

Eu abro o chuveiro e tiro o resto das roupas enquanto me olho no espelho. Três hematomas começam a aparecer no meu ombro e nos meus pulsos. Seco minhas lágrimas com raiva, me machucando e me sentindo a coisa mais ridícula deste mundo por não ter feito nada para impedir aquele desgraçado.

Coloco um pé no chuveiro e logo depois o outro. Deixo a água cair pelo meu cabelo e meu corpo, incapaz de parar de chorar novamente. Pego o sabonete que está em uma prateleira e ensaboo a parte de cima do meu corpo, esfregando minha pele até ficar vermelha. Fragmentos do que aconteceu há pouco tempo retornam à minha mente, como quando só conseguimos lembrar de parte da letra de uma música e não podemos parar de repeti-la e repeti-la.

Eu respiro e tento me acalmar. Tento me convencer de que já estou em segurança e que ele já está morto. Eu não sei o porquê, mas a necessidade de ter Hell por perto aparece em minha mente. A sensação de me sentir segura com ele. De pensar que não deixaria ninguém fazer algo assim novamente. Mas então eu me pergunto: por que ele não o impediu antes? Por que deixou aquele homem ir tão longe? E o que mais me preocupa, por que ele me tirou de lá e me trouxe para sua casa?

HELL

Aperto sem parar a campainha de Avery até que escuto a voz de sua colega de quarto.

— Abra, eu sou o primo da Avery.

— Ela está trabalhando, está no turno da noite.

— Merda! — rosno com raiva por não ter me lembrado.

Volto para o carro e vou até Soho, onde fica o Café Gitane, onde ela trabalha. Deixo o veículo no beco próximo e, pela janela, antes de entrar, a vejo servindo uma mesa. Ela também me vê, franze a testa preocupada e se aproxima de mim quando eu paro no balcão.

— O que aconteceu com você? — Ela olha as manchas de sangue na minha camisa e, em seguida, olha as minhas mãos, levando as suas à boca ao ver o estado dos nós dos meus dedos. — Venha — diz, sem esperar por uma resposta.

Ela me leva para a sala dos fundos e me pede para esperar um momento, vai até sua colega e avisa que irá descansar alguns instantes. Retorna imediatamente com o kit de primeiros socorros, abre-o e começa a cuidar de mim sem dizer uma palavra. Eu a espero terminar calado, mas vejo algumas lágrimas que caem pelas suas bochechas.

— Ei, Av, eu estou bem. — Abraço-a e ela retribui, apertando-me mais do que o habitual.

— O que aconteceu com você? Por que tem sangue na sua camisa?

— É melhor você não saber, preciso que você me arranje outra, não posso chegar em casa assim. — Ela balança a cabeça sem entender nada, totalmente confusa. — Você pode me arranjar outra camisa?

— Claro. — Ela se vira e abre um dos armários, vasculha e tira uma camisa preta de lá.

Ela me olha enquanto abotoo a camisa e arranco o adesivo costurado com a logomarca da cafeteria. Olho para as minhas mãos e vejo que será impossível V não perceber as feridas, isso vai me denunciar.

— Você tem maquiagem? — Ela balança a cabeça afirmativamente, ainda mais confusa do que antes. — Você vai ter que cobrir isso para que ninguém veja as feridas. — Eu aponto para os nós dos dedos.

— Hell...

— Ei, me escute — digo, olhando em seus olhos —, isso não tem a ver com você e eu quero que continue assim, ok? — Ela apenas chora. — Você sabe que é complicado, só preciso que me ajude agora e prometo que da próxima vez que nos virmos, vamos fingir que essa noite nunca existiu. Você pode fazer isso por mim?

— Eu faria qualquer coisa por você — ela responde com confiança.

— Eu amo você, sabe disso?

— Eu também — ela responde.

Dou-lhe um beijo na bochecha e espero que vá buscar a maquiagem em sua bolsa para cobrir as feridas o melhor possível.

— Está ótimo, vai dar tudo certo — falo quando acredito que é suficiente. Sem mencionar que dói demais.

— O que vai dar certo? — ela pede explicações sem me olhar, mas não posso abrir o jogo sem acabar trazendo-a para toda essa confusão.

— Eu prometo ligar para você amanhã — digo quando ela me acompanha até a porta da cafeteria.

— Prometa de novo — pede.

— Te prometo. Obrigado. — Mostro minhas mãos e abro a porta para sair. Eu olho para ela de novo. — Você ficou linda com o cabelo assim. — Vejo o sorriso que abre para mim, o que me dá forças para chegar em casa. Para enfrentar Vladimir.

V sai do escritório e agarra meu braço quando eu passo por ele.

— Onde você se meteu? — ele pergunta, as veias do pescoço inchadas e um rosto sério.

— Onde você me mandou — eu respondo com um puxão para me soltar.

— E você pode me explicar o que aconteceu para que Jax e o russo terminassem mortos? Você tem alguma ideia de quem fez isso?

— Mortos? — finjo perplexidade.

— Não brinque comigo, garoto. — Ele segura meu pescoço e me pressiona contra a parede.

— Eu não sei do que você está falando. — Eu olho em seus olhos sem me encolher.

— Dois homens morreram e a garota nova desapareceu. O que você estava fazendo enquanto isso acontecia?

— Controlando o resto. Como você tinha falado, a novata fez a cabeça das outras e elas estavam começando a se rebelar. — Ele me solta e dá um passo para trás, pensativo. — Quando saí, Jax estava vivo e o russo estava com a novata.

— Estamos fodidos — sentencia, entrando em seu escritório e eu vou atrás dele.

Ele coloca um pouco de uísque em um copo e pega um charuto da caixa de ouro branco na mesa. Eu ando até o sofá grená e me sento, entrelaçando os dedos e esperando que continue. Vejo com o canto do olho como as feridas são quase imperceptíveis, eu só espero que ele não me pergunte por que estou vestindo uma camisa diferente.

Eu olho para ele e levanto as sobrancelhas como quem faz uma pergunta.

— Não sabem quem foi. — Isso me faz respirar de novo.

— Como você descobriu? — Estou em pé, nervoso demais para ficar parado.

— Os seguranças os encontraram há um tempo. — Balanço a cabeça e pego seu copo para tomar um gole. Ele franze a testa, mas se serve de outro copo sem dizer nada.

— O que está pensando em fazer?

— Eu preciso de alguém para cuidar dos clubes. Você vai fazer isso.

— Quê? — Eu olho para ele e me aproximo.

— Está na hora de você cuidar de alguma coisa, garoto. Drogas e armas são brincadeira de criança para você. Nathan ficará responsável por isso e você fará o trabalho de Jax.

— Não.

— É uma ordem. — O tom autoritário me enfurece.

— Eu disse que não. Me mande para onde quiser menos pra lá.

— Hell.

— Não.

— Você vai me desobedecer? Hein? — Eu escuto sua risada sarcástica. Ele não vai mudar de ideia.

— Não. — Cerro os dentes e os punhos, sentindo minhas feridas se abrirem. — Mas estou te pedindo que por favor não me coloque lá.

— Eu vou procurar alguém, mas até encontrar você será o responsável.

— Encontre-o logo. — Largo o copo em sua mesa com tanta força que ele derrama parte do seu conteúdo.

— Ei. — Me interrompe antes que eu consiga passar pela porta. — Você tem que encontrar a garota.

— Que garota? — Nate aparece.

— A partir de hoje, você está encarregado de receber os pedidos de drogas e armas — meu pai diz, ignorando a pergunta. — Você vai fazer isso sozinho até que Hell esteja livre novamente.

— E o que ele fará enquanto isso?

— Vai cuidar dos clubes.

Meu irmão olha para mim e imediatamente entende o que eu estou sentindo, ele não tem ideia do que aconteceu com Hope e não pretendo contar. Se algo der errado, quanto menos pessoas souberem, melhor.

O celular de V começa a tocar, ele sinaliza para sairmos e deixá-lo em paz, mas, quando estou fechando a porta, ele me chama de novo.

— O que aconteceu com suas roupas? Quando você saiu, usava outra camisa e uma jaqueta.

— Passei na casa de Babi antes de voltar — digo sem mais delongas. Ele balança a cabeça não muito convencido, mas se vira para atender a ligação.

— O que aconteceu? — Nate me olha, bufo no caminho para as escadas.

— Nada.

— Hell, me conta.

— Contar o quê? — Sasha sai da sala de jogos e se aproxima de nós.

— Nada, vou para a cama.

Eles olham um para o outro e depois para mim. Sabem que não é hora de perguntar, então apenas concordam e cada um segue seu próprio caminho.

Eu tiro minhas roupas, vou ao banheiro, abro a torneira e deixo a água e o sabonete tirarem a maquiagem que certamente está infeccionando as feridas. Elas estão horríveis, mas meu corpo se cura com rapidez, amanhã provavelmente estarei muito melhor.

Deito na cama e olho para o teto pensando em tudo que aconteceu hoje. Ir até Avery não foi nada mais do que um ato desesperado, em qualquer outra circunstância eu teria ido direto para a casa de Babi, mas ela está se divertindo esta noite e eu precisava de uma camisa nova com urgência. Arrependo-me de ter feito ela se preocupar dessa maneira, Av é a pessoa mais pura que eu conheço e eu odiaria que depois de tanto tempo e esforço, ela se envolvesse em tudo isso.

Eu decido mandar uma mensagem para ela se calmar.

Eu

Já estou em casa, deitado, está tudo bem.
Obrigado por me ajudar esta noite e sempre. Te amo.
10:40 pm

Avery

Graças a Deus, já derramei duas jarras de café por causa do nervosismo. Por favor, não se meta em muitos problemas. Pelo menos tente, te amo.
10:41 pm

HOPE

Depois de vestir o moletom que encontrei no armário de Hell e uma de suas camisas de mangas compridas, pego a manta do braço do sofá e me enrolo. Passo o tecido pelos ombros e me aproximo da estante dos filmes.

Tá, esse cara é organizado. Estou surpresa em ver que foram todos arrumados em prateleiras diferentes, de acordo com o gênero a que pertencem. Bem, eu certamente não quero assistir a um filme de terror agora, então procuro pelas comédias. Mas não, também não estou com vontade de rir. Na verdade, eu só preciso dormir, não me lembro da última vez que consegui pregar os olhos. Por isso escolho um filme histórico, daqueles que me faz pegar no sono só com os créditos iniciais. Coloco no aparelho, encolho-me de volta no sofá e aperto o play.

De fato, em menos de quinze minutos, o cansaço me vence, meu cérebro está saturado e precisa descansar. O sono começa a me levar e eu simplesmente me deixo ir.

Acho que estou sonhando quando mãos acariciam meu rosto, entreabro os olhos e fico imediatamente tensa ao verificar que não é um sonho, que isso está realmente acontecendo. Começo a chutar e gritar como uma louca, aterrorizada.

— Não! Me solta!

— Calma! Ei!

— Não! — Levanto e corro para a parede, usando a luminária de uma mesa como arma. Aperto os olhos para focar a silhueta na minha frente antes de lançá-la.

— Hope, sou eu, me desculpe, não queria te assustar. — Fala sem se aproximar.

— Hell. — Respiro e coloco minha mão no peito. — Desculpe, eu não queria...

— Tudo bem, venha cá.

Eu coloco minha arma de volta no seu lugar e caminho até ele, embora mantendo uma distância.

— O que você está fazendo aqui?

— Bem, eu estava em casa e queria ter certeza de que você não tinha ido embora.

— Eu não tinha muitas opções também. — Ele sorri com o canto da boca e isso produz um pequeno formigamento no meu estômago.

— Eu trouxe comida e roupas para você, mas vejo que já se cuidou — ele diz apontando para o que estou vestindo.

— Sim, bem... eu não queria continuar vestindo aquilo com que cheguei.

— Sem problema. Isso aqui é da minha irmã, acho que vai caber em você.

Ele me entrega uma mochila e nossos dedos se roçam levemente. Não quero olhar nos olhos dele porque tenho medo de me perder novamente. Ele limpa a garganta e vai até a cozinha, coloca uma sacola branca na mesa e eu o vejo esvaziá-la e colocar as coisas na geladeira.

— Você encontrou um supermercado aberto às cinco da manhã?

— Peguei essas coisas da minha casa, amanhã vou comprar mais.

— Obrigada.

Balança a cabeça e dá alguns passos em minha direção, deixando um espaço entre nós.

— Bem, voltarei assim que possível. — Ele para e me olha nos olhos. — Precisa de algo?

— Você pode ficar? — digo sem pensar.

HELL

Seus olhos caramelo me prendem mais uma vez. Como vou ficar? Eu tenho que começar a lidar com a merda do clube amanhã e não tenho ideia de como vou fazer isso. Eu nunca estive interessado porque sempre odiei essa parte do negócio de V, estou fodido.

— Por favor — insiste ela. — Não quero ficar sozinha.

— Está bem. Vá dormir, eu vou deitar no sofá. Aqui você está totalmente segura.

Ela concorda, me agradecendo com os olhos e sai pelo corredor até o quarto. Eu volto para a sala de estar e tiro meu jeans e camiseta antes de deitar. Me cubro com o mesmo cobertor que ela estava usando, mas primeiro desligo a TV. Aparentemente, ela é do tipo de garota que assiste a filmes para dormir.

Meu telefone me desperta cedo, eu desligo o alarme e me viro, mas depois percebo onde estou. Bocejo e me estico para alongar os músculos das costas e dos braços, antes de me levantar e ir para a cozinha. São apenas nove e meia, então imagino que Hope ainda esteja na cama.

Espero que sim.

Decido ir ao quarto para ter certeza, mas a encontro acordada, abraçando o travesseiro e olhando para a porta. Chorando.

— Bom dia — que idiota. — Você quer tomar café da manhã? — Eu não sei o que dizer.

— Não. — Ela se vira, dando as costas para mim.

Eu ando devagar e sento na beira da cama. Coloco uma mão em seu braço, mas imediatamente percebo que é uma má ideia, então a deixo no colchão.

Diga alguma coisa, droga.

— Ei, eu... — Nossa, que inteligente, hein, Hell! — O que posso fazer para te ajudar?

— Nada — murmura, controlando o choro.

— Hope, por favor...

— Você poderia ter me tirado de lá quando eu pedi! — grita de repente, virando-se e ficando de frente para mim. Estou sem palavras, surpreso. — Estou assim por culpa sua! Por sua causa, aquele homem me bateu e me estuprou!

— Sinto muito, Hope! Sinto muito! — explodo. — Você acha que é fácil para mim saber o que acontece todas as noites lá, e não poder fazer nada para evitar isso?

— Você não faz nada porque não quer!

— Isso não é verdade! — Eu me levanto, passando as mãos pelos cabelos, bagunçando-os em frustração.

— Claro que é! Você acha que a sua vida é difícil?

— Não é tão fácil quanto você pensa!

— Ah, desculpe! É verdade. — Ela para de gritar e se levanta. — Viver cheio de dinheiro e de pessoas que fazem tudo o que você pede deve ser muito difícil.

— Hope... — Seguro sua mão, mas ela a puxa e me empurra.

— Não me toque. — Olha para mim por mais um segundo e se vira, voltando para a cama e cobrindo a cabeça.

Eu a ouço começar a chorar de novo, mas agora com mais força do que antes. Ando pelo quarto, sem saber o que fazer ou dizer. Não posso deixá-la assim, não posso ir embora.

Talvez, primeiro, você deva vestir alguma coisa.

Então percebo que ainda estou de cueca e descalço, sou um idiota. Vou até a sala, coloco minhas calças e a camisa, e volto para o quarto. Me agacho em sua frente, seguro o edredom para puxá-lo para baixo devagar de forma que eu possa ver seu rosto. Ela me encara, mas não pede para me afastar ou não tocá-la. Aperta os olhos e chora mais e mais.

— Eu sinto muito, de verdade. — Eu me aproximo um pouco, lentamente, verificando se isso a incomoda ou se ela quer que eu continue.

Vendo que não me afasta, eu me sento e fico ao lado dela. Puxo seu corpo com cuidado e a abraço.

HOPE

Eu nunca tinha experimentado a quantidade de coisas que sinto agora. E tudo pela mesma pessoa. Ódio, ressentimento e rejeição, por não ter me tirado daquele apartamento e ter permitido ao russo ir tão longe. Mas também me sinto calma e segura, por ter me trazido e me tratado tão bem nas últimas horas. Suponho que seja porque ele é a única pessoa que fez algo por mim desde que minha avó morreu, além de Bárbara. Embora muito provavelmente ela tenha feito isso porque eles precisavam de mais uma garota no clube, não para me ajudar. Hell, por outro lado... eu não sei por que ele fez isso.

— Eu preciso saber de uma coisa — digo sem desencostar minha cabeça de seu pescoço.

— O quê?

— Por que você fez isso? Você não me conhece. Por que eu e não qualquer outra menina? — Ele suspira, me pegando pelos ombros para que me afastasse e olhasse para ele.

— Você não entenderia, Hope.

— Posso tentar.

IV

HELL

Como explicar isso? Como se explica algo que nem eu mesmo entendo?

— Não faz diferença.

— Eu preciso saber — insiste. Solto uma lufada de ar e concordo.

— Na verdade, para entender por que fiz o que fiz, primeiro você deve saber de várias outras coisas.

Você vai contar tudo a ela?

Por que não? Toda a cidade sabe quem somos, não vai mudar nada se ela também souber. E talvez dizer isso em voz alta me ajude.

— V é meu pai.

— V?

— Vladimir Ivankov. Nós viemos da Rússia quando eu tinha dois anos de idade. Ele é o cara mais perigoso que você pode conhecer, Hope. Nunca, sob nenhuma circunstância, se aproxime dele. Se você ouvir esse nome, corra. Se alguém falar com você sobre ele ou sobre alguém relacionado à família Ivankov, corra. E se...

— Então eu tenho que correr agora? — ela me interrompe.

— Você deveria.

— Mas você não vai deixar — diz.

— Não — respondo com pena. — Me desculpe, eu não posso fazer isso.

— Continue.

— Ele é o chefe de uma das piores máfias que existem. Há centenas de pessoas trabalhando para ele, cuidando de cartéis de drogas, sequestros, extorsões à polícia, políticos... lavagem de dinheiro, tráfico de pessoas e prostituição. — Olho para ela, tentando descobrir o que está passando em sua mente agora.

— E você?

— Eu o quê? — questiono sem entender ao que ela está se referindo.

— Do que você está encarregado?

— Drogas. Até a noite passada. V soube do que aconteceu e que Jax está morto. Não sabe quem fez isso, mas quer que eu cuide da prostituição até encontrar outra pessoa.

— Você não pode fazer isso — diz ela, desesperada.

— Não tenho escolha.

— Não pode.

— Hope, você não entende. Isto não é um jogo e não é uma escolha que eu possa fazer. É como funciona, é o meu mundo.

— Eu não gosto do seu mundo.

— Você não precisa gostar. — Percebo o como fui bruto quando ela se afasta e desvia seu olhar de mim. — Sinto muito.

— Por que você me tirou de lá, Hell? — Ela se afasta um pouco mais e seus olhos me torturam.

— Eu nunca chego perto desses clubes, odeio eles. Eu odeio essa parte do negócio do meu pai, e quando ele me dá alguma ordem que tem a ver com as novas garotas... Eu não sei nada sobre nenhuma delas. Não sei por que estão lá ou como chegaram, eu não sei quantos anos têm... nem seus nomes. De nenhuma delas. Não me permito saber porque minha consciência me torturaria a todo momento. Porque o nome daquela garota giraria na minha cabeça enquanto imagino tudo que fazem com ela.

— E se você não sabe seus nomes? Então tanto faz? — ela pergunta ofendida.

— Não. Mas elas são todas iguais, nenhuma se destaca acima de qualquer outra. E eu não posso salvar todas.

— Mas eu te disse meu nome. — Parece que ela está começando a entender.

— Sim. Desde que você me contou, eu sabia que estava ferrado. Além disso, você continuou, me contando sobre a sua avó, que estava morando na rua e que estava sozinha... você me chamou pelo nome e me pediu pra te tirar de lá, implorando pra eu não te deixar sozinha.

— Existe algo mais — diz ela, observando minha expressão.

— Eu tenho uma irmã — admite ele. — O nome dela é Sasha e ela tem vinte anos.

— Como eu.

Suspiro e preciso parar de olhar para ela por alguns segundos.

— Quando eu te vi... lá... por um momento, eu vi o rosto dela. Eu pensei que poderia ser ela, e então perdi a cabeça.

— O rapaz que estava com você no apartamento era seu irmão?

— Sim, o nome dele é Nathan. — Eu não posso deixar de sorrir ao falar sobre meu irmãozinho.

— Ele é muito importante para você — afirma.

— Os dois são. Meus irmãos são meu mundo, Hope. Eles são minha família.

— E sua mãe?

— Eles a mataram quando eu era um bebê, antes de virmos para Nova York.

— Sinto muito.

— Eu também. Ei. — Levanto e olho para ela. — É melhor que você não pergunte mais nada. Quanto menos você souber, melhor para você.

— Até quando você vai me manter presa aqui?

— Até me certificar de que eles não estão mais te procurando.

— O que aconteceria se me encontrassem? — pergunta, levantando também.

— Não importa, porque isso não vai acontecer. Eu preciso ir.

— Não gosto de ficar sozinha. — A tristeza em sua voz parte meu coração em pedaços. — Desde que minha avó morreu, você é a primeira pessoa com quem me sinto segura. — Não, é essa frase que rasga meu coração. — Hell, eu sei que deveria te odiar, sei que eu deveria sair, correr e fugir para o mais longe possível de você, mas, na verdade, você é o único que fez algo por mim nos últimos tempos, não conseguiria fugir porque não tenho para onde ir. E sei que estou te causando problemas, sei que me manter aqui é um problema, sei que eu sou um problema para...

— Você não é um problema — interrompo Hope imediatamente. — Ninguém me obrigou a fazer o que eu fiz e eu respondo por minhas decisões, então não se preocupe. Me desculpe por ter dito que você era um problema, realmente não pensei nas minhas palavras. — Ando até ela. — Me desculpe, mas eu tenho que ir agora, na mochila que trouxe as roupas há um celular. Eu salvei meu número, mande mensagem se algo acontecer, mas não me ligue. — Concorda com a cabeça e se afasta um pouco para me deixar passar.

— Você vai voltar? — pergunta quando estou na porta.

— O mais rápido possível. Enquanto isso, tente não olhar pela janela e não chamar atenção, ok?

— Sem problemas.

— Tchau.

— Tchau.

Desço as escadas do prédio e atravesso a rua para ir onde estacionei o carro na noite passada. Quero dizer, nessa madrugada, quando acordei e senti que tinha que vir.

Eu acho que estou perdendo a porra da cabeça.

Saio do Brooklyn rapidamente e atravesso a ponte de volta ao Bronx. Meu celular toca e vejo que é Nate.

— O que foi? — pergunto, atendendo a ligação.

— Onde você está?

— O que está acontecendo?

— O riquinho veio aqui em casa. Ele está bêbado, perdido e puto da vida. Quer falar com Sas, mas não deixei ele entrar. Não sei por quanto tempo vou conseguir manter os dois longe um do outro. Ela quer arrebentar a cara dele, mas, se ele revidar, eu vou dar uma surra nele.

— Ei, já estou chegando — resmungo antes de desligar.

Que porra esse idiota quer agora? Não sei, nem me importo, mas quero que continue exatamente onde está, ele não conta com a minha chegada.

HOPE

Estou entediada. Preciso fazer algo para me manter ocupada e parar de pensar. Flashes do que aconteceu vêm à minha cabeça de vez em quando, como se tivessem sido partes de um sonho que minha mente tenta esquecer, mas ao mesmo tempo não pode deixar de lembrar.

Na verdade, foi um pesadelo.

Não, pior, foi real.

Ando pela casa, pensando no que fazer para ocupar a cabeça. Já bisbilhotei cada canto e está tudo vazio, exceto pelas roupas de Hell e todos os livros e filmes na sala.

— *O estranho mundo de Jack*, *Piratas do Caribe*, *Hannibal*, *Jogos mortais*, *A morte convida para dançar*, *A vida é bela*, *Perseguição*, *Velozes e furiosos*... — observo as prateleiras, lendo alguns títulos que chamam a minha atenção.

Não assisti a quase nenhum, por isso é indiferente para mim qual deles escolher. Acho que vou ter tempo para ver todos...

HELL

— Você — salto do carro e caminho até o babaca sem equilíbrio que está na porta da frente da minha casa.

— Olhe, cara... — Não o deixo terminar, meu punho encontrando a sua boca é o que o interrompe.

Nathan abre a porta e sai com minha irmã atrás dele, cheia de ódio.

— Você é uma puta — diz a Sasha, antes de cuspir um pouco de sangue.

O seguro para levantá-lo e esmurrá-lo outra vez, mas ela me interrompe. Eu o coloco à frente da minha irmã e levanto a cabeça dele para que possa olhá-la.

— Se você se aproximar de mim, da minha casa ou das minhas amigas, não vou precisar dos meus irmãos para acabar contigo. Entendeu? — ela diz, calma e serenamente, muito perto de seu rosto.

— Puta — repete ele.

Sasha lhe dá um soco e depois o segura pelos ombros para enfiar o joelho no estômago do riquinho. Eu o jogo contra uma árvore e faço um sinal para os seguranças o levarem. Devem ter percebido que estava desarmado, por isso que não agiram antes.

— Qual o problema de vocês? — pergunto quando eles se aproximam. — Por que estamos te pagando mesmo?

— O senhor nos pediu para não fazer nada. — Eles se referem a Nate. Eu aceno e ordeno que o levem.

— O que foi esse showzinho, Sas? — Seguro o braço da minha irmã para que ela não escape sem explicações.

— Alguém contou para ele que encontrei Pitt ontem à noite. — Ela revira os olhos.

— Tenha cuidado com o que você faz e com quem você faz. Não posso sair por aí cortando línguas fora — aviso.

— Que seja. — Ela se vira e volta para o seu quarto. Para dormir, imagino.

— Onde você estava? — Nate me pergunta quando ela desaparece.

— Trabalhando. E o que você está fazendo aqui ainda? — Eu olho para o meu relógio. — Uma remessa chegou vinte minutos atrás.

— Eu sei, mas não consegui deixar Sas sozinha.

— Nathan, o trabalho vem primeiro.

— Eu pensei que a primeira coisa fosse a família. — Ele levanta uma sobrancelha e olha para mim.

— Sim, para você e para mim, mas não para o V. Embora ele finja que seja...

— Hell, eu não quero estragar tudo... — ele diz, mexendo os cabelos. — Se eu fizer algo errado e por minha causa, toda a entrega for para o ralo...

— Vamos, vou contigo hoje.

Entramos no carro e seguimos por uma estrada secundária a caminho da periferia. Sempre mudamos os locais de entrega da cocaína para não obrigar a polícia a parar de fazer vista grossa. Pagamos muito dinheiro para que não interfiram.

— Bem, isso é fácil. Você só tem que estar presente, se certificar de que todas as caixas estão entregues e apertar a mão de quem as trouxe para você.

— Mas por que eu tenho que ir sozinho? — pergunta quando estaciono no meio do nada.

— Normalmente, você virá com Jace ou Casper, mas hoje eles foram resolver umas questões em Manhattan com V.

— Que questões?

— Eles tinham que fazer uns pagamentos para pessoas importantes. — Eu tiro a chave da ignição e olho para ele. — Vamos lá.

Saímos do carro e vamos até o pequeno galpão que fica a poucos metros. Nós vemos um caminhão com um carro ao lado.

— Bom dia, esse é meu irmão, Nathan Ivankov. A partir de hoje e até novas ordens, ele analisará as entregas. Entendido?

— Sim. Vá em frente! — O italiano gesticula para que entremos no caminhão para verificar a mercadoria.

Subimos em um salto e nos movemos entre as caixas.

— Duas coisas — informo a Nate —, a primeira, nunca perca de vista a porta do caminhão quando você subir. E a segunda, se algum dia você vier e o italiano for outro cara, me avise. É sempre o mesmo, então não há razão para mudanças.

— Entendido.

— Você não precisa fazer nada além de abrir umas duas ou três caixas, aleatoriamente, e ter certeza que elas contenham cocaína.

— Como eu faço?

— Assim.

Chego perto de uma e a abro, escolho um pacote e, com meu canivete, faço um rasgo. Eu tiro um pouco com a ponta da lâmina e provo. Pego mais um pouco e ofereço para ele, para que ele faça o mesmo.

— Grave esse sabor.

— É sempre o mesmo?

— Sim, a menos que V peça algo diferente.

— Ok.

Tentamos mais alguns pacotes e voltamos para baixo.

— Perfeito — digo ao italiano. Ele levanta a cabeça e sorri presunçosamente.

— Você trouxe o dinheiro? — pergunto ao meu irmão.

Nate pega um envelope do bolso de trás das calças e entrega a ele. Esperamos até que conte as notas e confirme com a cabeça antes de nos dar as chaves do veículo.

— E se você não viesse, como eu levaria isso?

— É, não sei, eu não sei como V te mandou sozinho, com certeza queria te testar. Não podemos levar o caminhão nós mesmos, se algum policial novato nos parar, estamos fodidos. Espere.

Ele pega um cigarro e eu o meu telefone, chamo um dos nossos homens de confiança e mando vir aqui para levar as mercadorias.

— Merda, são nove e meia, eu tinha que estar no maldito clube dez minutos atrás.

— Eu fico aqui, esperando o cara.

— E como você vai voltar?

— Não se preocupe, vou dar um jeito de sair daqui.

— Ok. Me ligue quando estiver em casa. O que mais você tem pra fazer hoje?

— Até à tarde, nada. Papai quer que eu vá com ele para não sei onde. Eu acho que ele quer me ensinar a atirar. — Ele revira os olhos e nós dois rimos.

— Sim, treinar a pontaria não te faria mal algum, mas eu já te ensinei isso, então eu falo com ele. — Aperto sua mão e me viro para ir ao meu carro.

— Ei — ele me chama —, você não vai me contar o que aconteceu com Hope?

Eu suspiro e olho para ele. Não acho que vai haver algum problema se eu me atrasar um pouco mais.

— Estou mantendo-a escondida. — Volto até ele e aceito o cigarro que me oferece.

— Você matou o Jax, certo? E o russo.

— Sim, eu não sei o que aconteceu comigo. Porra, se você tivesse visto como ele a deixou, Nate. — Fecho meus punhos involuntariamente. — Por um momento, vi Sas e não consegui me controlar.

— Ei, você não precisa me dar explicações. Eu teria feito o mesmo.

— Eu sei.

— Onde você a colocou, no Brooklyn?

— Sim.

— Como ela está?

— Com medo. Ela não quer ficar sozinha.

— Deus, que filho da puta — rosna, fumando seu cigarro. — Não sei como você vai conseguir lidar com toda essa merda. Devíamos acabar com tudo e deixá-las ir. — Ele tem um olhar perdido no horizonte e fala muito seriamente.

— Eu admiro sua gentileza, garoto. Você é corajoso, mas não podemos fazer isso.

— Por quê?

— Porque iríamos todos para a cadeia.

— Nós dois não fizemos nada.

— Ah não? As pessoas que eu já matei parecem nada pra você? A droga que colocamos no país parece nada para você? Os sequestros e...?

— *Isso* nós não fizemos — ele me interrompe.

— Mas nós testemunhamos e sabemos disso. Nós somos cúmplices.

— Tem razão — suspira. — É só que eu não gosto de tudo isso. A droga... tá, ok. Mas forçar essas garotas a se prostituírem... isso me deixa puto.

— Eu sei perfeitamente como você se sente... — Aperto seu ombro e sorrio quando ele retribui o aperto. — Bem, estou saindo, não acho que o Kevin vai demorar para chegar.

— Ok. A gente se fala mais tarde.

— Até logo.

Estou para dar a partida no carro quando o telefone começar a vibrar no bolso da minha calça.

— Eu falei pra você não me ligar. O que está acontecendo?

— Você tem que vir. — Hope fala baixinho.

— O que aconteceu? Por que você está sussurrando?

— Alguém tentou entrar na casa, eu não sei se ainda está aqui ou se já foi embora.

— O quê? — Eu arranco o carro. — Há quanto tempo?

— Agora mesmo.

— Escuta, estou indo para aí, entre no quarto e bloqueie a porta. Eu chegarei assim que possível.

— Hell, não desligue.

— Faça o que eu disse.

— Eu vou, mas não desligue, por favor.

— Ok, mas faça agora. Me avise quando terminar.

— Sim.

Eu coloco no viva-voz e posiciono o celular no painel. Puta que pariu! Puta que pariu! Como alguém descobriu que ela estava lá? É impossível, ninguém sabe desse apartamento.

— Pronto — ela sussurra segundos depois.

— O que você colocou na porta?

— Uma cadeira.

— Bem, chego em quinze minutos.

— Quinze! — exclama em voz alta.

— Hope, estou na periferia do Queens.

— O que você estava fazendo aí?

— Trabalho. Você está ouvindo alguma coisa?

— Não. Talvez já tenham ido embora...

— Se eles foram aí por sua causa, não vão embora até te acharem.

— Não diga isso. — A voz trêmula me indica que ela vai começar a chorar em breve.

— Nada vai acontecer, vou chegar logo. Filho da puta! Você não sabe o que é ter a preferência? — grito pela janela para um idiota que me fez pisar no freio.

— O que está acontecendo?

— Nada.

— Me diga, me diga alguma coisa — implora.

— Como o quê?

— Não sei. Algo.

— Vamos ver... meu nome é Hell, tenho 24 anos. Nasci na Rússia e me mudei para cá quando tinha dois anos — relato a primeira coisa que me vem à mente, sem prestar muita atenção ao que digo, só quero chegar lá. — Eu tenho um irmão e uma irmã, gêmeos. Meu pai é um filho da puta que só pensa em dinheiro e poder. Minha mãe morreu quando eu era pequeno, deram um tiro nela. Eu tomei três, mas ainda estou respirando. Minha vida...

— Espere — sua voz me interrompe. — Você foi baleado três vezes?

— Sim.

— Por quê?

— Negócios, Hope. Olha, vou desligar, vou chegar logo.

— Não demore, por favor.

— Até logo.

Dirijo com pressa, ultrapassando carros e caminhões. Quando chego, não há lugar para estacionar, então deixo em fila dupla e subo correndo os poucos degraus até a porta do apartamento. Está em perfeitas condições e a fechadura não foi forçada. Que estranho. Abro a porta e a tranco depois de entrar.

— Hope? — Eu ando pelo corredor até o quarto e tento abrir a porta, mas está bloqueada. — Sou eu. — Eu ouço a cadeira se mover e a porta abrir.

— Hell! — Ela se joga em meus braços, me pegando totalmente de surpresa. Eu fico tenso por alguns segundos, mas depois levo as minhas mãos até a sua cintura e a abraço. Está tremendo.

— Venha. — Eu a levo para a sala e lhe mostro a porta. — Não há ninguém aqui e a fechadura não foi forçada. Tem certeza de que ouviu alguma coisa?

— Sim! Eu estava dormindo e de repente... — Ela para quando vê que eu fecho meus olhos e balanço a cabeça. — O quê?

— Deve ter sido um pesadelo — falo com cautela.

— Não... eu tenho certeza... — Ela cai no sofá e começa a chorar.

Porra, o que eu faço agora? Eu não sei como agir, merda, nunca estive numa situação dessas. Toco nela ou não? Vou embora ou fico?

— Se acalme. — Opto por me agachar na frente dela, da última vez isso funcionou. — É normal que você tenha pesadelos, querida. Por tudo que passou...

De onde vem essas palavras de confiança e intimidade?

Eu não sei, saíram por conta própria...

Bem, controle-se.

— Não quero ficar sozinha. — Ela olha para mim com os olhos avermelhados e cheios de lágrimas, ainda é possível ver o golpe que o russo deu em seu lábio e em seu rosto. — Fique, por favor. Só hoje.

— Hope, eu não posso... eu tenho coisas...

— Por favor — pede, desesperadamente.

— Deus, V vai me matar por isso.

Eu me levanto e tiro o celular do bolso. Ligo para meu pai e espero ele responder.

— O que foi?

— Meu pneu furou. O guincho não vai chegar em menos de uma hora, há congestionamentos e retenções na ponte.

— Não invente desculpas e se vire.

— Mande Casper para o clube, eu não posso ir.

— Você não faz falta, já consegui outro cara. Amanhã você volta para o seu negócio.

— E você não pensou em me avisar?

— Eu estou fazendo isso agora.

— Quem vai colocar? — pergunto, enquanto Hope não tira os olhos de mim.

— O irmão do Jax.

— Você está brincando comigo — digo. Esse babaca é ainda pior que o idiota do irmão.

— Não. Você vai levar Nathan para atirar esta tarde? Ele disse que você combinou com ele.

— Surgiu uma parada.

— O quê?

— Eu não vou te contar a minha vida toda, vou ligar para o Nate e falar com ele. Tchau.

— Tchau.

Entro no grupo do WhatsApp dos meus irmãos e envio uma mensagem.

Eu
Nate, não vou poder ir com você essa tarde.
10:25 am

Nate
Ok, está tudo bem?
10:26 am

Eu
Vamos amanhã, eu prometo. Sas, está por aí?
10:26 am

Sas
Vou sair, estou me arrumando.
10:26 am

Eu
De novo, pra onde?
10:26 am

Sas
Por perto, vou no Cielo.
10:26 am

Eu
Avisou o papai?
10:27 am

Sas
Disse que vou dormir na casa da Nat.
10:27 am

Eu
Tenha cuidado. Nate, vai sair?
10:27 am

Nate
Não, vou jogar umas partidas lá na casa do Mitch.
10:27 am

Eu
Ok
10:27 am

Nate
E você, o que vai fazer?
10:27 am

Eu
Amanhã te conto.
10:28 am

Sas
Pra mim também.
10:28 am

Eu
Tenham cuidado, se acontecer alguma coisa me liguem.
10:28 am

HOPE

Não tiro os olhos dele enquanto escreve no celular. Tenho medo dessa segurança que sinto apenas por ele estar aqui comigo. Será que tudo não passou de um pesadelo? Eu não sei, parecia muito real. Mas se foi, é graças a ele que Hell está aqui.

— Você vai ficar? — pergunto esperançosamente quando bloqueia a tela e coloca o aparelho no bolso.

— Sim — diz ele, suspirando e engolindo, fazendo com que os músculos da garganta se movessem.

— Sinto muito. — Paro de olhar para ele, envergonhada.

— Por quê?

— Por atrapalhar tanto seus planos.

— Ei, você não atrapalhou nada — ele diz e se senta ao meu lado. — Na verdade, você me fez um favor, já que não preciso ir trabalhar. — Ele sorri e me dá um pequeno toque no braço com o cotovelo. Eu não posso deixar de sorrir um pouco entre tantas lágrimas. — Você já tomou café da manhã?

— Não.

— Bem, vamos lá.

Eu o sigo até a cozinha. Ele abre um armário, pega duas xícaras e tira o leite da geladeira. Serve um pouco e guarda de novo, sorri outra vez para mim, mas sem dizer nada. Coloca duas fatias de pão de forma na torradeira e as xícaras no micro-ondas.

— Você gosta de geleia? — pergunta, segurando a porta da geladeira.

— Sim.

— Só tem de morango, depois eu vou ao supermercado.

— Obrigada. — Não consigo deixar de responder com um pouco de timidez.

Coloca as xícaras na mesa e a geleia ao lado. Levo um susto quando a torradeira faz um barulho e o pão salta. Hell pega as fatias ainda no ar, coloca em dois pratos e os posiciona ao lado das xícaras.

— Bom apetite — ele diz com um sorriso ao sentar à minha frente.

— Para você também — murmuro.

Eu o observo enquanto passa a geleia vermelha na torrada e lambe os dedos para tirar o excesso, ele passa a faca para mim e eu faço o mesmo. Quero conversar com ele, mas não sei o que dizer. Minhas relações com os homens foram quase inexistentes...

Lembro-me do último dia em que fui ao colégio, antes de abandoná-lo aos quinze anos. Naquele dia fiquei muito feliz porque minha mãe me dera sapatos novos. Jake, meu namorado, disse que iríamos sair para dançar só para estreá-los. Nós ficamos juntos por seis meses e, bem, eu gostei muito. Naquela época, eu teria dito que o amava, mas na verdade, o amor é volúvel nessa idade. Tudo é excessivo e cada detalhe parece ser o fim do mundo.

Você acha que sua vida vai acabar quando um amigo para de falar com você ou quando não passa nas provas e não sabe como dizer aos seus pais.

Ah, meu Deus, eles me colocaram de castigo, tiraram meu celular e me proibiram de sair. E se eu não sair, não poderei ir à festa. E se eu não for à festa, não poderei ver Jake. Caramba, Com certeza ele vai se esquecer de mim e vai ficar com outra menina. Merda, minha vida não fará sentido. Estou acabada.

Sim, foi o que senti aos quinze anos. Meus maiores problemas eram esses... grande ilusão. Nesse mesmo dia meus pais desapareceram. O que isso significa? Bem, significa que eu nunca mais soube deles. Se eles estão mortos? Eu acho que sim. Eles voltavam de carro do trabalho — nós tínhamos um restaurante — mas nunca chegaram em casa. A polícia procurou por mais de um ano, mas nem o carro e nem eles apareceram. Ninguém os viu e ninguém sabia de nada. Aparentemente, a terra os engoliu. E eu? Bem, uma adolescente de quinze anos, com uma avó doente e dívidas a pagar.

Eu tive que sair da escola e comecei a trabalhar como babá, porque antes dos dezesseis anos não podia trabalhar com mais nada. Quando completei dezesseis, trabalhei em uma lanchonete, mas eles pagavam muito mal, o suficiente para sobreviver e cobrir as contas do médico da minha avó. Até que não pude mais bancar tudo. Pedi ajuda ao Estado e consegui que colocassem minha avó em uma casa de repouso, pelo menos ela estaria bem. Coisas do destino? Alguns dias depois, meu apartamento — do qual iria ser despejada por não conseguir pagar — pegou fogo e eu perdi tudo. Fiquei com a minha avó, graças às generosas enfermeiras que fingiam não saber, até que ela morreu de parada cardíaca. Logicamente, eu não poderia ficar lá, então depois que eu a enterrei, acabei na rua. Foi assim que conheci a Bárbara.

— Ei, está acordada? — Hell move a mão na frente do meu rosto.

— Sim, desculpe. Você disse alguma coisa?

— Que o seu leite vai esfriar — afirma, deixando seu copo na pia e se sentando novamente.

— Ah, sim. — Eu dou uma mordida na torrada e um gole longo. Ele olha para mim, mas não diz nada, eu tiro os olhos dele e baixo a cabeça.

HELL

Apoio minhas costas na cadeira e cruzo os braços, observando-a. Um sorriso involuntário se forma no meu rosto ao ver como ela evita o meu olhar e o fixa na mesa.

— Por que você quase nunca me olha nos olhos? — Ela dá um pequeno pulo, assustada com a rouquidão da minha voz em meio a tanto silêncio.

— Você me intimida — responde depois de limpar os lábios com o guardanapo.

— Em que sentido?

— Em todos.

— Está com medo de mim? — pergunto, inclinando-me para a frente.

— Medo, não... — Ela olha para cima, demonstrando uma bravura que eu sei que não possui. — Respeito.

— Isso é bom. — Umedeço os lábios com a ponta da língua. — Mas não quero que você tenha medo de mim. Eu nunca machucaria você, Hope.

Ela balança a cabeça, termina de beber o leite e se levanta para lavar seu copo e o meu, depois seca as mãos e gira, encostando-se no balcão e olhando para mim.

— O que... o que vamos fazer? — Brinca com a bainha da minha camisa que está usando.

— Eu vou ao supermercado — respondo, me levantando. — Você quer algo em especial? — Eu provavelmente terei de comprar absorventes ou algo assim.

— Não, obrigada.

— Bem, já volto. Posso te deixar sozinha por um tempo? — Eu me aproximo um pouco dela.

— Sim... — Não parece certa disso.

— Tem certeza?

— Sim — responde com mais firmeza.

— Ok, então.

Deixo a cozinha com ela me seguindo, e coloco a jaqueta que tirei quando cheguei há pouco. Pego as chaves da mesa e olho para ela novamente antes de abrir a porta.

— Estarei de volta antes que você sinta minha falta. — Pisco para ela depois de ver um pequeno sorriso nos seus lábios e saio para a rua.

Pego um cigarro e o coloco entre os lábios, suspiro e acendo-o com o isqueiro enquanto desço as escadas. Eu olho para frente e percebo algo estranho, o quê...?

— Puta que pariu. — O carro não está lá. — Porra! O que você está olhando! — digo para um homem que ficou espantado quando eu chutei a lixeira.

O que eu estava esperando? Estacionei o carro em fila dupla no meio de Brooklyn Heights.

Puta merda, tem uma arma no porta-luvas e drogas no porta-malas.

— O que está acontecendo? — Hope se preocupa quando eu retorno nervoso.

— Meu carro foi rebocado. — Procuro o número do guincho na internet do celular e faço a ligação. — Alô?

— Sim?

— Meu carro foi rebocado e eu quero recuperá-lo.

— Que modelo?

— Jeep Grand Cherokee.

— Placa?

— FJL 4323.

— Está no armazém da Red Hook, senhor. Eles acabaram de chegar com o carro, se o senhor o buscar dentro de trinta minutos, só terá que pagar o... — desligo sem deixá-lo terminar.

— Vou pegar o carro, depois iriei ao supermercado e voltarei. — Viro minha cabeça para ela e espero que me diga alguma coisa.

— Bem...

— Você ficará bem, ninguém sabe que você está aqui. — Eu me aproximo e toco o seu braço.

— Sim... tudo bem.

— Eu voltarei assim que possível.

Ela balança a cabeça e fica parada, fecho a porta e a perco de vista.

HOPE

Olho pela janela, puxando as cortinas apenas o suficiente para vê-lo sair. Ele desce as escadas rapidamente e anda pela rua, dobrando a esquina. Eu suspiro e sento no sofá.

O que eu faço agora? As paredes me envolvem e sinto uma pressão no peito. Toda vez que escuto uma sirene ou buzina de um carro tocando na rua, estremeço e meu pulso acelera de susto. Eu não posso continuar assim, que se foda.

Apenas um dia se passou...

Eu sei, mas tenho que pensar no meu próximo passo, como Tessa disse. Tessa... merda. Riley... eu não posso ficar de braços cruzados, sabendo o que estão fazendo com elas. Isto não está certo. Não deveria ser assim, ninguém merece algo parecido com o que fizeram comigo. Ou pior...

V

HELL

Depois de pegar o carro e agradecer a Deus por não ter dado nenhum problema, vou rapidamente ao supermercado e estaciono ao lado de uma mulher e seu bebê. Ela tenta colocar as compras no porta-malas sem parar de balançar a criança para fazê-la parar de chorar. Parece realmente apressada.

— Precisa de ajuda? — Paro ao seu lado e ela me olha de cima a baixo, com um pouco de desconfiança.

— Hmm... não, obrigada — responde, com pouca certeza.

— Não é nada demais, me deixe ajudá-la, por favor. — Ela sorri timidamente e se afasta para que eu termine de guardar os sacos. — Como se chama? — eu pergunto, olhando para o garotinho.

— Keith — ela responde, beijando sua testa.

— Ele é muito bonito — digo com um sorriso, colocando a última sacola e fechando a porta. — Prontinho.

— Muito obrigada.

— Por nada. Pode deixar o carrinho, vou usá-lo.

— Obrigada. — Ela segura melhor o bebê, abraçando-o mais forte. — Bem, tchau.

— Tchau.

Ando em direção à entrada e aproveitando que já estou com o carrinho me dirijo direto para o interior da loja. Vamos ver, o que eu compro para essa garota?

Bem, comida.

E agora? Quer dizer, eu não sei do que ela gosta. Deveria ter perguntado a ela, droga. Bem, um pouco de fruta com certeza. Vegetais? Não. Massa, todo mundo gosta de macarrão.

Vou andando pelos corredores enchendo o carrinho até o topo. No final, eu comprei de tudo. Sou um péssimo dono de casa... Nossa senhora.

Pago e guardo os produtos nas sacolas, caminho até onde deixei o carro e coloco tudo no porta-malas. Tento dirigir rapidamente e pegar atalhos para chegar em casa o mais rápido possível.

Por que tanta pressa?

Porque eu não quero deixá-la sozinha, sei que está traumatizada. Muito pouco tempo se passou desde... aquilo, e é normal que ela não queira ficar sozinha, droga.

Por que cuida tanto dela?

Não sei. Acho que me sinto culpado por não ter feito nada quando me pediu ajuda. Eu poderia ter impedido aquele filho da puta de tocá-la, e não fiz nada. Por minha causa ela está assim.

Não é sua culpa, não foi você que fez aquilo, você a salvou.

Tarde demais.

Antes tarde do que nunca.

Deus, discutir com a minha consciência me drena em níveis estratosféricos.

Desta vez, eu dou algumas voltas ao redor do quarteirão até encontrar uma vaga, não sou daqueles que comete o mesmo erro duas vezes. Eu pego as sacolas do porta-malas e as carrego da melhor forma que consigo. Eu me superei, caramba, Hope vai surtar.

Atravesso a rua correndo, está pesado demais para esperar o sinal vermelho.

Sinto que um dos sacos está prestes a rasgar, merda, são os ovos. Merda, merda. Merda. De repente, o peso diminui porque a bolsa se abre e todo o conteúdo desaba no chão.

HOPE

— Merda! — O som de sua voz entrando pela janela faz meu coração disparar.

Eu puxo a cortina e o vejo, está cheio de sacolas e há comida no chão. Ele olha para cima e gesticula para que eu feche as cortinas e não seja vista. Como vai carregar tudo isso sozinho? Vou até a porta pensando em sair para ajudá-lo, mas assim que a abro ele já está a meio metro de distância, então dou um passo para trás para deixá-lo passar.

— O que eu te disse? Pegue. — Ele me entrega duas sacolas e larga o resto no chão. — Não saia.

Faço o que me pediu e o observo voltar à rua, se amaldiçoando enquanto pega a caixa de ovos quebrados no chão e mais algumas coisas espalhadas na calçada. Saio de seu caminho quando retorna, fechando a porta atrás dele enquanto entra.

— Espero que você goste de omelete porque esses ovos não servem para mais nada.

— Sim, gosto. — Eu o ajudo para que não caia tudo de novo, colocando as compras no balcão da cozinha. — Você recuperou o carro?

— Claro. De que outro jeito traria tantas coisas do supermercado? — Ele ri, enquanto organizamos as coisas.

— É verdade. — Rio junto.

— Eu não sabia do que você gostava, então eu comprei...

— O mercado inteiro — interrompo com um sorriso.

— Mais ou menos.

É a primeira vez que consigo gargalhar em muito tempo, sem pressão e sendo eu mesma. É, talvez, o que mais gosto no Hell. Que não tenho que fingir ser o que não sou. Ele me viu em situações... deprimentes. Seminua e maltratada, chorando, com os olhos inchados e o nariz vermelho e escorrendo. Destroçada. Então, não preciso fingir nada, ele viu o pior de mim e ainda está aqui.

— O que você quer comer? — pergunta quando já guardamos tudo.

— Pra mim, tanto faz... O que você quiser.

— Você gosta de canelone?

— Eu nunca provei. — Hell me olha surpreso.

— Você nunca experimentou?

— Não... Quando minha avó estava viva, eu só tinha o suficiente para comprar a conta certa e os produtos mais baratos... — respondo, entrelaçando meus dedos na manga da camisa. Ótimo, agora ele vai sentir pena de mim.

— Bem, então se prepare para um orgasmo oral. — Levanto o olhar com seu comentário. — Eu quero dizer que eles são...

— Eu entendi — interrompo, vendo seu rosto envergonhado. — Você não tem que escolher as palavras, Hell, nem falar comigo como se fosse me machucar por dizer algo. Você está aqui, comigo, quando poderia sair e me deixar na rua para ser morta. Esta é a sua casa.

— Eu não quero que se sinta desconfortável.

— Não estou. Você me faz sentir segura... — Ele se aproxima e ergue o meu queixo para que eu veja o sorriso incrível que tem.

— Ótimo, então vamos fazer canelones assados.

Passamos as duas horas seguintes cozinhando juntos e falando sobre coisas triviais, como alguns dos filmes e livros que estão nas prateleiras. Acho que nenhum de nós está pronto para abordar certos temas.

Depois de comer e limpar tudo, sentamos no sofá dividindo o cobertor. Um ao lado do outro, mas nossos corpos apenas se encostam de leve. Hell aperta os botões do controle remoto, procurando algo que valha a pena assistir na televisão.

— Essa porcaria de programação.

— Sim — respondo distraída.

— Ei, você gosta de videogames? — ele pergunta com um tom animado. — Já sei, você nunca jogou — ele mesmo responde quando vê a expressão que faço.

Nego com a cabeça, então ele se levanta deixando de lado seu pedaço do cobertor. Abre um armário e tira duas caixas, coloca-as na mesa à nossa frente e as abre. Como uma criança, começa a tirar jogos de dentro dela.

— Você parece animado — eu digo, me inclinando um pouco para a frente.

— Bem, eu nunca tenho tempo pra isso. Acho que não passo um dia inteiro em casa, relaxando e fazendo o que quero, há mais de cinco meses. — E continua buscando algo na caixa.

— E por quê? — Ele olha para mim e suspira.

— Trabalho. — Concordo sem fazer mais perguntas e deixo que continue. — Aqui está! — exclama, mostrando-me uma caixa com uma roda estampada.

— Underground 2 — eu leio o título. — De carros?

— Claro, você vai ver, vai adorar. — Ele tira o CD e vai até o console.

Depois se senta ao meu lado e me passa um controle.

— Olha, essas são para mover para esquerda e direita. — Ele aponta para duas... bolinhas. — E esses são para acelerar, frear, derrapar e liberar nitrogênio — explica o resto dos botões.

— Nitrogênio.

— Sim, é para o carro ir muito mais rápido.

— Ok. — Cruzo as pernas no sofá e me preparo. — O que foi? — Pergunto quando vejo que está olhando para mim com um sorriso.

— Nada. Está pronta?

— Sim. — Sua empolgação é contagiante.

— Primeiro, você tem que escolher um carro.

— Eu quero esse! — exclamo muito alto quando vejo um azul brilhante que gosto.

— Ok — ele ri alto da minha explosão momentânea. — Fico com esse aqui.

Seleciona um preto e pressiona um botão no seu controle remoto e outro no meu, tocando minha pele por um segundo.

— Vamos lá? — Ele se inclina para frente, abrindo um pouco as pernas para se sentir confortável.

— Sim.

— Agora! Acelera!

Pressiono o botão que me ensinou e o meu carro começa a se mover, embora muito mais atrás do que o dele. Na primeira esquina vou contra uma parede.

— Não! — exclamo, tentando endireitar o carro na pista. — Porra!

— Vai! — Ele ri, parando o seu carro. — Eu te vou te dar uma vantagem.

— Eu não quero vantagem, não pare.

— Muito bem — diz, sorrindo, e acelera.

Continuamos jogando sem parar por mais duas horas, a verdade é que consigo abstrair tudo da minha mente por um tempo. E milagrosamente na partida de número... não sei qual, eu ganho.

— Sim! Sim! — grito e subo no sofá, começando a pular de alegria. — Eu te venci! Deus, não acredito que te venci!

Ele se levanta e deixa os controles na mesa, virando-se para olhar para mim. Ele cruza os braços e me observa, com um enorme sorriso no rosto.

— Bem, já era hora. — Não paro de pular. — Se quebrar o meu sofá, você vai ver só. — Ele ri comigo e segura minha mão para eu descer. — Você já viu a hora? Vamos jantar, estou morrendo de fome.

— Eu ganhei — repito como uma menininha, enquanto vamos para a cozinha.

— Você quer um prêmio? — Ele sorri e acende o forno.

— Claro.

— O que você quer? — Passa a língua nos lábios e me observa de perto.

— O que você me oferece? — Ele abre a boca para dizer alguma coisa, mas a fecha novamente e sorri.

— O que você quiser.

— Hm... uma massagem.

— Uma massagem? — pergunta, erguendo as sobrancelhas, surpreso.

— Sim. Minhas costas doem muito... acho que são os nervos. — A timidez retorna.

— Vamos resolver esse problema, então. — Ele entrelaça os dedos das mãos e os estala, fazendo barulho. — Merda — ele grunhe, observando os nós dos dedos.

— Eles estão bem ruins, Hell. Devíamos cuidar deles, tem algum armário de remédios aqui?

— Não se preocupe, isso não é nada. Eles vão se curar, calma.

— Tem certeza? Parece que doem muito.

— Eu sei como lidar com a dor física. — Ele fixa seu olhar no meu por vários segundos em que permanecemos em silêncio, até que olho para o lado e balanço a cabeça, limpando a garganta e obrigando-me a sorrir.

Suponho que há dores piores do que lesões físicas.

— Venha, vamos cozinhar.

— Ok — sorrio ao ver como está com fome.

Me apoio na geladeira e vejo como ele prepara tudo. Retira uma bandeja de frango e descasca várias batatas antes de colocar tudo no forno. Eu ofereço ajuda, mas ele diz que não é necessário, que é para eu observar e aprender para a próxima vez. Não posso deixar de sorrir com ele pensando que haverá uma próxima vez. A verdade é que cada vez me sinto mais confortável em estar perto dele e é o único momento do dia em que não tenho medo.

— Você gostou? — Coloco o último pedaço de pão na boca e olho para cima para encontrar seu sorriso ao ver que comi tudo.

— Estava... — Eu fecho minha boca para mastigar e engolir antes de falar. — Estava ótimo, obrigada — eu continuo.

— Fico feliz. — Ele recolhe os pratos e os deixa dentro da pia. — Bem, alguém queria uma massagem — diz, virando-se e olhando para mim.

— Eu acho que sim. — Levanto-me com timidez.

— Foi o que me disseram — continua ele, interessando-se.

— Sim, eu acho que também ouvi. — Eu ainda estou no seu jogo.

Ele ri e me diz que é melhor eu me deitar na cama para ficar mais confortável, mas que primeiro vamos escovar os dentes. A higiene oral é muito importante, é um ato tão simples e cotidiano, mas que estranhei — mesmo que tenha sentido falta — ao ver duas escovas juntas no mesmo copo.

HELL

— Onde fico? — ela pergunta sem olhar para mim.

Eu me afasto, encostando na parede para não invadir o espaço dela e deixar que relaxe.

— Deite — aceno para a cama — e relaxe.

— Tenho que tirar minha camisa?

— Não é necessário. — Seu consentimento e o jeito com que parece relaxar os ombros me faz perceber que gostou de minha resposta.

Ela passa por mim e espero pacientemente que decida como deitar. Distribui os travesseiros para ficar mais confortável e, em seguida, deita-se de bruços.

— Está pronta?

— Sim — diz, em voz baixa.

Sento-me ao seu lado, na altura certa para alcançar suas costas e ser capaz de massageá-la confortavelmente. Bem, o melhor possível por cima das roupas. Eu entendo que ela não queira tirar a blusa na minha frente, apesar de tê-la visto praticamente nua, ela ainda deve se sentir muito mal pelo que aconteceu. Insegura e sensível. E mais ainda sendo um homem quem está tocando em seu corpo.

— Uau — digo enquanto aperto seus ombros com as mãos —, você está tensa aqui. Relaxe os músculos, Hope.

No entanto, em vez de fazer o que peço, fica ainda mais tensa. Encolhe os ombros levemente e percebo que não está confortável com minhas mãos em seu corpo. Não acho que assistir como me livrei de dois homens — de forma tão selvagem — a ajudaria a relaxar comigo...

— Katherine... — ela murmura.

— O quê? — Eu paro e ela vira a cabeça para me olhar.

— É Katherine Hope.

— Mesmo? — Não esperava por isso.

— Sim.

— E por que você me disse que se chamava Hope? — Ela se senta, virando-se para apoiar o corpo na cabeceira da cama e olhar para mim. Suspira.

— Eu acho que naquele momento eu precisava de esperança... de alguma forma.

— Katherine. — Sorrio, olhando para ela. — Kathy, Kate e Katie. — Coço meu queixo pensativamente, tentando fazê-la rir. E consigo.

— Bobo. — Seu rosto se ilumina um pouco e me chuta de leve. — Você pode me chamar como quiser.

— Bem, então você ainda será Hope.

— Ok. — Encolhe os ombros.

— E a massagem?

— Acho que me relaxa mais conversar com você — ela confessa com timidez sem me olhar nos olhos. — Além disso... eu sei que você não vai me machucar, não me entenda mal, mas eu não sou capaz de relaxar...

— Eu entendo perfeitamente, não precisa me dar explicações — digo, enquanto me levanto, percebendo que agora ela levanta o rosto, procurando pelo meu olhar. — Vamos, chegue para o lado e vamos conversar.

Ela se move apoiando as mãos no colchão e deixa uma brecha ao seu lado, colocando uma almofada sobre as pernas cruzadas. Eu suponho que por reflexo...

— Então, sobre o que você quer falar?

— Eu não sei... quero saber mais sobre você.

— Pergunte — digo, encostando na cabeceira e esticando as pernas.

— Você é feliz? — Porra, acho que ninguém nunca me perguntou isso.

— Eu suponho...

— Não se supõe algo assim, ou você é ou não é, Hell.

— Ok, eu poderia ser mais, não vou mentir pra você.

— O que você precisa pra ser feliz por completo?

— Que meu pai largue certos negócios. E que não me peça para ajudar em outros, embora eu não possa fazer nada. A família vem primeiro. — Olho para meus dedos cruzados sobre minha barriga enquanto repito aquelas palavras que tenho gravadas em brasa na minha mente desde que nasci.

— Se seu pai te pedir pra me matar, você o faria? — Eu olho para cima, prendendo seu olhar no meu.

— Hope. — Seguro sua mão entre as minhas. — Ele já me pediu isso e você continua viva, não é? — Sorri e ela baixa a cabeça.

— Eu sei que eu já te disse isso, mas eu realmente sinto muito por todos os problemas que estou te causando. — Ela se afasta sem perceber.

— Eu não quero que você se preocupe com isso, por favor. Vamos lá, o que mais você quer saber?

— Hm... — Ela me observa por alguns segundos. — Tem namorada? — Eu sorrio e balanço a cabeça.

— Não. Eu não tenho namoradas, relacionamentos não são pra mim.

— Você nunca teve uma? — Faz uma expressão incrédula.

— Não, nunca.

— Você nunca se apaixonou?

— Não.

— Não entendo. — Seus olhos tentam me analisar, como se eu estivesse mentindo para ela.

— Meu mundo é perigoso. Eu não quero me apaixonar ou ter uma namorada porque então meus inimigos teriam como me atacar. Essa garota seria meu ponto fraco e eu não posso permitir isso.

— Mas um dia você terá que ter uma namorada. Além disso, o amor não é algo que pode ser controlado... — Ela desvia seu olhar para as mãos.

— Você está apaixonada? — Agora sou eu o curioso.

— Não, mas estava. Ou pelo menos eu pensei que estava, eu era muito jovem, um bebê.

— E o que aconteceu?

— Quando meus pais desapareceram, eu tive que...

— Eles desapareceram? — eu a interrompo.

— Sim, eles estavam voltando de carro do trabalho, mas nunca chegaram. Não descobriram nada sobre eles e no final foram dados como mortos.

— E então você ficou com a sua avó — eu digo sem querer perguntar muito, e ela confirma para continuar.

— Depois disso, tive que sair do colégio para procurar emprego e cuidar dela. Tentei continuar com o relacionamento, mas o sentimento passou e pouco a pouco foi ficando frio até que ele me deixou.

— E você não ficou com mais ninguém desde então?

— Não.

— Bem, você não está perdendo muito, nós homens somos uns idiotas. — Rio, provocando um sorriso seu.

— Você também não perde nada, as mulheres podem ser umas vagabundas — ela continua com a minha piada.

— Ah, acredite em mim, eu sei. Não ter uma namorada não significa que eu não durma com elas.

— Eu imagino... — Ela para de rir e se mexe, desconfortável. Ótimo. E agora como faço para corrigir isso? Sei que não disse nada demais, embora suponha que o tema sexo ainda seja delicado para ela.

— Você quer jogar outra partida de videogame?

— Na verdade, quero dormir um pouco, não dormi muito bem essa noite.

— Ok, descanse então — eu digo, me levantando.

— Você está indo embora? — O tom alarmante em sua voz me lembra que ela não quer ficar sozinha.

— Você quer que eu fique? — Ela mexe a cabeça afirmativamente, embora com vergonha. — Então eu fico. — Sorrio, acenando com a cabeça. — Você se incomoda se eu ligar a TV?

— Não.

Levantamos o cobertor e os lençóis sobre a cama enquanto sorrimos, ela se deita do lado direito, deixando o esquerdo para mim. Deito a cabeça no travesseiro passando um braço por baixo depois que pego o controle remoto. Hope se encolhe de lado, seu corpo virado em minha direção, liberando um suspiro de um jeito relaxado. Cubro-me com o lençol e viro a cabeça no momento em que ela está me olhando, mas rapidamente fecha os olhos. Eu sorrio e ligo a televisão.

— Hell... — diz, minutos depois.

— Sim? — Abaixo o volume e viro a cabeça para vê-la.

— Eu preciso te pedir uma coisa, mas eu não quero que fique com raiva. Sei que você vai dizer não, mas por favor...

— O que foi, Hope? — Ela está me assustando.

Ela estica o corpo, olhando para mim, enquanto morde o lábio. Está sem jeito para falar.

— Você disse antes que ficaria muito mais feliz se seu pai não trabalhasse no ramo da prostituição.

— Sim.

— Não posso te pedir para acabar com isso, sei que não está em suas mãos e que a lealdade à sua família é muito importante para você...

— Exato. — Minha nossa senhora, já posso imaginar onde isso vai parar...

— Quero que a gente volte ao clube e deixe as garotas irem embora. — Encho meus pulmões de ar e expiro pesadamente, levantando-me do colchão. Ela me imita e dá a volta na cama na minha direção. — Ei, eu sei que pode fazer isso. Você matou esses caras e nada aconteceu, é intocável. Se você, que é intocável, não puder fazer algo por elas, então ninguém pode e elas terão que passar suas vidas vivendo nesse terror. Sendo estupradas e tratadas como prostitutas. — Fixa seu olhar em mim e me força a olhar para ela, segurando meu rosto entre as mãos. É a primeira vez que me toca por escolha própria.

— Hope, posso te garantir que gostaria de poder libertar todas as garotas.

— Então, faça isso.

— Não posso.

— Por favor, Riley tem dezessete anos, Hell. Dezessete. E as costas de sua irmã estão marcadas pelas chicotadas que recebeu no primeiro dia, tentando impedir que Riley fosse levada. — Meus lábios se contraem, eu fecho meus olhos e sinto uma vontade terrível de vomitar.

— Não posso libertar todas elas, Hope. O que você está pedindo é uma loucura, é impossível.

— Então solte essas duas. — Os olhos dela realmente me torturam. — Por favor, só elas.

— Droga, Hope. — Nego com a cabeça e puxo meus cabelos com força, sentando na beira da cama.

Por que eu não posso dizer um não e ponto final? Deveria ir embora e largá-la aqui, deixá-la ir, para que o destino escolha seu futuro por mim.

— Eu imploro — diz, ajoelhando na minha frente. Descansa o queixo nos meus joelhos e pega minhas mãos nas suas.

— Você não sabe o que está me pedindo. Não tem nem ideia. — Eu balanço minha cabeça, mas no fundo sei que a decisão já foi tomada.

Ela não diz nada, apenas espera ansiosamente que eu fale. Peço que ela se levante e me espere no quarto. Pego meu celular da mesa e vou para a sala, sento no sofá e brinco com o telefone nas mãos, girando enquanto penso nas consequências do que estou prestes a fazer.

— Sinto muito — eu digo em voz alta, imaginando que meu pai pode me ouvir.

Destravo o celular e ligo para Dave, se alguém pode fazer isso, é ele.

— E aí, cara? Onde você está?

— Escute com cuidado e não faça perguntas.

— Claro.

— Eu preciso que você faça algo pra mim. Ligue para Elliot e Calvin se achar que precisa deles, mas não fale sobre isso com mais ninguém.

— Me diga o que você quer que eu faça.

Eu não posso acreditar que vou envolver meus amigos nisso, mas tem que ser eles. Não posso ir até lá, todo mundo me conhece e qualquer um pode acabar me vendo, e eu não confio em mais ninguém.

— Em duas horas, o irmão de Jax vai ao apartamento das novas garotas para levá-las ao Nightmare.

— Mas ele não vai encontrá-las, certo? — Fico mudo, Dave é como a outra parte do meu cérebro. — Não se preocupe, essas garotas estarão na rua antes que o desgraçado apareça.

— Esconda seu rosto e os olhos, para que não possam identificá-lo através das câmeras. Haverá dois seguranças, um na porta e outro no interior, patrulhando as escadas. Leve uma arma com silenciador e uma van, pegue as meninas e dirija para o porto. Compre uma passagem de barco para cada uma delas, as quero fora da cidade hoje à noite.

— Entendido. Algo mais?

— Quando todas estiverem no barco, abandonem a van e peguem o metrô. Troquem de roupa. Certifiquem-se de que ninguém siga vocês e, pelo amor de Deus, não se machuquem.

— Está feito. Eu te ligo quando terminarmos.

— Dave, obrigado.

— Que isso, não precisa. Logo nos falamos. — E desliga o telefone.

Há irmãos de sangue e há irmãos que escolhemos. Dave, Calvin e Elliot são meus irmãos por escolha.

Vou até a cozinha pegar um pouco de água da geladeira e volto para o quarto. Hope ainda está no mesmo lugar que a deixei, com olhos marejados e balançando a perna, ansiosa.

— Já está feito.

— Já está feito, o quê? — pergunta, dando um passo em minha direção, esperançosa.

— Todas as novatas estarão em um barco dentro de uma hora.

Ela leva as mãos à boca e, apesar de não poder ver seus lábios, seus olhos mostram um sorriso enorme. Lágrimas escorrem deles e então, quando me aproximo, ela pula se pendurando no meu pescoço, me abraçando com mais força do que ela parece possuir.

— Obrigada, obrigada, obrigada. Muito obrigada, Hell.

— Eu só fiz o que tinha que fazer. Eu gostaria de poder fazer o mesmo com todas elas — eu digo com tristeza quando ela me solta.

— Você tem o nome do inferno, mas é um anjo — diz com total seriedade e absoluta convicção.

— Eu gostaria de ter feito isso antes... — Eu não termino a frase, só posso olhar para a ferida no lábio dela e o hematoma em sua bochecha.

Hope balança a cabeça e coloca a mão em meus lábios, me impedindo de terminar a frase. Ela fica olhando para mim por mais alguns segundos e se vira para voltar para a cama, enquanto vou atrás.

HOPE

Eu nunca teria imaginado que meus pedidos funcionariam, mas no fundo eu esperava que o Hell que eu conheci nas últimas horas não fosse um sonho. Que a alma dele fosse tão boa quanto eu queria acreditar.

E é.

No entanto, o que aconteceu comigo não foi apagado. Nunca será apagado, e isso não é algo que possamos mudar. Nem ele e nem eu. Não sei como fez, quem vai libertar as meninas, mas o fato de que ele conseguiu isso tudo com um telefonema só reafirma meu pensamento de que é intocável. Hell Ivankov é o homem mais poderoso que já conheci.

Nós estamos deitados na cama, mas sem saber o que dizer. O fato de que libertou as meninas tão rapidamente me fez lembrar que ele não agiu assim comigo, logo o clima não está bom para se dizer nada agora. Não falamos nada, depois de um tempo seu telefone toca, já está feito, as garotas estão livres e indo para Londres em um barco. Agradeço novamente e me aconchego ao lado dele, respirando calma e feliz por saber que a pequena Riley não terá que passar por esse pesadelo nem mais uma noite sequer.

Quando acordo para ir ao banheiro, vejo que Hell adormeceu ao meu lado. Com a cabeça inclinada sobre a cabeceira, seu pescoço deve doer horrores naquela posição.

Levanto sem fazer barulho e, tentando me mover o mínimo possível, dou a volta na cama para ficar ao lado dele. Eu pego o controle remoto de sua mão e desligo a TV antes de deixá-lo na mesa de cabeceira.

Volto e ele ainda está na mesma posição. Eu olho para o relógio de seu celular e vejo que são onze horas da noite e ele tem oito chamadas perdidas de V, quatro de Nate e uma de Sas. Eu deveria acordá-lo? Fico parada, indecisa, por alguns segundos enquanto olho para ele, mas depois, quando ouço sua respiração ritmada e vejo seu rosto relaxado, decido que não. Sabe-se lá há quanto tempo não dorme uma noite inteira direto.

Volto para o meu lado da cama e me deito, virando de costas e me colocando no canto. Hell se mexe e eu paro imediatamente para que ele não acorde. De repente, seu braço envolve minha cintura e seu corpo gruda nas minhas costas, eu prendo a respiração para que não sinta o meu movimento. O que faço agora?

HELL

Onde estou? Eu levanto a cabeça e vejo o cabelo longo ao meu lado, em meus braços. Imediatamente os retiro e me afasto dela, porra, espero que não se sinta desconfortável por tê-la abraçado. Em que momento eu a abracei?

Viro-me para pegar o telefone e me desespero quando vejo as notificações: dez chamadas não atendidas de V, sete de Nate, uma de Sas, 17 mensagens no grupo da família e 65 mensagens no grupo "3 babacas e eu".

Coloco o telefone de volta na mesa e deito novamente, olho para o teto, pensando... o que vou dizer a todos? Onde me meti que não pude respondê-los?

Estava transando com a Babi.

Essa é boa, mas eu tenho que ir embora agora, são duas horas da manhã e eu nunca durmo com ela.

Eu não quero acordar Hope, então levanto devagar e calço meus tênis me mexendo o mínimo possível.

— Hell... — murmura. Eu me viro para olhar para ela, mas vejo que está sonhando. — Hell, me ajude... — Ela se revira na cama e sua respiração fica agitada.

— Ei! — Sento-me ao lado dela na cama e toco seu braço.

— Não... não! — Ela acorda com um sobressalto, abre os olhos e fica assustada por um momento ao me ver tão perto, mas depois se joga em meus braços.

— Pronto, pronto. Shhh, foi um pesadelo. — Eu acaricio seus cabelos com cuidado, enquanto a abraço. — Está tudo bem.

Ela continua chorando por mais alguns minutos, enterrando seus dedos na minha pele, sobre a camisa. Assustada e ainda tremendo, o que parte meu coração por não poder fazer mais para evitar esse sofrimento.

— Se acalme, respira. — Não a solto, nem me movo. — Assim, devagar. Muito bem. — Eu me separo um pouco para poder olhá-la nos olhos. — Muito bem, você está comigo. Não vou deixar nada acontecer com você.

Ela balança a cabeça e fecha os olhos, fazendo com que várias outras lágrimas deslizem pelas suas bochechas, eu as enxugo e a abraço novamente. Como posso ir agora? É impossível deixá-la assim.

— Onde você estava indo? — pergunta, alguns minutos depois. — Você estava indo embora?

— Eu estava saindo, mas não vou mais. Deite-se, vou pegar um pouco de água. — Ela olha para mim angustiada quando me vê sair do quarto. — Só vou até a cozinha. — Ela senta e seca o suor na testa.

Eu tiro um copo do armário e destravo meu celular para escrever para o meu irmão, que deve estar se perguntando onde me meti.

Eu
Nate, preciso que me dê cobertura com o V.
2:14 am

Sas
Cadê você?
2:14 am

Nate
Tá, o que digo para ele?
2:14 am

Eu
Que fiquei na casa da Babi.
2:14 am

Nate
O dia todo? Não sei se ele vai cair nessa.
Sem responder o telefone, nem nada? Sei não...
2:14 am

Eu
Diga que perdi o celular e que falei com você pelo telefone dela.
2:15 am

Nate
Ok
2:15 am

Sas
Pode parar de me ignorar?
2:15 am

Eu
Estou bem, amanhã vou pra casa.
2:15 am

Sas
Me fale onde está.
2:15 am

Eu
Amanhã te conto tudo, não dificulte as coisas.
2:15 am

Sas
Que se fodam vocês dois.
2:15 am

Eu
Amanhã nos vemos.
2:15 am

Nate
Ok.
2:15 am

Pego a água e volto para o quarto. Hope ainda treme e se abraça, recuperando um pouco de cor no rosto quando me vê. Eu vou para a cama e me sento na frente dela, entrego-lhe o copo e ela me devolve depois de um longo gole.

— Melhor?

— Um pouco. — Sua voz ainda está um pouco irregular.

— Você quer me contar sobre o que estava sonhando? — Ela balança a cabeça e olha para baixo. — Ok, então deite e vamos dormir. Eu não vou a lugar nenhum.

Ela desliza entre os lençóis, olhando para mim com os olhos arregalados. Eu me deito também e a observo, não falamos nem desviamos o olhar um do outro por alguns segundos que pareceram eternos. Apenas nos olhando. Pouco a pouco, ela os fecha, sentindo-os pesados. Quando faz isso completamente, deito-me de costas fixando o teto. O que está acontecendo comigo e essa garota? Eu só a conheço há três dias e me sinto incapaz de fazer qualquer coisa que a perturbe. Eu me sinto incapaz de ir embora ou deixá-la sozinha.

— Hell — sussurra.

— Diga, meu bem. — Eu olho para ela.

— Você vai estar aqui quando eu acordar?

— Sim.

— Você promete?

— Eu prometo.

— Me abraça?

— Claro, vem cá.

Seu pedido me surpreende, mas suponho que, de alguma forma, ela precise se sentir protegida, precise da proximidade de alguém com quem se sente em segurança.

Eu a deixo se aproximar, coloco meu braço em baixo de seu pescoço e ela apoia a cabeça no meu ombro, de forma que sua respiração faz cócegas em minha pele. Eu acaricio seus cabelos com a mão livre, e sem perceber, me vejo dando-lhe um beijo na testa.

Eu acordo na manhã seguinte quando o sol bate em meus olhos, me cegando quando os abro. Hope ainda está em meus braços, com uma mão na minha barriga, e minha ereção matinal é maior que o normal. Levando em conta que não transo há uma semana e meia, não poderia ser diferente, e ter essa garota na minha cama me tocando e sabendo que não posso fazer nada com ela, é ainda pior.

— Bom dia — digo quando a vejo abrir os olhos.

— Bom dia. — Ela se separa de mim, envergonhada, deitando de costas.

— Você conseguiu dormir?

— Sim, obrigada por ficar.

— De nada. Você quer tomar café da manhã? Eu sei fazer umas panquecas que arrebentam! — Eu sorrio antes de me levantar.

— Claro, mas acho que você deveria primeiro ir ao banheiro. — Eu sigo seu olhar e vejo que está olhando para o que mais se destaca no meu corpo agora.

— Sinto muito. — Espero que não pense que ela o provocou. Não é que eu não esteja atraído, mas não é por causa dela. Quero dizer, é sim, mas, ao mesmo tempo, não é.

— Tudo bem. — Seu sorriso me tranquiliza, embora o desconforto que está sentindo seja evidente. — Eu vou preparando a mesa.

— Ok.

HOPE

Não posso deixar de notar o enorme volume sob suas calças. Está assim por minha causa? Bem, eu acho que para alguém tão sexualmente ativo como ele não deve ser fácil dormir com uma garota sem fazer nada. Por que eu imagino que ele faz sexo com frequência? Bem, não tem como pensar diferente... Hell é um homem atraente, tem um sorriso incrível e olhos que parecem ver minha alma toda vez que olham para mim, seus lábios são grossos, mas sem exageros, além disso, nem preciso mencionar, seu físico. Nota-se que se exercita com frequência e que isso é importante para ele. Imagino que é genético, seu irmão também é muito bonito e seu pai não é um homem feio, não importando como seja por dentro. Genes russos devem ser interessantes.

— Bem, então você vai experimentar minhas deliciosas panquecas do inferno — diz ele, entrando na cozinha.

— Do inferno?

— Claro, elas são do Hell, logo são do inferno. — Nós dois rimos. — É uma piada boba, mas tinha que falar.

Eu rio e vou lhe passando as coisas que pede para preparar o café da manhã. Ovos, farinha... entrego todos os ingredientes, entre comentários sem importância. Era como se tivéssemos feito café da manhã juntos por toda a nossa vida. Como se fosse a coisa mais natural do mundo.

Minutos depois, nós dois sentamos para experimentar as panquecas que ele preparou.

— E então? — pergunta quando eu dou a primeira mordida.

— São muito ruins. — Finjo uma cara de nojo. Ele fica sério e olha para o seu prato e depois para mim. — Estão tão ruins que você não deveria comer. Deixa comigo que como sozinha. — Sorrio e ele relaxa a expressão, me imitando.

— Não acredito em você. — Ele enfia meia panqueca em sua boca.

— Que bruto você é.

— Sim, mas estão horríveis de qualquer forma.

— Ei... — Brinco com o garfo, fazendo desenhos com o restante da calda no prato. Com o canto do olho vejo como Hell mastiga enquanto olha para mim. — Quero agradecer novamente pelo que você fez ontem à noite — comento sinceramente. Ele balança a cabeça e estende a mão para tomar um gole do suco de laranja que espremamos. — Não, deixa eu terminar.

Você não tinha que fazer isso, mas fez mesmo assim, então eu agradeço. Eu adoraria que elas soubessem que estão livres graças a você, tinham uma ideia ruim sobre... a sua pessoa, mas estavam erradas.

— Hope...

— Não faça isso — interrompo. Ele franze a testa. — As coisas são como são e ponto. Pare de se culpar, me desculpe por ter dito que tudo isso aconteceu comigo por sua causa. — Eu suspiro. — Eu sei que a sua situação não é simples.

— Sinto muito. — Ele pega minha mão sobre a mesa e olha nos meus olhos. — De verdade — insiste e eu aceito sem dizer nada, porque um nó cresce na minha garganta, há muitas emoções e sentimentos diferentes.

Quando terminamos o café da manhã e guardamos tudo, vamos para a sala e sentamos no sofá para ver televisão. Ele se move o tempo todo, olhando para o telefone a todo instante. Eu sei que quer ir embora, mas não sabe como me dizer. Além disso, a libertação das garotas na noite passada deve ter causado um tumulto, ele deve estar cheio de problemas para resolver.

— Hell, pode ir se quiser — digo.

— Eu não quero, Hope, mas tenho que fazer algumas coisas e ontem estive fora o dia todo... tenho responsabilidades que não posso abandonar.

— Eu sei, não se preocupe. — Ele se vira no sofá e olha para mim.

— Você é incrível e muito forte — diz de repente, acariciando meu rosto, sei que fiquei vermelha, posso sentir em minhas bochechas. Eu olho para longe, envergonhada. — Prometo voltar assim que puder, ok?

— Ok.

— Me escreva se você precisar de alguma coisa, mas não me ligue, a menos que seja muito importante.

— Entendido.

Ele coloca a mão no meu rosto e se aproxima devagar, sorri e vira meu rosto para me dar um beijo na bochecha. Uma pequena pontada agita meu interior. Seria um pouco de decepção? Eu esperava que ele me beijasse na boca? Ele queria que eu fizesse isso? Não, não pode ser, Hell não é o homem certo para mim, seu mundo não é para mim.

É impossível.

Os dias passam devagar desde que Hell me trouxe a esta casa no Brooklyn. É a mais bonita em que já estive na minha vida, mas isso não faz as horas passarem mais rápido. O calendário na cozinha, que risco todos os dias, mostra que hoje é dia 22 de outubro, já faz cinco dias desde que tudo aconteceu. Desde que... bem, desde que minha vida mudou completamente. Hell sempre vem me visitar, traz roupas e comida, faz companhia, mas sempre com uma preocupação no olhar que me faz perceber que a cada minuto que passa por aqui, tudo fica mais perigoso para nós dois.

Depois que ele vai embora na tarde do quinto dia, tomo um banho, me visto com as roupas que trouxe e retorno à sala de estar. Não quero ver um filme, por isso levanto para procurar um livro, mas então tropeço no cabo do console de videogame e não posso evitar um sorriso.

— Por que não? — digo para mim mesma.

Cinco minutos se passaram quando escuto vozes muito perto da porta. Todos os meus músculos ficam tensos e meu corpo fica alerta. A campainha toca, merda. Eu me levanto sem fazer barulho e me aproximo do olho mágico, mas quando fico na ponta dos pés para poder olhar, um golpe forte faz a madeira da porta tremer.

— Sabemos que você está aí!

Sem pensar duas vezes, corro para o quarto e me escondo, colocando a cadeira atrás da porta, como Hell me ensinou da última vez. Hell, eu tenho que ligar para ele. Meu celular, onde está meu celular? Merda, na sala de estar. E agora?

Escuto um estrondo na sala e passos no corredor. Meu peito sobe e desce agitado, olho em volta, mas não há outra saída. A janela, eu poderia tentar sair por ali. Atravesso o quarto a toda velocidade e levanto o vidro no momento em que a cadeira voa longe. É agora, eles vão me matar.

VI

HELL

Bato a porta de casa e vou ao escritório do meu pai, estou nervoso, não sei como vou encontrá-lo. Ele está falando ao telefone, mas desliga quando me vê. Sua expressão aterrorizaria qualquer um com um pouco de bom senso, mas não a mim.

— Onde você esteve? — pergunta, andando lentamente em minha direção.

— Na casa da Babi. Nathan não te contou?

— Sim.

— Pois então. Vou tomar um banho.

— Ei — ele me chama antes de sair. — Alguma novidade daquela garota que fugiu do clube?

— Não — eu respondo sem mudar de expressão.

— Sabe que, se você mentir para mim, sua situação vai ficar muito complicada. — Ele fica mais perto ainda.

— Está querendo dizer alguma coisa? — eu o confronto.

— Não, só fiz uma pergunta.

— Bom. Vou tomar um banho — repito. Me viro para sair e dou de cara com Casper, bloqueando o meu caminho. — Saia da minha frente — eu o aviso.

Não se move. A próxima coisa que sinto é o cano de uma arma na minha cabeça, empunhada pelo meu pai atrás de mim.

— O que você está fazendo? — Tento parecer confuso.

— Foram ao apartamento das novatas à noite passada e libertaram todas elas.

— Você só pode estar brincando — eu digo, mudando a expressão, mas só Casper pode ver.

V empurra meu ombro me girando e fico de frente para a arma.

— Vou perguntar de novo — rosno, olhando meu pai nos olhos. — O que você está fazendo? O que é isso?

— Me diga onde passou a noite.

— Eu já disse. — Dou um passo à frente, colocando o cano da 9 mm entre os meus olhos. — Eu estava com Babi. Ela teve problemas com o proprietário do apartamento dela e fui ajudá-la, uma coisa levou à outra e acabei dormindo lá.

Ele estreita os olhos e eu quase posso ver como as engrenagens de sua mente se movem, decidindo se acredita na minha palavra ou não. Depois de alguns segundos eternos, ele aperta a mandíbula e os músculos de sua garganta se movem quando engole saliva.

— Saia daqui — ordena, virando a arma para longe.

— Você é louco — digo muito perto de seu rosto antes de sair pela porta.

Eu subo as escadas para o meu quarto, passando pelos quartos dos meus irmãos. Encontro os dois no quarto de Sasha, jogando Xbox. Param quando me veem e se levantam, minha irmã puxa minha mão para entrar e fecha a porta em seguida.

— Fala.

— Você está bem? — Nate me pergunta.

— Quem o provocou daquela forma? — Sasha fica impaciente.

— Mais ou menos — eu respondo, a ignorando.

— Quem?!

— Porra, Sas, não grite. — Sento-me em sua cama e me deixo cair para trás.

— Bem, me diga em que porra você está metido, aquele retardado não se acalmou nem depois de ter rasgado as Diesel favoritas do Nate.

— Cara — meu irmão me olha com angústia. — As vermelhas que eu comprei em Dubai. As vermelhas! Ele as destroçou com uma tesoura, caralho. Você me deve uma.

— Temos que voltar para Dubai. — Dou uma risada me apoiando nos cotovelos. Minha irmã olha para nós com os braços cruzados. — Olha, Sas, vou precisar da sua ajuda.

— O que está acontecendo?

— Eu estive na casa do Brooklyn a noite toda.

— E...? — Eu olho para os meus irmãos sem saber por onde começar a explicar tudo.

— V comprou uma garota nova, do russo — ele explica no meu lugar, acho que pela minha cara ele percebe a exaustão e a tensão pelo que acabou de acontecer no escritório.

— Ele está morto — diz Sasha.

— Sim. Antes disso.

— Você o matou? — Ela olha para mim, arqueando uma sobrancelha.

— Sasha, vai nos deixar contar tudo ou não? — Ela levanta as mãos e se senta. — Eu tive que levá-la para o apartamento com o resto das meninas e... bem, ela me disse seu nome.

— Já estou entendendo tudo. Não precisa continuar. — Ela caminha até o armário e abre. — Pelo menos eu sei quem está usando minha Prada marrom. — Ela revira os olhos e olha para mim. — Você pegou minhas roupas, certo?

— Apenas algumas coisas. Ela me pediu para ajudá-la, tirá-la de lá... e eu não fiz. — Me arrependo, esfregando os olhos. — Depois que V me mandou para o clube e vi como o russo a arrastou para um quarto. Eu não conseguia parar de pensar que poderia ser você. — Ela suspira e se senta ao meu lado novamente. — Tive que arrombar a porta e entrar. Ele... Deus. — Eu abaixei minha cabeça, descansando os cotovelos em meus joelhos. — Ele estava em cima dela, a estuprando, arrancou todas as suas roupas, a espancou, havia sangue em seu rosto. Estava arrasada, Sas — digo, olhando para ela. — Por um momento eu vi você e...

— E você matou o russo — diz ela. — E o Jax.

— Sim.

— E você a levou embora. — Confirmo, suspirando e observando Nate ouvir tudo sem desviar o olhar da televisão. — Porra, Hell, você agiu certo.

— Preciso da sua ajuda.

— O que quer que eu faça?

— Eu gostaria que você fosse lá, ela não quer ficar sozinha por muito tempo, ela está com medo, é indefesa.

— Normal — ela respira. — Eles a estupraram e maltrataram.

— Fale mais baixo. — Nate pausa o jogo de GTA que está jogando e olha para fora da porta, para se certificar de que ninguém está vindo.

— Eu vou tomar banho e vamos lá, para apresentar você e tal... ok?

— Ok, vamos lá.

— Obrigado, Sas — digo, olhando-a nos olhos com gratidão.

— Cale a boca, idiota, e se apresse.

Entro no meu quarto e vejo que meu irmão me segue, viro-me para ver o que ele quer.

— O que mais aconteceu? — ele pergunta, apertando os olhos.

— Feche a porta — peço, apontando para a porta do quarto enquanto eu tiro minhas roupas para entrar no chuveiro. — Ontem à noite eu liberei as outras novatas — sussurro enquanto ele me segue até o banheiro.

— O quê? — Arregala os olhos surpreso e leva as mãos à cabeça, apoiando-se na parede do banheiro.

Eu abro a torneira do chuveiro e me molho enquanto dou um tempo para ele assimilar. Olho para ele e balanço a cabeça, reafirmando o que disse.

— Por que resolveu fazer isso? Deus, é por isso que V está insuportável.

— Hope — respondo sem mais. Ele apenas suspira e fecha os olhos, joga a cabeça para trás e respira alguns segundos antes de abri-los novamente.

— Como?

— Foram os garotos, um trabalho rápido e limpo — informo calmamente, ensaboando meu corpo. — As meninas já estão a caminho de Londres, ou talvez já tenham chegado. Eles as colocaram em um navio.

— Droga, Hell. — Não consegue encontrar palavras para descrever a bagunça em que me meti. — Olha, não me entenda mal, eu estou muito feliz por elas e te aplaudo por ter coragem de fazer isso.

— Mas...

— V.

— Sim, ele apontou uma arma para mim agora há pouco, achei que soubesse que fui eu, mas acho que acreditou que passei a noite com Babi. Vou tomar cuidado nos próximos dias, tenho certeza que vai mandar Casper me seguir.

— Conte com isso.

— Mas tenho que levar Sasha e apresentá-la, tudo é muito recente. Hope não pode ficar sozinha por muito tempo.

Sasha e eu chegamos à rua em Brooklyn Heights, encontrando lugar para estacionar a poucos metros da entrada. Minha irmã sorri, mas não fala nada, eu sei o que ela está pensando. Ela nunca me viu fazer algo parecido por ninguém, eu só complicaria minha vida desse jeito por ela ou por Nathan.

Quando estamos na porta, noto algo estranho. Posso abri-la sem nenhum problema, sem a necessidade da chave.

— Como, o quê...? Devia estar fechada. Hope! Hope!

Procuro em todos os cômodos da casa, mas não há sinal dela, só encontro uma cadeira no chão.

— Não, não, não! — Chuto o piano, causando um estrondo.

— Calma, espera. Se acalme, ela pode ter saído.

— Ela não saiu, Sas. Eles a pegaram! — Faço sinal para que não fale nada quando o celular vibra no meu bolso de trás. — Não posso falar agora, pai — respondo sem pensar.

— Calma, calma. Então você não perdeu seu celular, afinal. — Merda!

— Olha, eu não posso...

— Tranquilo, sua amiga está bem.

— O que você disse?

— O nome dela é Hope, certo? Sim, ela disse que se chama Hope.

— Se você encostar um dedo sequer nela... — Aperto meus dentes e Sasha coloca a mão na boca, percebendo o que está acontecendo. V não me deixa terminar a frase.

— Venha para casa agora — ele ordena antes de desligar.

— O que aconteceu? — Sas olha para mim ansiosamente.

— Ele a pegou.

Nós dois corremos sem dizer mais nada.

Eu avanço todos os sinais fechados, acelerando mesmo quando não devia e sem dar a preferência para ninguém.

— Se morrermos, você não vai conseguir ajudá-la. — Sasha se agarra ao painel.

— O que será que ele está tramando? E como descobriu?

— Hell, se você chegar assim tão alterado, nós dois sabemos como isso vai acabar.

Eu estaciono de qualquer maneira quando chego em casa, derrapando e quase batendo na árvore em que minha irmã escala com rapidez. Corro direto para o escritório depois de mandar Sasha para o quarto, não quero envolvê-la nisso tudo.

— Onde ela está?

— Sente-se.

— Onde está?!

— Sente-se! — rosna ele como poucas vezes vi. Eu ando até o sofá, ainda parecendo desafiador. Sento na borda, mas não me encosto. — Você está ciente do que fez, garoto?

— Quero vê-la agora. — Respiro com calma para não me desesperar, sei que já estou perdido mesmo.

Ele se levanta da cadeira e caminha lentamente em direção ao sofá, pega o abridor de cartas e passa por mim. Dá um puxão repentino no meu cabelo, colando minhas costas no encosto de couro e apertando a lâmina afiada no meu pescoço.

— Qual é a coisa mais importante nesta vida? — sussurra no meu ouvido.

— A família — rosno, sem fazer esforço para me desvencilhar.

— Ela é sua família?

— Não.

— Eu sou sua família?

— Sim.

— E por que você traiu sua família por uma prostituta qualquer?

— Ela não é uma prostituta — protesto novamente.

— Ela será. E você não vai fazer nada para evitar.

Eu fecho meus olhos e aperto os punhos, respirando com dificuldade com a raiva que está se formando dentro de mim.

— Me mate então.

— O quê?

— Pode me matar. Porque se você não fizer isso, eu vou libertá-la de novo e de novo.

Ele puxa meu cabelo ainda mais e sinto a lâmina deslizando pela minha pele, abrindo-a delicadamente, o sangue escorre pela minha pele, produzindo uma dor aguda. Mas então ele me solta e me empurra para frente.

— O que está acontecendo com você, Hell? — ele grita, jogando o abridor de cartas no chão. — Por que você está fazendo isso comigo? Você pode ter a mulher que quiser!

Eu não respondo. Levanto-me e caminho até a estante de livros do outro lado do escritório para me olhar no vidro da porta. Pego um pedaço de papel de sua mesa e passo através do corte superficial para limpar o sangue.

— Responda! — Eu jogo o papel no chão e me viro para olhar para ele.

— Você não tem vergonha de fazer isso com seu filho? — Aponto para a ferida.

— Ora, não seja dramático. É só um maldito corte.

— Olha, eu acho que você está ciente do lixo de pai que é, mas supondo que a família vem em primeiro lugar, você tem que protegê-la e cuidar, não pode machucar sua família.

— Nem a trair. — Ele se aproxima lentamente.

— Se eu fiz, foi porque eu sabia que assim que você soubesse onde ela estava, você iria atrás dela.

— Você não deveria tê-la levado, Hell. Sabe no que nos meteu ao matar o russo?

— Não me importo.

— Pois deveria. Se estivesse em casa saberia que quase mataram sua irmã.

— O quê? — Minha voz soa mais calma do que eu realmente estou. — O que fizeram com ela?

— Ontem à noite, eles a atacaram quando saiu daquela boate que gostam de ir. Cielo. Eles a agarraram pelo pescoço e a ameaçaram. — Passo por V para sair do escritório e ir até ela, mas ele me segura pelo braço.

— Você está conosco ou não? — pergunta, olhando para mim.

— Onde está Hope?

— Eu não vou deixar você ficar com uma prostituta.

— Ela não é uma prostituta! — Eu faço força para sair do seu aperto.

— E como você explica que ela estava naquele clube? Onde o russo a sequestrou?

— Ela é uma órfã! A avó dela morreu alguns dias antes e ela estava morando na rua porque não tinha porra nenhuma, nem uma casa, até que uma moça desse clube a pegou! Só estava dançando naquela noite porque precisava comer!

V olha para mim confuso, franze a testa e se vira. Depois me olha novamente, sem saber o que fazer, me observa.

— Ela não merece nada disso, pai — digo tentando amolecê-lo.

Ele caminha até a mesa do escritório e pressiona um botão em seu telefone.

— Tragam-na.

Olha para mim sem dizer nada e eu faço o mesmo, até que a porta se abre e Casper entra com ela.

— Hell! — Sua voz esperançosa me mata. Seu rosto está cheio de lágrimas e seus olhos estão vermelhos e inchados.

— Solte ela — digo ao seu homem, que olha para V e depois obedece.

— Você está bem? — eu pergunto quando se joga em meus braços, chorando. Faz que sim com um gesto da cabeça, mas não se afasta um centímetro do meu corpo.

— Por favor, não me faça voltar para lá.

— Tudo bem.

Eu olho para o meu pai, que está assistindo à cena, pensativo. O que está passando por sua cabeça?

— Você está sangrando — afirma ela, alarmada, olhando para o meu pescoço.

— Não é nada.

— O que está acontecendo? — Meus irmãos aparecem na porta.

— Sasha, leve-a para cima e dê uma muda de roupa para que ela possa tomar banho — eu peço, sem tirar os olhos do meu pai.

— Vamos. — Minha irmã dá um passo em nossa direção, mas Hope olha para mim com medo.

— Vá. — Sorrio para ela tão calmamente quanto posso para tranquilizá-la. — Eu irei daqui a pouco.

Com o olhar aviso Sasha que cuide dela e a trate bem. Minha irmã pisca para mim e segura sua mão para levá-la para fora do escritório, Nate fecha a porta e fica ao meu lado.

— Que lindo, os irmãos unidos contra o pai. — Aplaude V.

— Você não vai levá-la para lá novamente — digo, ignorando o comentário dele.

— Ok, mas você terá que me dar algo em troca.

— O que quer?

— Que cuide dos clubes sem questionar. O irmão de Jax está me dando trabalho e eu não confio nele, eu suspeito que ele foi o mandante do que aconteceu na noite passada. Eu não sei onde ele poderia ter colocado as meninas, mas ele está ferrado comigo.

— Você sabe que eu não gosto...

— Ei! — interrompe, pressionando o arco do nariz e caminhando até mim. — Você já está enchendo demais o meu saco, garoto. Eu libertei sua pequena prostituta.

Incapaz de me controlar, agarro-o pelo pescoço com uma mão e aperto. Casper dá um passo em minha direção, mas V levanta a mão para detê-lo.

— Nunca mais a chame assim — rosno entre os dentes.

— Hell, pare com isso. — Meu irmão puxa meu braço.

Eu o solto e me afasto, só por Nate. Se eu matar o meu pai, e isso não é algo que descarte fazer, não vai ser na presença de nenhum dos meus irmãos.

— Tudo bem, como você quer que eu a chame?

— Hope. O nome dela é Hope, ela mesma te disse.

— Bem. Segunda pela manhã, quero que vá ao Nightmare e depois aos outros três clubes. Verifique se tudo está em ordem, se todos os policiais receberam sua parte e todas as meninas estão colaborando. Certifique-se de que estamos lucrando e os clientes estão satisfeitos.

— E se eu não fizer?

— Ela vai pagar por isso — diz, fechando seu semblante, e eu sei que está falando sério.

Concordo com a cabeça e deixo seu escritório com meu irmão me seguindo.

HOPE

Essa garota que não conheço está me puxando pela mão para outro lugar que eu também não conheço.

— Então, o seu nome é Hope — diz ela quando chegamos ao andar de cima.

— Sim.

— Sou a Sasha, mas você pode me chamar de Sas. — Sorri, parando na frente de uma porta. — Venha, vou te dar alguma coisa para que você tome um banho e troque de roupa, embora o que vista seja meu também. — Aponta para as minhas roupas.

— Eu... me desculpe, o Hell...

— Relaxa, boba! Eu tenho muitas roupas. — Você pode usar o que quiser. Parece que vestimos o mesmo tamanho.

Entramos no que acredito ser o quarto dela e não consigo deixar de olhar para todos os cantos. A primeira coisa que noto são as cortinas de seda branca que chegam ao chão, destacando-se nas paredes rosa-fúcsia em algumas áreas, e um rosa mais claro em outras. As portas do closet, imensas para o que estou acostumada, também são de um cor-de-rosa claro e brilhantes. A cama deve ter uns dois metros e é decorada com uma colcha que combina com o resto do cômodo, assim como o quadro acima. O mobiliário é branco e marrom. Há também uma televisão e várias lâmpadas.

— Este é o banheiro — diz.

— Obrigada.

— No armário tem toalhas, vou trazer algumas roupas limpas.

— Ok.

O banheiro não me surpreende depois de ter visto o quarto. Os mesmos tons nas paredes, móveis brancos e uma banheira grande o suficiente para caberem três de mim.

HELL

Nathan e eu vamos ao quarto de Sasha e olhamos para ela, perguntando sem palavras onde Hope estava, quando ouvi a água no chuveiro.

— Ela é muito fofa — diz quando eu me sento na cama.

— Eu sei.

— O que vai acontecer agora? — Cruza os braços, encostando na parede.

— Boa pergunta — acrescenta Nate.

— Não sei. V disse que ela pode ficar se, em troca, eu cuidar da merda dele.

— E o que você vai fazer?

— Obedecer. — Eu dou de ombros. — Não tenho escolha.

— E o que vai acontecer com ela? Vai morar aqui? — Sasha abaixa um pouco a voz.

— Não, eu vou levá-la para o Brooklyn. Não a quero perto de V.

— Posso ficar com ela. Acho que nos entendemos bem, parece bastante frágil.

— Ei — advirto minha irmã com o dedo —, eu não quero que você a transforme em um demônio como você, hein! Ela é uma boa menina e eu quero que ela continue assim.

— Você me ofende assim. — Leva a mão ao peito dramaticamente.

— Você me ouviu.

A água para e logo depois Hope sai. Usa um vestido azul sem mangas com decote pequeno. Ela olha para nós três e depois olha só para mim.

— Como está se sentindo? — Me levanto e ando até ela.

— Bem, obrigada. Podemos... podemos conversar? — Baixa um pouco a voz, procurando privacidade.

— Sas, nos deixe um pouco a sós.

Nathan sai sem dar muita importância, mas minha irmã olha para mim com irritação, morrendo de curiosidade para saber o que ela vai me dizer. Quando saem e fecham a porta, seguro a mão de Hope e a levo para a cama.

— O que está acontecendo?

— Primeiro, obrigada novamente por me ajudar. — Ela abaixa a cabeça. — E bem... eu gostaria de saber o que vai acontecer comigo agora.

— Eu fiz um acordo com V, ele vai te deixar livre e não vai mais te incomodar.

— A troco de quê?

— Não importa.

— De quê, Hell? — insiste.

— Tenho que administrar os clubes.

— Você não pode, eu não vou deixar que faça isso por mim — nega e se levanta.

— Eu iria ser responsável por eles de um jeito ou de outro, meu pai sempre consegue o que quer. Melhor que seja por você do que por outro motivo qualquer. — Ela suspira e me levanto também para me aproximar dela.

— Vou morar aqui?

— Não, na casa do Brooklyn. — Ela concorda, pouco convencida. — Não prefere?

— Não é isso... é que a sua irmã é muito simpática...

— Hope, não quero que fique aqui porque te quero o mais longe possível deste mundo. Você pode continuar vendo a minha irmã sempre que quiser, tenho certeza de que ela ficará feliz em ir até lá.

— Claro que ficarei. — Sasha entra de repente.

— De novo ouvindo atrás da porta? — Eu levanto uma sobrancelha em sua direção.

— Além do mais, acho que esta noite você deveria dormir aqui — diz a Hope, me ignorando.

Eu as vejo sorrir e começo a temer que se deem bem. Sasha é minha irmã e eu a amo mais do que tudo no mundo, tal como Nate, mas é um demônio em forma de mulher. Se Lúcifer tivesse uma versão feminina, seria Sasha. Ela é teimosa, manipuladora e muito inteligente. Capaz de fazer qualquer coisa e dizer qualquer coisa, só para conseguir o que deseja. Não tem limites, não tem medo e não tem consciência.

Isso me faz lembrar o que meu pai disse há alguns minutos, e todo o meu corpo fica tenso novamente.

— Ei — eu me aproximo da minha irmã. — O que aconteceu com você ontem?

— Ah, nada. — Faz um gesto para minimizar a importância. — Alguns russos me ameaçaram.

— Por que você não me ligou?

— Porque eu posso cuidar disso sozinha. — Ela cruza os braços, ofendida.

— Sasha, isso não é um maldito jogo. — Agarro seu antebraço com força. — Não quero que você saia de novo sem mim ou sem Nate.

— Você está dando importância demais a isso! — Ela ri com sarcasmo.

— Acha que seu pai vai querer outra coisa? — Levanto uma sobrancelha.

— Foda-se. Vamos lá, Hope. — Ela a pega pela mão e a puxa para fora do quarto.

— Onde você pensa que vai?

— Apresentá-la às minhas amigas. Também quer vir?

— Não, você não vai a lugar algum com ela. Hope fica. — Ando até elas e paro à sua frente.

— Hell, não seja tão difícil, deixe a garota sair. Tenho certeza de que está trancada há dias. — Olho para as duas, pensativo.

— Você quer ir? — Ela encolhe os ombros.

— Estou um pouco cansada...

— Você ouviu, né? — digo à minha irmã, que desvia o olhar e concorda relutantemente, sob a promessa de Hope de que em breve vai levá-la para passear.

***

Aproveito que V vai sair da cidade por uma semana para deixar Hope ficar comigo na mansão. Aparentemente, o que fiz ontem à noite quando libertei todas aquelas garotas nos trará mais problemas do que o esperado, mas o que isso importa? Foi a coisa certa e não me arrependo. Além do mais, Vladimir vai se encarregar disso, e é por essa razão que há pouco, quando Hope descansava em minha cama, ele me chamou em seu escritório para avisar que os negócios vão mantê-lo ocupado em Connecticut pelos próximos sete dias, um aviso que veio do céu.

Claro, fez questão de me avisar que, se eu negligenciar o negócio dos clubes enquanto estiver fora, Hope vai substituir todas as moças que desapareceram.

— Aconteceu alguma coisa? — pergunta, quando volto para o quarto.

— Tenho boas notícias — respondo, fazendo seu rosto brilhar de imediato. — Meu pai está indo para Connecticut esta noite e só voltará na próxima semana, então você pode ficar aqui até lá. O que acha? Você pode ficar com a Sasha enquanto eu trabalho.

— Eu adoraria — responde com um enorme sorriso.

— Ótimo.

Os dias seguintes são tranquilos, especialmente as noites. Eu sugiro que Hope durma no quarto de hóspedes, ou até mesmo com minha irmã, mas ela rejeita todas as ofertas, indicando que não se sente segura com ninguém além de mim. Por um momento, acho que é muita responsabilidade para mim, mas depois, quando a vejo dormindo em paz, todos os pensamentos são esquecidos. Até os pesadelos chegarem. Fortes, angustiados e que fazem a garganta de Hope emitir gritos abafados até acordar.

No entanto, os dias não são tão ruins: ela passa as horas em que estou trabalhando no quarto de Sasha, algumas vezes consigo escutar suas risadas do escritório. Tenho certeza de que minha irmã está enchendo sua cabeça falando de sapatos, moda e outras coisas insignificantes, mas prefiro que passe seus dias desta forma a que fique sozinha com a mente dando voltas...

Evito o assunto e desconverso sempre que me pergunta sobre as coisas que fiz durante o dia. Não quero que saiba tudo o que faço, isso só iria fazê-la se sentir culpada e buscar qualquer desculpa para ir embora de forma que, em suas palavras, ela pare de me causar problemas. A prioridade agora é que se recupere, se sinta segura novamente e seja capaz de dormir uma noite inteira sem acordar diversas vezes...

Não quero que ela vá embora.

— Você está nervoso — ela diz, quando terminamos de comer, no dia em que V deve voltar para casa.

— Não é nada — respondo, fingindo indiferença —, é que hoje o meu pai... — levanto o rosto para encontrar seu olhar. — Tenho que te levar de volta para o Brooklyn.

Exatamente duas semanas atrás nos conhecemos. Quinze dias em que comecei a desobedecer às ordens de meu pai e quebrei minha promessa de lealdade à família. Duas semanas em que pudemos trocar centenas de olhares, milhares de palavras, várias noites juntos, dividindo uma cama com nada além de alguns abraços. Tudo isso nos uniu de uma maneira que eu não teria adivinhado, o que só torna este dia ainda mais difícil.

Quando passamos em frente ao quarto da minha irmã, ela sai pulando de alegria com um sorriso travesso no rosto, que se espalha para Hope, embora nela ele pareça muito mais angelical.

— Você está me assustando... — digo, arqueando uma sobrancelha antes que comece a falar.

— Hope — começa olhando para ela —, depois de toda essa semana em que ficamos trancadas, e você deve saber que eu nunca passei tantas horas dentro de casa — acrescenta, revirando os olhos —, o dia chegou.

— O dia de quê? — pergunto, cruzando os braços.

— De darmos um passeio, quero apresentá-la às minhas amigas.

Olho para Hope, que está mordendo sua bochecha por dentro da boca, enquanto ainda sorri para o demônio que tenho como irmã.

— Você quer? — pergunto.

— Bem... acho que um pouco de ar fresco seria bom — confessa.

A verdade é que nos últimos dias ela só andou pelos arredores comigo ou com Sasha, não indo além do nosso terreno.

— Tudo bem, então. Você vai levar seu celular?

— Sim — ela responde, me mostrando.

— Quero que volte em uma hora — digo diretamente para Sas.

— De jeito nenhum. — Ela ri.

— Sas, se você não estiver aqui de volta, vou procurá-la e será a última vez que vocês sairão juntas.

— Você é insuportável. — Puxa Hope e saem pela porta.

Embora isso não me deixe feliz, estou tranquilo porque instalei um rastreador de última geração no novo celular que dei à Hope. Caso não retornem em uma hora, eu pretendo ir buscá-las onde estiverem e trazê-las de volta à força, se necessário.

HOPE

Sigo Sasha pela casa, descendo as escadas e passando pelo escritório de seu pai, cuja porta está fechada.

— Venha, vai ver como minhas amigas vão te adorar — diz ela animadamente.

Saímos pela porta dos fundos e descemos quatro degraus até a próxima. Ela a abre, me mostrando uma enorme garagem com cinco carros e três motos. Tira dois capacetes de um armário e me entrega um. Olho para ele com as sobrancelhas levantadas e depois para ela, que se vira para olhar para mim quando não respondo.

— Sasha, nunca andei de moto.

— Até hoje — ela sorri de emoção e levanta a minha mão para colocar o capacete. — Vamos, é aquela ali.

A moto para a qual aponta é enorme, eu não entendo muito de motos, mas parece muito poderosa e perigosa.

— Isso é seguro?

— Mas é claro que sim.

Solto um suspiro e me sento atrás dela, colocando o capacete, como me indica. Sem aviso, dá a partida e sai a toda velocidade, subindo uma pequena rampa para chegar à frente da casa, onde fica a porta principal e o 4x4 do Hell está estacionado. Um funcionário abre as duas portas de metal rapidamente, acho que para não a deixar com raiva.

Dirige passando do limite de velocidade, ultrapassando carros sem muito cuidado e sem respeitar qualquer sinal. Atravessamos a ponte Kennedy, em direção a Manhattan. Isso me relaxa um pouco, já que, vivendo no Bronx, temia que suas amigas fossem de algum tipo de gangue de rua. Mas era incrível vê-la. Nunca imaginei que era possível dirigir uma moto dessas calçando saltos de quinze centímetros.

Sasha é um ser... diferente. Eu nunca conheci ninguém como ela, acho que foi sua personalidade que mais me ajudou durante a semana passada. É forte, corajosa e muito alegre, algo que eu preciso na minha vida agora. Nathan também é ótimo e sempre tenta me fazer rir, e o Hell... é o Hell. Sinto-me totalmente unida a ele, como se nos conhecêssemos desde sempre. Por muitos dias, ficou tomando conta enquanto eu dormia, me acordando quando os pesadelos me invadiam agonizantemente. Oferecendo-me seus abraços desinteressados e secando o suor na minha testa quando acordo quase sem fôlego, com o copo de água pronto em sua mão. Acho que ninguém conseguiria me fazer sentir melhor do que ele, não importa o quão ruim o pesadelo seja, ele não desiste nem descansa até me fazer abrir um sorriso, por menor que seja. Não sei o que vou fazer agora que seu pai chegará em casa e terei que sair...

Sasha estaciona na parte leste do Central Park, ao lado dos carros e postes de luz. Eu respiro algumas vezes e desço, tirando meu capacete e entregando a ela.

— E essa cara de susto? — Ela ri. — Eu disse que nada vai acontecer, você tem que aprender a confiar em mim, tenho certeza que vamos acabar sendo cunhadas — diz isso como se fosse uma coisa qualquer.

Ela me olha quando percebe que não respondo nada e ri de novo.

— Não olhe para mim assim, droga. Eu sempre acerto nessas coisas e conheço meu irmão.

— O que você quer dizer?

— Bem, ele gosta de você. — Escreve sem parar em seu telefone enquanto andamos. — Venha, elas estão aqui.

Eu a sigo sem saber o que dizer. Essa garota me deixa sem palavras, é muito sincera e direta. Não estou acostumada a isso, que falem comigo dizendo tudo o que acham, sem rodeios.

Andamos entre as árvores ao longo da calçada de pedras, como se estivéssemos de chinelos. Não consigo parar de olhá-la com seus jeans surrados, os saltos vermelhos e a camisa que deixa o umbigo a mostra. Eu não posso evitar de me sentir pequenininha ao seu lado. Ela é tão... perfeita. Se não a conhecesse e a visse na rua, pensaria que é a típica garota mimada e delicada, mas isso não poderia estar mais longe da realidade, aparentemente ela é daquelas garotas que andam com uma arma na bolsa, ao lado das chaves da moto e do batom.

— Lá estão elas — afirma, apontando para um grupo de três meninas sentadas em um banco.

— Já não era sem hora, sua safada, estamos aqui há vinte minutos — reclama uma garota morena.

— Peguei um pouco de trânsito. — Trânsito? Como se ela soubesse o que é isso. — Meninas, esta é Hope, uma amiga do meu irmão.

As três me olham de cima a baixo, me analisando, fazendo com que me sinta nua e exposta. Não posso evitar cruzar os braços tentando me cobrir.

— Desde quando as amigas do seu irmão são suas amigas? — pergunta outra morena.

— Sim, ela deve ser a primeira que você não quer arrebentar a cara — diz uma garota loira cujo rosto e expressão não me agradam nem um pouco.

— Hope é diferente, vocês vão ver. — Ela se vira para mim. — Essas são Candy. — Aponta para a loira. — Charlotte e Mon.

— Monique — a segunda morena corrige —, mas você pode me chamar de Mon. — Isso é um sorriso falso ou verdadeiro?

— Eu sou Hope, é um prazer conhecê-las. — Elas ficam em silêncio por um segundo e começam a rir com Sasha.

— Eu disse, ela não é como as outras.

— Estou vendo — responde Candy.

— Bem, então você comprou a bala? — Monique olha para Sasha e eu também, surpresa com a pergunta dela.

— Não consegui, tive problemas com meu irmão. — Vejo como ela desvia o olhar.

— Ok, vou ligar para o Jensen. — A loira... como era o nome dela mesmo? Enfim, desbloqueia seu celular e pressiona uma tecla antes de colocá-lo em seu ouvido.

— Pergunte a ele que horas a festa começa — Candy pede.

— Oi, bebê. — Ela mostra a língua para as outras, rindo silenciosamente. — Sim... nossa, como você é rápido... claro... quanto? — Olha para as outras.

— Cinquenta cada uma — sussurra Monique.

— Espera... — Olha para mim e depois para Sasha. — Para ela também?

— Sim — responde por mim. Não, eu não quero isso.

— Duzentos e cinquenta... ok, melhor se... posso escolher a cor? — Ri de uma forma sedutora. — Rosinha... Cinquenta, tudo bem... Claro, querido, você vai ser recompensado... Que horas começa?... Ok, até à noite... Um beijinho.

— Cinquenta paus? — Sasha pergunta quando a moça desliga.

— Sim. Ele disse que começa às nove e meia.

— Ok. Não podemos voltar para casa porque meu irmão não vai nos deixar sair depois. — Minha nova amiga olha para mim e depois para as outras.

— Vamos para a minha casa, meus pais não voltam até quinta-feira — diz Candy.

— Onde foram dessa vez?

— Mônaco? Turquia? Quem se importa? — Ri.

Três horas depois, após jantar pizza e croquetes congelados, as duas meninas esvaziam o armário da garota loira para ver o que vamos usar hoje à noite. Aparentemente, elas vão me levar para uma boate de que gostam muito.

— Seu irmão não para de me ligar. — Eu mostro as chamadas perdidas. — Não acha melhor atender e dizer que vamos sair? Embora eu não esteja tão a fim de ir...

— Melhor não, senão ele vai vir nos procurar. E claro que você está a fim de ir, você vai ver. — Ela pisca para mim. — O que você acha disso? — Mostra uns shorts jeans e uma blusa com um zíper no centro.

— É demais para mim...

— Vamos lá, é só por um dia! — Candy grita.

Enquanto estávamos jantando, ela começou a fazer perguntas e a me interrogar sobre como conheci o Hell e o que aconteceu comigo. Eu realmente não queria falar sobre isso, muito menos com uma estranha, mas Sasha conta tudo e eu não tive escolha. Candy disse que juntas vamos "superar" e que "eu sou uma delas", algo que me assustou muito. O que mais me surpreendeu é que tudo o que aconteceu comigo, apesar de não ter contado com detalhes, não as surpreendeu nem assustou. Concordavam com a cabeça como se fosse algo comum, como se todos os dias conhecessem uma garota que havia sido sequestrada, vendida, prostituída e estuprada.

— Pelo menos, experimente. — Sasha junta as palmas da mão e olha para mim, implorando.

— Está bem.

Eu tiro minhas roupas, não me sentindo muito confortável ao fazer isso na frente delas, e visto o que elas me dão. Essas garotas são muito intensas para mim...

— Você está espetacular! — Candy grita. — O Hell vai querer transar com você assim que te vir — diz distraída enquanto se atrapalha com as roupas.

— Candy — Sasha reclama e a amiga olha para ela. — Um pouco de delicadeza. — Revira os olhos.

— É verdade, desculpa — responde sem dar muita importância.

HELL

Estou dando voltas pelo quarto, meus olhos se intercalam entre o relógio e a tela do celular. Por que ela não atende as ligações? Eu olho para o rastreador, mas minha irmã é esperta demais. Desativou a localização do celular da Hope e do seu também.

— Nada? — Nate larga o controle do Xbox no chão e caminha na minha direção.

— Não, que merda.

— É sexta-feira, há uma festa de espuma na Cielo.

— Ela iria lá de novo? Já foi por três noites seguidas — ressalto.

— Você está surpreso? As aulas vão começar em duas semanas, ela está aproveitando.

— Vou estrangulá-la assim que colocar as mãos nela — resmungo, pegando um cigarro do maço na mesa.

— Vai, relaxe. Vamos dar umas duas horas ou mais, são... — Ele olha para o relógio. — Dez horas. Se não tivermos resposta até às onze, vamos lá.

Vladimir chega em casa uns vinte minutos depois, furioso, falando que sua relação com os russos acabou. Ele me diz por alto que as coisas ficaram feias para nós e que devemos ficar mais atentos do que nunca. Relato, com cuidado, como tomei conta de tudo esta semana, e quando me pergunta sobre Sasha sou obrigado a dizer que saiu, pois ele passou pelo quarto dela e viu que estava vazio, isso acaba deixando-o com um humor pior ainda.

Às onze horas, estou estacionando no lugar de sempre, no beco ao lado da Cielo. Eu ando até o porteiro e o cumprimento enquanto ele puxa a corda vermelha para o lado para nos deixar passar.

— Minha irmã está aí?

— Sim, ela chegou há algum tempo com as amigas.

— Ela veio com uma moça nova?

— Sim.

— Obrigado, cara.

Ele concorda com a cabeça e se vira para continuar seu trabalho. Entramos e vamos diretamente para a área vip. Vejo Babi sentada com suas amigas, bebendo e rindo. Não me veja, pelo amor de Deus, não me veja.

— Nenhum rastro delas — Nate fala por cima da música.

— Devem estar lá embaixo, você sabe o quanto ela gosta desta festa. — Eu me inclino sobre o corrimão para observar o andar principal.

— Ah, você me abandonou, querido! — Mãos abraçam minha cintura tocando meu abdômen por cima da camisa.

— Não tenho tempo agora, Babi — digo, afastando-a.

— Você nunca tem tempo para mim, mas você me liga quando precisa de mim. — Ela fica com raiva e se vira para sair.

— Ei, não fique com raiva, boneca. — Seguro sua mão para pará-la, não quero que fique com raiva. — Me desculpe, eu prometo te ligar, ok?

— Você sempre promete a mesma coisa, mas não recebo essas ligações até que eu tenha que tirar uma bala ou costurar um buraco de facada.

— Não faz isso comigo agora, estou com pressa. Eu te ligo, de verdade.

— Que seja. — Ela se vira e retorna ao assento ao lado de suas amigas.

O relacionamento que tenho com Babi é estranho e muito particular. Eu acho que ela é a única mulher, além da minha irmã e de Avery, com a qual poderia afirmar que tenho carinho. Mas do meu jeito. Nunca a namoraria, nem deixaria que pensasse que tem alguma chance. Ela sabe o que há entre nós, sabe o que estou procurando ou não, mas, mesmo assim, está sempre presente quando preciso dela. Sempre. Ela é a única pessoa, além de meus irmãos e minha prima, que nunca me deixou na mão.

— Lá. — Nate aponta para um grupo de garotas, cheias de espuma e molhadas da cabeça aos pés. — Eu não estou a fim de entrar ali.

— Me espere fora da pista, vou encontrar a Sas e a Hope e vamos embora.

VII

HELL

Eu me movo entre as pessoas, tentando me aproximar do centro da pista sem ficar muito molhado, algo impossível com a quantidade de espuma e de pessoas encharcadas ao meu redor.

Quando as alcanço, fico um segundo assistindo a Hope dançar. É a primeira vez que a vejo se divertir desse jeito, não se importando se as pessoas ao seu redor a estejam tocando ou algo assim. Além disso, aquelas roupas que está usando, provavelmente são de uma das amigas de Sasha... não estou acostumado a vê-la assim.

Dou os últimos passos até chegar às suas costas, coloco minhas mãos em sua cintura e enfio a cabeça em seu pescoço, perto da orelha, para que possa me ouvir por cima da música sem a necessidade de gritar.

— Hope, o que você está fazendo? — Ela se vira e seu rosto se ilumina quando me vê.

— Dançando — responde, tirando um pirulito da boca sem parar de mexer o corpo.

— O que você tomou? — Eu já consumi substâncias o suficiente para conhecer seus efeitos. As garotas com quem transei nas festas também chupavam pirulitos para que não rangessem os dentes depois de terem se drogado.

Ela coloca o pirulito de volta na boca com um sorriso, grudando em mim e tentando me fazer dançar com ela. Eu procuro minha irmã com o olhar e a encontro dando uns amassos em um cara.

— Não saia daqui — peço a Hope.

Vou até Sasha e a puxo para separá-los, ela olha para mim por um segundo com confusão e depois com ódio.

— O que está fazendo?!

— Natasha, saia daqui agora e espere por mim lá fora. — Ela olha para mim com medo, sabendo que quando eu a chamo pelo seu nome é porque estou realmente com raiva.

— Não me chame assim — diz antes de passar por mim para sair.

O garoto me reconhece instantaneamente, então simplesmente abaixa a cabeça e se vira. Volto para onde deixei Hope e a encontro se esfregando em Candy. Assim que me vê, ela cruza suas mãos em meu pescoço e sorri.

— Dance comigo, Hell — sugere muito perto do meu rosto.

— Você está drogada, nós temos que ir.

— Vamos, não seja chato — grunhe, fazendo pequenas investidas e me fazendo começar a rir, incapaz de evitá-lo.

— Vamos embora, Hope — digo, tentando fazê-la andar.

Mas não tem jeito, ela está determinada a dançar. Desce as mãos pelo meu peito lentamente, sem tirar os olhos dos meus e movendo sua cintura, onde eu coloco as minhas mãos. Eu começo a sentir um calor, um calor que não deveria e não posso sentir perto dela.

— Hope, temos que ir.

— Temos que dançar — diz, se aproximando.

— Não, não temos que dançar. Você tem que ir para a cama, é o que tem que fazer. Você está drogada, porra, vou matar minha irmã.

— Você nunca se deixa levar?

— Hope. — Seguro seu queixo com meus dedos para que pare de se aproximar.

— Eu sei que você quer me beijar — diz ela, fixando os olhos nos meus.

— Isso não é verdade, e pare de dizer coisas de que vai se arrepender amanhã. Vamos.

— Você não quer me beijar?

— Hope. — Sorrio por causa de sua falta de vergonha e timidez nesse estado.

— Vamos, Hell. Honre seu nome. — Está praticamente tocando meus lábios.

— Eu não vou te beijar, você está drogada. — Eu fico sério, começando a sentir que, se continuar dessa forma, vou perder o controle.

— E se não estivesse?

— O quê?

— Você me beijaria?

— Amanhã vou te lembrar de tudo isso e você vai morrer de vergonha. — Eu sorrio sem me separar dela.

Sem que eu perceba, aproveita que tirei minha mão de seu queixo e cola seus lábios nos meus. Não levo mais que dois segundos para reagir e me afastar, colocando as mãos em suas costas para que o seu corpo fique perto do meu. Ela começa a rir, fazendo-me rir também, até que percebo que as gotas em sua testa são de suor e não de água. É quando vejo a velocidade do seu batimento e o movimento de sua mandíbula, agora que ela não está com mais nada na boca.

— Temos que ir — repito seriamente.

— Estou com muito calor — solta um suspiro de ar entrecortado e fecha os olhos por um momento.

— Não se afaste de mim.

Empurro duas pessoas para longe com um braço e a envolvo pela cintura com o outro. Chegamos à porta e a cruzamos rapidamente, sentindo imediatamente o ar da rua.

— Você está bem? — Eu seguro seu rosto com uma mão para que me olhe nos olhos. Ela balança a cabeça, mas não diz nada.

— O que está acontecendo? — Nate se aproxima com Sasha.

— Vamos embora. — Eu tiro minha jaqueta jeans e ajudo Hope a vesti-la, envolvendo seu corpo com o braço depois.

— Qual é o problema, Hope? — Minha irmã corre para estar próxima a nós.

— Aproveite a rua agora, porque você não vai pisar nela novamente até se casar — digo, sem a olhar. Ela para de repente. — Nate, arraste-a e vamos — ordeno ao meu irmão por saber qual será o próximo passo de Sasha.

No mesmo instante, ouço-o correr e ela gritar, Nate a levanta do chão e a joga por cima do ombro.

— Me solta! Me deixe ir! Eu não vou ficar trancada! — grita.

— Droga! — Nate reclama e eu paro por um segundo para ajudá-lo. Vou até ele e tiro os saltos de Sasha, enquanto ela tenta enfiá-los no estômago de seu irmão gêmeo para que ele a solte.

— Querida, você está acordada? — Hope acena quando a coloco no banco de trás do carro. — Fale comigo.

— Estou aqui, quieta. Eu só quero ir pra cama — responde, sorrindo.

— Ok, já estamos chegando.

Assim que paro o carro em frente à porta de casa, Sasha desce sem dizer nada e corre descalça até a árvore para subir sem que V descubra. Ela sabe que não vai passar despercebido ao nosso pai que fugiu para uma festa sem permissão. Além disso, na semana passada, ela foi ameaçada com uma faca, pelo amor de Deus!

— Ah não. — Vou atrás dela com passos largos e a seguro antes que suba na árvore.

— Me largue! — exclama em voz baixa.

— Dessa vez, você não vai escapar. Nate, entre com ela. Já está na hora de você cuidar das suas cagadas, princesinha.

Meu irmão a segura pelo pulso e a força a entrar pela porta da frente — não sem esforço — enquanto eu dou a volta no carro para pegar Hope.

— Como está se sentindo? — Abro a porta e passo a mão pelas costas dela para ajudá-la, não sei em que estágio estão os efeitos da droga.

— Bem. — Sorri para mim. — Embora eu ainda esteja muito quente.

— Normal. Por que você resolveu usar drogas, Hope?

— Bem, eu disse não, mas... — Ela se cala quando ouvimos gritos vindos de dentro da casa, eu a seguro com mais firmeza e entramos na mansão para ver o que está acontecendo.

— Tenho vinte anos!

Chegamos a tempo de ver o rosto da minha irmã virar com um forte tapa da mão esquerda de V. Nate dá um passo à frente ficando entre eles quando meu pai levanta a mão novamente com a clara intenção de repetir o tapa. É incrível, ele não viu sua filha por uma semana e a primeira coisa que faz é isso. Concordo que ela não fez bem em fugir e que já esgotou a paciência do próprio pai há muito tempo, ele já ameaçou mandá-la para longe mais de uma vez se não mudasse de atitude. No entanto, nada justifica bater na própria filha.

— Nathan, suba com elas — peço, sem olhar para ele.

Ele olha para nosso pai por mais alguns segundos e se vira para Sasha, cujo rosto está contraído e prestes a explodir de raiva.

— Vamos — diz gentilmente para sua irmã gêmea, então olha para Hope e lhe faz um sinal.

— Nunca encoste nela novamente. — Eu fico na frente de V quando eles estão subindo as escadas, relaxando meus braços e me colocando a sua altura.

— Você vai me impedir?

— Eu farei isso se for necessário.

— Você viu como ela chegou em casa? Está drogada e olha suas roupas! — Aponta para as escadas. — Ela é uma garota mimada e está passando dos limites.

— Eu sei, e vou cuidar disso.

— Você? — Ri sarcasticamente. — Você não sabe como cuidar de si mesmo e quer cuidar disso. Por favor, não me faça rir. — Ele se vira e caminha até a cadeira atrás da mesa. — Vou mandá-la para um colégio interno na Rússia, já conversei com o diretor.

Uma pontada de dor atinge meu peito, não só pelo que acabou de dizer, mas também pela franqueza e simplicidade com que o fez. Levar Sasha embora? Minha irmã? Só por cima do meu cadáver.

— Esqueça isso.

— Como é? — Ele arqueia uma sobrancelha, duvidando de mim.

— Esqueça isso, eu não vou permitir que você a leve para longe de mim ou do irmão dela. Se você não quer cuidar dela, não se preocupe, eu farei.

— Eu vou te dizer uma coisa, Hell. — Ele aponta o dedo para mim. — Sua irmã tem vinte anos e você tem vinte e três...

— Vinte e quatro — interrompo.

— Tanto faz. Se você acha que é capaz de cuidar da educação dela, vá em frente. — Ele faz o gesto com a mão. — Mas se ferrar com tudo e me deixar em maus lençóis na frente dos meus sócios, eu a colocarei em um avião direto para a Rússia. Fui claro?

— Claro como água — murmuro baixinho antes de sair.

Tem que ser muito infeliz para querer fazer algo assim com sua própria filha. Sim, Sasha precisa de uma boa mudança de atitude e sua educação não foi a mais correta, mas ela é minha irmã e ninguém vai tirá-la de mim.

Eu ando até seu quarto e a vejo sozinha afastando os lençóis. Amarrou o cabelo em uma trança lateral e trocou as roupas que estava usando por uma camisa larga para dormir. Onde está Hope?

— Você está bem? — Eu me aproximo dela e acaricio sua bochecha, avermelhada e ainda quente do golpe.

— Sim — responde com raiva.

— E Hope? — Eu dou uma espiada em seu banheiro.

— Nate está com ela no seu quarto.

— Amanhã, eu e você vamos conversar, ok? Há muitas coisas que vão mudar a partir de hoje.

— O que você quiser — faz uma careta e entra no banheiro.

— Sasha, não faça isso comigo. — Eu a sigo.

— O quê?

— Essa cara, como se não estivesse interessada em merda nenhuma que te digo. Você tem que mudar de verdade, não como fez das outras vezes.

— Que seja — insiste ela, despreocupada, enquanto coloca um pouco de pasta na escova para escovar os dentes.

— Sasha! — Seguro seu braço para que me olhe. — Seu pai quer mandar você para um colégio interno, na Rússia!

— O quê? — A escova cai da mão dela. — Ele não pode, ele não pode — nega, balançando a cabeça, enquanto balbucia as palavras. Seu lábio inferior treme e seus olhos ficam paralisados, fixos em um ponto.

Sas é muito forte, ela é incrivelmente forte, mas sabe que quando V diz algo e se convence, ele o faz sem voltar atrás. Não importa o que tenha que fazer ou com quem tenha que lidar para conseguir o que quer. Ele o fará.

— Ei, não chore. — Puxo sua mão para trazê-la para mais perto e abraçá-la, eu posso contar nos dedos as vezes que vi minha irmã chorando, e é uma das piores coisas para mim.

— Eu não quero ir embora — soluça.

— Você não vai. Acha que eu deixaria isso acontecer? — Eu separo ela de mim para que possa me olhar nos olhos.

— Se ele quiser, não há nada que você possa fazer. — Eu levanto uma sobrancelha e ela sorri.

— Não me subestime, irmãzinha. — Sorrio também. — Mas, Sas, você vai ter que mudar. Não pode mais sair todos os dias, fugindo à meia-noite. — Seus olhos mostram surpresa e tenta fazer uma expressão angelical. — Realmente acha que eu não sei sobre todas as noites que você sai pela janela?

— Putz — forma uma linha com os lábios.

— Acabou também o álcool, as festas descontroladas e as drogas.

— Ok...

— Desde quando você usa drogas, Sas?

— Não faz muito tempo... e foram muito poucas vezes.

— Para mim dá no mesmo. Por que você faz isso?

— E você?

— Você não pode se comparar comigo, eu sou um idiota e você não — admito seriamente. — As drogas são muito sérias, Sasha. Nós as colocamos no país e as vendemos para as pessoas, eu tenho que provar para saber se são de boa qualidade, e sim, eu consumo de tempos em tempos com meus amigos. Mas é um erro, nada de bom vem disso.

— Sinto muito.

— Foi a última vez, ok?

— Hm-hum... — concorda, mas evita o meu olhar.

— Prometa.

— Merda.

— Faça isso.

— Por quê?

— Porque eu sei que, se você me prometer, vai cumprir. — Ela bufa e balança a cabeça.

— Eu prometo, droga.

— Esta é a minha pequena demônia. — Belisco sua bochecha, dou um sorriso e a abraço de novo. — Vou ver como a Hope está. — Franze o cenho. — Só você mesma para fazer ela usar bala.

— A coisa saiu do controle. — Ela sorri com inocência.

— Já faço ideia, não me diga mais nada. — Eu me viro e saio do quarto dela.

HOPE

Nathan tenta conversar comigo para que eu não fique sozinha até que Hell chegue, está falando sem parar e é evidente que o pobre rapaz não sabe mais o que me dizer. Ele é um menino encantador, eu vejo muito do seu irmão mais velho nele, especialmente o sorriso pronto quando ele quer me animar.

— Obrigada, Nate, vá dormir agora se quiser. — Hell aparece pela porta com um passo relaxado.

— Boa noite, Hope — ele diz, com um sorriso.

— Boa noite, Nathan, obrigada. — Ele acena e sai do quarto.

— Você se saiu muito bem — diz ele, aproximando-se da cama.

— Eu?

— É uma brincadeira. — Sorri. — Está melhor?

— Sim. O que aconteceu com sua irmã?

— Nada com que se preocupar. Agora você precisa dormir e descansar, vamos puxar os lençóis — propõe, segurando minha mão para me levantar.

— Eu não quero me cobrir, estou suando.

— Talvez você devesse tomar um banho — sugere, apontando para o banheiro.

— Eu preciso de um pijama mais fresco, o que peguei com Sasha é muito quente.

— Já trago algo para você, vou ver o que ela tem — diz, indo em direção à porta. Eu concordo e entro no banheiro.

Fecho a porta atrás de mim e olho em volta, lembrando de quando cheguei há uma semana, meus sentimentos quando vi este banheiro pela primeira vez. É grande, mas simples, com uma banheira espaçosa e uma janela retangular acima. Bonito. Parece que se passou uma vida inteira desde que Vladimir me trouxe aqui contra minha vontade.

Abro os armários, procuro por uma toalha, e vejo vários frascos de cremes, colônias e outras coisas que me fazem sorrir quando identifico o cheiro de Hell.

Então, quando estou prestes a me despir, a porta se abre e eu sorrio de novo quando o vejo.

— Desculpe, Sas insistiu que você usasse isso — confessa, balançando a cabeça e me passando uma camisola rosa muito curta, junto com uma calcinha que combinava.

— Obrigada. — Ele acena e se vira para sair, mas eu o paro. — Obrigada, de verdade, por tudo.

— Não é nada, Hope. Tome um banho e se você quiser conversamos mais tarde.

— Ok.

Ele sorri e fecha a porta depois de piscar para mim. Eu me pergunto se ele sabe como é atraente quando faz isso, algo tão simples que me arrepia sem que eu possa evitar. Ou é por causa das drogas que Sasha me deu? Quem sabe...

HELL

Pego uma calça de pijama e uma camisa na gaveta e os visto. Eu dormiria só de boxer por causa do calor que faz, mas eu não quero incomodá-la.

Ligo a televisão e coloco os travesseiros encostados na cabeceira da cama para me apoiar, estou cansado, mas não vou conseguir dormir antes que Hope caia no sono.

Troco de canal sem muita atenção, pensando em tudo o que aconteceu nos últimos dias. Como meu pai sabia onde a Hope estava? Como ele descobriu seu paradeiro, mesmo com todas as precauções que tomei? Só pode ter sido trabalho do Casper. Sim, com certeza V o mandou me seguir, porque, se fosse qualquer outra pessoa, eu teria notado, mas contra o fantasma não há nada a fazer.

Olho o meu celular, lembrando que há pouco tempo ouvi uma notificação de mensagem no grupo dos meus amigos, eu não ligava nem escrevia há dias, então decido dar uma olhada enquanto Hope estava no banheiro.

Eu
Continuo vivo.
11:05 pm

Dave
Cara, onde você se meteu?
11:05 pm

Dave
Já era hora de dar notícias.
11:05 pm

Eu
Tem sido uma semana complicada.
11:05 pm

Calvin
O que aconteceu?
11:05 pm

Eu
Meu pai tirou Hope do Brooklyn.
11:05 pm

Dave
O quê?! Como assim?
11:06 pm

Eu
Consegui que ele a deixasse em paz, mas quer que eu tome conta de todo o negócio de prostituição.
11:06 pm

Calvin
Cara, você não pode aceitar. O que vai acontecer quando outra garota te contar a vida dela? Vai libertar ela tabém? Com as novatas foi uma coisa... mas não podemos continuar fazendo isso contra o seu pai.
11:06 pm

Eu
Eu sei, droga!
11:06 pm

Calvin
Onde ela está agora?
11:06 pm

Eu
Esse foi o segundo problema da semana. Sas e as amigas dela a levaram para a Cielo. Elas sumiram então fui buscá-las e estavam completamente drogadas.
11:06 pm

Dave
Meu Deus, cara, sua irmã é um demônio. Hahahah
11:07 pm

Eu
Não tem graça, V quer mandá-la para um internato na Rússia.
11:07 pm

Dave
Que merda.
11:07 pm

Eu
Mas eu disse que não vou permitir, que se for necessário eu mesmo cuido dela.
11:07 pm

Calvin
E o que ele respondeu?
11:07 pm

Eu
Que eu faça isso.
11:08 pm

Dave
Por que não nos chamou?
11:08 pm

Eu
Vocês não poderiam fazer nada.
11:08 pm

Calvin
Onde ela está agora?
11:08 pm

Eu
Tomando banho.
11:08 pm

Calvin
Na sua casa?!
11:08 pm

Eu
Sim, amanhã eu vou levar ela ao Brooklyn,
hoje ela dorme aqui.
Vou largar o celular agora.
11:08 pm

Elliot
O que aconteceu?
11:09 pm

A porta do banheiro se abre devagar e ela aparece com um sorrisinho enquanto puxa o cabelo para o pescoço. E eu digo "ela aparece" porque com aquela pequena camisola rosa-claro que minha irmã lhe deu, ela parece um anjo. Preciso engolir minha saliva para esconder a pressão sob meu pijama, que não vai ser fácil.

— Venha — sorrio e dou um tapinha no colchão. — Você vai ver o quão confortável é a cama.

— O que você está assistindo? — pergunta, olhando para a televisão.

— Nada demais. — Eu dou de ombros. — Se sente melhor?

— Sim, você estava certo, o banho foi ótimo mesmo — comenta e com um pequeno pulo sobe no colchão, ficando ao meu lado.

— Fico feliz.

— Ei... — Ela brinca com a barra do lençol, sem olhar para mim. — Sobre o beijo...

— Tranquilo, Hope. — Solto uma risada para que ela relaxe. — Faz parte dos efeitos do ecstasy.

— Sinto muito.

— Não foi nada. — Eu dou um pequeno empurrão no seu ombro para fazê-la sorrir.

Ela balança a cabeça e vai um pouco para baixo, se acomodando. Ela suspira e relaxa, respira profundamente pelo nariz e depois vira o rosto, encontrando meus olhos atentos aos seus movimentos.

— O que foi?

— Você sabe que a única garota que já dormiu tantas vezes comigo é minha irmã? — confesso, virando para ela. Apoio meu cotovelo no travesseiro para poder me inclinar e encurto um pouco o espaço entre nós.

— Mesmo? — Arregala os olhos, com surpresa.

— Sim.

— E seus... casos de uma noite?

— Com elas eu não durmo. E menos ainda na minha cama, eu nunca as trago aqui.

— E para onde você as leva?

— Para o Brooklyn — respondo, sem pensar.

— Ah.

Ok, talvez isso não tenha soado muito bem. Agora, ela deve estar se sentindo desconfortável por ter dormido na mesma cama que todas as outras, mas não sabe que nenhuma significou o mesmo que ela. Embora eu ainda não saiba o que isso realmente significa.

— Mas nós não dormimos juntos — rapidamente acrescento —, é só sexo e elas vão embora.

— Você não gostaria de ter uma namorada?

Olha, cara, enquanto olho suas pernas nuas e esse lindo sorriso inocente... Não. Não, não posso dizer isso.

— Não, no momento não é o que estou procurando.

— Eu entendo.

— E você? — A curiosidade se ilumina em mim como um pavio que de repente se acende.

— Se eu quero ter um namorado? — pergunta e eu confirmo com a cabeça. — Não sei. Quero dizer, eu gostaria de saber que sou importante para alguém, que alguém se preocupa comigo. — Ela encolhe os ombros, enquanto olha para as mãos.

— Eu me preocupo com você.

De onde veio isso, Hell? Controle suas palavras e seus impulsos.

Bem, Hope sorri em vez de corar como nas outras vezes que fiz um elogio, então não me arrependo de ter dito isso.

— Só porque você se sente responsável pelo que aconteceu comigo ou por alguma outra coisa?

— A princípio foi por causa disso, não vou mentir pra você. — Ela mostra uma expressão simpática, acho que ela gosta da minha sinceridade. — Mas com o tempo eu tenho sentido muito carinho por você. — Sorrio, feliz, para tirar a importância e tensão deste momento.

— Carinho — ela repete desapontada.

— Sim.

Ela acena com uma expressão que eu não entendo muito bem e se vira, o que é isso? O que eu disse para aborrecê-la? Eu pensei que tudo estava indo bem.

— Estou com sono, até amanhã.

— Ei. — Aproximo meu corpo ao dela por trás. — O que aconteceu? O que eu disse?

— Nada, estou apenas cansada.

— Mentira. — Vira-se para me olhar, ficando a uma curta distância devido à minha proximidade.

— Não me chame de mentirosa — murmura com notável nervosismo.

— Bem, não minta para mim.

— Não estou mentindo.

— Está, sim. Nós estávamos conversando e de repente seu rosto mudou. Por quê?

— Não importa, Hell. — Ela suspira e se move, ficando de barriga para cima, de modo que agora estou ligeiramente inclinado sobre ela.

— Claro que importa. — Eu acaricio sua bochecha com a mão do meu braço que está livre, observando como ela fecha os olhos ligeiramente ao meu toque. — Me diz o que houve.

— O beijo de antes... — Não termina a frase, em vez disso, olha para os meus lábios.

— Eu te disse que está tudo bem, que você pode esquecer.

— É que não posso.

Ela está dizendo o que eu acho que está dizendo?

— Você não pode ou não quer? — Agora sou eu quem observa seus lábios, avermelhados e pouco grossos.

Eu não sei por que meu tom de voz baixou, enquanto minha cabeça se aproximou à dela. Se ela não me parar, já posso ver como isso vai acabar.

— Eu não quero — ela admite quase em um sussurro.

Eu desço minha cabeça pouco a pouco, aproximando-me cada vez mais de seus lábios com medo de ter interpretado errado o seu gesto e estragar tudo completamente. Mas não, fica claro que entendi perfeitamente quando estou quase a tocá-los e ela fecha os olhos. Pela primeira vez, sinto seu calor, já que lá na boate não durou nem dois segundos e foi apenas um toque.

Eu acaricio seus cabelos, puxando-a para perto de mim muito devagar. Ela separa os lábios, me dando tímida permissão para fazer o que nós dois mais queremos agora. Minha língua umedece primeiro seus lábios, esfregando-se neles para não ser tão direta. Então, eu sinto a sua língua quando entra na minha boca, procurando a minha com mais ansiedade do que o esperado.

É quando eu paro de me controlar.

Eu me inclino mais, apoiando meu corpo levemente no dela, e ela passa a mão pelo meu pescoço para se aproximar de mim com vontade. Nós dois respiramos com intensidade pelo nariz, sem parar o beijo. A tensão aumenta, assim como o desejo de tocá-la em todos os lugares, mas, não, eu ainda tenho controle suficiente para saber até onde posso ir. Sinto coisas que nunca senti antes, como um ligeiro formigamento nas pontas dos dedos quando ela se move, fazendo todo o meu corpo desejar por mais.

Quando nossa respiração fica muito agitada e a protuberância na minha calça atinge o nível limite antes do ponto sem retorno, eu lentamente separo minha boca, afastando-me de seus lábios com cuidado. Ela abre os olhos e olha para mim com um brilho que eu não tinha visto antes, mas também com preocupação. Nós passamos muitas horas juntos de forma que sei como identificar seu olhar.

— O que aconteceu? — Deslizo meu polegar por sua bochecha, acariciando seu lábio inferior. Estou praticamente em cima dela.

— Nada. É só que... estou com medo.

— De quê?

— Do que eu sinto quando estou com você.

Sua sinceridade não deixa de me surpreender, mas, ao mesmo tempo, acho fascinante que ela consiga abrir seu coração para mim sem reserva alguma.

— E o que você sente?

— Não sei, coisas que nunca tinha experimentado. — Ela se encolhe um pouco e suspira, suas mãos ainda descansando em meus ombros. — Você me faz sentir segura, protegida. Quando está por perto não tenho medo de que algo possa acontecer comigo ou... de ficar sozinha novamente. — Engole saliva, o que significa que sente vontade de chorar.

— Você não estará sozinha enquanto eu ainda estiver vivo, Hope.

— Aí é que está o problema — diz, suspirando novamente. — Quando você saiu de casa no Brooklyn, eu não sabia se te veria novamente ou se... eles te matariam.

Eu a observo por alguns minutos, sem que nenhum de nós diga nada, apenas olhando um para o outro e fiquei acariciando sua bochecha. Como eu não consigo pensar em nada para dizer, porque seu medo é real, é uma possibilidade, eu a beijo novamente. Quando nos separamos, ela olha para mim da mesma maneira que antes do nosso segundo beijo, deixando claro que minha distração não foi suficiente para impedir seus pensamentos.

— Você não diz nada porque eu estou certa, né? — Eu suspiro e não respondo imediatamente. — Você me beijou para me distrair.

— Hope, não quero mentir para você. Já atiraram em mim três vezes e tentaram me matar tantas vezes que perdi a conta. Minha vida é essa. Quando as crianças brincavam com balões de festa, eu brincava com isqueiros. As cicatrizes são minhas tatuagens e não tenho medo da morte, eu a desafiei tantas vezes que nos tornamos bons amigos. É o que acontece quando você vive brincando com fogo, você acaba se queimando. Eu estou queimando há muito tempo.

— Que sorte que eu sou a esperança — sorri com tristeza.

— Não há esperança no inferno.

Ela me observa alguns segundos e, em seguida, passa os braços em volta do meu pescoço para me fazer abraçá-la, giro na cama para que ela fique em cima de mim e passo meu braço pelo seu pequeno corpo, aproximando-a de mim o máximo que posso, enquanto acaricio seus cabelos com a mão. Eu sei que ela está chorando porque suas lágrimas molham meu pescoço, mas não me atrevo a dizer nada a ela. O que devo fazer? As coisas são como são, porra. Eu não posso fazer nada para mudar toda essa merda de vida em que estou.

— Eu não quero perder mais ninguém — diz de repente.

Eu a abraço com mais força e a beijo na cabeça, tentando acalmá-la. Não posso dizer que ela não vai me perder, porque não quero enganá-la, não posso prometer algo que eu não sei se vou ser capaz de cumprir.

— Você precisa dormir — digo, me movendo para olhar para ela. — Amanhã eu vou te levar para o Brooklyn, ok? Lá você estará em segurança.

— E você? — Solto um pouco de ar e lhe dou um pequeno beijo.

— Me escute. Hope, eu não vou prometer a você que nada vai acontecer comigo porque eu não sei, o que posso prometer é que farei todo o possível para que nada me aconteça.

— Isso não é suficiente.

— Mas é a realidade.

— Eu vou ter que viver sozinha?

— Eu vou dormir com você sempre que puder, mas você sabe que tenho que trabalhar. E agora eu não posso abandonar minha irmã, meu pai quer mandá-la para um colégio interno na Rússia, se ela não mudar.

— Então, que venha para o Brooklyn também.

— Há apenas um quarto, querida — digo abrindo um sorriso.

— Então, venda e compre outro. Eu posso trabalhar para ganhar dinheiro e pagar um aluguel, e também...

— Shh, mais devagar, mais devagar — peço-lhe sorrindo. — Você não precisa fazer nada, nem tenho que vender nada. Eu tenho dinheiro de sobra, Hope.

— E por que você não aluga uma casa grande o suficiente para que todos possamos morar lá?

— Não posso deixar Nate sozinho.

— Então, que ele venha também.

— V não permitirá isso.

— Se você não perguntar, não tem como saber.

— Hope, eu não acho... — Eu paro quando vejo seu olhar suplicante.

Alugar uma casa para todos. A verdade é que seria perfeito viver sem a pressão do meu pai sobre todos nós, mas não acho que me deixará levar Sas e Nate. Talvez minha irmã, mas não Nathan. E se ele o fizer, o que pedirá em troca será um preço muito alto...

— Eu vou pensar sobre isso — digo, provocando um sorriso nela e outro em mim.

— Vou aceitar essa resposta por agora. — Ela traz seus lábios para perto de mim e me dá um beijo quente, cheio de sentimentos.

— Agora vamos dormir, amanhã vai ser um dia longo.

— Não saia sem me acordar — ela me pede.

— Claro que não. Vamos acordar e depois iremos para o Brooklyn.

— Você não tem que trabalhar?

— Sim, mas primeiro tenho que te levar, não quero que você fique nesta casa sem mim.

— Ok — diz baixinho, olhando nos meus olhos e depois para os lábios. Sorri e eu acaricio seu queixo.

— Você gosta dos meus beijos?

— Por que me pergunta isso?

— Porque você não para de olhar para os meus lábios.

— Eles me encantam.

Nós dois nos aproximamos, a boca dela se unindo à minha e se abrindo. Sua língua se move perfeitamente com a minha, como se nos conhecêssemos há muito tempo. Mas não, apenas cinco minutos atrás nos beijamos pela primeira vez. Esta conexão deve significar alguma coisa, certo? De todas as mulheres com quem tenho ficado — e não é que eu seja arrogante, mas já foram muitas —, nunca me deixei levar, nem cometi tantas loucuras por nenhuma delas. Nunca.

HOPE

Quando abro os olhos, seu braço está em volta da minha cintura e sua mão apoiada no colchão. Eu sinto sua respiração calma no meu pescoço, me causando um arrepio, e, depois, um beijo suave na minha pele quando eu tento me mover.

— Bom dia — diz ele, me soltando e ficando de barriga para cima.

— Bom dia. — Eu me viro e sorrio quando vejo como se alonga, flexionando todos os músculos e quase me jogando para fora da cama. — Ei!

Ele ri e me faz cosquinha. Eu me contorço tanto que acabo me enroscando no lençol e caindo no chão de verdade.

— Você se machucou? — pergunta, com um sorriso culpado.

— Não, idiota. — Rio, me levantando.

— Bem, vá se vestir, porque temos que ir. Já são... — Ele olha para a tela do celular. — Merda. É muito tarde.

Ele se levanta rapidamente e abre o armário para pegar algumas roupas e vesti-las, e eu percebo como cada um dos músculos do seu corpo se move com cada gesto que faz.

— O que eu uso...? — pergunto com vergonha.

Eu odeio essa maldita situação de não ter minhas próprias coisas, me sinto uma moradora de rua. Embora, pensando melhor, é o que eu seria de verdade se não fosse por Hell.

Ele se vira para me olhar e nesse momento a porta se abre e Sasha aparece com uma mala. Não, espere, com duas malas.

— Eu te disse mil vezes para bater na porra da porta antes de abrir. — Hell bufa e faz uma careta.

— Pegue isto, Hope, coloquei algumas roupas que achei que você gostaria. — Ela me entrega a mala. — Estou te dando de presente.

— Mas é muito.

— Cale a boca e aceite logo.

— E essa mala? — pergunta seu irmão apontando para a outra enquanto coloca a camisa.

— É minha.

— Onde você está indo? — Ele levanta uma sobrancelha olhando sua irmã.

— Bem, vou com vocês. Não pretendo ficar onde não sou amada. — Ele franze a testa e cruza os braços dramaticamente.

— Sas, você não pode sair assim, eu tenho que falar com V e comprar uma casa maior.

— Bem, então faça isso.

— Você acha que é fácil, né? — ele retruca, entrando no banheiro.

— É fácil. Você tem muito dinheiro e V não dá a mínima. Ou não quer que eu vá com você?

— Não comece a dizer besteiras e a fazer chantagem emocional, hein — responde ele, saindo com uma toalha nas mãos. — Eu já sei onde você quer chegar.

— Eu não quero continuar aqui se você for embora.

— Eu não vou embora. — Desta vez sou eu que olha para ele e ele para mim. — Calma, que droga! — Ele suspira e coça a nuca, não sabe o que dizer. — Me deem alguns dias para pensar em como fazer as coisas direito, ok?

— Há uma reunião e eu não fui convidado? — Nathan aparece do nada, bocejando e vestindo shorts de pijama.

— Mano, cuide da sua irmã até eu voltar — pede Hell, abrindo a mala que Sasha me deu e tirando um par de calças e uma camiseta. — Se vista, estamos saindo. — Ele joga a roupa para mim e eu trato de fazer o que pede para sairmos daqui o mais rápido possível.

Reparo em como Sasha o olha e desaparece do quarto antes de bater a porta. Eu visto o que ele me deu e ando em direção à porta.

— Está pronta? — Faço que sim com a cabeça, enquanto dobro a camisola que usei para dormir e a guardo na mala que Sasha me deu.

Hell pega o telefone e suas chaves e eu o sigo para fora do quarto, nós andamos pelo corredor e, ao passar pelo quarto de Sasha, vejo que não está lá dentro. Nathan nos segue, descemos as escadas, passamos pelo escritório de V e o vemos sentado, olhando alguns papéis com o homem que se chama Casper.

— Você está atrasado — diz ele de repente, sem levantar a cabeça.

— Já sei. — Hell para na porta. — Depois, quero falar contigo.

— Faça o seu trabalho e depois vamos ver se falamos ou não. — Eles olham um para o outro por alguns segundos e Hell puxa minha mão para fora da casa.

— Nate, controle Sas, mais tarde eu volto e te conto tudo.

— Ok. — Ele bate na mão de Hell e me dá um sorriso antes de eu entrar no carro.

Fazemos o percurso praticamente em silêncio, acho que cada um está pensando em suas próprias coisas. A verdade é que me sinto muito grata a ele, por não mencionar a noite passada. Acho que temos um relacionamento que começou de uma forma tão incomum que é impossível que seja como todos os outros. Quer dizer, nós nos conhecemos há apenas quinze dias, mas temos experimentado coisas tão intensas e tão extremas, que acho que havia apenas dois finais possíveis: nos separarmos completamente ou nos unir irremediavelmente.

No meio do caminho, o telefone começa a tocar, o nome Avery aparece na tela e vejo como sorri repentinamente, pouco antes de atender e colocar no alto-falante.

— Olá, cabelo cor-de-rosa — fala primeiro.

— Oi, como vai?

— Muito bem, você conseguiu descansar um pouco?

Eu olho pela janela para dar toda a privacidade que é possível em um carro, mas por dentro fico imaginando quem é aquela Avery.

— Bem, acabei de acordar, hoje pedi o dia de folga, não aguentei mais. — Há um suspiro do outro lado do alto-falante.

— Eu acho ótimo, Av, você precisa descansar. Se você ficasse doente por causa de sua teimosia, eu ficaria muito zangado. Você sabe, né?

— Sim, seu bobo. Quando vamos nos ver? Aprendi uma nova receita que eu quero cozinhar para você. — A garota parece animada.

— Eu não sei, mas vou ligar assim que puder. Agora estou bem ocupado, me dê um pouco de tempo para me organizar e aí conversamos.

— Ok — ela responde e ele sorri de novo.

— Volte para a cama. Depois conversamos, um beijo.

— Um beijo.

A comunicação é cortada e ele balança a cabeça sem apagar o sorriso do rosto. Quero perguntar quem ela é, mas não sinto que tenho o direito de fazê-lo, já que na noite passada nos beijamos e ele não quer entrar no assunto. Ou será que quer? Eu não sei, nós não falamos realmente sobre nada, não especificamos o relacionamento que temos ou o que vai acontecer conosco.

— Você quer que eu coloque uma música? — pergunta, quando para em um semáforo.

— Tanto faz. — Eu dou de ombros, ele vira meu queixo para olhar para ele e sorri, desejando que eu faça o mesmo.

Eu não consigo parar de repetir o nome de Avery na minha cabeça.

Sigo Hell até o quarto, posso sentir o medo em seu corpo enquanto ele se lembra do que aconteceu alguns dias atrás. Vejo como ele deixa a mala no armário da sala e se vira para olhar para mim, pega a cadeira que ainda estava no chão e olha para a porta que agora não fecha, devido ao chute que os homens que me tiraram daqui desferiram nela.

HELL

Ela olha para a porta do quarto e morde o lábio, brinca com a bainha da camisa, evitando o meu olhar.

— Ei. — Seguro suas mãos com as minhas. — Isso não vai acontecer de novo. V vai te deixar em paz, ok? Ninguém mais vai procurar por você.

— Então, eu posso sair?

— Não — respondo rapidamente. — Você pode, mas você não deveria. — Eu suspiro. — Porra, eu não vou ficar tranquilo sabendo que você está sozinha por aí.

— Não se preocupe, não vou sair. — Ela abaixa a cabeça e se vira para pegar a mala e tirar as coisas de dentro.

— Eu voltarei em breve, prometo. — Eu levanto seu queixo e toco os meus lábios nos dela, em um beijo lento e espontâneo.

Quando me separo, não vejo nela o mesmo brilho e alegria de um tempo atrás, ou ontem à noite, quando nos beijamos. Eu franzo a testa e ela também percebe, porque está olhando para longe.

— O que está acontecendo?

— Nada. — Ela sorri com falsidade.

— Hope, pode dizer. — Pego sua mão impedindo-a de continuar a retirar as roupas da mala por um segundo e me olhe. Mentalmente, eu reviso os últimos minutos, tentando encontrar o motivo para essa mudança de humor.

— Ei, não é nada, na verdade. É coisa minha.

— Pode compartilhar comigo, por favor?

— Quem é Avery? — pergunta, então.

Eu olho para ela com surpresa e ao mesmo tempo tentando suprimir um sorriso. Ela está com ciúmes e, de certa forma, eu gosto disso. Isso me permite saber que realmente importo para ela e que é recíproco, não apenas algo da minha cabeça. A noite passada não foi apenas um beijo causado pelas emoções do dia.

— Você acha engraçado? — pergunta, ficando muito séria e em resposta sorrio abertamente. — Esqueça, eu sou uma idiota — diz ela, se virando.

Rapidamente, eu fico na sua frente e a pego pela cintura, levantando-a do chão e pressionando meus lábios nos dela. Por um momento, hesita, mantém os olhos abertos e não me beija de volta, envolve seus braços em volta do meu pescoço para se apoiar, mas não se deixa levar.

— Você vai me beijar toda vez que eu fizer uma pergunta que você não quer responder?

— Avery é minha prima.

Hope fecha a boca formando uma linha fina com os lábios e morde as bochechas para não rir, mas eu rio antes de beijá-la novamente. E desta vez ela retribui, enrosca sua língua na minha e brinca com os dedos no meu pescoço, enrolando-os nos pequenos cachos do meu cabelo.

— Então, sua prima — diz, quando eu a deixo no chão.

— Sim. Agora eu tenho que sair, eu realmente voltarei o mais rápido que puder.

— Eu sei que você vai. — Ela fica ligeiramente na ponta dos pés e me dá outro beijo.

Eu pisco um olho e saio do quarto, em direção à porta da frente. Antes de abrir, olho para ela novamente e ela sorri para mim, dando-me tudo o que preciso para enfrentar o dia que vem pela frente.

— Espere! — grita do corredor.

Eu olho para trás e a vejo correndo até mim e envolvendo meu pescoço, antes de pressionar seus lábios contra os meus. Eu envolvo sua cintura com meus braços, acariciando seu cabelo enquanto sua língua brinca com a minha. Eu sorrio, atrapalhando o beijo, mas em um segundo volto a me unir a ela novamente. Nossa respiração deixa de ser regular enquanto minha mão desce para sua bunda e a aperta contra o meu corpo. É hora de parar, a última coisa que quero é perturbá-la.

— Apenas... apenas para caso aconteça algo — diz ela, ainda de olhos fechados.

— Nada vai acontecer comigo — respondo. Ela levanta as pálpebras e olha para mim sem acreditar. — Logo, logo, nos veremos.

— Prometa.

— Estou aqui, Hope, não vou a lugar nenhum. — Acaricio sua bochecha e ela suspira. — Você não pode ter medo de me perder toda vez que eu atravesso essa porta.

— Mas eu tenho.

Ela se vira e caminha até o sofá, deixando-se cair nele. Olho a hora no relógio e suspiro. Estou atrasado, que se foda.

— Querida, tenho que ir.

— Já sei. Vá embora — diz, sem olhar para mim, ligando a televisão.

— O que aconteceu?

— Nada.

— Hope, não vou embora sem saber o que há de errado com você.

— Nós não deveríamos ter nos beijado. — Eu levanto minhas sobrancelhas em confusão e desligo a TV para que possa olhar para mim.

— Por que disse isso? — Paro na frente dela.

— Por nada, vai, você vai se atrasar. — Ela se levanta para ir ao quarto, mas seguro sua mão para detê-la.

— Me diga, Hope. O que está acontecendo? É porque estou saindo?

— É porque você sempre vai embora.

— Ei, você tem que entender isso...

— Eu entendo — interrompe secamente. — É por isso que estou dizendo para você ir embora.

— Eu não posso sair sabendo que você está assim. Que você se arrepende de ter me beijado... — Eu coço meu pescoço com desconforto. Eu nunca tive nada assim com uma garota.

Há alguns segundos tudo estava perfeito, não entendi nada.

— Sinto muito, Hell. Mas acho que foi um erro e vai complicar as coisas para nós dois. Olha, eu gosto muito de você, acho que você já sabe... Eu sei que mal nos conhecemos, é por isso que não acho nada bom me sentir como me sinto. — Ela deixa escapar um sopro de ar e se aproxima de mim. — Você estava certo quando disse que é melhor não ter nada sério com outra pessoa, é perigoso.

— Eu nunca deixaria algo acontecer com você — digo com determinação e seriedade.

— Não pode me proteger o tempo todo, você mesmo disse.

— Eu sei o que você está fazendo. — Eu me aproximo e coloco uma mão nas suas costas para que ela não possa recuar.

— Eu não estou fazendo nada. — Evita meu olhar.

— Você quer que eu fique longe de você, porque você não pode fazer isso.

— Pense o que quiser.

— Não faça isso, Hope. Nós não temos que ir tão rápido, sei lá, é que a nossa situação não é como a de outro casal qualquer. — Eu começo a ficar nervoso e não gosto disso.

— Casal? Nós não somos um casal.

E agora, por que ela ficou na defensiva? Deus, o que está acontecendo?

— Eu não quis dizer que éramos, só que o relacionamento que temos é diferente do resto. Nós não nos conhecemos de uma forma muito normal, nem temos mais opções.

— Sim, temos mais opções. Parar com isso aqui.

— Hope...

— Sinto muito, mas você sabe tão bem quanto eu que isso é loucura. Não tem sentido.

Ela leva a mão até as suas costas para desgrudar a minha de lá e se afasta, olhando para mim, antes de se virar e entrar no quarto.

Por que fez isso? Eu sei que gosta de mim, eu sei como se sente sobre mim, ela me disse ontem à noite, porra. Está com medo, eu também sei disso, com medo de que algo aconteça comigo e fique sozinha novamente, mas não vou deixá-la se afastar de mim.

Ela tem razão, não é normal que nos sintamos assim, com o constante desejo de estar juntos, eu sei. Mas Hope fez nascer algo em mim, despertou algo que nenhuma outra garota conseguiu, o que eu posso fazer sobre isso?

Ela mentiu para mim quando disse que estava arrependida, isso é mais do que óbvio, nem sequer conseguia me olhar nos olhos. E quando disse que é perigoso para ela... eu devo admitir que me machucou e me fez pensar, mas eu não deixaria nada acontecer com Hope, eles teriam que passar por cima de mim para tocá-la e eu acho que já mostrei isso para ela, caramba. Nunca fiz por ninguém o que estou fazendo por ela. Por que não entende isso? Já faz muito tempo... não, espere, nunca senti nada parecido por nenhuma mulher. Eu nunca senti essa necessidade de proteger e cuidar de ninguém. Quando está por perto sinto vontade de beijar todo o seu corpo, eu sempre quis apenas levar as mulheres para a cama, nunca desejei tanto abraçar e fazer uma mulher sorrir como desejo com ela.

HOPE

Assim que ouço a porta se fechar, começo a chorar incontrolavelmente. O que fiz? Eu não posso acreditar que fui capaz de contar todas essas mentiras sem nem hesitar. Que me arrependi de beijá-lo? Acho que nunca disse tanta estupidez em toda a minha vida. Não me arrependo, não, pelo contrário, caramba, queria passar o dia inteiro colada na sua boca, mas me conheço e sei o que vai acontecer se isso continuar, sou eu que vou sair disso machucada e não estou pronta. Se eu tiver que acabar com isso, tem que ser agora, antes que não consiga mais controlar e a única maneira é dizer que é perigoso para mim, dizendo que não quero beijá-lo novamente. Talvez assim eu machuque seu orgulho como homem e o faça ficar longe de mim...

HELL

Entro no carro e piso no acelerador com frustração e raiva, não entendo como chegamos a esse ponto, mas eu preciso relaxar, não posso ir assim ao clube, porque posso acabar arrebentando a cara de alguém. Que faço?

Penso sobre onde posso ir enquanto dirijo e sem perceber em poucos minutos estou entrando em um edifício-garagem e estacionando no topo.

— Agh! — Dou um golpe no volante e apoio a cabeça no encosto, fechando os olhos e respirando devagar.

Tiro um cigarro e saio do veículo, me aproximo da ponta do prédio e sento na borda, deixando as pernas livres no ar. Eu solto um suspiro longo e passo a próxima hora sem me mexer, observando a cidade, exatamente como fiz, há algumas semanas, com meu irmão, quando conheci Hope, e com Avery no outro dia. Eu não queria ligar para ela, porque já a envolvi o suficiente, não posso continuar arriscando tanto.

— O que está acontecendo? — Atendo a ligação de Nate.

— Sas escapou.

— Que merda. — Jogo fora o quarto cigarro e me levanto para voltar para o carro. — Eu disse pra você cuidar dela.

— Eu não sou babá dela, Hell. Ela saiu pela janela.

— Onde ela pode ter ido? Não são nem três da tarde. E é uma quinta-feira!

— Quer que eu vá com você para procurá-la?

— Não, sabe o que eu quero? Que ela se foda!

— Quê?

— Eu já estou de saco cheio! Deus, ela precisa de uma boa lição.

— E que faremos?

— Coloque todas as roupas dela em malas e leve-as para o porão.

— Quando ela chegar e não vir as roupas, vai ficar furiosa.

— Não se esqueça de pegar os sapatos também.

Eu desligo o telefone e o aperto em minhas mãos, furioso com a merda do dia que me aguarda. Eu não sei mais o que fazer com ela, com nenhuma delas! Felizmente, eu tenho Avery, até agora ela tem sido a única que não me deixa louco.

VIII

HELL

Toco a campainha após olhar a minha volta. Estar em Chinatown sempre me mantém alerta, a qualquer momento eu posso entrar em um conflito por estar em um território que não nos pertence.

— Quem é?

— Avery, sou eu.

— Hell! — ela exclama, feliz. — Vou abrir...

— Não, se vista e desça, vamos dar um passeio de barco.

— Legal! Me dê uns cinco minutos.

— Eu te dou três, você sabe que eu não gosto desse bairro.

— Tá, já vou sair.

Eu entro no carro para estar preparado para qualquer situação, mantendo o motor ligado e pegando um cigarro enquanto espero por ela. Eu preciso respirar ar fresco, ficar um pouco longe de Nova York e ver tudo de uma outra perspectiva, e Avery é a única que diz as coisas na minha cara. Ela não se importa se eu vou me sentir mal, na verdade, acho até que gosta quando eu tenho que dar razão a ela.

— Eu fui rápida?

Levo minha mão à arma que deixo sob o apoio de braços quando a porta se abre de repente, eu estava tão envolvido em meus pensamentos que não a tinha visto sair.

— Ei! Você está louco? — Olha com reprovação para a arma, mas sem o mesmo terror que daquela vez em que apontei a arma para ela, por ter me dado um susto pelas costas.

— Desculpe, hoje estou um pouco nervoso.

— Estou vendo... — ela se inclina para mim e me beija na bochecha.

— Desculpe — repito —, venha, vou te recompensar.

— O quê? Por quase me meter uma bala entre os olhos? — brinca, fingindo estar ofendida. — Duvido que você possa fazer isso.

— Idiota — digo a ela quando começa a rir.

Dirijo até um fast-food que tem umas asinhas de frango espetaculares, chegamos à janelinha onde fica o caixa e fazemos nosso pedido enquanto Avery me diz como foi sua noite anterior. Ela insiste em pagar pela comida, mas é claro que eu sou mais rápido. Ela mal tem o suficiente para o aluguel, eu não vou deixá-la pagar por duas porções de asinhas e batatas.

Estaciono no Battery Park, ela pega o saco com as comidas e bebidas, entramos na estação das barcas, e enquanto vou verificar o horário da próxima para Staten Island, Avery compra alguns doces. Minha intenção é simplesmente subir na barca, comer e, quando chegarmos lá, voltar para cá. Hoje está um dia lindo e vai ser ótimo passar um tempo nos bancos ao ar livre, com o vento esclarecendo minhas ideias, algumas asinhas de frango e minha prima. O que seria melhor do que isto?

— Pronto! Eu comprei jujubas e chocolates, quanto tempo falta? — Avery pergunta, ao meu lado, entre as dezenas de pessoas que nos acompanharão.

— Nada. — Um homem atrás das portas de vidro aperta o botão para abrir as grades, nos deixando passar.

— Nossa, quantos turistas — ela comenta enquanto nós subimos as escadas para conseguir um lugar lá fora, na popa do barco alaranjado.

— Olha ali — aponto para dois assentos na borda esquerda.

O navio zarpa e nós começamos a comer entre risadas e comentários absurdos sobre os turistas entusiasmados ao nosso redor. Nova York deve ser impressionante quando vista pela primeira vez, mas para mim sempre foi a minha casa, pois cheguei com apenas dois anos, não tenho outras memórias além das que vivi aqui, na cidade que nunca dorme.

Esse ditado é verdadeiro.

— Ainda se emociona por morar aqui? — pergunto a minha prima.

— Sim, mas acima de tudo gosto da ideia de saber que posso te ver sempre que quiser.

Eu sorrio e me aproximo para beijá-la na testa, tomo um gole de chá gelado e encho os pulmões de ar quando percebo que estamos longe o suficiente para ver a fileira de casas de Brooklyn Heights.

— Eu sei que algo está errado com você — diz sem olhar para mim. — Você não costuma vir me ver com tanta frequência. Desembucha.

— Você realmente quer saber? — Ela faz que sim com a cabeça, enquanto mastiga. — Está vendo aquela casa no canto? — Eu aponto para a casa, de longe. — Aquela no final da fila ao lado do rio.

— É no Brooklyn, certo?

— Sim.

— O que há de errado com essa casa?

— Neste exato instante, há uma garota lá que está enlouquecendo meu coração e virando meu mundo de cabeça para baixo.

Avery engasga com a galinha, dou tapinhas nas costas dela e espero que tome um gole do seu refrigerante.

— Me diga que não é a mesma garota que você me contou outro dia, aquela que seu pai está forçando à prostituição.

— É ela mesma. — Minha prima arregala os olhos, incrédula. — Mas ela não está mais sequestrada. Eu a tirei do clube... tarde demais.

— Quão tarde? — Fixo meus olhos nela, mas não posso dizer em voz alta, então deixo que imagine. — Ok... e o que aconteceu desde então?

— Eu não sei por onde começar, a verdade é que eu não entendo como isso me levou ao ponto onde estou. — Avery me observa em silêncio, pensativa e acho que sem me reconhecer pela primeira vez. Nem eu me reconheço. — Eu matei por ela.

Minha prima vira a cabeça, sempre soube das coisas que faço, do que acontece na minha família e no meu mundo, mas eu nunca havia dito de maneira tão grosseira e direta.

— Eu desobedeci e traí meu pai e agora estou perdido por ela. — Eu dou de ombros quando Avery olha para mim, morde seus lábios continuamente, tentando se controlar e pensar antes que alguma loucura escape por sua boca. — Eu não sei o que fazer, Av. Ela despertou sentimentos muito fortes em mim, em um tempo muito curto, não sei como lidar com isso.

Está saindo do controle — continuo. — Estou fodido. — Eu me curvo e apoio os cotovelos nos joelhos, levando minhas mãos à cabeça, desesperado com a situação.

Eu sinto seu toque no meu cabelo, então eu olho para ela sem levantar o corpo.

— Você está apaixonado?

— Eu não sei, não sei o que é isso, mas não consigo parar de pensar nela o dia todo. Vivo preocupado com sua segurança, morrendo de vontade de vê-la e de beijá-la 24 horas por dia. Se não é amor, me diga que merda é porque eu não me reconheço.

— Nem eu — afirma diretamente. Balanço minha cabeça negativamente, sem saber mais o que dizer. — Como ela está?

— Mal — admito em voz alta. — O que aquele... o que eles fizeram com ela antes que eu a tirasse do clube é algo que ela nunca vai esquecer. — Avery concorda, respirando profundamente. — Eu tento cuidar dela, nos beijamos...

— Que merda, Hell.

— Eu sei, ok? — Eu boto o copo para o lado para que ele não caia e me levanto, encostando-me na esquina das grades do navio.

Acendo um cigarro e vejo o ar quente mover seus cabelos rosados enquanto seus olhos não se afastam dos meus, fazia muito tempo desde que tivemos uma conversa tão séria. De fato, tivemos muito poucas.

— Só posso te dizer uma coisa — ela começa —, estou aqui para o que você precisar. — Seus ombros se levantam e ela me dá um sorriso triste, conformada com o mundo em que vivo.

Ela se levanta e envolve meu corpo com seus braços, descansa a cabeça no meu peito e diz que me ama, que eu sou a pessoa mais importante em sua vida e que só precisa saber que ficarei são e salvo.

— Esse tem sido nosso problema — digo quando nos separamos.

— Qual?

— Nós discutimos esta manhã porque ela me disse que se arrependeu do nosso beijo. — Ela se surpreende. — Ela não conseguia nem olhar nos meus olhos, Avery, só procurando uma desculpa para me fazer fugir dela por causa desse medo.

— Do que tem medo?

— De me perder, do que sente por mim... acho que ela tem medo de tudo.

— Você não pode culpá-la, Hell. Eu não sei exatamente o que aconteceu... — Ela não me pergunta, nem eu pretendo contar. — Mas essa garota deve estar experimentando centenas de emoções. Primeiro, eles a sequestraram, então ela te conheceu, pediu para ajudá-la e você não o fez, virando o vilão do filme. — Ela faz uma pausa e pega meu cigarro para dar uma tragada. — E depois de uma experiência traumática naquele clube, você aparece e a liberta, tirando-a de lá e a levando, virando o herói.

— Eu não sou herói. — Eu solto uma risada amarga e me sento novamente no banco, de onde ainda posso ver o Brooklyn à distância. — Eu sou um maldito covarde que não foi capaz de seguir seus próprios princípios porque cumpri os... — Furiosamente aperto o copo de plástico vazio na minha mão... — valores de merda do meu pai.

— Outro dia eu te disse que você não é seu pai, se lembra? — Ela encosta a testa na minha e segura minhas mãos entre as suas. — Você não tem nada a ver com ele. Você é um ser excepcional, gentil, generoso e bonito por dentro e por fora. — Ela pisca para mim para me fazer rir e depois beija meu rosto.

Eu não sei como seria minha vida se ela não tivesse decidido largar a Rússia.

Depois de deixar Avery na porta de casa, faço o meu caminho para a mansão, preparado para enfrentar qualquer coisa. Não sei se Sasha já voltou ou não, mas é claro que esta noite pretendo trazê-la à razão de uma maneira ou de outra.

Nathan me liga quando estou entrando no Bronx. Eu aperto o botão no volante que está sincronizado com o celular e sua voz soa pelo alto-falante.

— Onde você está?

— Chegando.

— Sas acabou de chegar, ainda não subiu para o quarto, está na cozinha.

— Onde você está?

— No meu quarto.

— Chego em dois minutos.

Eu acelero e não me preocupo em estacionar direito quando chego ao terreno da casa. V não está lá, são oito e meia da noite, então acho que ele foi cuidar de alguns negócios.

— Nathan! — A voz da princesinha da casa ressoa em absolutamente todos os cômodos.

Subo as escadas de dois em dois degraus e cruzo os braços parando na porta de seu quarto, ela me lança um olhar furioso diante das portas do seu armário vazio. Eu sinto meu irmão atrás de mim, reforçando a situação.

— Onde estão as minhas coisas? — Ela pergunta entre os dentes, aproximando-se devagar. Nós não respondemos. — O que você fez com meus sapatos? — grita, dá um passo para trás quando eu começo a entrar no quarto e seu rosto muda ao ver a minha seriedade.

— Tomamos a liberdade de doar suas roupas e seus sapatos. Afinal de contas, no colégio interno você não poderá usar nada além do uniforme.

Uma de suas unhas postiças cai quando ela aperta os punhos de tal forma que tenho certeza que está vertendo sangue das palmas das mãos. As bochechas começam a ficar vermelhas e nós nos preparamos para o grito que se aproxima e não nos decepcionamos. Eu fecho meus olhos quando ela começa a chutar tudo, esperando pacientemente que se canse.

Logo depois, e sem que nenhum de nós três pronuncie uma palavra, ela tenta se acalmar, seu peito sobe e desce freneticamente e eu quase posso ver uma veia pulsando em seu pescoço de onde estou.

— Você fugiu de novo — digo então.

— Sinto muito — murmura sem abaixar a cabeça.

— Embora ontem você tenha me prometido que não faria isso outra vez.

— Eu já disse que sinto muito.

— Eu também. Amanhã será seu último dia em Nova York, seu voo sai à noite.

— O quê?

Ela automaticamente começa a chorar e implorar, mas olho Nathan enfaticamente para que a ignore e volte para o seu quarto. Eu faço o mesmo e fecho a porta, trancando-a porque sei que ela tentará entrar. De fato, ela bate várias vezes e me chama sem parar de chorar, mas eu não abro, nem respondo. Eu não deixaria que a tirassem de perto de mim nem que estivesse morto, mas deixá-la uma noite duvidando disso não vai doer. Assim, talvez ela perceba tudo o que pode perder se não começar a se comportar direito.

Tiro a roupa e vou para a cama — apesar de ainda estar cedo — xingando porque agora ela parece grande demais para mim. O que Hope estará fazendo? Mando mensagem? Antes de me arrepender, desbloqueio o telefone e procuro o seu número.

Eu
Você está bem?
8:48 pm

Hope
Sim
8:50 pm

Eu
Não vou dormir aí hoje, mas acho que isso não vai te incomodar, né?
8:50 pm

Hope
Ok
8:54 pm

Eu
Ok, até amanhã
8:54 pm

Ela não responde mais, no entanto com essas cinco letras de merda que digitou no total, poderia ter ficado quieta. Maldita seja a minha vida.

HOPE

Meus olhos ardem de tanto chorar. Passei o dia assistindo a filmes, lendo livros, tocando piano e chorando toda vez que via alguma coisa que me lembrava dele, o que é quase tudo porque estou em sua casa.

Saí para passear, mas só cheguei a alguns quarteirões de distância. Quando vi dois homens saindo de uma van entrei em pânico, virei e voltei para o apartamento. Eu só me sinto segura com ele, mas tenho que ficar firme e deixar o tempo passar, dessa forma posso evitar o sofrimento de me apaixonar e depois ficar sozinha de novo.

Ainda por cima, ele me enviou uma mensagem dizendo que não vem dormir e que provavelmente não me importo. O que não importa para mim? Deus, eu não sei como vou ser capaz de lidar com isso, me sinto tão sozinha...

HELL

Às nove da manhã desço as escadas para ir falar com V. Tenho que dizer a ele que quero tirar meus irmãos desta casa, mas não acho que deve estar de bom humor, pois ontem eu não fui trabalhar.

— V. — Ele levanta a mão quando entro em seu escritório, pedindo que eu o espere acabar a ligação.

— O que quer? Eu tenho muito trabalho a fazer. — Desliga e fala comigo, sem me olhar diretamente. — Já que você não vai fazer o serviço, eu mesmo tenho que cuidar dele.

— Desculpe, ontem não foi um bom dia. — Vou até a sua mesa. — Precisamos conversar.

— Sobre o quê? — Ele tira um charuto de uma caixa de ébano esculpida com suas iniciais e o corta sem olhar para mim.

— Eu quero levar Sas e Nathan comigo.

— Para onde?

— Para onde eu for morar.

— Nem sonhe com isso. — Ele ri com sarcasmo.

— Por quê? Eu praticamente os criei e, se eu for embora, eles vão ficar sozinhos.

— Eles têm a mãe deles aqui.

— Sim, que passa o dia drogada e mais preocupada com as raízes de suas mechas do que com os filhos.

— Eu não permito que fale dela assim. — Não se esforça muito para dizer isso, já que até ele pensa o mesmo que eu. Olha para mim de novo e suspira por alguns segundos. — Para onde você quer levá-los?

— Eu vou comprar uma casa em Manhattan.

— E vender a do Brooklyn? — Eu aceno com a cabeça. — Por quê?

— É pequena demais para todo mundo.

— Certo — diz, rindo, inclinando-se para trás em sua cadeira. — Agora você tem uma namorada.

— Tudo bem para você... ou não? — Eu cruzo os braços, passei uma noite de merda e não estou com saco para piadas.

— Tudo bem, pode levá-los, mas preciso que você se envolva mais no negócio, filho. Eu não posso lidar com tudo sozinho, e quando eu morrer... isso deve continuar com você.

Ele acabou de me chamar de filho?

— Eu vou fazer. — Ele se senta e me faz um sinal para sair do escritório.

Vamos analisar a situação. O que acabou de acontecer? Esse é o Vladimir sendo simpático? Não, eu devo estar sonhando. Embora eu esteja realmente acordado e esse foi o meu pai agindo de maneira desinteressada pela primeira vez na vida.

Subo até o último andar e bato na porta da minha irmã com os nós dos dedos. Ela não responde, então eu abro e entro devagar caso esteja dormindo, encontrando-a deitada na cama, de barriga para cima e totalmente descoberta. Sorrio com saudade ao perceber a rapidez com que meus pequenos gêmeos estão crescendo, embora com essa merda de vida eles amadureceram rápido demais. Mesmo com os olhos fechados, posso ver que estão inchados, com certeza ela passou a noite chorando.

— Sas — sussurro, tirando o cabelo de seu rosto. — Acorda, bela adormecida.

— Me deixa — murmura, com uma expressão de desagrado e se virando. Eu sorrio e me sento ao lado dela.

— V deixou você vir morar comigo.

Ela se vira de novo, com os olhos arregalados, absolutamente confusa e ao mesmo tempo animada.

— De verdade?

Eu aceno com um sorriso, e ela volta a chorar. Eu suspiro e me aproximo para puxar seu corpo e abraçá-la, ela dormiu com as roupas que estava usando ontem porque Nathan não deixou nem um pijama. Meu coração se parte ao vê-la assim, mas acho que tudo isso foi útil para que ocorra um clique em sua cabeça que a faça reagir de uma vez por todas.

— Olhe para mim — peço, segurando seu rosto inchado com as minhas mãos —, você é o meu mundo, Natasha. Nathan e você são a razão pela qual eu acordo todos os dias. — Seu choro se torna mais irregular, soluçando de angústia. — Se o seu pai decidir mandá-la para um colégio interno, vou ter que mover o mundo para não deixar isso acontecer. Isso provocará uma guerra entre nós dois, e eu e você sabemos como seria uma luta dessa magnitude com Vladimir Ivankov, certo? — Ela faz que sim com a cabeça, entre soluços. — Sinto muito pela noite que você passou, mas foi necessário, Sasha. Isto não é um jogo, você não é mais uma adolescente. — Ela olha por cima do meu ombro e Nate deve estar atrás de mim.

— Então eu vou ficar? — pergunta ela, aterrorizada pela primeira vez em sua vida.

— Você fica com a condição de que seu comportamento mude e você comece a ser a mulher que esta família precisa.

— Ok — recomeça a chorar mais uma vez, mas agora é Nathan quem vem abraçá-la.

— Vamos lá, você vai precisar de um tratamento muito caro para fazer seu rosto voltar ao normal — eu provoco, tentando conseguir um sorriso.

— Temos algo com o qual você certamente ficará feliz — diz seu irmão gêmeo.

— Meus sapatos? — pergunta ela, esperançosa.

— Você achou mesmo que tínhamos doado todas as suas roupas? — Ele levanta uma sobrancelha e ela apenas dá de ombros, ele nunca a tinha visto tão vulnerável. — Está tudo no porão, sua boba. Nós colocamos tudo nas malas e seus sapatos ainda estão nas caixas.

— Vou chorar de novo — ela diz, recomeçando, com a diferença de que, dessa vez, são lágrimas de felicidade.

— Vamos encaixotar tudo e nos preparar, temos que encontrar um novo apartamento.

IX

HOPE

O barulho de uma porta se fechando me acorda de repente. Sobressaltada, apuro o ouvido enquanto pego o telefone para ver que horas são, quatro e meia da manhã, é o Hell? A porta do quarto se abre e finjo que estou dormindo. Que seja ele, por favor, que seja ele.

— Hope. — O som de uma batida me diz que tropeçou na cama. — Menina, você está acordada? — Eu não respondo, ele está bêbado. — Merda, que porra estou fazendo aqui? Maldita seja. — Ele se senta aos meus pés, na cama. — Por que que você teve que me dizer seu nome? Você estragou tudo. — Suspira. — Me estragou.

Ele cai para trás, abrindo os braços e apoiando um deles nas minhas pernas. Eu prendo a respiração para não me mover nem um centímetro, de forma que não descubra que estou acordada. Pouco a pouco sua respiração vai se acalmando, tornando-se regular. Então, cinco minutos depois, viro-me e saio da cama, eu o observo por vários segundos, pensando no que ele disse, que eu o estraguei... não entendo por que disse isso.

Talvez não queira entender.

Não quero pensar que eu significo alguma coisa para ele, porque mais tarde, quando se der conta de que sou apenas mais uma, vou ter a maior decepção da minha vida.

Pego um cobertor do armário e o jogo sobre ele. Nem se mexe. Não me sinto capaz de me deitar nesta cama sabendo que está aos meus pés, por isso decido ir à sala de estar e passar o resto da noite lá.

HELL

Depois de visitar apartamentos com meus irmãos durante a tarde, decido aceitar o convite dos meus amigos para esta noite. A verdade é que depois do que aconteceu com Hope, sair e me distrair por um tempo me fará bem.

Mas a noite se estende por mais tempo do que o esperado.

— Babi, já disse que não. — Eu rejeito a sexta taça e tento tirar a morena de cima de mim.

— Vamos lá, amor. — Ela arrasta os grossos lábios pelo meu pescoço, falando devagar.

— Eu tenho que... — Eu tento verbalizar. — Vou embora. Eu deveria... — Minha boca é invadida por sua língua, me impedindo de falar.

Quando suas mãos puxam a gola da minha camisa, eu fecho meus olhos e me deixo ir. Corro minhas mãos pelas suas costas, passo uma de suas coxas para o lado direito das minhas e a outra para o lado esquerdo. O balançar habitual de sua pélvis começa com um ritmo constante, sinto alguém me tocar no ombro, então abro os olhos sem interromper o beijo e vejo Dave rindo e me oferecendo uma carreira. Eu mordo o lábio de Babi sem cuidado e ela imediatamente desce para o meu pescoço para lambê-lo. Pego o plástico duro que meu amigo me oferece e levanto o braço esquerdo sobre a cabeça de Babi, para também pegar o canudo e levá-lo ao nariz.

Vários minutos depois, os beijos com Babi começam a passar dos limites. Eu não quero transar com ela, eu não posso transar com ela. A verdade é que nem sei por que me envolvi, acho que beija bem e eu precisava sentir algum carinho. Além disso, qual a diferença? Hope não quer saber de mim, não estamos namorando. Não somos nada.

Em algum momento da noite, perco a cabeça e paro de pensar, sem saber exatamente o que acontece até eu acordar na manhã seguinte.

Que porra...? Onde estou? Deus, que dor de cabeça. Eu apoio meus cotovelos na cama e me sento com dificuldade. Ah, porra, eu estou no Brooklyn. Como acabei aqui? Pense, pense... a única coisa que eu lembro é que rejeitei Babi quando ela queria me levar para um dos quartos privados da Cielo, e meus amigos me colocaram em um táxi.

— Hope? — Eu olho em volta, mas não há sinal dela no quarto, então me levanto.

Eu ando pelo corredor, esfregando os olhos com a palma da mão e tentando não bater nas paredes. Quando chego à sala de estar, vejo quando ela se senta no sofá em que estava deitada há poucos segundos e olha para mim com desaprovação. Merda, não me lembro como cheguei aqui ou, melhor dizendo, por quê.

— O que... o que aconteceu? Por que você está dormindo no sofá?

— Eu não queria dormir com alguém que diz que eu estraguei tudo. — Ela se levanta e vem para o meu lado.

— O quê? Eu não... — Vou matar meus amigos por me deixarem vir aqui. — Ei, eu não sei o que te disse ontem à noite, mas não era verdade.

Nossa senhora, sinto que estão martelando a minha cabeça.

— Bêbados não mentem, além disso... — Ela fica em silêncio olhando para o meu pescoço e, em seguida, aperta os lábios formando uma linha fina. — Você se divertiu bastante ontem à noite, não é?

— Por que pergunta isso?

— Nada. Eu vou tomar banho, tenho que encontrar alguém. — Seguro sua mão quando ela se vira.

— Quem?

— Não é assunto seu.

— Você não vai a lugar nenhum até me dizer com quem pretende se encontrar. É perigoso sair sozinha e você não conhece...

— Me larga! — Ela me interrompe puxando sua mão para que eu me afaste e me empurra, fazendo com que o chão aos meus pés e as paredes girem trezentos e sessenta graus. — Cuide da sua própria vida e volte com a cadela que mordeu o seu pescoço ontem à noite.

Fecha a porta do banheiro com um estrondo e eu estou atordoado. Viro para me olhar no espelho do corredor e vejo o chupão que se formou na minha pele, um pouco abaixo da orelha. Maldita seja, Babi.

— Hope, por favor, abra — digo, próximo à porta.

— Vai embora!

— Abra — tento conter meus nervos.

— Vá embora!

— Se você não abrir a maldita porta, eu juro por Deus que eu vou arrombar!

Uma risada sarcástica é sua resposta.

Hein? Ela quer isso? Eu dou dois passos para trás e levanto minha perna, dando um forte golpe e destruindo a madeira. Ela me olha sem surpresa alguma através do espelho, enquanto meu peito sobe e desce de raiva.

— Que merda está acontecendo com você? — grito depois que ela vira para olhar para mim.

— Comigo?! Não sou eu quem sai por aí transando com mulheres diferentes todas as noites!

— Eu não transei com ninguém! Além disso, você se importa? — Rio ironicamente. — Se bem me lembro foi você quem disse que se arrependeu de me beijar.

— É a verdade, esse beijo nunca deveria ter acontecido. Foi um erro — diz olhando para os meus lábios.

— O que vai acontecer então se eu te beijar de novo? — Ela encolhe os ombros, intimidada pela minha proximidade e evitando o meu olhar. — E o que vai acontecer se eu disser que não me arrependo e que pensei em seus lábios todas as noites? — Seu olhar se fixa na minha boca, que está na exata altura de seus olhos. Seguro seu queixo em uma mão, afundando meus dedos em suas bochechas e forçando-a a olhar para mim. — Você está me deixando louco, Hope. — Aperto meus dentes com raiva. — Não me concentro, não durmo e não consigo trabalhar. Estou deixando minhas responsabilidades de lado, meus irmãos e meus amigos. Eu não consigo tirar você da porra da minha cabeça.

— Você está me machucando — murmura.

Percebo que estou apertando seu rosto com meus dedos, então eu a solto.

— Você não vai dizer mais nada?

— Eu quero que você vá embora.

— Hope, droga. — Coloco minhas mãos em seus ombros e olho suplicante para ela reagir. — Isso é besteira, não faz sentido.

— Exatamente, não faz sentido — diz olhando os meus olhos. — Me deixe, por favor. Não torne isso mais difícil pra mim. — Vejo como olha para longe do meu pescoço.

— Pare de olhar para isto. — Eu movo meus dedos pelo chupão. — Isto não significa merda nenhuma.

— E meus beijos também não significam merda nenhuma? — ela pergunta com uma careta e na defensiva.

— Não. Claro que não.

— Quero que vá embora, Hell. Eu preciso... eu preciso que você saia. — Seu lábio inferior começa a tremer, mas depois engole e levanta a cabeça, tentando parecer firme e determinada.

— Não. Esta é a minha casa.

— Ok, eu vou então. — Ela me empurra para fora do banheiro.

— Não. — Meus dedos seguram o seu pulso. — Que droga, Hope! Pare já com isso!

— Com o quê?!

— Estou de saco cheio. — Eu atraio seu corpo e envolvo meu braço ao redor dela para que não possa se afastar, enquanto eu seguro seu pequeno queixo com a minha mão, unindo nossos lábios sem qualquer cuidado.

Ela se esforça tentando se soltar e até morde meu lábio para libertá-la, mas posso suportar a dor. Eu sei que ela está mentindo, sei que sente o mesmo que eu. Eu sei, disso eu sei, porra. Então ela coloca as mãos no meu peito e me dá um empurrão que eu não esperava. Quando se ajeita, levanta a mão com decisão e acerta o meu rosto sem remorso.

— Não faça isso de novo — diz, antes de se virar e entrar no quarto.

HOPE

Por que fiz isso? Eu sou uma idiota? Que merda. Por um momento ele me convenceu, por um momento me fez acreditar que realmente sente algo por mim. É...? Não, não. Eu não posso permitir isso, não de novo. Não posso cair na mesma armadilha, eu preciso sair, eu tenho que sair e pensar em outra coisa, tudo aqui me faz lembrar dele, tudo tem o cheiro dele.

Quando ouço a porta da rua fechar, procuro o telefone e decido ligar para Sasha, ela é a única que pode me ajudar agora.

— Pode falar, linda. Meu irmão está aí? Ele não veio dormir.

— Acabou de sair... ontem à noite chegou muito bêbado.

— O que aconteceu? Vocês brigaram?

— Ele dormiu com alguém... ele tinha um chupão no pescoço.

— Moleque idiota. — Eu não posso vê-la, mas imagino como ela está revirando os olhos agora. — Mas, ei, ter um chupão não significa que rolou algo sério. Talvez tenha sido só uma distração.

— Não me importa, de qualquer forma eu não liguei para você por causa disso.

— E por que me ligou? Você precisa de outra festinha com a rainha Sas?

— Você lê pensamentos?

— Estamos fodidas, cunhada. Eles me colocaram em prisão domiciliar e eu prometi ao meu irmão que não iria estragar tudo de novo. Ele convenceu meu pai para que Nate e eu pudéssemos morar com vocês, ontem estávamos olhando apartamentos no Upper West Side.

— Mesmo? — A emoção na minha voz é quase palpável.

— Sim!

— Droga, bem, preciso sair, Sas. Eu não posso ficar aqui trancada, vou enlouquecer.

— Me deixe ver o que posso fazer. Mando mensagem para você daqui a pouco, bebê.

— Ok.

— Até logo.

— Tchau.

Entro no chuveiro depois de colocar uma música e fico debaixo d'água por mais de meia hora. Eu tomo a decisão de não pensar nele novamente e não derramar outra lágrima por algo que não vale a pena, eu sou forte, eu superei muitas coisas na minha vida. Eu posso superá-lo.

HELL

Quando ponho os pés de volta na mansão, eu me certifico de que V não está lá dentro, a última coisa que preciso é que me encha o saco agora. Eu me sinto um merda, não sei quantas horas dormi ou quanto bebi ontem à noite, mas preciso dormir um dia inteiro.

— Seu menino idiota! Só faz cagada, Hell! — Minha irmã se inclina contra o batente da porta do meu quarto, braços e pernas cruzadas.

— Eu não estou legal para brincadeirinhas, Sas. O que você quer? — pergunto, tirando meus sapatos e me deixando cair na cama.

— Nada, só queria te chamar de idiota.

— Bem, feche a porta quando terminar.

— Idiota e bobo, que ótima combinação. — Jogo um travesseiro nela enquanto cubro meu rosto com outro.

Escuto quando fecha a porta, viro para o lado oposto ao das janelas através da qual entram os malditos raios de sol que não são típicos desta estação do ano, e rosno. Eu não vou levantar para fechar as cortinas, não poderia nem se eu quisesse.

Hope é uma idiota, aquela garotinha não pode me deixar nesse estado, não senhor. Eu sou o Hell Ivankov, droga.

HOPE

Sasha escreveu me dizendo que seu irmão voltou para casa e foi direto se deitar, diz que o conhece bem o suficiente para saber que não vai acordar até amanhã, então temos um pouco de liberdade. Ela dirá ao pai que vai dormir na casa de uma amiga que está passando por um momento ruim e, assim, poderemos sair e depois dormir aqui. Eu preciso de um pouco de sua energia e segurança, acho que posso aprender muito com essa loira louca.

A campainha toca às oito horas da noite. Corro descalça pelo corredor, animada com a ideia de sair com a Sas e esquecer tudo. Esquecer do seu irmão, que ironia.

— Olá! — ela grita quando abro a porta, ela está com o mesmo entusiasmo que eu.

— Olá! — Me dá um abraço e entra. — Você já tomou banho?

— Sim, eu estava pensando sobre o que vestir — digo enquanto nós duas caminhamos em direção ao quarto.

— Bem, não pense mais. — Ela vai em frente e abre o armário, vasculha e tira um vestido creme com renda preta. — Coloque isso, era o meu favorito.

— E por que você me deu?

— Porque sabia que você ficaria maravilhosa nele e que esse dia chegaria — ela sorri com satisfação e se senta na cama, cruzando as pernas. — Vamos, o que você está esperando?

Eu tiro a camisa do Hell e os shorts da Sas. Eu não me sinto muito à vontade de me despir na frente de ninguém, mas com ela é diferente, Sas vê as coisas de uma forma que me faz sentir viva. Ela é natural e espontânea, não tem medo de nada e diz o que pensa a todo momento. Isso faz com que me sinta confortável comigo mesma, exatamente como seu irmão faz. Deve ser genético...

— Bem. — Eu ando até o espelho no canto. — Como estou?

— Maravilhosa, bebê. — Fica atrás de mim e me dá um tapa na bunda. — Você só precisa de uma coisa. — Ela sorri maliciosamente e se vira para abrir a bolsa que trouxe. Tira uma caixa alongada e, dela, um par de sapatos com saltos do comprimento dos que está usando. Ela me entrega e espera pela minha resposta, ansiosa.

— Nem pensar, Sas. Eu vou morrer se usar isso, — Sorrio ao pegá-los para ver mais de perto como são espetaculares.

— *A vida é curta. Seus saltos não devem ser,* Brian Atwood — diz em uma voz melodiosa.

— Isso não vai evitar que eu me mate.

— Vamos lá, pare de reclamar, prove.

— Eles são confortáveis? — eu pergunto, calçando um pé.

— Não. — Olho para Sas e ela arregala os seus, reafirmando. — O quê? Você quer que eu minta? — Eu sorrio balançando a cabeça e calço o outro pé. Dou vários passos pelo quarto.

— Tenho que aguentar a noite toda com eles?

— Que tipo de pergunta é essa? Não me diga que você quer usar uma sandália rasteirinha, porque eu não vou a lugar nenhum com você assim — avisa, levantando um dedo.

— Pff, eu vou cair — prevejo, enquanto ando na frente do espelho.

A verdade é que eles são incríveis.

— Que nada, quando estiver bêbada, você vai andar muito melhor.

— Quem vai esta noite?

— Ninguém, apenas nós. — Ela me dá um sorriso cúmplice e sincero.

— Mesmo? E as meninas?

— Não falei nada para elas, esta noite quero que seja só você e eu.

Trocamos um olhar carregado de sentimentos e, em seguida, Sas me puxa pela mão em direção ao banheiro, abre sua bolsa de maquiagem sobre a pia e me pede para sentar no vaso sanitário para deixá-la fazer sua mágica.

Minutos depois, quando observo meu reflexo do outro lado do espelho, com seu olhar satisfeito nas costas, me sinto realmente poderosa.

Sentamos na cozinha para jantar a pizza que ela trouxe e, enquanto está no forno, ela abre a bolsa e pega uma pequena garrafa de... alguma coisa.

— O que é isso?

— Cale a boca e beba — comanda sem sutilezas, cuidando de mim.

— Não me drogue, seu demônio — digo, aproximando-a da minha boca.

— Só um pouquinho — ela sorri com falsa inocência e empurra a minha mão para engolir o líquido de uma só vez.

— Ah, é nojento, Sas.

— Obviamente, mas você vai ver o efeito que faz. — Ela ri, pegando a garrafa para si, dando um gole.

Eu sei que estou sendo imprudente e que, se Hell estivesse aqui, não nos deixaria pisar fora de casa, mas ele não está, para variar. E nunca estará do jeito que eu preciso.

Chegamos à Cielo por volta das dez horas. Sasha estaciona a moto onde o porteiro lhe indica e então o beija na bochecha antes de nos deixar passar. *Querida, eu não quero problemas com o seu irmão*, ele avisa com uma expressão preocupada. *O Hell não será um problema esta noite. Venha tomar uma bebida com a gente em seu intervalo*, ela responde antes de lhe dar o beijo.

— Conhece ele? — grito ao segui-la através da multidão.

— É o Pitt — responde como se fosse óbvio. — Eu saio com ele de vez em quando.

— Ah — retruco, sem acrescentar mais nada.

Vamos à cobertura do local, fico maravilhada com a vista de Nova York daqui. Sem mencionar o quão incrível é este lugar, com poltronas e sofás tingidos de branco e azul, acompanhados por luzes fracas que lhe dão um ar íntimo e privado.

— Vamos começar com calma — diz Sas, levando-me a um dos sofás.

— Me parece bom.

— Boa noite, boneca. — Um atendente se aproxima alguns segundos após sentarmos.

— Olá, gato. — Ela lhe dá um sorriso sugestivo, aparentemente essa garota tem um sorriso para todos.

— O que você deseja?

— Hope? — Sasha pergunta, fazendo o garçom olhar para mim.

— Hmm... você tem Malibu?

— Puta que me pariu. — Ela sacode a cabeça. — Tequila Sunrise para nós duas, Tommy.

— Pra já. — O homem nos analisa novamente e vai até o bar da cobertura.

— Bem. — O demônio olha para mim e estica o "e" perigosamente. — O que rolou com meu irmãozinho?

— Podemos não falar sobre ele hoje à noite?

— Claro. — Ela dá de ombros despreocupadamente. — Me fale sobre você, então.

— Eu vou te dar um resumo — suspiro. — Meus pais desapareceram quando eu era criança e tive que sair da escola para cuidar da minha avó. Eu trabalhei em lugares de merda para ganhar algum dinheiro e nos sustentar, até algumas semanas atrás, quando um incêndio queimou minha casa e logo depois ela morreu no asilo.

— Eles desapareceram? Obrigada, lindo. — Eu também agradeço com o olhar o garçom que nos traz a bebida e sai novamente.

— Sim, a polícia procurou por meses, mas no final eles foram considerados mortos.

— E você?

— Eu o quê?

— Você acha que eles estão mortos? — Sua naturalidade para falar sobre absolutamente tudo é perturbadora.

— Eu não sei. Eu acho que sim.

— Bem, a morte é apenas mais uma etapa — diz dando um gole e lambendo os lábios. — Nós todos vamos morrer, sabe? O Hell já esteve pronto mais de três vezes, meu pai... — Ela olha para o lado, pensativa. — Eu não me lembro de quantas, Nate também já foi baleado e quanto a mim, qualquer dia eu me fodo por causa de alguns negócios da família. É como são as coisas.

— E você não se importa? — Ela olha para mim um pouco ofendida, mas depois sorri de novo.

— É minha família, Hope. A família é sagrada para nós — diz, com convicção.

— Sim, mas... eu não sei. Você gosta de tudo que seu pai faz? Tudo o que... Hell faz?

— Não nos falta nada. — Ela levanta os ombros novamente. — A vida é dura, você fala como se não soubesse disso depois de tudo o que viveu. Acho que deveria tirar toda essa raiva de dentro de você, porque eu sei que tem, e ligar o foda-se.

— Eu sei. — Eu dou um longo gole em homenagem a isso que Sasha falou e, na verdade, ela não está nada errada. — Mas tenho medo.

— De quê?

— De mim mesma, do que posso fazer. Eu costumava... Bem, digamos que não deixava ninguém levantar a voz contra mim. Antes de deixar a escola para trabalhar, já tinha sido expulsa de duas. Eu era uma garota muito problemática.

— E quando você deixou de ser Úrsula, a bruxa do mar, e passou a ser a ama da Julieta, toda pura e casta?

— Idiota! — Rio com ela. — Quando meus pais desapareceram e eu comecei a trabalhar, tive que mudar. Fui expulsa de muitos empregos por causa de problemas com todos os chefes e colegas.

— Você não tem mais esse problema, então eu quero minha Úrsula de volta.

— Sério, Sas... é melhor assim.

— Você parece uma menininha boba que não sabe de nada. Isso me faz querer te dar um tapão para você despertar pra vida.

— Você joga mesmo as coisas na cara, né? — Rio, tomando outro gole.

— Por que não? Melhor ser clara. — Ela levanta o copo para mim e sorri. — Tim-tim.

Eu bato meu copo no dela e continuamos bebendo e conversando um pouco mais. Ela me conta coisas sobre ela que eu não teria imaginado, como o fato de querer ser mãe no futuro e de nunca ter se apaixonado. Também me diz outras coisas que são bastante comuns como, por exemplo, que está fazendo um curso para aprender moda e quer criar sua própria linha de calçados quando terminar.

— Esse lugar está ocupado?

O porteiro de antes, Pitt, aproxima-se, sorrindo com outro menino que eu não vi antes.

— Para vocês, não. — Sas lhe dá um sorriso de paquera e chega para o lado para que possa sentar. Ela olha para mim, arregalando os olhos para me fazer entender que é para eu imitá-la e abrir um espaço para o amigo dele.

— Pessoal, essa é minha nova melhor amiga, Úrsula. — Reviro os olhos para o apelido. Melhor amiga? Algo se ilumina dentro de mim. — Úrsula, eles são Pitt e Braden.

— Um prazer, Úrsula — diz o segundo, virando-se para mim e me dando dois beijos inesperados.

— Outra rodada? — pergunta Pitt. — Eu tenho meia hora.

— Acho que podemos aproveitar seu intervalo de outra maneira. — Sas abaixa a voz, olhando para seus lábios e acariciando sua perna. Ele sorri e se levanta. — Eu já volto — ela diz para mim. Eu imploro com os olhos para não me deixar sozinha, mas ela nem percebe.

— Bem, você é nova aqui? — Braden me pergunta.

— Mais ou menos. Você?

— Eu sou o dono. — Engasgo com a tequila e olho para ele. — Calma. — Ri, me dando tapinhas nas costas.

— Desculpe, eu não esperava.

— Deixa para lá. Quantos anos você tem?

— Vinte... — Eu evito seu olhar, pois sei que me serviram álcool sem que eu tivesse a idade mínima para beber.

— Esse será nosso segredinho. — Ele pisca para mim e levanta sua cerveja batendo em meu copo. Eu sorrio e aceito.

— Quantos anos você tem?

— Vinte e cinco.

— Tão jovem e com um negócio como este?

— É do meu pai — admite.

— Ah, ok. Embora um dia será seu.

— Claro.

Continuamos conversando por mais alguns minutos, até que minha bebida acaba e ele gesticula ao garçom para me trazer outra. Eu digo que não, já tomei três e quero parar um pouco, então ele retira um saquinho plástico do bolso e me olha com um sorriso sinistro.

— Eu tenho algumas pílulas bem travessas. Você vai ser uma garota malvada?

— Não — falo sem hesitar um segundo. — Eu não uso drogas, mas obrigada.

— Não são drogas, é apenas um pequeno incentivo para você se divertir mais e deixar de lado a timidez.

— Obrigada, de verdade, mas não.

— Bem, não vou insistir. — Ele sorri e tira duas da sacola. — Guarde para Sas, ela com certeza ama isso aqui. E talvez mais tarde você também tome uma.

— Duvido, mas obrigada — aceito e coloco na bolsa.

Naquele momento, Sasha aparece com um sorriso satisfatório e tão impecável quanto há algum tempo. Prefiro não saber o que eles estavam fazendo, embora não seja difícil imaginar.

— Seu descanso acabou, meu amigo — diz Braden, levantando-se. — Foi um prazer conhecê-la, Úrsula. Espero te ver mais aqui.

— Igualmente. — Eu sorrio e nós duas os observamos ir embora, sem que Sasha e Pitt se beijem ou qualquer sinal de que há algo entre eles.

— Eu estou seca. — Ela puxa o cabelo para o lado e abana o rosto com a mão. — Vamos pedir algo, certo?

— Braden me entregou algo para você. — Abro a bolsa e tiro o saquinho, dando uma olhada ao redor para verificar se ninguém está me vendo.

— Porra — protesta, olhando para a palma da minha mão e depois para mim. — Uma pra cada, então.

— Eu não quero.

— Vamos, elas são suaves. — Escolhe uma e empurra minha mão com a outra.

— Sas, nós não precisamos disso, você não está fazendo pouco caso do álcool que tomamos?

— Não têm o mesmo efeito — responde, revirando os olhos. — Você não disse que queria esquecer tudo por uma noite?

Eu olho para ela e balanço minha cabeça em vão, já que a decisão foi tomada a partir do momento em que aceitei as pílulas e as coloquei na minha bolsa. Eu suspiro e engulo uma. O que tem de mal? Não acho que isso vai me fazer sentir pior do que já estou, em qualquer caso, vai melhorar a noite.

Às três e meia da manhã, saímos pela porta. Sas se despede de Pitt com um flerte enquanto tentamos ficar de pé, não me lembro do último dia em que dancei e ri tanto assim. Embora admita que me sinto um pouco tonta e a cabeça parece não ser mais minha. Não deveria ter concordado em tomar essa pílula, Sasha é um demônio real com o qual devemos ter cuidado. No entanto, sinto que é um verdadeiro anjo por ter conseguido me fazer esquecer de tudo por algumas horas. Ela não parou de tentar me divertir durante a noite.

— Ei, ei. — Pitt se aproxima e a segura pela cintura. — Me dê as chaves da moto.

— Deixa para lá, querido — ela responde, rindo e se aproximando da boca dele. Ele a beija de volta e aproveita a oportunidade para meter a mão no bolso dela e tirar as chaves. — Devolva as chaves para mim — protesta quando percebe.

— Você sabe que não, o táxi vai chegar logo.

— Vai se foder. — Ela mostra a ele o dedo do meio e pega minha mão para que possamos andar.

— Sas! Pare de agir como uma idiota! — ele grita, mas não paramos.

— Eu não sinto meus pés — choramingo quando viramos a esquina.

— Pegaremos um atalho — diz ela, quando entramos num beco.

— Mas para onde estamos indo? Nós vamos passar pelo cu do Brooklyn, Sas. Nós não podemos atravessar a ponte e andar tudo isso.

— Eu não pretendo andar, você está bêbada?

— Bem, na verdade, sim, eu estou. E você também — eu a lembro, enquanto sinto que meus pés estão em carne viva.

Avançamos pelo beco escuro o mais rápido que a minha anatomia permite, tudo iluminado apenas por dois postes de rua, um deles piscando. A fumaça que sai dos esgotos só ajuda a tornar o ambiente ainda mais sombrio, não consigo me esquecer daquele dia em que me sequestraram.

— Eu gosto dessa — diz ela quando se aproxima de uma moto e se ajoelha no meio-fio.

— Muito bonita. O que vai fazer?

— Tirar uma foto — responde ela, sem olhar para mim. — O que você acha?

— Você não vai...?

Não termino a frase já que, de repente, ela tira uma navalha de algum compartimento que usa por debaixo do vestido e começa a fazer não sei o que com os cabos. Deus, se eles nos pegam vamos direto para a cadeia, isso não é uma boa ideia.

— Olha só, a pequena Ivankov desprotegida de novo. — Nós ouvimos uma voz masculina e risos atrás de nós, e minha respiração fica presa na garganta.

X

HOPE

Sasha se levanta quando dois homens se aproximam de nós. Olho para ela, mas não há um pingo de medo em seu rosto, e não sei por quê, mas o fato de estar com ela me tranquiliza um pouco. Quero dizer, é a Sasha, como algo poderia acontecer com a criança mimada da família mais perigosa de Nova York? Certamente algo vai nos salvar, algo inesperado como nos livros, Hell deve estar prestes a aparecer em algum lugar, algo assim.

Sim, não podemos morrer aqui.

— Você disse ao seu irmãozinho que estamos procurando por ele? — pergunta um deles quando param perto de nós.

— Eu te falei para tomar no cu no outro dia e posso repetir hoje, se quiser — responde ela, levantando a cabeça para olhá-los nos olhos. A diferença de altura é notável, apesar de estar de salto.

Se eles nos atacarem, não poderemos fazer nada. Então percebo que ela ainda tem a faca na mão e a segura com força.

— Eu não entendo como você pode ter uma boca tão suja com o dinheiro que seu pai tem.

Com rapidez, ele a segura pelo pescoço, dando vários passos para trás. Sasha cospe em seu rosto e o outro homem que o acompanha ri e aproveita a oportunidade para se aproximar de mim, lentamente, enquanto eu recuo até atingir a parede de tijolos.

— Não toque nela. — Minha amiga diz, com a voz embargada, sem tentar se livrar do aperto do homem cujos dedos envolvem seu pescoço com força.

— Qual o seu nome? — pergunta o homem da minha frente.

— O nome dela é Úrsula — Sasha responde imediatamente. Eu me viro para encontrar seus olhos, que agora estão fixos em mim com um olhar significativo, querendo me dizer alguma coisa. — Úrsula — ela repete.

— Meu nome é Úrsula. — Aceno para ela e depois para ele.

Fecho os olhos por um momento para respirar e assimilar o que vai acontecer. Sasha está certa, preciso voltar a ser quem eu era se quiser sobreviver neste mundo em que me meti, embora não por minha própria vontade. Se ainda for a tola e tímida Hope, esses homens nos estuprarão e muito provavelmente nos matarão mais tarde. Se eu voltar a ser... Úrsula, talvez eles apenas nos estuprem. Ou talvez eu também possa evitar isso.

— Você conhece o Hell? — ele me pergunta.

— Alguém já te disse que seu hálito fede? Há umas pastilhas muito boas na farmácia, se você quiser posso te dar o nome — comento, fazendo uma expressão de desagrado.

Vejo como Sasha ri e o outro a aperta mais forte, ficando bravo.

— Você se acha engraçada? — pergunta ele, aproximando-se mais.

— Deus. — Eu cubro meu nariz. — Isso está realmente fedendo, argh.

Sua mão bate no meu rosto, fazendo minha cabeça virar com o golpe. Sas grita alguma coisa, mas o outro cara a empurra contra a moto e ambos caem no chão. Sinto o gosto do ferro na boca quando passo a língua pelos lábios, olho para ele e depois para o outro homem, analisando a situação. Sasha ainda está no chão, olha para a faca, que agora está entre nós duas, e depois para mim.

— Veremos o que essa puta sabe fazer — afirma o cara que a estava segurando segundos atrás, aproximando-se dela.

O outro, que agora está de costas para mim, ri e caminha até ele, presumindo que eu não sou uma ameaça e que pode virar as costas para mim.

Sasha recua com as mãos e os pés no chão, tentando afastá-los. Eu percebo seus planos assim que vejo como ela não diz nada e finge que está com medo. Com medo, Sasha, mesmo? Deixou tudo em minhas mãos, ou eu reajo ou ele fará com ela a mesma coisa que o russo fez comigo. Não posso permitir isso.

Ando devagar, para não fazer barulho com os saltos estratosféricos que ainda estou usando, e me inclino para pegar a faca. Um deles se aproxima de Sasha e puxa seu braço com força para levantá-la, alcança a parte de trás de sua saia e aperta sua bunda com força. Ela apenas olha para ele, o rosto imperturbável e sem mostrar resistência. Confia em mim.

— Muito bem, pequena Ivankov. Se você continuar se comportando assim, talvez eu mude de ideia e não te mate mais tarde.

O outro está posicionado do lado oposto, se inclina um pouco e arranca sua calcinha. Sasha fecha os olhos por um momento, mas depois os abre novamente e olha para eles com decisão.

— Você tem algo a dizer? — pergunta o maior deles quando vê que um sorriso se forma no rosto da menina.

— Você já assistiu *A pequena sereia*?

— O quê? — Ambos parecem confusos.

— Você sabe qual é o meu personagem favorito?

— Do que você está falando?

— A Úrsula.

Meu corpo não está ciente de como eu levanto minha mão com a faca e a cravo sem hesitar no pescoço do segundo cara. O sangue começa a jorrar, muito e rápido, inesperado. Sasha aproveita o momento de confusão do homem a sua frente para chutá-lo entre as pernas, pegar uma garrafa de vidro do chão e quebrá-la em sua cabeça. Então, vem até mim e tirando a faca das minhas mãos, retorna ao cara inconsciente no chão e sem hesitar desliza a faca pelo seu pescoço, abrindo a carne delicada e dando lugar ao líquido vermelho e espesso. Limpa a lâmina com o tecido da camisa do russo e, em seguida, levanta-se e caminha até a moto.

— Me ajude — pede ela, mas eu não consigo desviar o olhar dos corpos. — Hope! — grita quando eu não reajo.

— Eu matei um homem — digo, ainda observando todo o sangue.

— Me ajude a levantar a porra da moto!

Corro para o lado dela, nós duas a colocamos de pé e subimos, Sas dá a partida, arranca e rapidamente nos afastamos como se apenas tivéssemos dançado a noite toda.

Ela atravessa as ruas da cidade, cruza a ponte e em poucos minutos chegamos em casa. Nós duas saímos da moto e ela me puxa pela mão quando vê que eu caio, estática no chão, estou em estado de choque. Eu acho.

Tira as chaves da minha bolsa e nos faz entrar no apartamento no Brooklyn, eu fecho a porta atrás de mim e vejo a maçaneta manchada com o sangue que permanece em meus dedos. Sasha cai no sofá e tira os sapatos, colocando-os cuidadosamente no chão.

— Bem, você entrou no modo da ama da Julieta de novo — diz entediada.

— Sasha, eu matei um homem — repito, tirando meus sapatos também e jogando-os para o canto.

— Ei! — Ela se levanta e corre para eles. — Um pouco de respeito, porra. — Pega e os coloca ao lado dos seus.

Eu olho para o meu reflexo no espelho enquanto caminho até o banheiro. O vestido creme agora está vermelho na maior parte. Percebo Sasha atrás de mim, fazendo uma expressão de desgosto e colocando as mãos nos meus ombros para que me vire e a encare.

— Ei, fizemos o que tínhamos que fazer. Éramos nós ou eles, ok? Já passou. Supere isto e vamos dormir, meus pés estão moídos e o efeito do que tomamos já está passando.

Eu a sigo até o quarto sem ser capaz de acreditar plenamente no que ouvi. Nós tiramos os vestidos e os deixamos no chão, ela está completamente nua, já que eles rasgaram sua calcinha e não usava sutiã, sem vergonha alguma caminha para o lado da cama, subindo nela.

— Vamos, Hope — chama ela. — Apaga a luz.

Eu desligo o interruptor e vou para o banheiro, a primeira coisa que faço é abrir a torneira do chuveiro e ficar debaixo da água fervente. A água é tingida de vermelho enquanto lava todo o sangue do meu corpo, meus braços, minhas mãos, meu pescoço. Estou com a mente em branco, eu não consigo pensar em nada, apenas vejo a minha mão introduzindo a ponta da faca na carne daquele cara.

Depois de me enxugar, vestir uma calcinha limpa e a camisa do Hell, vou para a cama ao lado de Sasha e nos cobrimos com o lençol. Deito de costas e olho para o teto por um tempo, imaginando o que o Hell vai pensar quando descobrir.

Porque ele vai descobrir.

— Ei — sussurro para a loira, virando a cabeça para ela.

— Hmm?

— Você já matou alguém antes?

— Algumas vezes — balbucia ela. — Já te disse que a vida é dura. Todo mundo tem que fazer o que tem que fazer, é assim que as coisas são. Agora vá dormir.

HELL

Que horas são? Abro os olhos e a luz do dia me cega, como na última vez que fui dormir, com a diferença de que um dia inteiro passou. Deus, eu precisava mesmo dormir.

Olho para o meu telefone e vejo centenas de mensagens de todo mundo, exceto de Hope e de minha irmã. Muito esquisito. A Hope não me escrever é normal... embora a ideia não me agrade. Mas não gosto nem um pouco de não ver nenhuma mensagem da minha irmã.

Depois de tomar banho, escovar os dentes e me arrumar, desço as escadas e entro no escritório de V. Ele olha para cima quando entro e depois continua assinando alguns papéis e conversando com Casper, que está sentado à sua frente.

— Você dorme em algum momento? — pergunto, me deixando cair no sofá.

— Você já faz isso por nós dois.

— Sinto muito, vou compensar no trabalho de hoje.

— De acordo.

— Onde está Sas? Eu passei pelo quarto dela e a cama estava feita.

— Ontem à noite ela foi dormir com uma amiga que estava passando mal, ou algo assim, mas deve estar na cama de alguém.

— Respeite sua filha um pouco.

— Se ela não se respeita, por que eu deveria respeitá-la? — diz ele, sem levantar os olhos de seus papéis.

— O fato de ela transar com vários homens não significa que ela não se respeita.

— Como quiser. Você precisa pegar a cocaína que chega esta tarde às cinco e levá-la ao clube.

— Nate não ia se encarregar disso?

— O seu irmão ainda é muito verde, quero que o leve com você.

— Ok.

Saio de casa e entro em meu carro com a intenção de ir até Hope e conversar como pessoas civilizadas, se é que isso é possível. Onde estará minha irmã? Também não vi Nate em casa, então eu não pude perguntar, estava pensando em ligar, quando seu toque soa no meu celular, deixando claro que é ele que está fazendo a chamada. Eu coloco no viva-voz e abaixo o volume da música.

— Onde você está? — pergunto sem perder tempo em dizer bom dia. Ou boa tarde, não sei que horas são.

— Em um churrasco com os meninos. Você está sabendo?

— De quê?

— Dois russos foram encontrados mortos em um beco perto da Cielo.

— O que foi que você disse?

— Exatamente isso.

— Quem foi?

— Eu não sei, enfiaram a faca no pescoço de um deles e cortaram a garganta do outro. Quem quer que tenha sido tem coragem.

— Estamos fodidos. Vão pensar que fomos nós, já tivemos problemas com eles, você vai ver — rosno, dando um golpe no volante. — Depois te ligo, estou chegando ao Brooklyn.

— Ok, até logo.

— Tchau.

Eu estaciono em uma vaga que está livre do outro lado da rua e atravesso até a porta, abro com a chave e entro sem fazer barulho, caso ela ainda esteja dormindo. Bato a porta e a primeira coisa que vejo na sala são dois pares de sapatos com saltos da altura que Sas gosta, o que significa que as duas estão aqui. E isso significa que elas saíram ontem à noite. Ótimo. Simplesmente ótimo.

A próxima coisa que vejo e me faz esquecer de tudo, são manchas de sangue na parede do corredor. Corro até o quarto e fico petrificado quando encontro dois vestidos no chão, um deles cheio de manchas vermelhas. Abro as cortinas e me viro para as duas deitadas na cama. Ambas se agitam e cobrem seus rostos com travesseiros.

— O que aconteceu ontem à noite? — tento falar com uma voz calma.

Hope é a primeira a abrir os olhos, assim que escuta minha voz. Olha para a Sasha, que continua reclamando da luz, e então olha para mim.

— O que você está fazendo aqui?

— O que aconteceu ontem à noite? — repito, respirando com cuidado e cruzando os braços.

Ela parece confusa, esfrega os olhos e quando os abre, olha diretamente para o vestido cheio de sangue que está no chão. Sem tirar os olhos dele, bate nas costas da minha irmã para acordar, mas como não consegue e eu começo a perder a paciência, me aproximo dela e a descubro, percebendo que está completamente nua.

— Você tem um minuto para se vestir e ir para a sala — explico antes de sair pela porta.

HOPE

— Sas, porra. — Eu a balanço para acordá-la. — Sasha!

— Pare de gritar.

Ela se vira e eu me forço a desviar o olhar para não ver seu corpo em todo o seu esplendor. Que mulher mais exibicionista.

— Seu irmão está aqui.

— Ah, Deus, podemos nos preparar para um interrogatório — ela responde, enquanto estica os músculos e se levanta, caminhando para o meu armário para vestir uma camisa de seu irmão, assim como eu. — Vamos lá.

— O que vamos dizer?

— Bem, a verdade — diz ela, abrindo a porta.

— Não quero que saiba que matei um homem.

— Deixe o modo de menininha para trás, bebê. Úrsula combina muito melhor com você.

Eu suspiro e caminho atrás dela até a sala, onde o Hell está esperando por nós encostado na janela e com um tique na perna.

— Bom dia — ela boceja e senta no sofá. Hell olha para ela e depois para mim.

— Foram vocês? — pergunta diretamente.

— O quê? — Sua irmã olha para ele.

— Dois russos apareceram com as gargantas cortadas esta manhã.

— Já os encontraram? — A loira fica surpresa.

Hell coloca as mãos na cabeça, esfregando os cabelos e murmurando algo que eu não entendo. Então passa pela nossa frente e desaparece pela porta da rua, sem olhar para mim mais uma vez.

— Vai passar — diz Sasha, ligando a televisão.

Incapaz de controlar meus impulsos, corro atrás dele e o detenho antes que entre em seu carro. Seguro seu braço para que não abra a porta e ele olha para mim, surpreso primeiro, e depois com raiva.

— Espera, eu não... — gaguejo. Ele não me interrompe, apenas espera que eu continue, mas não sei o que dizer. — Não olhe para mim assim.

— Você participou daquilo?

— Eles iam estuprar sua irmã — confesso. Seu rosto se contrai e os músculos de sua mandíbula ficam tensos.

— Você participou daquilo?

— Sim. Eles queriam você, Hell. Deixaram muito claro para nós que não vão parar até te matar.

— Há sempre alguém que quer me matar, Hope. Eu te disse.

— Eu não vou deixar ninguém te machucar — solto, embora não saiba de onde essas palavras vêm. Ele suspira e me puxa para entrar no carro. — O que você está fazendo?

— Você está quase sem roupa no meio da rua, todo mundo está te olhando, não consigo me concentrar na conversa — explica, entrando atrás de mim e sentando-se ao meu lado.

— Hell, eu... — Eu o olho diretamente nos olhos. — Não, eu não sei de onde veio o desejo de matá-lo, mas quando vi o que eles iam fazer com sua irmã, não pensei duas vezes.

Ele leva o polegar ao meu lábio e então estremeço por causa da dor, o tapa que o maldito russo me deu não foi fraco.

— Eles bateram em você — rosna ele, furiosamente.

— Não foi nada, eu que pedi por isso. Fiquei provocando-o para libertar a Sasha.

— O que você fez ontem à noite foi loucura, Hope. Eles poderiam ter te matado, poderiam ter matado vocês duas.

— Eu faria de novo — digo com uma recém-encontrada convicção.

— Você não pode sair por aí matando pessoas. — Seu rosto e sua voz indicam que ele está com raiva e preocupado.

— Você faz isso.

— Eu não sou você, droga! O que... o que está acontecendo com você? — Afasta-se um pouco e me observa. Ele não está apenas olhando para mim, e, sim, me analisando.

— Você não pode pedir para eu ficar parada enquanto eles tentam te matar.

— Como assim, meu Deus? Isso não está acontecendo — diz ele para si mesmo, passando as mãos pelo rosto, como se quisesse clarear os pensamentos. — Desde quando você se importa tanto com o que acontece comigo? Eu lembro que você disse que...

— E eu continuo dizendo isso — eu interrompo, querendo evitar o tema "beijo". — Mesmo que eu me arrependa de ter te beijado não significa que não goste de você. — Ambos reprimimos um pequeno sorriso mais do que evidente. — E que não me importe contigo.

— Por que você está fazendo isso, Hope?

— Fazendo o quê?

— Fingindo que você não quer me ter por perto e depois matando sem hesitar um cara que procura por mim. — Ele encolhe os ombros, acho que está tão confuso quanto eu. — Ok, vou continuar me obrigando a pensar que eu não sou importante para você.

— Eu nunca disse que não me importo. Apenas disse que o beijo foi um erro, porque sabia que iria mudar tudo entre nós. Antes estávamos bem e agora olhe só para nós.

— Estamos assim por sua causa. Além disso, que mal tem com as coisas mudarem?

— Muito.

— Por quê? Isso não entra na minha cabeça! — Ele se inclina para trás no assento e solta uma lufada de ar.

— Porque eu não quero me apaixonar por você — admito.

Abre a boca para dizer alguma coisa, mas a fecha novamente. Ele me observa por mais alguns segundos, dando a impressão de que está travando uma luta interna, até que finalmente concorda.

— Te entendo. — Não esperava essa resposta.

— Ok. — Eu olho para longe, me sentindo desconfortável, essa não é a reação que eu estava realmente procurando. — Bem, vou voltar para dentro.

Espero alguns segundos para lhe dar uma última chance de dizer alguma coisa, mas não o faz. Antes de sair, eu me viro de novo, lembrando do motivo que me fez vir aqui.

— O que vai acontecer com aqueles dois caras?

— Não se preocupe, eu vou cuidar disso — responde sem virar a cabeça para mim, seus olhos perdidos em algum lugar na frente dele.

— Ok.

HELL

Ela sai do carro e, antes de passar para o banco do motorista e dar a partida, eu a vejo atravessar a rua e entrar na casa.

Porque eu não quero me apaixonar por você. Bem, acho que é tarde demais para mim, já perdi essa batalha. Não sei se estou apaixonado ou como chamar o que estou sentindo, mas nunca me importei tanto com uma mulher antes. Não dessa maneira obsessiva e distorcida, sentindo a necessidade de vê-la, tocá-la e mantê-la perto de mim o tempo todo. Mas a Hope está certa, a melhor coisa é que isso não continue. Eles poderiam matá-la se soubessem que se tornou meu ponto fraco, e eu não posso permitir isso.

Em um sinal vermelho, eu paro o carro e envio uma mensagem para o meu irmão pedindo que fique pronto, digo a ele que vou buscá-lo e vamos atirar um pouco. Preciso liberar minha adrenalina e contar tudo o que aconteceu.

— Você pode me dizer de uma vez o que aconteceu? — ele pergunta quando estaciono em frente à galeria de tiro.

Eu apoio minha cabeça no volante e tento organizar minhas ideias, foi muita informação em um tempo muito curto.

— Os russos de ontem à noite. — Eu olho para ele cautelosamente analisando sua reação. — Foram a Sasha e Hope.

— Repete isso — diz imediatamente com uma expressão séria.

— Nate, temos que fazer alguma coisa com sua irmã. Eu não sei mais como controlá-la e está arrastando Hope com ela.

Ele sai do carro e bate a porta. Lamento pela lataria do meu lindo 4x4, mas não digo nada, Sasha é sua metade, os gêmeos têm uma espécie de conexão especial que ninguém consegue explicar.

— É o terceiro cara que ela mata em dois anos, Hell. — Ele mexe no cabelo, visivelmente preocupado.

— Eu sei, estou contando — digo, levando um cigarro aos lábios.

— O que vamos fazer? Nós temos que separá-las.

— Boa sorte com isso. Parece que não separaremos essas duas, nem com solvente — admito contra minha vontade.

— Nós não podemos levá-las para morar na mesma casa. Serão dois demônios sob o mesmo teto — reflete ele, andando de um lado para o outro.

— Relaxe, está me deixando nervoso, caramba. Eu acho que você não entendeu nada.

— De quê?

— Se as tivermos sob o mesmo teto, podemos controlá-las melhor do que se não morássemos com elas.

— Eu não sei, não tenho tanta certeza. Que merda, vamos ter que lidar com os russos agora. Merda! — Dá um soco no capô do veículo e desta vez eu lhe dou um olhar de aviso para se controlar.

— Bem, pare de se preocupar e vamos atirar. Vamos precisar da sua pontaria, a partir de agora tudo pode acontecer. Nós não sabemos como eles vão reagir.

HOPE

Sasha passa a tarde dormindo tranquilamente no sofá, com um cobertor fino. Eu, por outro lado, não paro de pensar em tudo o que aconteceu. O problema não é que eu matei um homem, pois minha consciência não está nem um pouco pesada e não me arrependo, mas, sim, que faria de novo se estivesse na mesma situação. Porra, acho que qualquer um teria feito o mesmo que eu. Não sei... começo a sentir Úrsula com muita força.

A porta se abre e Hell aparece ao lado de Nathan, por volta das dez e meia da noite.

— Arrume sua mala — me diz, aproximando-se da irmã.

— Para quê?

— Sasha, acorde. — Nate se aproxima e balança seu ombro. — Acorda, porra!

— Merda, que porra está acontecendo? — pergunta ela quando percebe quem é.

— Você matou de novo, Natasha. — Ela se descobre e lentamente se levanta com um rosto sério, parando na frente dele.

— Não me chame assim.

— Natasha Aleksandra Ivankova, você matou outro homem — repete ele, aproximando o rosto do dela.

— Já basta. — Hell puxa o braço de Nate para trás e se coloca entre os gêmeos. — Ajude Hope com a mala, vamos embora.

— Para onde?

— Consegui um apartamento, nos mudamos hoje à noite.

— E esta rapidez se deve a quê? — pergunta ela, bocejando e esquecendo a tensão recente.

— A sua loucura. Você não queria que morássemos juntos? — Ele sorri sarcasticamente, olhando para nós duas. — Bem, isso é o que vamos fazer.

— Quantos quartos tem? — pergunta Sasha, enquanto eu guardo o pouco que tenho, que ela mesma me deu, na mala. Hell não olha para mim nem fala comigo.

— Bem, quatro e dois banheiros. Um para vocês e outro para nós.

— Papai sabe? — Hell acena e olha para Nate, que está fumando e assistindo à televisão.

Busco sua atenção, tentando entender a mim mesma, sem sucesso em nenhuma das duas questões.

HELL

Paro o carro na garagem do prédio do "meio apartamento" que comprei no West Side de Manhattan. Digo "meio apartamento", porque o vendedor não queria que eu pagasse tudo de uma vez. Além disso, diminuiu o preço pela metade, pois troquei com o do Brooklyn.

— Eu ainda não entendo essa mudança repentina — reclama Sasha quando descemos.

— Pare de reclamar — pede Nate. — Tenho certeza que quando você vir o apartamento vai ficar feliz.

— Ele é legal? — pergunta com um sorriso animado.

— Eu já escolhi um quarto.

— E eu também — me apresso a dizer, quando as portas do elevador se fecham.

— Seus safados, tenho certeza que vocês escolheram os melhores.

— Obviamente. — Nós dois rimos.

Hope nem sequer olha para mim.

Chegamos ao décimo terceiro andar e caminhamos pelo corredor até a porta à direita. Coloco a chave na fechadura e um mecanismo interno faz com que os pinos se mexam e a segurança extra que instalei seja desativada. Sim, investi muita grana aqui para que aprontassem tudo em poucas horas.

— Uau! — Sasha me dá um empurrão para entrar primeiro no salão. — Não tem televisão? — Franze a testa.

— Amanhã eles vão trazer, eu mandei tirar a que tinha aqui, porque era muito pequena para esta sala.

— Que bom. Eu vou ver os quartos! Vamos lá, Hope! — Segura a mão da minha garota e corre com ela pelo corredor.

Minha garota?

Ok, tudo bem, não é minha garota, porra.

— Deus, você não deve dar uma chave para elas — diz Nate.

— Vamos deixá-las trancadas? — Sorrio maliciosamente.

— Não me tente. — Nós dois rimos e elas aparecem novamente na sala de estar.

— Preciso das minhas roupas e dos meus sapatos — diz Sas seriamente.

— Amanhã, agora já é tarde.

— E Morgana.

— Quem é Morgana? — Hope pergunta, curiosa.

— Minha decoradora. Ela é incrível, você vai adorar.

— Algo mais? — pergunta seu gêmeo de um jeito sarcástico.

— Mais uma semana de férias. — Ela seca uma lágrima imaginária da bochecha.

— As aulas já vão começar? — pergunta Hope.

— Sim, na próxima segunda-feira, mas com essa vida tão normal que a gente tem, eu não costumo ir muito. Nós vamos ter que gastar uma grana para que me deem o diploma. — Ela olha para mim com sarcasmo.

— Você vai para a aula — repreendo-a sem cair em seu jogo.

— Ei, e você não pretende estudar nada? — ela pergunta a Hope, ignorando o meu comentário.

— Eu... — Ela evita meu olhar e entrelaça seus dedos nervosamente. — Bem, isso custa dinheiro e eu teria que encontrar um emprego. Talvez mais tarde, quando economizar...

— Meu irmão vai te dar o dinheiro que precisar — declara a loira, enquanto a outra encolhe os ombros.

Hope olha para mim por um segundo, mas imediatamente move os olhos, sacudindo a cabeça.

— Não se preocupe, eu tenho procurado no jornal e talvez me contratem em algum lugar.

— Braden precisa de garçonetes para a Cielo — informa Sasha à Hope de maneira maliciosa.

— De verdade? — pergunta ela com interesse.

— Sim, amanhã mandamos uma mensagem para ele. A propósito, Pitt me disse que Braden quer o seu número. — Ambas riem, mas Hope para quando olha para o meu rosto, sério e contraído.

— Você não vai trabalhar lá — digo sem hesitação.

— Não é uma decisão sua — minha irmã intervém, intrometendo-se em tudo, como sempre.

— Eu vou para a cama. — Hope se despede sem dizer mais nada, e ela e Sas somem no corredor.

Quando Nathan também vai dormir, saio por um momento para a ampla varanda, para observar a cidade e pensar. Essa vista e esse silêncio são inestimáveis, eu teria pago três vezes mais apenas por este espaço ao ar livre. Apoio meus braços na grade e fumo dois cigarros, sem pensar muito. Preciso desconectar o cérebro, porra, muita coisa aconteceu em um tempo muito curto. A última coisa que eu precisava era me preocupar com duas crianças com instintos assassinos.

Fecho as portas do terraço, deixando um pequeno espaço aberto para o ar entrar durante a noite. Passo em frente ao quarto de Hope, cuja porta está fechada, enquanto me dirijo ao meu. Paro na frente da porta dela e penso em bater para entrar, mas penso melhor e continuo no meu caminho. Claro que fiquei com o melhor quarto: duas das paredes são inteiramente feitas de janelas, do teto ao piso, que é de madeira escura, para combinar com os móveis. Um tapete de cor creme cobre parte do quarto, combinando com as cortinas e os estofados da pequena mesa em frente ao sofá e o banco que fica a um ou dois metros de distância do pé da cama de dois-por-dois.

Tiro minhas roupas, mantendo apenas a cueca boxer e uma camiseta larga. Descubro a cama, retiro o lençol e me jogo no colchão, ficando descoberto por causa do calor de hoje.

Depois de vários minutos, acho que não mais do que quinze, a porta se abre devagar. Eu não preciso me virar para ter certeza de que é ela, já que vejo seu reflexo pelas janelas. Ela caminha lentamente até a cama, para na beira e encontra meus olhos no vidro. Eu suspiro e me viro.

— Eu sinto falta de dormir com você. Eu não descanso da mesma forma... — admite.

Eu a olho de cima a baixo, traçando suas pernas nuas, chegando ao short do pijama e subindo pela sua barriga coberta com a blusa estampada com estrelas.

— Você quer dormir aqui? — Ela se senta e eu gesticulo para se deitar.

— Obrigada — murmura, colocando-se no canto oposto do meu, o mais longe possível.

— Você vai cair da cama.

Eu coloco uma das mãos em suas costas e trago seu pequeno corpo para perto do meu. Percebo como a respiração dela se torna um pouco irregular, mas tenta escondê-lo, respirando devagar. Não afasto meu rosto nem um centímetro do rosto dela, esperando ver qual será a sua reação.

— Como você conhece o Braden? — pergunto quando vejo que ela não fala nada nem se mexe.

— Nós estivemos com ele por um tempo ontem à noite — responde, alternando o olhar dos meus lábios para meus olhos.

— Eu não quero que você trabalhe para ele.

— Por quê?

— Ele toma muitas liberdades com suas garçonetes.

— Não farei nada que eu não queira fazer, Hell.

— Pouco importa a ele se você quer ou não.

— Eu preciso de um trabalho.

— Você não precisa disso, mas eu sei que você vai procurar de qualquer maneira. Só estou pedindo para que não seja lá. — Instintivamente acaricio seu rosto e ela se contrai imediatamente.

— Nós deveríamos dormir, foi um dia longo — diz ela, e se move, tentando se afastar, mas minha mão ainda está em suas costas, colando-a ao meu corpo.

— Eu vou beijar você — digo a ela, não consigo parar de olhar para seus lábios.

— Não... — ela murmura com um certo medo em sua voz, quase implorando desesperadamente.

— Eu vou te beijar. E eu vou fazer isso agora.

Eu movo minha boca para a dela, lentamente, como da primeira vez. Estou morrendo de vontade de beijá-la, mas tenho que verificar se, como imagino, ela tem o mesmo desejo. Sua cabeça não se move nem um pouco e seus olhos não se afastam dos meus lábios.

— Eu disse não — sussurra ela, quase tocando-os.

— Eu ouvi você. — Percorro os poucos milímetros que nos separam, rezando para que ela não me rejeite novamente.

XI

HOPE

Seus lábios encostam suavemente nos meus, liberando uma descarga de milhares de volts por todo o meu corpo. Como se fôssemos de polos opostos, respondo sem hesitação. Ele leva a mão ao meu rosto, acariciando-o com a palma e deslizando-a sob o cabelo até a nuca. Eu sinto a umidade de sua língua acariciando a pele sensível dos meus lábios, hesitante, sem decisão. E é aí que percebo que tudo depende do meu próximo passo.

HELL

Estou com medo. Como posso ser tão corajoso diante de uma arma e tão covarde antes de um simples beijo?

Porque não é um simples beijo.

Não, é claro que não. Se ela me rejeitar novamente, saberei que realmente tomou a decisão de acabar tudo. Mas se não... bem, será a minha garota, apesar de tudo.

HOPE

Cabeça ou coração. Cabeça ou coração. Cabeça ou coração. Por toda minha vida eu fiz o que tinha que fazer, fui para a escola porque meus pais me forçaram, depois fui embora porque tinha que ir, comecei a trabalhar porque não tinha escolha, tive que mudar meu jeito de ser, deixando tudo para trás. Estou cansada de fazer a coisa certa. Coração.

HELL

Ela abre a boca devagar, enquanto se inclina sobre mim. Sua língua faz contato com a minha, criando um tipo de laço do qual eu sei que não poderei sair novamente. Com a mão em suas costas, eu gentilmente a empurro para colocar seu corpo em cima do meu. Nossas pernas estão entrelaçadas, junto com nossas línguas. A maneira como ela afunda os dedos no meu cabelo e respira pelo nariz para não quebrar o beijo, a forma como minhas mãos se moldam aos seus quadris, é tudo familiar e ao mesmo tempo tão novo.

HOPE

É maravilhoso parar de pensar com a cabeça pela primeira vez, deixar os impulsos e o corpo assumirem o controle. Assim como se uma bolha nos envolvesse, seus movimentos combinam perfeitamente com os meus, tocando-me de uma maneira que eu não poderia imaginar vindo de um homem como ele. De uma forma lenta, calma, decisiva, mas também delicada.

HELL

Minhas mãos lentamente se movem para baixo de seu corpo, contornando a curva da sua bunda e alcançando suas pernas, que coloco aos lados do meu corpo. Lentamente subo por elas de novo, e desta vez deixo minhas mãos descansarem sobre seu traseiro, sem poder evitar apertá-lo um pouco contra minha ereção mais do que notável. Um pequeno suspiro escapa de seus lábios quando me afasto para beijar seu pescoço, deixando um pouco de umidade em sua pele. Subo até o lóbulo da orelha e puxo com os dentes, causando-lhe outro gemido.

HOPE

Uma sensação que eu não senti por muito tempo se manifesta entre as minhas pernas quando ele coloca as mãos na minha bunda e me pressiona contra ele. Apesar de tentar evitar, um pequeno gemido sai da minha garganta seca quando ele se afasta dos meus lábios e desliza sua boca pelo meu queixo, em direção à delicada pele do meu pescoço. Ele puxa o lóbulo da orelha com os dentes e gemo novamente. Então, eu não sei como, ele se vira sem me soltar, e se coloca sobre o meu corpo, olha para mim por um segundo, passa a língua nos lábios e me beija de novo, dessa vez um pouco mais decidido.

HELL

Preciso tirá-la de cima de mim para manter minha cabeça um pouco fria, embora quando a beijo novamente e ela corresponde com a mesma intensidade, acho que outra barreira cai, chegando a um ponto sem retorno. Eu tento pensar claramente, mas minhas mãos se movem sozinhas, tocam e acariciam o que encontram pelo caminho. Eu levanto uma de suas coxas, tentando me sentir ainda mais perto dela, tentando criar mais atrito entre nós.

— Hell... — sua voz me faz reagir. Eu olho para ela.

— Você está bem?

— Sim... mas eu quero ir devagar — diz, antes de liberar um pouco de ar e lamber os lábios.

— Sinto muito. — Eu saio de cima dela, me xingando mentalmente por tê-la feito se sentir desconfortável. — Desculpa.

HOPE

Assim que o corpo dele se afasta, sinto frio e abandono. Eu só quero que ele me toque de novo como estava fazendo.

— Não se desculpe. — Eu sento um pouco para olhar para ele.

Ele levanta a mão e acaricia minha bochecha com um pequeno sorriso. Gesticula para que eu chegue mais perto, e eu, claro, faço isso. O calor do seu corpo me envolve novamente e a segurança volta para mim.

— Você sabe por que eu tento não estar perto de você? — pergunto quando seus braços estão em volta de mim novamente.

— Por quê?

— Porque quando você me abraça, me toca, me beija... — Levanto a cabeça para encontrar seus olhos verdes. — Eu me sinto completa.

— E isso é ruim? — ele pergunta confuso.

— Sim, porque quando você sai e eu não sei se vou te ver de novo, um vazio que me impede de respirar normalmente se forma no meu peito. Fico ansiosa e me sinto desprotegida.

— Hope, eu sempre te protegerei.

— E quem vai te proteger? — ele não responde. Me abraça com mais força e suspira pesadamente.

— Não preciso de ninguém para me proteger.

— Sim, você precisa. — Eu o empurro com uma mão em seu peito para poder olhar para ele.

— Em todo caso, não vai ser você. Você não se colocará em perigo por nada nem por ninguém. Me prometa.

— Como você mesmo diz, não posso te prometer algo que eu não sei se vou ser capaz de cumprir — digo, imitando o que ele me falou outro dia. Eu levanto uma sobrancelha com um pequeno sorriso.

— Então vou ter que ficar com você o dia todo. — Ele também sorri.

— Isso não soa mal — confesso, trago minha boca para a dele e o beijo de novo.

Eu apoio a cabeça na curva de seu pescoço e adormeço sentindo aquele perfume tão particular. Aquele cheiro que eu adoraria engarrafar para poder jogá-lo em todas as minhas roupas e sempre carregá-lo comigo.

As próximas três semanas são melhores do que eu poderia imaginar. Hell passa mais tempo em casa e menos no trabalho, não consigo saber exatamente em que ele está metido, mas pelo menos volta para mim todas as noites, como prometeu.

Quanto ao nosso relacionamento, ele vai devagar, mas sem parar. Os sentimentos de minha parte aumentam a cada minuto que estou ao lado dele e, embora tenha medo de reconhecer, acho que os dele também. Quarenta e sete dias atrás nós nos conhecemos — não sei por que eu conto os dias, suponho que é algo involuntário e ao qual me acostumei — e em cada um deles eu agradeço a Deus e ao meu inferno pessoal por ele ter me salvado. Tudo o que aconteceu desde o momento em que enterrei minha avó me possibilitou estar aqui hoje. Fez com que neste exato momento eu esteja na cama com o Hell, descansando e conseguindo que, pouco a pouco, os pesadelos diminuam. Então, deixando de lado aquela noite fatídica da qual sempre me lembrarei, tenho a sorte de ter conhecido um homem como o Hell, que está disposto a fazer qualquer coisa para me proteger. Para proteger os dele.

Às... eu não sei que horas, a vibração do seu telefone me acorda. Eu tento ignorá-la e voltar a dormir, mas continua, de novo e de novo, então eu me levanto. Contorno a cama até a mesa de cabeceira do lado do Hell e vejo um número desconhecido na tela.

— Alô?

— Você deve ser o novo troféu dele. Bem, escute porque eu não vou repetir, diga ao seu namorado que, se às sete horas da manhã, não estiver no complexo industrial que fica a 25 quilômetros da sua casa, vou atrás de você, não importa o que esteja no meu caminho, vou te matar da mesma maneira que ele matou meus amigos. Você me entendeu?

— Sim.

— Ótimo.

O homem com a voz de matador profissional desliga, sem falar mais nada. Eu mantenho o telefone preso no meu ouvido e me viro para olhar para Hell, que dorme tranquilamente, alheio à existência de um cara que quer acabar com sua vida. Está deitado de costas, esticando um braço e colocando o outro em sua barriga nua. Eu não posso deixar nada acontecer com ele, se morrer, o que será de mim? Eu preciso dele, quer eu goste ou não, admita ou não, é a verdade.

— Hope. — Abre os olhos e olha para o meu lado vazio da cama.

— Estou aqui — respondo, deixando seu telefone na mesa. Ele olha para o celular confuso e depois para mim.

— O que você estava fazendo?

— Eu queria... — Olho em volta, procurando por uma desculpa — abrir a janela, está quente. — Ando até uma das janelas e a abro.

— Volte para a cama, venha — pede ele, virando de lado e aproximando o peito das minhas costas, envolvendo-me com os braços.

HELL

Estico as pernas para relaxar os músculos, ainda adormecidos, e faço o mesmo com os braços. Então, percebo que estou sozinho na cama. E Hope? Ela deve ter ido ao banheiro. Espere, que barulho foi esse? A porta da rua. Que horas são? Pego meu telefone e vejo que são seis e quinze da manhã. Que porra é essa? Levanto-me rapidamente e a procuro pela casa toda, minha irmã abre os olhos quando entro para procurá-la em seu quarto, mas os fecha imediatamente.

— Hope! — grito, após procurar em todos os cantos.

Abro a porta da entrada, mas não vejo ninguém, só o elevador descendo, viro a cabeça para o balcão na entrada e vejo apenas um conjunto de chaves. Espere, minhas chaves do carro não estão lá. Então, um pensamento sombrio e distorcido passa pela minha mente. Volto para o quarto e destravo o telefone, últimas chamadas, que número é esse? Às três da manhã. Espera aí, foi nessa hora, mais ou menos, que Hope estava com o meu telefone na mão. Eu ligo de volta.

— O que foi?

— Quem é você?

— Ah, Ivankov. Sua namorada já te deu a mensagem?

— Que mensagem? Quem é? — Eu aperto o telefone entre os dedos, que não seja o que estou pensando.

— Às sete horas no parque industrial do Bronx, Hell. Nem mais um minuto.

Desliga sem me dar a oportunidade de perguntar algo, mas não é necessário, está tudo claro. Puta que pariu!

— Nate! Nathan! — Entro em seu quarto e puxo seu braço.

— O que está acontecendo?

— Hope se foi, onde estão as chaves da sua moto?

— Hã? — Ele esfrega os olhos.

— As chaves da sua moto!

— No bolso da calça. — Eu olho ao redor e a pego do chão, tirando as chaves rapidamente.

— Onde você está indo? — Ele se levanta quando vê meu nervosismo.

— Hope foi ao encontro de um russo que quer me matar.

— O quê?

Visto algumas calças e coloco a jaqueta de couro diretamente sobre a pele, sem perder mais tempo botando uma camiseta.

— Eu vou com você, espere — ele me diz e vai correndo para seu closet.

— Não, fique, não sei quem são essas pessoas e talvez tenham descoberto que nos mudamos para cá.

— Mas Hope...

— Tenho que sair!

— Eu não vou deixar você ir sozinho! — grita ele, se aproximando de mim.

— Nate, eu preciso que você fique com Sas. Me dê sua arma, eu precisarei de mais balas.

Ele olha para mim por um segundo, em dúvida, mas corre para o seu quarto e me traz a arma. Sem precisar de nada, além de um olhar de sua parte e outro da minha, nos despedimos e desço para a garagem a toda velocidade.

HOPE

Eu estaciono o 4x4 a poucos metros do único prédio que vejo, uma fábrica abandonada. Espero que seja aqui o lugar certo, não vejo ninguém. Eu sei, eu sei, sou louca, mas na minha opinião, não é assim, estou fazendo o que tenho que fazer, como Sasha disse. Se algo acontecer ao Hell, vou estar perdida e sozinha novamente.

Cinco minutos, dez minutos se passam. De repente, vejo um carro se aproximando, ele para a uns cinquenta metros e três homens saem e caminham na minha direção.

Ok, é isso, eu vou morrer. Que dia é hoje? Acho que 26 de novembro. Esse será o dia que vão escrever em minha lápide, embora eu não ache que ninguém além do Hell, Sasha e Nate me visitarão.

— Onde está seu namorado? — um deles pergunta com um forte sotaque russo. Ele não é o mesmo que telefonou.

— Não contei a ele.

— Você quer morrer — diz o outro parando a apenas alguns metros de distância. Foi com ele que falei.

— Eu não quero que ele morra. Estou disposta a fazer o que quiserem para que o deixem em paz, me diga o que você quer.

Sinto a lâmina da faca que peguei tocando a pele das minhas costas. Nós quatro nos viramos quando o rugido de uma motocicleta se aproxima a uma velocidade vertiginosa. Um braço envolve meu pescoço e minhas costas são pressionadas contra o peito de algum deles.

— Romeu veio pela sua Julieta. — Neste momento, o homem que ainda não tinha falado nada solta uma risada.

Hell salta da moto, não se preocupando com ela, deixando-a cair no chão.

— Tire suas mãos dela se você não quiser uma passagem direto para o inferno, seu filho da puta — ordena, caminhando para a frente com a arma levantada, apontando sem hesitação. Pena que estou na frente.

— Bem, eu acho que todos nós sabemos o que vai acontecer, então que tal economizarmos tempo com insultos e ameaças absurdas — comenta aquele que parece ser o chefe.

HELL

Os três riem abaixando a guarda e dizendo alguma coisa em russo que eu não consigo ouvir. Hope me dá um olhar cheio de emoção, querendo me dizer algo que espero ter entendido errado, mas, novamente, ela me surpreende. De repente, levanta a cabeça com força, batendo no nariz do homem que a segura. O cara coloca a mão no rosto, xingando, os outros dois se entreolham e então se viram para mim. Atiro sem hesitar em um deles enquanto o outro leva a mão às costas para sacar sua arma. Então, acontece algo que me deixa confuso: enquanto o terceiro aponta para mim, Hope tira uma faca da calça e a crava no peito do cara com o nariz quebrado, sem hesitar, sem vacilar. Ele cai no chão, o segundo homem deixa de apontar para mim e se vira para atirar nela, aperto o gatilho, acertando sua cabeça. Corro até ela e paro a meio metro de distância, com o pulso acelerado e totalmente alerta caso mais russos apareçam do nada. Hope olha para mim e depois para a faca que ainda tem nas mãos.

— Largue — peço, olhando seriamente.

Como se a estivesse queimando, ela de repente abre os dedos e a faca cai no chão. Começa a tremer consideravelmente e não se atreve a olhar para mim.

— Vem cá, nada aconteceu. — Com uma mão em sua cintura, eu a seguro perto do meu corpo e a abraço com força, sentindo um profundo alívio e recuperando o fôlego agora que estou segurando-a em meus braços novamente. — Está bem? Eles fizeram algo com você? — pergunto sem largá-la.

— Estou bem.

— Vamos.

Eu me inclino para pegar as armas dos caras, e depois de ter certeza de que estão desarmados, puxo o corpo de Hope para perto do meu e me direciono para a moto.

— Merda! — exclamo, quando vejo meu carro lá também.

— O quê?

— Nós temos dois veículos e você não está podendo dirigir nenhum deles.

— Não é nada demais, eu posso dirigir.

— Não, você não pode, está tremendo.

— Eu estou bem, Hell — insiste e se detém para que eu olhe para ela.

— Não, você não está bem. — Eu solto sua mão e desarrumo meu cabelo, recapitulando o que acabou de acontecer. — Como você pensou em fazer algo assim? — Aponto para os caras estendendo o braço.

— Eu te disse que não deixaria ninguém te machucar.

— Meu Deus, você... você... — Eu ando de um lado para outro, sem encontrar as porras das palavras. — Eles poderiam ter te matado! Você não percebe isso?

— Eu já sei disso! — grita de repente. — Você acha que eu não estava com medo? Que eu não achei que eles iam me matar? Bem, eu achei! Mas você sabe o quê? Eu não me importo, Hell! Tanto faz! E você quer saber por quê? — Ela se aproxima de mim, abaixando a voz ao ver que eu não digo nada. Estou sem palavras por causa de seu súbito ataque de fúria, totalmente desconhecido para mim. — Porque se eles te matarem, eu não terei mais nada.

— Isso não pode se repetir — eu digo, puxando-a para trás e segurando seu rosto com uma das minhas mãos. — Você me ouviu? Eu não poderei continuar vivendo sabendo que você foi morta para tentar me salvar. Você entende isso?

— E você entende que eu não posso fazer isso? — Olha para mim séria, com convicção.

— Que merda, Hope! Você vai fazê-los te matar! — eu exclamo, me afasto e me viro, vendo a estrada deserta.

— Tanto faz!

— Por que você tem que ser tão teimosa?

— Porque eu te amo, Hell! — O meu corpo se transforma automaticamente perante essa confissão. — Eu te amo — repete ela em voz baixa, olhando para o chão, esvaziando toda a energia de uma só vez, como quando você estoura um balão.

— Repita — peço, enquanto ando até ela e levanto seu queixo. Ela sacode a cabeça. — Eu preciso que você repita.

— Por quê?

— Porque eu também te amo.

— Eu... — Suspira. — Você está feliz? Era a este ponto que não queria chegar, — murmura ela e seus olhos se enchem de lágrimas.

— Eu não posso ficar feliz se você chorar — digo, enxugando a lágrima que cai quando pisca.

— Não quero te amar.

— Não é sua decisão.

— Posso parar, ainda estou em tempo... podemos parar, Hell. Você sabe que é melhor...

— Eu te asseguro que neste momento, o que quer que seja melhor, não dou a mínima. — Tenho certeza de que nada pode apagar meu sorriso.

— Hell. — Ela olha para mim, preocupada e suplicante.

— Hope.

— Para onde foi aquele negócio de não querer se apaixonar por ninguém porque ela se tornaria seu ponto fraco? — pergunta, virando a cabeça para o lado.

— Isso não se aplica a você — sussurro, enquanto aproximo minha boca até a dela, dando um pequeno beijo em seus lábios.

— Deveria — responde, beijando-me de volta.

Minha língua entra imediatamente em sua boca, sem o cuidado das outras vezes. Por quê? Bem, porque ela não mostra nenhum sinal de querer ir devagar também. Suas mãos bagunçam meu cabelo enquanto sua língua me tortura. Levo uma das mãos pelas suas costas, até alcançar sua bunda, que eu aperto contra mim com determinação. Começo a andar para frente, fazendo com que ela dê passos para trás até chegar ao capô do carro, eu me inclino um pouco enquanto a beijo e a levanto para sentar no capô. O tecido fino das minhas calças esportivas não disfarça muito a ereção que está se formando entre as minhas pernas, e menos ainda quando ela envolve meu quadril com as pernas dela e me prende rente ao seu corpo. Paro de beijá-la e busco o pescoço dela com desespero, preciso sentir seu cheiro, saboreá-la.

HOPE

Eu sinto sua ereção entre as minhas coxas, pressionando e roçando cada vez que me movo. A adrenalina por tudo que acabou de acontecer ainda corre pelo meu corpo, como um tremor que me leva a beijá-lo mais depressa, a me mover mais devagar para que o toque seja mais profundo, exatamente onde preciso. Eu não penso, eu não pondero, apenas sinto. Suas mãos sobem pela minha cintura, deslizando por baixo da camisa e alcançando meus seios. Ele interrompe por um momento, acho que esperando para ver qual será minha reação, mas não vou impedi-lo, então suas mãos continuam a subir, acariciando meus seios sobre o sutiã e puxando um deles. Solto um gemido dentro de sua boca quando, com dois dedos, ele gentilmente belisca um dos meus mamilos.

— Hell...

— Relaxe — sussurra ele no meu ouvido, antes de morder com cuidado.

— Ah... — respiro ofegante, sentindo minha garganta seca. Fecho minha boca, passando a língua sobre os lábios, pouco antes dos lábios dele voltarem.

HELL

Meu pau está no nível em que deseja se despir e transar com ela como um animal. Graças a Deus, neste nível eu ainda me controlo, embora por muito pouco tempo, enquanto continuo fazendo círculos com meu quadril, esfregando minhas calças nela sem qualquer cuidado. Seus suspiros são cada vez mais constantes e sinto que se continuar nesse caminho, depois vai se arrepender.

— Meu amor, devemos...

— Eu vou gozar. — Suas pupilas dilatadas me indicam que não está de brincadeira. A maneira como respira, com que se move à procura de atrito.

Me dizer isso só torna as coisas mais difíceis. Eu preciso... Deus, o que eu preciso não deveria ser permitido por lei. Mas como posso me recusar a dar prazer à mulher por quem me apaixonei desesperadamente em tão pouco tempo? Como posso me recusar a agradar a mulher que não hesitou em expor sua vida para salvar a minha? Como posso recusar...? Não, de forma alguma.

Eu coloco minhas mãos na bunda dela e aperto mais forte contra mim.

Ela geme novamente quando morde meu lábio inferior, me deixando mais excitado ainda. Meu pau atingiu o tamanho máximo, pressionando através da cueca boxer e sentindo o atrito da cintura dela quando se move.

— Hell...

Eu levo minha boca até seu pescoço, mordendo descuidadamente e lambendo sua orelha.

— Vamos, Hope — sussurro. — Goze, não segure mais. Quero te ouvir gemendo.

— Ah... — Eu levanto a cabeça para olhar para ela, fixando meus olhos nos seus até que eu pressiono com força contra ela mais uma vez, descansando minha testa na sua um segundo antes de suas pálpebras se fecharem. — Oh!

Levo minha mão a sua cabeça e a seguro quando um gemido desaparece em meus ouvidos, quase me fazendo gozar com ela. Espero alguns minutos até que a sua respiração diminua, lamba os lábios e abra os olhos devagar.

— Caramba — diz ela sem me soltar.

— Preciso de um banho frio. — Sorrio, observando-a de perto.

— Sinto muito. — Sorri também.

— Não sinta, você alimentou meus sonhos eróticos.

— Idiota. — Ela me dá um pequeno empurrão, saltando do capô. — Eu matei um homem, mais um — diz, olhando por cima do meu ombro.

— Sim.

— E você disse que me ama.

— E você me disse o mesmo — relembro, sentindo aquela felicidade mais uma vez.

— E você me fez gozar sem me tocar.

— Correto.

— Acho que devemos ir.

— Concordo.

Ela entra no meu carro e eu subo na moto, dirigindo ao seu lado sem a perder de vista. O que acabou de acontecer?

XII

HOPE

Hã... o que foi isso? Meu Deus. Como poderia ser possível que ele me causasse um orgasmo apenas roçando em mim? Eu nunca tive nada assim, apesar de ter pouca experiência com sexo.

Vejo como ele me segue com a moto sem se distanciar de mim e ultrapassando todos os carros que se colocam entre nós. Pego a saída do Upper West Side para o nosso novo apartamento, Hell abre a garagem com o controle remoto e eu estaciono o carro no mesmo lugar de onde o tirei um tempo atrás.

— Ei... — Ele desce da moto, a deixa com mais cuidado do que antes, e se aproxima. — Você não está com raiva, certo?

— É claro que estou. — Seu rosto fica sério quando me olha por longos segundos. — Preciso saber que você não fará algo assim novamente, Hope.

— Vamos falar sobre isso até quando? — pergunto e me viro para entrar no elevador.

— Até que você entenda — retruca, me seguindo e pressionando o botão 13.

— Nós podemos cuidar um do outro. — Eu sorrio inocentemente e me aproximo dele.

— Não. — Ele também sorri, mas por apenas um segundo. — E não olhe para mim assim. Isso não é engraçado, Hope, você já matou dois homens.

Eu abaixo meu rosto, envergonhada. Por um momento, pensei que ele ficaria feliz por ter salvado sua vida e que me agradeceria, mas, em vez disso, está com raiva. Eu me sinto muito confusa, para onde foi o momento tão intenso que vivemos após a parte dramática e selvagem dos russos?

HELL

Eu sei, eu sou cruel, mas é a única maneira que me ocorre para dar a ela um pouco de sensatez. Não se pode sair por aí matando todo mundo! E muito menos se colocar em perigo daquela maneira, o que me assusta é que sinto que não posso fazer nada sobre isso, que, se algo semelhante acontecer de novo, ela voltará a fazê-lo.

Eu me forço a manter uma cara séria enquanto subimos no elevador. Vejo como abaixa o rosto depois do que eu disse, envergonhada e triste, e tudo o que eu queria é abraçá-la e dizer que está tudo bem, mas eu não posso, porque se o fizesse não me levaria a sério, então tenho que me segurar. Ser duro.

As portas de metal se abrem e ela fica imóvel para eu sair primeiro. Anda atrás de mim, fazendo pouco barulho e não dizendo nada.

— Cara! — Nate corre e me abraça assim que eu entro no apartamento. — Está bem? Está bem? — Ele olha para Hope, que concorda com a cabeça. — O que aconteceu?

— Três russos mortos. Isso já é coisa do passado agora... — informo, tiro o casaco e me sento em uma das cadeiras, mexendo no meu cabelo e suspirando.

— Com certeza foi a Úrsula. — Sas deixa seu quarto bocejando.

— Quem? — pergunto confuso.

Ela sorri e dá uns pulinhos até Hope, coloca o braço em volta de seus ombros e bate levemente o seu quadril no dela antes de me olhar novamente.

— Hell, esta é a Úrsula. — Ela aponta para Hope e eu levanto as sobrancelhas sem entender nada.

— Não dê atenção... — diz ela, sem olhar para mim.

— Veja só, quando a Hope estava no colégio, era uma valentona de verdade, brigava com os outros, só se metia em confusão — minha irmã trata de explicar, enquanto olho para Hope com surpresa, tal como Nathan. — Ela foi expulsa de várias escolas e depois, quando seus pais morreram, teve que deixar para trás o lado Úrsula, a bruxa do mar, para se tornar a chata dama de companhia da Julieta. Mas Úr retornou. — Sorri com malícia.

— Sas! — Hope dá um tapinha em seu braço, repreendendo-a por dizer tudo isso.

— O que foi? Se vai botar pra foder, é melhor que ele saiba disso. — Ela dá de ombros naturalmente. — Como é que foi? Com uma faca, uma arma ou...?

— Sasha, chega. Já disse o suficiente. — Eu me levanto, me aproximando delas. — Hope, venha comigo, por favor. — Faço um gesto com a mão para que vá à minha frente.

— Deus, como você é chato — bufa minha irmã antes de desaparecer na cozinha.

Hope caminha lentamente até o meu quarto e entra, faço o mesmo e fecho a porta atrás de mim. Ela vai até a janela e, em seguida, vira-se como se fosse me olhar, mas não o faz, apenas olha o chão. Vou até ela e pego suas mãos, ela levanta o rosto e vejo que seus olhos estão brilhando, como se estivesse segurando as lágrimas, então eu dou a volta para levá-la para a cama e ambos nos sentamos.

— O que foi? — eu pergunto, afastando seu cabelo do rosto. Ela nega, mas não diz nada. — Tudo o que minha irmã disse é verdade?

HOPE

Faço que sim com a cabeça, porque eu sei que se uma única sílaba sair da minha boca, lágrimas virão em seguida. Ele parece ter notado pois fala com cuidado e devagar, como se tivesse medo de me magoar.

— Uau. — Ele olha um momento para a frente e de novo para mim. — Eu não esperava algo assim, de verdade. Mas pelo menos eu entendo melhor como você foi capaz de fazer o que fez.

— Sinto muito. — Uma lágrima cai pela minha bochecha, que eu limpo imediatamente.

— Querida, comigo você não precisa pedir desculpas. As vidas daqueles desgraçados não me interessam nem um pouco, mas a sua sim. Eu me importo bastante com a sua vida. — Ele levanta meu queixo com os dedos e dá um beijo suave e lento nos meus lábios. — Eu não quero que você chore. — Com os polegares, ele remove o resto das lágrimas que caíram durante o beijo. — O que foi? É por causa desses caras?

— Sim e não — gaguejo, antes de respirar para me acalmar. — Quando a Sasha contou para você tudo aquilo foi como abrir uma panela de pressão. Tudo voltou à minha cabeça e, bem... sinto falta da minha família, isso não está sendo fácil para mim, Hell.

— Te entendo. — Ele acaricia meus cabelos. — Mas você não está mais sozinha e nem voltará a ficar.

— A menos que eles te matem — eu digo sem rodeios.

— Já falamos sobre isso. Não é algo que depende de você ou que possa controlar, e tem que entrar nessa linda cabecinha que você não pode me ajudar.

— Mas até agora acho que me defendi sem problema. Por que eu não poderia fazer o mesmo com você?

— Porque não — responde categoricamente. — Você não cresceu neste mundo, Hope, eles matariam você em menos de duas horas.

— Ora, então me ensine.

— O quê? — Ele franze a testa.

— Você me ouviu. Me ensine.

— O que você quer que eu te ensine?

— A me defender, atirar, entender todo o seu mundo. Onde você se mete, com quem, como... tudo.

— Você deve ter batido sua cabeça em algum momento, se você realmente acha que eu vou fazer isso. — Ele se levanta rindo com sarcasmo.

— Ok, então, vou aprender sozinha. — Eu termino a conversa.

Também me levanto e me preparo para sair pela porta quando o interfone do apartamento toca. Então, paro no meio do caminho e olho para o Hell, que vem em minha direção enquanto puxa sua arma da parte de trás de suas calças.

— Fique aqui — ele diz, indo para a sala de estar.

— Mas o que você está fazendo, seu louco? — pergunta sua irmã terminando de passar batom no espelho na entrada.

— Você está esperando alguém? — Ele range os dentes, começando a ficar com raiva.

HELL

Essa garota é incrível. Não faz um mês desde que nos mudamos e já está dando nosso endereço para Deus sabe quem.

— Não, eu estou passando batom para assistir à TV — minha irmã responde, revirando os olhos.

— Não brinque comigo — aviso e me aproximo dela. — Quem é?

— Um cara.

— Que cara?

— Um cara que conheci há algumas semanas.

— Onde? Por que eu não conheço ele?

— Você não conhece todos os caras com quem transo, Hell. Você tornaria a vida deles um inferno. — Ela ri, olhando para Hope.

— Sasha, você sabe que não me importo com quem você dorme, mas eu não quero que dê este endereço para ninguém, você entendeu?

— Exceto para ele. — Ela sorri como uma colegial quando a campainha toca.

— Sas, espere — digo aproximando-me, mas me ignora e abre a porta.

— Olá, lindo! — Ela pega a mão do garoto e o beija na boca na frente de todos nós. Ela é assim.

O menino, por outro lado, olha para nós um pouco confuso e desconfortável. Ela percebe e suspira me olhando de cara feia, deve ser porque pareço que quero estrangular o coitado. Graças a Deus guardei a arma antes que ela abrisse a porta.

— Quem é você? — pergunto rapidamente.

— Meu nome é Connor — ele responde, sem vacilar.

— Você tem sobrenome?

— Andrews. Connor Andrews.

— Não me soa familiar. — Paro a meio metro dele e o olho de forma intimidadora. — De onde você é? Você não é de Nova York — digo.

— Me mudei de São Francisco há alguns meses.

— Você trabalha?

— Pelo amor de Deus, Hell! Que porra que você pensa que está fazendo? — Sasha me dá um empurrão e um olhar de advertência.

— Eu te disse, durma com quem você quiser, mas não os traga para casa. Se você fizer isso, o mínimo que vou fazer é isto. — Aponto para o seu novo animal de estimação.

— Não tem nada demais, bebê — diz Connor. — Eu jogo futebol americano no time local — responde, olhando para mim novamente.

— No Giants? — Agora é Nate quem pergunta.

— Não, em um da segunda divisão.

— Tudo bem, me escute atentamente, Connor Andrews, jogador de futebol americano da segunda divisão, se alguém descobrir que moramos aqui, eu vou cortar seu pescoço. Me entendeu?

— Desculpa? — pergunta ele, confuso.

— Hell! — Minha irmã me dá outro empurrão e me lança um olhar cheio de ódio. Ela não contou nada sobre nós, sobre nossa família. E ele não nos conhece porque acabou de chegar à cidade.

— Tenha cuidado e não conte a ninguém que moramos aqui. — Mudo a frase para que não pareça tão agressivo.

— Eu não gosto de ser ameaçado.

— Vamos, Connor — a loira intervém, antes que seu brinquedo me faça perder a paciência. — Hope, quer tomar café da manhã com a gente?

— Não, preciso tomar um banho.

— Depois eu te ligo. Connor tem muitos amigos que você gostaria de conhecer. — Sas pisca para ela como se eu não estivesse na sua frente.

HOPE

Maldita Sas, isso passou dos limites. Embora eu deva admitir que amo ver como o Hell fica com ciúmes. E ainda mais porque não tenta esconder isso.

— Você e eu temos uma conversa que não terminamos — diz ele, segurando minha mão quando Sas sai e Nate vai para o seu quarto.

— Acho que já dissemos tudo. — Eu me solto e dou de ombros.

— Não. Você disse que vai aprender sozinha. — Balanço a cabeça. — Isso não vai acontecer.

— Você não pode me impedir. — Eu o desafio.

— Claro que posso. — Ele coloca a mão na minha cintura e me puxa para perto de seu corpo. — Posso fazer o que quiser, querida. Eu nunca perco e sempre faço do meu jeito.

— Até agora pode ter sido assim, mas pense melhor se você acha que vou te obedecer.

— Você vai porque eu não posso te perder, Hope.

Ok, é esse tipo de frase que ele solta de repente que me mata. Se em um momento parece irritado e autoritário, no outro muda de semblante e voz, implorando e mostrando sua vulnerabilidade para mim.

— Eu... também não quero perder você.

Ele lentamente aproxima sua boca, inclinando um pouco a cabeça ao chegar mais perto. Sua outra mão descansa nas minhas costas e me aperta contra ele, meus lábios recebem os dele com um arrepio quente do qual estou me tornando dependente. Ele acaricia minha língua com a dele, lenta e calmamente, sem me apressar como antes, quando me colocou sobre o carro e... Deus, é melhor afastar esse pensamento da minha cabeça.

— Exatamente do que eu precisava — diz ele ironicamente quando se separa. — Um novo vício.

— Hã? — pergunto sem entender o que ele quer dizer.

— Você é minha dose de esperança.

HELL

Depois que meu irmão se despede, saindo com uma amiga, decido que devo retornar às minhas obrigações e ir trabalhar. Eu não gosto de fazer parte de certas coisas, ter que lidar com negócios com os quais não concordo, mas quando estou com Hope, é como se eu estivesse em um tipo de stand-by, não sei se me entende. Não importa, a questão é que é muito difícil, para mim, deixar Hope aqui e partir, e ainda mais agora, depois do que aconteceu esta manhã.

Ela olha para mim do sofá, enquanto eu pego as chaves do jipe e as coloco no bolso. Ela não diz nada, mas não é necessário, seu semblante é o suficiente para mim.

— Venha. — Faço um gesto com a mão para que ela se aproxime. Ela suspira e se levanta para caminhar até mim. — Não me olhe assim — eu peço, levantando seu queixo. — Eu vou voltar à noite.

— Ou não — olha para mim.

— Você ficaria mais calma se eu te contasse o que vou fazer hoje? — Faz que sim com a cabeça, com pouca convicção. Eu sorrio e levo minhas mãos à sua cintura. — Vejamos, a primeira coisa que tenho que fazer é ir à minha casa para pegar algumas roupas. Vou falar com meu pai para ver se houve mudanças com o recebimento do pedido de hoje e...

— Que pedido? — interrompe.

— Cocaína.

— Ah, continue.

— Depois de supervisionar que o mensageiro carrega o...

— Mensageiro? — Eu sorrio quando ela faz outra pergunta.

— O menino que nós usamos para levar as mercadorias do lugar de recepção para... bem, para o lugar onde tem que guardá-las.

— Por que você não leva você mesmo?

— Porque eles poderiam nos pegar. Temos que nos proteger, nunca fazemos nada diretamente, sempre temos intermediários.

— Estou entendendo. E depois? — Arqueia uma sobrancelha e sorri inocentemente.

— Você quer saber de tudo para acabar se envolvendo? Porque eu já te disse que a quero fora disso.

— Você já disse, eu só quero saber o que vai fazer para calcular o número de vezes que eles podem tentar te matar durante o dia.

— Bem, vamos ver, calculo umas cinco ou seis. Hoje. Amanhã, depende do trabalho que terei que fazer. — Ela muda a expressão e eu começo a rir. — Você é uma boba, não vão me matar. Hope, eu faço isso há mais de dez anos, eu sei como cuidar de mim mesmo. Sou especialista em sobreviver, querida.

— Eu não posso te acompanhar?

— Não!

— Faço o que enquanto isso? — Faz beicinho e cruza os braços.

— Bem, faça algo para se ocupar, não sei. Você pode usar meu computador, jogar Playstation... — Ela levanta uma sobrancelha e cruza os braços.

— Bem, acho que vou ligar para sua irmã para sair com ela e seus novos amigos — comenta, se virando e indo em direção ao quarto.

Vou atrás dela e vejo-a tirar a roupa, remexer na mala que ainda não foi desfeita e fingir que não se preocupa com a minha presença, vestindo calças e uma blusa. Ela se vira e acaba se chocando no meu peito.

— Não faça isso. — Eu a aviso.

— Isso o quê? — Ela esfrega o nariz dolorido do choque e olha para mim.

— Não tente me deixar com ciúmes porque isso é tão fácil quanto eu ir até esse Connor e seus amigos e colocar uma bala entre seus olhos.

— Hell! — Ela me dá um soco e estreita os olhos. — Você não pode sair por aí matando pessoas!

— Não use minhas frases.

— Mas é verdade, você me diz para não fazer isso e olha só para você — diz ela, apontando.

— Repito, eu sou eu e você é você. Se me beija e me diz que me ama, você não pode sair mais tarde e ficar com outro.

— Por que não? — ela cruza os braços de forma defensiva.

— Não funciona assim — respondo, imitando seu gesto.

— E como isso funciona? Me ilumine, príncipe do amor.

— Eu não gosto de sarcasmo — digo, dando um passo em direção a ela.

— Que pena, porque eu adoro.

Eu ponho a mão em sua bunda sem que ela espere por isso e a puxo para mim de forma brusca. Ela segura um grito e finge que nada aconteceu, sem tirar seus olhos dos meus ou abaixar a cabeça.

— Você não vai beijar ninguém além de mim.

— E você? Você vai deixar todas as suas amigas?

— Se você me pedir, sim.

— Bem, eu não vou pedir isso. — Ela coloca as mãos no meu peito e me empurra para longe dela, seu rosto realmente sério. — Se eu tenho que pedir, então faça o que quiser.

Ela se vira e pega o telefone, eu a observo, esperando para ver se para quem ela ligou irá atender.

HOPE

— Oi, Úr. Pode falar.

— Onde você está?

— Em um café em Little Italy.

— Qual?

— Que diferença faz se você não conhece?

— E você sabe o que eu sei ou não?

— O nome é Ferrara. Espere — Sasha me pede.

Eu me viro e vejo que Hell está com o cenho franzido, os braços cruzados e plantado no meio do meu quarto ouvindo a conversa.

— Um amigo do Connor vai pegar você aí, esteja pronta em vinte minutos.

— Por que você sabe que eu estou chamando você para sair?

— Porque você está ficando viciada em minha magia — diz ela, rindo. — Até logo, já, já nos veremos.

— Até daqui a pouco. — Largo o telefone e olho para cima. — Até quando você planeja ficar assistindo?

— Aonde você vai?

— O amigo de Connor vem me buscar para me levar até sua irmã.

— O quê?

— Um amigo de Connor está vindo para...

— Eu ouvi você, eu não sou surdo — ele me interrompe. — É isso que quer? — Aceno sem qualquer convicção. — Ótimo, então.

Ele sai do meu quarto e segundos depois eu escuto o barulho da porta da rua.

Me desculpe, mas se ele precisa que eu peça para não ficar com outra pessoa é porque não sente por mim o mesmo que eu sinto por ele. De que serviria pedir alguma coisa, então? Seria uma besteira, tanto quanto dizer que eu o quero.

Saio do carro de Grayson quando chegamos ao estacionamento a alguns quarteirões da cafeteria. Ele é um rapaz simpático, colega de time de Connor.

— Chegamos, é esse aí — diz ele, apontando para o estabelecimento do outro lado da rua.

Esperamos que algumas garotas saiam antes de entrarmos. Eu o sigo entre as mesas até uma nos fundos, onde há um pequeno grupo de caras e Sas novamente cercada pelo sexo masculino.

— Úr! — grita ela, levantando a mão quando me vê.

— Pare de me chamar assim — peço entre os dentes enquanto sorrio para o resto do grupo e me sento entre Grayson e Connor.

— Pessoal, esta é Úrsula. Connor e Gray você já conhece, mas esses são John e Ben — diz ela, olhando para os dois na minha frente.

— Prazer. — Eu me levanto ao vê-los se inclinando sobre a mesa para me cumprimentar.

— Igualmente, Úrsula — disse um deles.

— O nome dela é Hope — diz Grayson, sorrindo para Sas. — Ela disse que você deu a ela esse apelido, mas que não gosta dele, então eu vou chamá-la de Hope. — Ele sorri olhando para mim agora.

— Obrigada. — Eu aceno timidamente antes de mostrar minha língua para Sasha, que revira os olhos e toma outro gole de seu milkshake.

— Aquele que me ameaçou é seu namorado? — pergunta Connor.

— Não. Não tenho um namorado. — Sasha arqueia uma sobrancelha, mas não diz nada. Graças a Deus ela é capaz de ficar com a boca fechada pela primeira vez.

— Bem, conte-nos mais sobre você, Hope. — Acho que é Ben que está falando.

— Hmm, não há nada interessante para contar. Eu tenho vinte anos e moro com Sas e seus irmãos. Nós nos conhecemos há pouco tempo... — Me calo ao ver a expressão no rosto de Connor quando seu telefone toca e como Sasha franze a testa ao ver o nome na tela.

— Desculpe. — Ele faz um gesto para eu me levantar e ele poder sair do banco em que estamos sentados. — Eu tenho que atender.

SASHA

Quem é essa tal de Wendy e por que tanto mistério? Certamente foi para ela que ele ligou há pouco e não o atendeu.

Quando Hope vai se sentar novamente, eu saio também. Só conheço Connor há três semanas, mas não vou deixá-lo brincar comigo ou me fazer de segundo prato em uma refeição. Eu sou o prato principal, porra. Eu sou o menu chique do hotel mais caro do mundo, que eu acho que neste momento é o The Connaught em Londres. Eu deveria voltar lá, a loja de sapatos que fica na esquina tem os modelos mais recentes.

— Onde você está indo? Não me deixe sozinha — diz Hope com a cara de um cervo assustado.

— Já volto, eles não vão te comer. A menos que você tenha sorte. — Sorrio maliciosamente, piscando para ela.

Eu ando atrás dele a uma distância segura, o suficiente para ouvir o que ele diz, mas sem que me veja.

— Ei!... Foi foda, sabe? Eu entrei no time... Bem, na verdade tenho um teste na próxima semana... Sim, o treinador é bem legal... Terá pouco mais de trinta... Claro, tudo bem? Você ficou incrível na foto da revista que... Ok, um beijo.

Espere, espere um momento porque posso ferrar com tudo. Revista? Ou seja, não só ele está transando com outra, como ela é famosa? Não, não, não.

— Bebê, o que você está fazendo? — pergunta ele quando se vira e me vê.

— Eu vou te dizer uma vez só. — O chão range sob meus calcanhares quando me aproximo. — Eu não sou a segunda opção de ninguém, nunca fui e não vou começar a ser agora. Você é muito bom e me deixa com muito tesão, mas eu não vou permitir que você durma com outra enquanto está comigo.

— Mas o que você está dizendo? — Ele dá um passo com a intenção de me tocar, mas eu levanto a mão para detê-lo.

— Quem é a Wendy? — pergunto cruzando os braços.

— Uma amiga. — Ele sorri e acaricia minha bochecha, antes de levar a mão a minha cintura.

— Uma amiga que ficou incrível na capa de uma revista.

— Sim.

— É famosa?

— Seu namorado é modelo. — Ele se inclina para me beijar, mas eu viro meu rosto.

— Quem é?

— Josh Matthews. Você vai continuar com o interrogatório ou vai me deixar provar o sabor do milkshake da sua boca? — Ele esfrega os lábios nos meus, sussurrando com aquela voz rouca que me ganhou desde o começo.

— Você conhece o Josh? — pergunto, me afastando novamente.

— Está bem — suspira e olha para mim com raiva. — Agora sou eu quem vai dizer uma vez só. Se você mencionar esse nome novamente ou me negar um beijo, saio por aquela maldita porta e você nunca mais vai me ver.

Eu abro meus olhos surpresa ao ouvir suas palavras. Ninguém, nunca, falou comigo assim antes. Sou sempre eu que ameaço, que engano e que abandono no final.

— Você acabou de me deixar com tesão. — Eu envolvo seu pescoço com meus braços e me jogo em seus lábios.

HELL

Eu entro na casa sem me preocupar em fechar a porta, o escritório do V está meio aberto, mas ele não repara em mim, então vou primeiro ao meu quarto para preparar outra mala e pegar mais algumas coisas de que preciso.

Eu não entendo as mulheres. Quando eu acho que estou fazendo tudo certo, é quando mais estou errando. De agora em diante vou ter que começar a tratá-la como todas as outras e talvez assim perceba o que ela teve e acabou de perder.

— Hell? — Meu pai me chama do andar de baixo.

— Já vou! — Eu fecho minha mala e bato a porta do meu quarto ao sair.

— O carregamento foi adiantado, chega em meia hora — ele me informa quando eu entro em seu escritório.

— Ok, eu vou lá. Você precisa de mais alguma coisa?

— Ora, vejo que você está disposto demais. Aconteceu algo coisa com sua garota?

— Não é minha garota. — Eu acendo um cigarro e passo o isqueiro para ele acender um charuto.

— Posso te dizer o que penso? — pergunta depois de expelir a fumaça.

— Desde quando você me pede permissão para fazer alguma coisa?

Ele limpa a garganta e dá a volta na mesa para se aproximar, seu rosto é sério e pensativo, temo o que pode me dizer.

— Eu acho que... qual era o nome dela mesmo?

— Hope.

— Eu acho que a Hope não é boa para você. Nem você para ela.

— Eu sei que não sou bom para ela, mas achei que ela seria boa para mim.

— Vai me dizer agora que você se apaixonou? — Ele ri sarcasticamente, mas para, quando vê que isso não me faz sequer sorrir.

— Você sabe o que é amor? Sua esposa é um robô que eu nunca vi você beijar.

— Você me pergunta se sei o que é amor. — Ele se senta no sofá e apoia os cotovelos nos joelhos, cansado. Esfrega o rosto e depois olha para mim, sinto que ele envelheceu dez anos de uma só vez. — Sua mãe foi a pessoa que mais amei na minha vida.

Eu não sei o que dizer, eu não conhecia esse lado de V... do meu pai. Ele nunca se mostrou assim na minha frente, na frente de ninguém. Ele nunca fala comigo sobre minha mãe.

— Você quer saber por que eu te trato como eu te trato e por que eu te forço a estar ocupado o dia todo? — Balanço a cabeça confirmando, estou sem palavras agora. — Você é igual a ela. Seus olhos, sua boca, seus gestos, é como se ela ainda vivesse em você, mas sem ser ela. Não posso ficar perto de você por mais de dez minutos, porque começo a sentir uma dor no peito que não me deixa respirar. Uma dor mais forte que todas as balas que já me acertaram. — Expulso a fumaça da minha boca muito lentamente, meus olhos estão presos nos dele, vendo como ficam marejados em segundos. — Naquele dia, quando você apareceu e Casper trouxe Hope, eu vi algo. Quando ela o abraçou, você fechou os olhos e respirou fundo, como se não tivesse ar até então. — Ele estala a língua e eu me sento ao lado dele.

— É complicado, acho que não podemos ficar juntos.

— Vocês não deveriam.

— Por quê? — Eu viro minha cabeça para olhar para ele. — Por que diz que não podemos ficar juntos se você viu o que isso causa em mim?

— Por isso mesmo. Hell, uma garota como ela não se encaixa em um mundo como o nosso.

— Você ficaria surpreso. — Eu olho para fora por alguns segundos.

— Você vai morrer protegendo ela. Ou ela te protegendo.

— Você sabe... você sabe o que ela fez?

— Filho, eu sei de tudo. — Sorri como nunca fizera antes. Com... carinho?

— E também a Sas? — Ele faz que sim com a cabeça.

— Sua irmã é como você, é por isso que eu não me importo. Pode se defender sozinha.

— Hope também.

— Sim, mas ela está apaixonada por você.

— E eu por ela — digo sem estar ciente das minhas palavras até que eu me escuto.

— Eu sei. É por isso que eu digo que vocês não deveriam estar juntos, de um jeito ou de outro, mais cedo ou mais tarde, um dos dois morrerá pelo outro.

— Mas...

— Sua mãe morreu por mim — ele me interrompe enquanto uma lágrima desliza pelo seu rosto.

XIII

HOPE

— Sas, você está falando sério?

— Cale a boca, não seja uma estraga prazeres — sussurra, enquanto entra no carro de Connor.

— Vamos, Hope! — Grayson me chama do carro. Porra, isso não é uma boa ideia.

Eu ando até ele e sento no banco do passageiro. O que mais eu posso fazer? Quando fui com Sasha ao banheiro do bar e ela me disse que os meninos nos convidaram para passar o dia em Nova Jersey, a primeira coisa em que pensei foi em Hell. Eu sei que ele ficará furioso, mas preciso me afastar dele e conhecer novas pessoas. Meu círculo de amigos é pequeno demais para rejeitar alguém. Eu acho que deveria ser um pouco mais de Úrsula... afinal, Sasha não está indo nada mal.

— Hope, relaxa. — Gray coloca uma mão na minha perna enquanto acelera.

— Eu não estou acostumada com isso...

— Com o quê? Passar o dia com alguns amigos?

— Acabei de conhecer vocês, Grayson.

— Eu amo como meu nome soa quando sai da sua boca.

Eu olho pela janela e decido tentar relaxar e me divertir. Com ela estou em segurança, nós matamos dois homens juntas, o que pode nos unir mais do que isso?

HELL

Depois de uma conversa muito delicada com meu pai, em que conheci um lado dele que jamais imaginaria existir, vou ao ponto de coleta de cocaína para garantir que tudo esteja em ordem.

Em cerca de dez minutos, terminamos de transportar os pacotes do caminhão para o furgão, pago o fornecedor e marcamos o novo encontro para daqui a duas semanas. Eu me despeço do garoto que faz nosso trabalho sujo e vou para casa, ver se Nate já veio pegar suas coisas. Quando estou em um semáforo, desbloqueio meu telefone para ver todas as mensagens.

Calvin
Hell, vamos comer no Louie&Ernies às13h.
11:25 am

Elliot
Ele não vai responder, tenho certeza de que está fodendo a Hope, risos.
11:25 am

Dave
Que nada. Essa aí não tem cara de quem fica abrindo as pernas toda hora como Babi.
11:25 am

Calvin
Calem a boca.
11:25 am

Eu
Querem que eu meta uma bala em seus pulmões?
11:26 am

Elliot
Eu sabia que se falasse assim você iria responder.
É a única forma de te fazer sair.
Está meio bicho-do-mato desde que essa menina apareceu.
11:26 am

Dave
É verdade.
11:26 am

Calvin
Desculpa aí, mas eles têm razão.
11:26 am

Eu
Ok, então saibam que a babaquice já passou.
11:27 am

Calvin
O que você quer dizer?
11:27 am

Eu
Que estou livre. Está muito quente, vamos ao parque de diversões nos refrescar um pouco.
11:27 am

Dave
Poxa, lá é cheio de babacas.
11:27 am

Eu
O daqui não, vamos ao de Nova Jersey. Nesse ainda não fomos.
11:27 am

Calvin
Vou me vestir. Que horas? Comemos por lá mesmo?
11:27 am

Dave
Seus putos, eu também vou.
11:28 am

Eu
Sim. Você também, Elliot. Não seja um babaca.
11:28 am

Elliot
Que se foda, nos vemos em uma hora. Vamos em um carro só?
11:28 am

Eu
No meu, vocês dirigem mal pra caramba.
11:28 am

Calvin
Vai se foder.
11:28 am

Eu
Vou sim, já estou sentindo falta.
11:28 am

Dave
Babi está bem triste porque não liga para ela.
11:28 am

Eu
Tá... achei que Hope e eu... mas pelo visto não.
11:28 am

Elliot
Para de ficar digitando porque vão se atrasar e vou ficar esperando igual da última vez.
11:28 am

Eu
Saio em quinze minutos e vou buscá-los. Estejam prontos e não esqueçam das sungas e toalhas.
11:28 am

Às duas horas, conseguimos entrar no parque, depois de mais de meia hora na fila. As crianças não vão mais à escola não?

— Cara, isso aqui está muito cheio — reclama Dave. — Onde vamos comer? Estou morrendo de fome.

— Vamos ver.

Andamos por lá até encontrarmos uma área de gramado com mesas de piquenique. Nos sentamos no chão, contra uma parede cercada por árvores e com vista para a área de atrações na água.

— Peguem — Calvin distribui os sanduíches que compramos um pouco antes.

— E a água?

— Aqui, idiota — digo, jogando a garrafa para Dave.

— Ei, esse corpo precisa se hidratar.

— Cale-se, corpo. — Nós todos rimos e começamos a comer.

Vejo um cabelo cor-de-rosa que eu reconheço imediatamente, o que Avery faz aqui?

— Já volto.

Ando entre as pessoas e desvio de algumas crianças com pistolas de água para chegar até ela, a seguro pelo braço para girá-la e então um sorriso se forma em seu rosto quando ela me vê.

— Hell! — Ela se segura no meu pescoço e eu a levanto para abraçá-la com força.

— Como é que você está aqui?

— Eu vim com um colega de trabalho, as máquinas de café quebraram, então aproveitamos que hoje eles não puderam abrir a loja. Eu queria vir aqui já há algum tempo. E você? Com quem está? — Ela olha por cima do meu ombro.

— Com alguns amigos, viemos comer e dar um mergulho. Eu os apresentaria a você, mas...

— Sim.

Não é necessário conversar sobre isso novamente, quando ela chegou em Nova York, deixamos claro que não deixaria ninguém me ver com ela. É melhor assim, longe de tudo ao meu redor.

Nós nos abraçamos novamente e eu prometo ligar para ela na próxima semana para nos vermos um dia, volto aos meus amigos e continuo comendo depois de dar uma desculpa ruim sobre onde fui.

Quando terminamos de comer, eu olho ao meu redor em busca de uma fonte para encher a garrafa de água, mas, ao ver um cão lambendo a única que há por perto, decido me levantar e ir encontrar um banheiro.

Entro na primeira lanchonete que vejo e vou em direção à área de serviço, passando em frente às mesas onde as pessoas estão comendo. Porra, aqui tem hambúrguer, deveria ter ignorado Dave e insistido em comer aqui.

Continuo andando e paro no final da fila onde estão três outros caras esperando. Deus, eu não tenho paciência, mas para comprar uma garrafa no bar a fila está muito maior.

HOPE

Faz muito tempo que não venho a um parque, acho que desde os dez anos de idade. Eu me sinto estranha andando entre todas essas crianças com seus pais, todas essas famílias. Um sentimento de perda que conheço bem aparece sem aviso e se instala em todo o meu corpo. O nó cresce até que vejo Sas parada na minha frente.

— Ei! Úr! — Ela estala os dedos na frente do meu rosto. — Volte.

— Estou aqui. — Eu me forço a rir.

— Bem, onde você quer ir primeiro?

— Você pretende ir nesses brinquedos com os saltos que está usando?

— Quero ver quando você vai parar de dizer essas besteiras.

— Bebê, vamos comer primeiro. — Connor se aproxima dela e a beija no pescoço, abraçando-a por trás.

— Você e eu devíamos nos perder em algum lugar — diz ela, sorrindo e olhando ao redor.

— Sasha, não. — Eu puxo sua mão e ela olha para mim.

— Fica tranquila, eu vou deixar você em boa companhia.

Ela larga a minha mão e anda sem parar de beijar o garoto, me ignorando completamente.

— Venha, você está segura conosco. — Grayson pega minha mão e me faz segui-lo, junto com Ben e John.

— Tá, é que... não importa. Estamos procurando um lugar para comer?

— Sim — diz Ben, apontando para um restaurante de fast-food. — Você quer um hambúrguer?

— Claro. — Eu sorrio enquanto seguimos nessa direção.

SASHA

Deixo-me guiar entre as pessoas até a área de estacionamento, ele se vira para mim e eu sorrio, mordendo meu lábio, já animada para saber o que vai fazer comigo. Ele abre a porta para eu subir no banco de trás do carro e entra depois de mim. Quando fecha a porta e se vira para me olhar, eu o agarro.

— Bebê, bebê, espere. — Afasta sua boca e olha ao redor. — Aqui está cheio de crianças e o vidro do carro não é escuro o suficiente, eles vão nos ver.

— Eu não me importo — respondo com uma voz melosa quando mordo o seu lábio inferior e corro minha mão sobre seu pênis, que começa a crescer sob o jeans.

— Eu sei que pra você tanto faz, mas pra mim não — responde ele e me dá um beijo rápido. — Espera um pouco.

— Porra — suspiro e recuo quando sai e abre o porta-malas.

Volta com um par de cobertores e um moletom, coloca um pendurado em cada janela e o moletom entre os assentos dianteiros. Eu me aproximo dele por trás e coloco a ponta da minha língua em sua orelha.

— Você me dá muito, muito tesão, querido. Ou você me fode de uma vez ou eu procuro outro — sussurro, colocando minha mão em seu peito.

— Você é um demônio. — Ele sorri se virando e me atacando com a boca como se estivesse apenas esperando o momento.

Eu o empurro descuidadamente e ele bate com as costas na porta do carro, faz uma tentativa de se aproximar novamente, mas eu levanto a perna, colocando o calcanhar em seu peito. Ele relaxa quando abro as pernas e percebe que não uso calcinha.

— Porra, bebê. Eu já dormi com mulheres que gostavam muito de sexo, mas você está em outro nível.

— O sexo rejuvenesce a pele, reduz o estresse. — Eu retiro o sapato do peito dele e me aproximo lentamente. — É bom para o coração — falo enquanto desabotoo os botões da sua camisa um por um. — Favorece o sono, ativa o sistema imunológico. — Engatinho pelo assento até me colocar entre suas pernas. — E muitos mais benefícios que eu vou te contar quando minha vontade de te chupar tiver diminuído.

Ele fecha os olhos e passa a língua nos lábios antes de me dar um puxão para me beijar. Sua língua explora todos os cantos da minha boca enquanto desabotoo suas calças com agilidade, assim como ele tira meu sutiã.

— Eu não quero que você me chupe, eu quero te foder — diz ele, mordendo meu pescoço e me colocando em cima dele.

— Eu acho que nessa posição sou eu que vou fazer isso com você.

— O que eu te disse? — Ele me levanta com um braço enquanto se inclina para me deitar no banco e se deitar em cima. — Você está muito mal acostumada.

— Eu gosto de ficar por cima.

— A partir de hoje você vai gostar de ficar embaixo — sentencia com a mesma voz rouca que sempre me vence.

— Você me mata quando fala assim — confesso, ele aproxima a boca para me beijar, mas apenas lambe meus lábios e se afasta novamente.

Leva uma mão até a minha coxa esquerda e enterra seus dedos na minha pele enquanto desliza-os para cima, levantando o tecido do vestido. Quando o sobe até minha cintura, ele se levanta e leva as mãos à braguilha para terminar de abaixá-la e puxar seu pau para fora, eu aproximo minha mão, mas ele a segura.

— Ei, mãos quietas.

Por que esse homem faz isso comigo? Eu odeio ser mandada, estou acostumada a assumir o controle, mas com Connor tudo acontece da forma oposta.

Segura minhas pernas pelos tornozelos e abre-as completamente. Olha entre elas por alguns segundos e lambe os lábios, olhando para cima depois e fazendo com que eu fique ainda mais molhada.

— Outro dia — murmura ele antes de enfiar a mão no bolso da calça e retirar um preservativo.

Ele o coloca ainda olhando para mim, deslizando a mão para cima e para baixo algumas vezes. Quando termina, suas mãos levantam meus quadris e ele se posiciona bem na entrada, sem me soltar. O simples toque já consegue me fazer sentir as chamas do inferno. Ele penetra muito devagar, fazendo-me soltar um longo gemido, mas baixo, não quero mostrar completamente o que está me causando. Sentindo como vou me abrindo, cravo minhas unhas em seus braços, que é a única coisa que consigo porque ele está totalmente encostado no banco.

— Porra — protesto por sua lentidão e pelo nível de tesão que sinto.

Ele começa a deitar-se devagar, apoiando os braços de cada lado da minha cabeça, momento que uso para fechar as pernas ao redor dele e puxá-lo para ir mais fundo. Ele baixa a cabeça para a curva no meu pescoço e me morde quando empurra com força e entra por inteiro. Sem dúvida, Connor sabe muito bem o que faz e eu não gosto nem um pouco de não controlar o que sinto quando estou com ele.

HELL

As duas garotas que ocupavam o banheiro saem. Eu olho para os lados esperando para ver se há mais alguma, mas não vejo ninguém, então entro para encher a garrafa. Arrumo meu cabelo um pouco na frente do espelho e volto, sorrio para uma menina morena que está passando batom no espelho de fora, quando ela me vê passar flerta comigo.

— Vejo que você é um garoto rebelde — diz quando estou saindo.

— Perdão? — Eu levanto as sobrancelhas, parando e voltando para olhar para ela.

— Quase fiz xixi nas calças porque um idiota entrou no banheiro das mulheres para encher a mamadeira.

— Desculpa?

— Se você gosta das bobinhas, pode seguir seu caminho, campeão. Você não faz o meu tipo. — Fecha os lábios terminando de pintá-los e virando-se com um sorriso.

— E quanto a você? — Eu não posso deixar de rir de sua cara de pau.

— O que você quiser. — Ela arqueia uma sobrancelha e se aproxima. Eu olho em volta para verificar se isso não é um tipo de piada.

— Ei, sabe de uma coisa? Estou saindo — digo.

— Ah — finge choramingar. — O bebê é um covarde, que decepção.

Ela me olha de cima a baixo e passa por mim para sair, mas não sei por quê, seguro seu braço girando-a.

— Olha só... — Sorri antes de dizer qualquer coisa.

— Qual é o seu nome?

— Lucy.

— Você está aqui sozinha, Lucy?

— Não, mas, se você me pedir, posso ficar sozinha. — Eu rio de novo com a resposta dela.

— Com quem você veio?

— Com duas amigas, aquelas lá. — Aponta para as duas garotas na porta da frente.

— Venha. — Eu faço sinal para ela andar na minha frente. — Vou apresentá-las aos meus amigos.

HOPE

Depois que Sasha e Connor retornam, ela me pede para acompanhá-la ao banheiro. Nos encostamos na parede, esperando a garota que está dentro sair.

— Que essa seja a última vez que você me deixa sozinha. — Eu a repreendo quando olha para mim com um sorriso.

— Não comece, nada aconteceu com você.

— Mas poderia, eu não sei nada sobre eles, Sas.

— Eu invoco a Úrsula. — Fecha os olhos e junta os dedos das suas mãos. — Hmm, Úr, volte.

— Idiota. — Eu a empurro e ela se choca em um dos caras na fila.

O que o amigo do Hell está fazendo aqui?

— Sas, o quê...? — O garoto olha para ela e depois para mim.

— Calvin, o que você está fazendo aqui?

— Bem, estou com seu irmão e os outros caras. E você?

— Com uns amigos. — Ele sorri para ela. — Vamos ver meu irmãozinho, então dizemos a ele que vamos sair hoje à noite. — Ela me fala.

— O quê? Não, não, Sas. Não é uma boa ideia.

— Por isso mesmo. — Ela pisca para mim e olha para Calvin. — Onde vocês estão?

— Saindo daqui pela direita, mas seu irmão foi encher a garrafa no restaurante da frente.

— Bem, vamos esperar por ele. Já nos vemos, lindo.

Sasha puxa minha mão e caminha decidida em direção à saída. Quando vamos em direção aos outros dois amigos que estão sentados no gramado, ouço a inconfundível risada de Hell nas minhas costas.

HELL

— Você é muito direta, cara. Não estou acostumado. — Eu ando com Lucy e suas amigas.

— Ah, e você é um principezinho. — Ela ri.

Atravessamos o restaurante com a intenção de voltar para onde eu deixei os meninos, mas o lugar fica longe, então levamos vários minutos para chegar até lá.

Não sei por que disse a ela para vir comigo, eu realmente não me importo, e é isso que me irrita. Ela é linda, mas não consigo tirar Hope da minha cabeça, eu a tenho gravada a ferro e fogo na minha mente e no meu coração.

Eu sou o maior idiota do mundo.

Olho para a frente para evitar bater em uma criança, e então vejo minha irmã ao lado de Hope, a poucos metros de mim. A primeira coisa que sinto é confusão, depois alegria e depois preocupação e desconforto. O que elas estão fazendo aqui? Veio para ficar comigo? Merda, Hope não para de olhar para as garotas.

HOPE

Quem são essas? Que pressa de encontrar uma nova diversão. A única coisa que posso sentir é decepção, bem, até que uma delas olha para nós e abre a boca, então o que sinto é ódio e raiva.

— E essas "lindas" aqui? — Ri com sarcasmo apontando para nós.

— Já se olhou no espelho, querida? — Sasha põe a mão na cintura e levanta uma sobrancelha.

— E você?

— Querida, eu não vou perder tempo falando com você, pode continuar tentando ir para a cama com meu irmão. — Faz um gesto com a cabeça na direção do Hell. — Só que ele vai continuar pensando na minha amiga. — Ela se aproxima de mim e coloca um braço em volta dos meus ombros.

— Sasha, chega, é o suficiente. — Ele dá um passo à frente com um rosto sério.

— Você está defendendo ela? — Espere um momento, essa é minha voz. Merda.

Ele levanta ambas as sobrancelhas e olha para mim desnorteado. Que porra é essa? Bem, já que ele fez isso mesmo, é o suficiente para mim. Primeiro, diz que me ama, então eu tenho que pedir a ele para deixar as outras mulheres para lá para ficar somente comigo, e agora aparece com essa garota que a primeira coisa que fez quando nos viu foi rir de nós.

HELL

Mas...? Mas...? Não entendo nada. Você realmente vai vir reivindicando algo que eu não fiz, quando foi ela quem causou toda a confusão? Ah, me poupe.

— Eu não estou defendendo ninguém, não vá por esse caminho — aviso com um olhar, dando um passo em direção a ela.

— Bebê! — Todos nós voltamos a cabeça para olhar na direção daquela voz.

O animal de estimação da minha irmã se aproxima com outros três caras. Hope olha para mim por um segundo antes de baixar os olhos para o chão, desconfortável.

— Vocês não estavam indo ao banheiro? — pergunta Connor às duas.

— Sim, mas esbarramos na fila com o amigo do meu irmão — responde, dando-lhe um beijo.

— Hope, você está bem? — Um deles põe um braço em volta da cintura da minha garota.

Acalme-se, Hell, relaxe.

Vou relaxar porra nenhuma.

— E quem é esse? — pergunto a ela.

— Você está falando de mim? — pergunta o garoto em questão me olhando.

— Sim. — Eu dou outro passo e vejo como Calvin, Dave e Elliot se levantam do chão. — Tire sua mão da cintura dela.

— Desculpa?

— Você é surdo?

— E você, um idiota? — Ele se afasta de Hope e fica na minha frente.

— Bem — eu digo em um tom melodioso, dando a deixa para os garotos — esse aqui está em perigo.

— Chega. — Hope fica entre nós dois, olhando para mim com o queixo erguido, por causa da nossa diferença de altura.

Ela coloca as mãos no meu peito e me faz recuar alguns passos, depois abaixo minha cabeça encontrando seus olhos suplicantes.

— Não faça isso aqui, está cheio de crianças. — Eu olho em volta e percebo que ela está certa, não posso perder o controle aqui.

— Então, vem comigo.

— Para onde?

— Eu não me importo, eu só quero que você venha comigo e não fique com esses idiotas.

— Você também está acompanhado. — Ela aponta para Lucy.

— Ei, principezinho, eu não tenho o dia todo — diz a moça.

Hope fecha os olhos e solta um suspiro antes de abri-los e olhar para a garota que acabei de conhecer.

— Você não vê que estamos conversando? — fala com um tom que eu não reconheço.

— Você. — Ah, merda, Sasha. — Mova seus malditos peitos mal operados em outra direção. — Minha irmã anda cerca de quinze centímetros até Lucy, bastante alterada.

— Bebê, o que você está fazendo? — Connor corre até ela e a segura pela cintura.

— Está tudo bem. — Eu levanto minhas mãos e me aproximo delas. — Lucy, me desculpe, mas este não é um bom momento.

HOPE

A cadela diz ao Hell algo que eu não consigo ouvir e coloca um papel no bolso de sua calça. Então ela pisca para ele e sai rebolando junto com suas amigas.

— O que há de errado com você? — Hell se vira para a irmã.

— Ei, não fale com ela assim — diz Connor em seu caminho.

— O que há de errado com *você*? — Sasha grita antes de lhe dar tempo para responder. — Por que que você aparece cheio de mulher quando tem aquela com quem quer viver sob o mesmo teto?

— Isso é o mesmo que você deveria perguntar a ela! Deus — exclama ele, virando-se e olhando para mim. — Você sabe o que te digo? Que já passei dos limites. Você me quer longe? Ótimo!

Não, eu não o quero longe, porra. Essa é a última coisa que quero.

Ele se vira e começa a andar com seus amigos em seus calcanhares. Sasha olha para mim e levanta as sobrancelhas como quem faz uma pergunta.

— Que você está esperando? Vá atrás dele! — ela grita comigo.

— Mas eu... Sas, eu não sei o quê...

— Vá logo, porra! — repete ela.

Não sei se é porque ordena ou porque realmente quero, corro entre as pessoas para não os perder de vista.

— Hell! Hell, espere! — Os quatro param e se viram para mim.

Ele passa por entre seus amigos para chegar até mim, me observa um segundo e depois olha para os rapazes.

— Já estou indo — diz ele, antes de pegar minha mão.

Começa a caminhar na direção de um banco que fica na margem da calçada até a areia. Quando chegamos, ele solta a minha mão e fica esperando que eu faça o mesmo.

— Se você vai dizer alguma coisa, faça isso agora — diz com uma voz severa, sem olhar para mim, descansando os cotovelos sobre os joelhos.

— Por que está falando assim comigo? — eu pergunto sem entender. — Foi você quem apareceu com aquelas garotas, Hell.

— Você não saiu com os amigos do namorado da minha irmã primeiro? — Ele vira a cabeça e olha para mim com a mesma dureza na voz.

— Sim. — Eu abaixo minha cabeça, porque ele está certo, porque sou uma idiota que só queria deixá-lo com ciúmes.

— Do que que você está reclamando então? — Ele larga os braços sobre as suas pernas.

— Eu só queria me distrair. Além disso, o que você está fazendo aqui? — Lembro-me de que não passaria o dia em casa porque tinha que trabalhar.

— Hã? — Ele faz uma cara de idiota

HELL

Merda, é verdade. Eu disse a ela que não poderia fazer companhia porque tinha que trabalhar e agora me encontra aqui.

— Não finja que não entendeu porque isso não combina com você — diz ela, levantando-se do banco com raiva. — Por que você não me disse que estava vindo para cá?

— Ei, isso não foi planejado.

— Eu não entendo por que você tem que mentir para mim, Hell. Se o que quer é um tempo sem mim, não precisa inventar desculpas. — Ela se vira para sair, mas a seguro pelo braço.

— Ei, ei. — Eu a forço a se virar para mim. — Não fique com raiva, estou te dizendo que isso surgiu de repente, não havíamos planejado.

— Como quiser.

Eu suspiro e olho para ela. Ela faz o mesmo, só que também cruza os braços.

— Será sempre assim? — pergunto segundos depois.

— Como?

— Quando eu te procuro, você não está interessada e, quando eu paro de insistir, você me persegue.

— Eu não te persigo.

— Ah, não? E o que você acabou de fazer há alguns minutos? — Eu dou outro passo para me aproximar dela quando ela morde o lábio. — Querida, isso é um absurdo.

Eu a puxo para mim e inclino a cabeça para encontrar seus lábios, mas ela vira a cabeça e eu acabo lhe dando um beijo na bochecha.

— Você acabou de recusar um beijo meu?

— Não.

— Sim, você fez isso.

— Hell...

— Não. — Passo a mão pelos cabelos me sentindo frustrado e rio sarcasticamente. — O que você quer, Hope? O que é que você quer?! Eu tirei você daquele lugar sem pensar! Eu te coloquei na minha casa, cuidei de você! Deus, eu matei pessoas por você!

— E eu também! — Eu faço silêncio quando ela grita comigo. — As coisas não são fáceis para mim também!

— Não é minha culpa, porra! — As pessoas começaram a olhar para nós, mas não me importo. — Eu só estou tentando fazer você se sentir bem, se sentir feliz! Você diz que me ama e depois de cinco minutos sai com outro! — Seus olhos estão cheios de lágrimas que ameaçam cair, e isso está me matando, mas estou cheio dessa situação.

— Sinto muito — diz ela, tentando ser forte.

— Sente muito pelo o quê?

— Não ser o que você esperava.

— Droga, Hope. Você não sabe de nada. — Ela imediatamente limpa a lágrima que corre pela sua bochecha. — Você é tudo que eu quero, tudo que procuro e tudo que eu preciso. — Pego seu rosto em minhas mãos para que possa me olhar nos olhos. — Eu não vou repetir mais vezes, eu te amo, mas eu não sou um idiota, ok?

Eu me calo, esperando que ela diga alguma coisa, mas não diz. Em vez disso, pega minhas mãos e as remove do seu rosto, então eu concordo, captando a mensagem e me viro para sair sem olhar para trás.

HOPE

A última coisa que vejo dele são as suas costas antes que desapareça entre as pessoas. Meu primeiro impulso é correr para detê-lo, mas depois me lembro de seu rosto e sua risada quando ele chegou com aquela Lúcifer. Ele não pode aparecer com uma garota nova e depois fingir que está tudo bem entre nós, que ele não fez nada. O pior é que eu sabia que isso iria acontecer.

E eu permiti isso.

Volto para onde deixamos nossos amigos antes e vejo que todo mundo está aqui, incluindo o Hell. Mas o que mais me surpreende não é isso, mas Grayson fala animadamente com Calvin e os outros conversam entre eles, como se fossem amigos de longa data. Hell levanta os olhos do telefone quando me aproximo, me observa por um segundo e depois os baixa novamente.

— Onde estava? — Sasha me pergunta quando me aproximo.

— Por aí.

— Você falou com meu irmão? Ele não me disse nada — fala tão alto que até o Hell a escuta.

— Você está ciente de que estou bem aqui, né? — diz ele. Sasha revira os olhos e encolhe os ombros.

— Vocês são tão idiotas quanto todos os casais dos filmes. É tão ridículo que vocês briguem quando todos nós sabemos que vocês vão acabar juntos, isso me faz querer arrebentar a cara dos dois.

— Sasha, pare de dizer tudo o que pensa, faça-me o favor. — Ele se aproxima e toca o queixo dela antes de passar por mim, me ignorando completamente. — Alguém quer ficar bêbado?

XIV

HELL

Minha irmã e os amigos de seu namorado decidiram vir conosco para a festa, aparentemente fizeram amizade com Dave, Elliot e Calvin. Quanto a Hope, ela não tirou os olhos de mim desde que voltamos para Nova York.

Nós deveríamos passar o dia no parque aquático em Nova Jersey, mas depois do que aconteceu e como Hope conseguiu me fazer chegar ao meu limite, eu preciso beber até perder a cabeça.

— Sasha, em dez minutos eu estou saindo, com ou sem você — digo, olhando para o quarto dela.

— Apenas dez minutos? — Queixa-se.

Bufo para ver que ela ainda está de calcinha e que ainda não secou o cabelo.

— Quinze, não mais que isso. — Eu me viro para voltar para o meu quarto.

— Espere. — Ela me chama e olha pela porta, olhando para os dois lados antes de falar. — Quanto tempo você pretende continuar ignorando Hope?

— Eu não a estou ignorando. — Eu dou de ombros. — Ela apenas esgotou minha paciência.

— Hell...

— O quê?

— Eu te conheço. Você vai transar com a Babi hoje à noite só pra deixar a Hope puta.

— Você está errada. Vou transar com ela porque não faço isso desde que conheci Hope, porque pensei que as coisas entre nós pudessem ser reais, mas eu estava errado. E você sabe o quê? — Sasha arqueia uma sobrancelha e cruza os braços. — Nunca estive errado antes e desde que ela entrou na minha vida, eu não parei de me enganar. Já cansei dessa merda.

Viro o corpo para sair e depois a vejo paralisada no meio do corredor e com os olhos avermelhados. Ando devagar e paro a um metro de distância, nos observamos, mas ela não diz nada, então passo por Hope e fecho a porta do meu quarto atrás de mim.

HOPE

Suas palavras causam um aperto no meu peito que não me permite respirar normalmente, meus ouvidos assobiam levemente e meus olhos ardem. Sinto um formigamento nas pontas dos meus dedos, fazendo com que eles se movam involuntariamente.

Hell se aproxima de mim lentamente e para, esperando que eu diga alguma coisa. Em minha mente continuo gritando e pedindo perdão por ter rejeitado o beijo dele, eu continuo dizendo a ele que o amo e que só quero que me abrace, mas nenhum maldito som sai da minha boca.

— Sasha invocando a Úrsula. — Eu vejo como a loira revira os olhos e gesticula para eu me aproximar.

Meus pés se movem sozinhos para o interior do seu quarto, ela fecha a porta e olha para mim de braços abertos e uma pergunta em seu rosto.

— E aí? — questiona impacientemente.

— E aí o quê?

— O que você vai fazer?! — Ela caminha e me sacode pelos ombros.

— Não... não... eu...

— Não, não, eu — imita minha voz zombeteiramente. — Reaja! Você vai perdê-lo, caramba!

— Você ouviu, Sas, ele vai transar com aquela Babi.

— Não se fizer isso com você primeiro. — Ela sorri maliciosamente e passa por mim para alcançar seu armário.

Abre as portas e procura lá dentro por alguns segundos, me aproximo com curiosidade me esquivando das roupas que são lançadas no ar.

— Aqui está. — Ela me mostra uma saia xadrez creme e cinza-escuro e uma espécie de camiseta do mesmo cinza que eu nem saberia como vestir.

— Lindo, vai ficar ótimo em você.

— Em mim? — Ela se vira e pega botas e um vestido vermelho. — Não, querida, isso é para você, eu vou usar isto aqui.

Ela levanta os braços para colocar o vestido de modo que seus seios não saiam pelo decote gigante. Claro, é impossível usar sutiã com algo assim.

— Sas, esta saia é muito curta — digo, olhando para a roupa que me deu.

— Você já tomou banho? — Ela caminha até o banheiro, ignorando o que acabei de dizer.

— Sim.

— Bem, se vista. Vamos ver que calcinha você está usando. — Ela volta para o quarto e abaixa as calças que estou usando.

— Sas! — exclamo, empurrando-a para tirar suas mãos de mim.

— Pelo amor de Deus, tire isso e queime — diz ela, enquanto abre uma gaveta e puxa um sutiã e uma calcinha fio-dental ainda com etiqueta. — Vista isto.

— Não, Sasha, eu gosto da minha.

— O que foi que eu te disse?

Meia hora depois, estamos indo de moto, já que o Hell foi na frente, porque demoramos demais.

— As pessoas vão ver tudo — digo, cobrindo minhas pernas quando subo na moto atrás dela.

— É disso mesmo que se trata. — Ela liga o motor e acelera sem aviso, o que faz com que eu puxe com força seu vestido. — Tenho certeza que eles vão ver meus seios se você fizer isso de novo. — Ela ri conforme a velocidade aumenta.

Chegamos à Cielo em poucos minutos. Quando nos aproximamos, vejo Connor e o resto dos meninos esperando por nós, incluindo Grayson. Ele se aproxima, quando Sasha para a moto na frente deles e estende a mão para me ajudar a descer.

— Obrigada. — Sorrio timidamente, colocando meus pés no chão, finalmente.

— Bebê, por que você veio de moto com esse vestido? — Connor se aproxima e puxa o pano para cobrir bem os seios.

— Cale a boca e me beije — ordena ela, puxando a gola de sua camisa.

HELL

— Sas, estou indo! — Passo na frente do seu quarto, cuja porta está fechada, e eu pego as chaves do meu 4x4 para sair.

Eu decidi que esta noite é para mim e meus amigos, preciso me sentir livre novamente e ser o que eu fui uma vez. Os garotos estão certos, desde que Hope apareceu, fiquei bravo e parecendo um idiota.

— Tudo bem, cara? — Connor me cumprimenta quando chegamos à Cielo.

— Oi — cumprimento os restantes, ignorando um pouco mais aquele que colocou as mãos em Hope.

A verdade é que os caras são legais, então eu não vou brigar nem me desentender por causa de uma garota que nem quer meus beijos. Por Deus, na minha vida, nunca me rejeitaram! E isso não acontecerá de novo.

— Vou entrar para ver se encontro meu irmão lá dentro. Digam para o segurança da área vip que vocês vieram comigo.

— Ok, vamos esperar pela sua irmã e Hope, ela me disse que estavam saindo de casa agora.

— Isso significa que vão chegar em meia hora. — Dave ri.

— No mínimo — acrescenta Calvin.

— Até logo. — Eu ando até a porta e os garotos vêm atrás de mim. — Ei, Tom, aqueles caras ali estão comigo, vão entrar com a minha irmã — digo a ele na porta.

— Tudo bem. — O grande homem olha para Connor e companhia, acena com a cabeça e fica de lado para nos deixar passar.

Abrimos espaço entre as pessoas para subir as escadas e para o segundo andar. Eu vejo Babi no topo, com suas amigas e seguranças que controlam a entrada da área.

Assim que ela me vê, sorri flertando e fica no topo da escada, me esperando chegar.

— Olha, querido, você está se fazendo de difícil, hein? — Coloca as mãos no meu peito e fica na ponta dos pés para dar um beijo no canto dos meus lábios.

— Eu ando muito ocupado — digo enquanto vejo Calvin, Dave e Elliot cumprimentar seus amigos. — Vamos entrar?

— Claro. — Ela sorri e gesticula para a porta.

Aperto sua mão quando ela passa e, assim como Tom, digo a ela que alguns amigos virão daqui a pouco. Nos sentamos nos sofás brancos e esperamos o garçom nos trazer o que ele já sabe que vamos beber.

— Me diga o que você está fazendo para me manter tão desacompanhada. — Babi corre uma perna por cima da minha e se inclina na parte de trás do sofá, olhando para mim com curiosidade.

— Trabalho, querida. Você já sabe. — Eu acaricio sua pele com um sorriso, que estou me forçando para manter. Isso não vai ser fácil.

— Você matou alguém ultimamente?

— Babi, aqui não, já te disse mil vezes. — Eu tiro sua perna da minha com raiva e dou um gole na minha bebida.

— Você está certo, desculpe. — Ela se inclina quando recosto novamente e coloca sua boca perto do meu ouvido. — Vamos lá, não fique bravo. A noite acabou de começar.

Eu sorrio e deixo que apoie sua perna na minha novamente, forçando-me a aproveitar e tentando lembrar o que essa garota me fez sentir um dia.

Continuo falando com ela por um tempo, sobre coisas sem importância, é uma qualidade dela. Babi é uma garota que poderia facilmente fazer qualquer homem acabar na prisão por ela. É tão manipuladora e inteligente quanto minha irmã, o que é um problema para qualquer homem que não seja capaz de levá-la na direção que ela quiser. Por sorte, eu não sou um desses homens.

— Querido. — Seus lábios roçam no meu pescoço. — Tenho algo que com certeza você quer.

Eu vejo como ela coloca os dedos em seu decote e tira um saquinho transparente com vários comprimidos dentro. Coloca um na sua língua e sorri antes de se aproximar.

HOPE

Eu sigo Sasha ao andar de cima, junto com Connor e os outros. Está lotado e sinto que minha bunda está sendo vista a cada passo, mas não posso ficar para trás ou vou perdê-los de vista. Embora, bem, eu não acho que isso seja possível, porque Grayson não tira os olhos de mim.

— Sas, seu irmão está lá dentro — diz um cara muito alto em um terno.

— Vamos, Úr. — Eu reviro meus olhos e aceito sua mão para entrar na área reservada. Eu preciso ser Úrsula hoje à noite para lidar com o que me espera.

— Sasha, nem pense em me deixar sozinha esta noite — eu a aviso quando caminhamos para o interior.

— Não comece. Você vai ficar com meu irmão, então não vamos ter esse problema.

— Ah, é? — Eu aponto para o rei do inferno que está agora beijando uma garota no sofá. Meu estômago encolhe ao ponto de sentir uma cãibra horrível. — Duvido.

— Filho da puta — ela murmura, antes de começar a andar em sua direção.

— Não! — Seguro-a pelo braço para impedi-la. — Sas, não.

— Como que não? Estou com vontade de arrancar os órgãos daquela vagabunda já há algum tempo.

— Não. Se seu irmão quer ficar com ela, eu não vou pará-lo e nem você.

— Mas, Hope... — Ela fica em silêncio no momento em que um garçom passa com uma bandeja de drinks e eu pego dois.

— Você vai beber comigo ou eu vou beber sozinha? — pergunto, oferecendo um.

— Você vai parar de fazer perguntas estúpidas? — Ela arqueia uma sobrancelha enquanto sorri e tira um copo das minhas mãos, batendo no meu e bebemos.

Balanço a cabeça quando percebo como o líquido faz minha garganta queimar quando desce. Ela parece ter bebido água, porque seu rosto não muda nem um pouco, Sasha me agarra pela mão e me leva para o sofá que está bem na frente de onde Hell e seu amigo estão sentados.

— Eu quero Úrsula esta noite, ok? —sussurra no meu ouvido antes de se sentar.

— Pedido concedido.

HELL

A língua de Babi percorre o interior da minha boca com a familiaridade que eu preciso, fazendo-me esquecer e aproveitar. Minhas mãos acariciam sua coxa e bunda quando se inclina para ficar um pouco em cima de mim, eu tenho que pará-la porque se não vamos acabar transando bem aqui. Eu puxo seu lábio com os dentes enquanto sorrio e a empurro para remover sua perna e pegar o copo. Então eu a vejo, sentada bem na minha frente e fumando um baseado que Dave acabou de lhe passar. Hope dá um trago, tosse e começa a rir com ele e minha irmã. Merda, isso não está acontecendo comigo. Quando eles chegaram? Eu nem ouvi quando se sentaram.

Você estava comendo a Babi.

Porra, foda-se! Embora, aparentemente, Hope não tenha dado a mínima, porque está tão feliz em fumar com o meu amigo, cuja cabeça penso em arrebentar quando estivermos sozinhos. Por que ele tem que dar o baseado justo a ela?

— Vamos. — Babi pega minha mão e se levanta, olhando para mim com luxúria e intenções perigosas.

Incapaz de evitar, eu olho para Hope e a vejo sorrir enquanto Dave diz algo em seu ouvido. Seus olhos estão meio fechados e vermelhos, imagino que pela maconha e outras coisas que o canalha usou com ela. Por outro lado, não posso deixar de percorrer seu corpo com os olhos, quase sinto como se estivesse acariciando aquelas pernas incríveis que estão visíveis por uma pequena fenda da saia que eu apostaria minha vida que é da minha irmã. Preferia morrer a dizer isso, mas essa saia fica perfeita em Hope.

Levanto-me involuntariamente e ando com Babi enquanto observo Hope. Eu só quero, não, eu só preciso que me olhe pedindo para não ir. Só isso e eu paro, vou ficar com ela e deixar Babi. Mas isso não acontece.

HOPE

Meu coração se quebra um pouco mais quando vejo com o canto do olho como essa garota se levanta e puxa a mão do Hell.

— Você deve reconhecer que tem lábios incríveis. — Não consigo evitar um sorriso com a quantidade de bobagens que Dave está me dizendo.

Acho que está tentando me distrair, para que eu não perceba que o Hell está prestes a ir para a cama com outra. Na verdade, eu agradeço, é por isso que aceitei fumar o que ele me deu, tenho certeza de que era mais do que maconha.

Sasha não para de brincar com Connor e Hell continua indo com a garota. Eu sei que ele está me observando, posso sentir seus olhos me queimando. Não olhe, não olhe.

HELL

Andamos pelo restante dos reservados, a caminho das salas privativas nos fundos. No momento em que ninguém está passando, Babi para e me empurra contra a parede, gruda seu corpo no meu e me beija avidamente. Esses corredores são iluminados apenas por pequenas luzes que os tornam semelhantes a um bordel e convidam ao pecado.

Hope não me parou, não se importou que estivesse com outra que não ela. Preferiu ficar com Dave.

Eu coloco minhas mãos na cintura de Babi e a empurro contra a parede oposta, com a intenção de perder a consciência e me enterrar nela. Furioso e sentindo que meu sangue arde por dentro. Mas então ela colide com dois garotos que estavam indo para a sala de mãos dadas.

— Desculpa, nós não vimos vocês. — Eu forço a vista para ver naquela escuridão.

— Não foi nada — diz um deles, olhando para baixo. Eu não enxergo direito.

— Nathan? — Babi puxa pela camisa o menino que se esconde atrás do primeiro.

— Nate?

Meu irmão olha para o chão, evitando meu olhar da mesma maneira que seu companheiro. Babi reprime uma risadinha e agarra a mão do outro garoto.

— Por que você não me convida para algo enquanto esses dois conversam?

— Sim, claro.

Ambos desaparecem no corredor e tento encontrar as palavras com as quais iniciar esta conversa.

— Como... desde quando...?

Bom trabalho, Hell.

— Merda — suspira. — Me desculpe por não ter te contado.

— Eu não entendo por que você não me contou — confesso, o certo é que me sinto um pouco magoado. — Achei que você confiava em mim.

— E eu confio. — Ele se apressa em dizer. — Eu só não queria decepcionar você.

— Decepcionar? Por que você me decepcionaria? Por Deus, as mulheres são loucas, não me admira que você tenha mudado de lado, porra. — Consigo fazê-lo rir e o clima fica mais leve. — Sério, Nate. Me incomoda que você não me contou.

— Sinto muito — insiste ele, e eu o puxo para lhe dar um abraço.

— Aquele menino é seu namorado?

— Bem... eu o conheço há três semanas e ele é muito legal.

— Isso quem decide sou eu — digo, levantando a cabeça presunçosamente.

— Não fode, hein, eu não sou Sasha.

— Desculpa, mas vocês dois gostam de homens, então você não vai se livrar da minha aprovação. — Ele bufa e eu rio.

— Não conte ao papai, por favor.

— Não se preocupe, nem pensei nisso. Sasha sabe?

— Sim.

— Porra, contou pra ela e não pra mim? Desde quando ela sabe?

— Somos gêmeos, Hell. Ela sabia antes de mim. — Suspiro e aceito.

— O que você acha se mandarmos todo mundo se foder e ficarmos bêbados você e eu hoje à noite?

— Perfeito.

Coloco um braço em volta do ombro dele e voltamos para a área reservada. Babi se aproxima com o menino e a olho indicando que está tudo bem, ela concorda sem dizer nada e sorri.

— Sinto muito, querida. — Eu vou até ela e lhe dou um beijo na bochecha. — Vou passar esta noite com meu irmãozinho.

— Eu acho ótimo, você sabe onde me encontrar. — Ela pisca para mim e retorna para suas amigas.

— Então, você é o namorado do meu irmão — começo, olhando para o garoto.

— Hell! — Nathan me dá um empurrão e o garoto ri comigo.

— Meu nome é Sean, prazer.

— Hell. — Estendo a mão e depois vamos para o meu reservado.

Quando entramos, vejo quando Sasha desaparece para um canto com Connor, o que automaticamente me faz pensar em Hope. Eu olho por todos os lados e não consigo vê-la em lugar nenhum, nem nos sofás nem no bar.

— Onde está Hope? — pergunto ao Dave.

— Passou mal e foi embora.

— Sozinha? — Eu o agarro pelo colarinho da camisa e puxo-o para se levantar.

— Você queria que eu fosse com ela? — Ele ri maliciosamente e eu só quero quebrar seu rosto.

— Para onde?

— Eu a coloquei em um táxi e ela deu o seu endereço.

— Você e eu vamos conversar mais tarde — digo a ele antes de empurrá-lo de volta ao sofá.

Eu me volto para Nate, que ouviu toda a conversa.

— Num outro dia ficamos bêbados juntos.

— Sinto muito. — Bato em sua mão e depois na de Sean. — Foi um prazer te conhecer, cuide dele.

HOPE

Pago o motorista do táxi e decido subir pelas escadas para ver se consigo ficar sóbria, mas no terceiro andar eu não aguento ir mais longe, então chamo o elevador. Entro em casa e ando no escuro porque eu nem sei onde a maldita luz está, minhas canelas colidem com alguma coisa e eu caio para frente. Ótimo.

— Puta que... — Eu me seguro no sofá como posso e me rastejo para inclinar minha cabeça sobre ele.

Bem, não é tão ruim, então fico por aqui.

Como ele pôde fazer isso comigo? Eu sou uma estúpida, desde o dia em que me tirou daquele lugar e me levou para sua casa, a partir do momento que entrou na minha cama, sabia que isso iria acontecer. Eu sabia que acabaria loucamente apaixonada por ele e isso quebraria meu coração. E, mesmo assim, deixei que fizesse isso. Eu mereço por ser uma imbecil.

HELL

— Hope? — pergunto em voz alta enquanto procuro o interruptor para acender a luz da sala. — Merda, Hope.

Ando até ela, que está sentada no chão com a cabeça e os braços apoiados no sofá. Eu me inclino até a sua altura e retiro seu cabelo do rosto, ela abre os olhos e olha para mim.

— Você está bem?

— Sim.

— Estou vendo. — Eu puxo seu corpo para levantá-la. — Segure-se no meu pescoço.

Eu movo meus braços para debaixo de suas pernas e costas e a levanto. Ela obedece e me abraça enquanto eu ando com ela até o seu quarto. Não para de olhar para mim por um momento sequer e isso me deixa nervoso porque eu não entendo, no clube ela não fez isso nenhuma vez.

— Por que me olha assim? — pergunto, colocando-a no chão ao lado de sua cama.

— Eu quero te beijar — diz ela, ainda olhando para os meus lábios.

— Por que você não faz isso? — Eu dou um passo em direção a ela.

— Porque você tem a boca suja do batom daquela cadela.

Ela se vira e caminha até seu armário, segurando a porta para remover as botas. Levo meu polegar aos meus lábios e os esfrego, verificando como fica vermelho.

Idiota.

Eu assisto sem me mover como ela tira a saia, mostrando aquela bunda maravilhosa que empina para mim de uma forma que Babi não faz, e mostra uma calcinha fio-dental que eu suspeito que não seja dela. Puxa a parte de cima pelos braços e tira o sutiã antes de colocar uma das minhas camisas. Ela se vira e olha para mim por um segundo antes de ir para a cama.

— Você vai ficar parado aí? — pergunta, puxando o lençol e deitando-se. — Apague a luz quando sair.

Quando sair? Eu não vou sair, que se foda. O que eu faço é tirar meus sapatos, calças e camisa, e ir para a cama com ela.

HOPE

O colchão afunda nas minhas costas e o calor do seu corpo chega até mim, mesmo que ele não esteja me tocando.

— O que você está fazendo? — pergunto sem me mexer.

— Querida, me desculpe.

As pontas de seus dedos acariciam meu braço, descendo lentamente até alcançar minha mão. Hell entrelaça seus dedos com os meus e os leva até a minha cintura para chegar perto dele. Seu peito toca minhas costas enquanto dá beijos lentos e molhados no meu pescoço.

— Os únicos lábios que eu quero beijar são os seus.

Eu me movo para encará-lo e ele ergue o braço para apoiar o cotovelo no travesseiro e a cabeça na mão.

— Sinto muito — repete, desta vez me olhando nos olhos.

— Já é tarde, já está feito.

— Hope, você me rejeitou.

— E é por isso que você tem que dormir com outra na mesma noite?

— Não dormi com ela.

— Mentiroso.

— Não menti, eu nunca minto, não me chame de mentiroso. — Bem, parece que ele ficou ofendido.

— Mas você ia fazer isso.

— Eu acho que você não deveria ser tão dura comigo, você passou a noite brincando com Dave.

— Você está errado, a única coisa que seu amigo fez foi tentar me distrair para que eu não ficasse pensando que o cara por quem estou apaixonada estava beijando outra mulher bem na minha frente.

— Está apaixonada por mim? — Sorri ignorando o resto.

— Não mude de assunto.

— Hope, desculpa — ele fala mais baixo e se aproxima devagar. — Podemos esquecer o dia de hoje? — continua sem parar.

Quando eu abro minha boca para responder, ele coloca seus lábios nos meus e levanta a mão para acariciar meu rosto. Eu quero isso há tempo demais para rejeitá-lo, sua boca é mais poderosa que o meu orgulho.

Deixando Úrsula me guiar um pouco, abro a boca para permitir que sua língua entre, acaricie a minha e me beije suavemente. A mão que estava no meu rosto desce lentamente pelo meu peito, alcança a borda da camisa que eu uso, que é sua, e entra por debaixo dela. Eu suspiro em sua boca quando sinto o toque de seus dedos subindo pela minha pele novamente, até parar em um dos meus seios

HELL

Esta é a melhor sensação que experimentei na minha vida, melhor que cocaína, melhor que ecstasy e melhor que qualquer outra droga. Ela é a minha droga.

Minha mão brinca com um de seus mamilos enquanto eu a continuo beijando, sentindo como fica duro entre meus dedos, assim como o meu pau, quando toca seu quadril. Eu preciso tocá-la em todos os lugares. Não é um capricho, é uma necessidade.

Abandono a parte superior de seu corpo, descendo pouco a pouco, acariciando sua barriga e alcançando suas pernas, que separo com cuidado. Deixo minha boca se mover para beijar seu pescoço enquanto acaricio o interior de sua coxa, aproximando-me lentamente de meu destino. Eu não quero assustá-la nem ser rejeitado, então vou com toda a paciência e autocontrole que já tive na vida. O que é cada vez mais difícil quando finalmente a acaricio por cima da calcinha e sinto a umidade.

HOPE

Eu mordo o interior da minha bochecha para evitar gemer quando seus dedos experientes me acariciam sobre a calcinha.

— Porra, Hope — ele rosna no meu ouvido.

Sobe com a mão para a borda da calcinha que Sas me forçou a usar e a passa por debaixo do tecido com extrema paciência. Eu posso ver como seu coração bate a mil por hora, como o meu, latejando na ponta dos dedos, que ele usa em seguida. Separa os lábios entre as minhas pernas, acariciando com outro dedo a parte mais sensível do meu corpo, que parece gritar por mais. Muito mais.

— Ah...

Ele sorri em meus lábios antes de me beijar quando eu gemo, e é possível que mesmo aquele simples gesto me deixe ainda mais molhada?

HELL

Esse gemido me diz que ela não vai me impedir, que ela quer isso tanto quanto eu. Então deixo seu clitóris e desço a mão pouco a pouco até que paro onde quero entrar desde que a fiz gozar na frente dos três russos mortos.

— Hell... — Ela me tortura com os olhos, com vergonha e desejo ao mesmo tempo.

— Shh, é o que você quer — sussurro sobre sua boca. — É o que nós dois queremos. Me pare se eu estiver errado.

Permaneço ali por alguns segundos, prendendo a respiração enquanto observo cada milímetro dos movimentos de seu rosto. Nada me indica que quer que eu me afaste, na verdade, seus dentes mordem seu lábio inferior, me dando rédea solta e absoluta.

Naquele momento, insiro um dedo mais devagar do que nunca, sentindo as bordas abertas ao fazê-lo. Eu chego ao fundo e tiro com a mesma velocidade, para colocá-lo de volta outra vez. Ela respira pelo nariz com mais força do que antes, enquanto me beija, movendo um pouco os quadris.

Meu pau está prestes a sair do controle, então paro por alguns segundos. Eu puxo meus dedos e me ajoelho entre suas pernas, gesticulando para ela se sentar, olha para mim confusa, mas o faz.

— Levante seus braços. — Parece entender o que eu quero, porque tira a blusa. — Muito bem, linda.

Deito sobre ela, levando minha boca aos seus seios. Eu acaricio seus mamilos e brinco com eles enquanto a vejo fechar os olhos e passar a língua sobre os lábios, tentando umedecê-los. Seus quadris fazem círculos involuntariamente, roçando em meu pau e fazendo com que meu desejo de transar com ela aumente loucamente.

Baixo a cabeça, lambendo e beijando cada centímetro de pele até que chego na borda de sua calcinha novamente. Coloco meus dedos sob o elástico e puxo para baixo com muito cuidado, ela olha para mim, mas não me impede, pelo contrário, levanta a bunda para facilitar a tarefa. Eu me levanto e deixando a peça cair no chão, ando até a minha calça e pego uma camisinha da minha carteira, enquanto ela não tira os olhos de mim. Eu puxo minha boxer para baixo e sorrio quando vejo como seu olhar vai direto para o centro. Enquanto ela me observa, olho para ela, apreciando seu corpo nu na minha frente.

— Hell... — murmura com a voz embargada quando me inclino.

— Agora você vai relaxar — eu indico, ela aceita com um gesto de cabeça e olha para baixo enquanto me assiste segurar meu pau e encaixá-lo. — Olhe para mim.

Quando meus olhos fazem contato com os dela, eu a penetro com extrema delicadeza. Imediatamente ela fecha os olhos e coloca as mãos nos meus braços, apertando com força. Faço o meu caminho para dentro, percebendo como meu pau está desejando que lhe dê permissão para transar com ela como um animal, mas eu não vou dar isso a ele. Não agora.

HOPE

Eu sinto meus olhos revirarem quando Hell entra em mim. Lentamente, com cuidado, mas de forma decisiva. Uma pontada de dor atinge as bordas da minha virilha quando alcança o fundo e fica lá dentro, permitindo que meus músculos assimilem tudo.

— Respire. — Ele me lembra. Até dizer aquilo, não percebo que estou prendendo a respiração. — É isso aí, querida — diz quando solto uma lufada de ar.

Ele o retira lentamente outra vez, traz sua boca para a minha e me beija com a mesma sutileza. Seu membro vai entrando mais facilmente, deslizando, tão molhada que estou, despertando prazer sobre a dor, a qual diminui lentamente, mas sem desaparecer por completo. Então, ele toca algo dentro de mim, quando se move alguns segundos sem puxá-lo para fora, um ponto que faz com que eu estique os dedos dos pés e curve as costas. Ele parece notar porque tanto a velocidade dos beijos quanto a velocidade de seus ataques aumentam. E o mais surpreendente é que é exatamente disso que preciso neste momento.

HELL

Meu pau está entrando e saindo mais facilmente, parece que seus músculos internos se adaptaram e acho que um pouco mais de velocidade será bom para nós dois. Ela arqueia as costas um pouco, suas sobrancelhas quase se tocam, fecha os olhos e morde o lábio. Eu apoio um braço ao lado de sua cabeça e os joelhos na cama, levanto um pouco sua perna direita com a outra mão e me posiciono para que eu possa entrar mais profundamente.

— Ah... Hell... — Eu paro de olhar para o local onde meu pau se junta a ela, e levanto a cabeça.

— O quê?

— Mais rápido.

— Claro!

Eu obedeço a sua solicitação ao pé da letra. Eu entro e saio mais e mais rapidamente, sentindo como fica mais molhada a cada segundo que passa.

HOPE

A mesma sensação que senti quando o Hell me pegou em seu carro e não parou de se esfregar em mim volta a se manifestar sob a minha barriga, como uma câibra que ameaça se expandir a qualquer momento.

— Eu acho... eu acho... Ahh! — gemo quando de repente ele abaixa a mão e pressiona meu clitóris com violência.

— Você vai gozar, eu sei — adivinha, movendo o dedo em círculos. — Eu também.

HELL

Eu paro de apertar o clitóris dela e eu tiro minha mão dali, porque também vou gozar a qualquer momento. Eu apoio as duas mãos no colchão e posiciono os meus joelhos melhor para que eu possa fodê-la ainda mais rápido, agora me dou permissão para fazer isso como um animal.

— Por Deus, Hell — geme enquanto crava as unhas nos meus braços.

— Eu sei — grunho, empurrando tudo o que posso.

Eu não sei se a estou machucando, espero que não, mas por causa de seus gemidos e suspiros não parece ser assim. E tudo o que eles conseguem é fazer com que eu me permita perder o controle. Eu mordo seu pescoço e beijo sua boca enquanto eu a empurro várias vezes, empurrando para dentro e para cima, procurando pelo famoso ponto em que todas elas perdem a consciência e reviram os olhos.

— Ahh! Eu não posso... eu não posso mais.

— Goze!

— Hell!

Seus gritos inundam o quarto e meus ouvidos, detonando meu orgasmo um segundo após o dela. Sentindo como eu encho o preservativo completamente enquanto continuo entrando e saindo dela, até que fico lá dentro e meus braços começam a tremer. Eu me deixo cair sobre seu corpo, descansando a cabeça na curva de seu pescoço e sentindo como ainda estou expelindo líquido dentro do látex.

HOPE

Minhas pernas tremem, sinto a necessidade de fechá-las, mas o Hell ainda está entre elas. Ele continua dentro de mim. Eu tento acalmar minha respiração, puxando grandes quantidades de ar e depois soltando. Ele levanta a cabeça do meu pescoço e se inclina para olhar para mim. E agora o quê?

XV

HELL

Olho para Hope por alguns segundos, tentando decifrar o que se passa na sua cabeça, rezando para que não me diga que se arrependeu ou me peça para sair.

— Você sabe que a partir de agora você não pode me privar disso por um único dia, né? — Eu faço ela corar um pouco e sorrio dando-lhe um beijinho.

— Já era hora. — Nós dois viramos nossos rostos e vemos o sorriso gigantesco da minha irmã com os braços cruzados na porta.

— Sasha! — Hope joga um travesseiro e eu me levanto.

— Vá embora — digo, simplesmente.

— Que mau humor, parece que não o deixou muito satisfeito, Úr. — Ela ri com malícia e fecha a porta atrás de si.

Eu coloco minhas calças imediatamente e me deito ao lado dela. Hope puxa o lençol para se cobrir, suas bochechas coradas, sorrio para aquele gesto infantil e absurdo depois do que acabamos de fazer. Eu fico de lado com o braço flexionado atrás da minha cabeça e a observo em silêncio.

— Por que me olha assim? — ela pergunta, mordendo sua bochecha por dentro.

— Eu também estou apaixonado por você. — Não rio nem brinco, meu rosto é sério e sincero.

Ela se vira e olha para longe, sorrio e seguro seu queixo para olhar para mim.

— Tão corajosa ao tirar a vida de alguém e tão covarde para aceitar um punhado de palavras.

— Não é engraçado.

— Claro que não. — Eu fico sério e a levanto para que se deite sobre mim.

— O que você está fazendo? — Tenta cobrir os seios e o resto do corpo com um travesseiro.

— Quero te sentir perto, preciso te sentir perto.

— Hell...

— Não faça isso.

— Fazer quê?

— O que você está pensando.

— Você não sabe o que estou pensando. — Entrelaço meus dedos com os dela no meu abdômen.

— Sim, eu sei, então não faça — insisto, suplicando, ela suspira e me observa.

— Eu te amo — diz de repente.

Eu fico sorrindo como um idiota e puxo suas mãos para trazê-la para perto de mim e beijá-la. Ela apoia seus braços ao lado da minha cabeça e acaricia minha língua com a sua.

— O que vamos tomar no café da manhã? — Sasha aparece novamente sem bater na porta.

— Você quer morrer hoje à noite? — pergunto enquanto Hope se cobre, desta vez com os braços.

— Hoje não, amanhã quem sabe. O que vamos tomar no café da manhã? Os efeitos do álcool estão passando e estou ficando com fome.

— Bem, coma o seu namorado e feche a porra da porta.

— Connor?

— Você tem outro namorado?

— Não dê corda para ela. — Hope me repreende.

— Hmm, não — responde ela, sem muita certeza. — Eu vou fazer panquecas, querem?

— Sim. Fecha a porta.

— Nossa, que mau humor! Dê umas chupadas nele para ver se melhora o humor de vocês dois — diz, antes de sair.

Eu viro os olhos e os fixo novamente em Hope, que cora.

— O que foi?

— Eu nunca fiz.

— O quê?

— O que sua irmã disse.

— Diga. — Eu a desafio com meus olhos.

— Por quê? Você já sabe o que quero dizer.

— Diga.

Ela aperta os olhos e se inclina para mim, roçando levemente meus lábios.

— Eu nunca chupei ninguém — admite ela, piscando o olho.

— E você quer fazer isso? — O tom de voz áspero e rouco que tenho quando estou com tesão surge.

— Hmm. — Ela olha para o lado, fingindo que pensa. — Se eu dissesse que sim...?

Eu levo minhas mãos a sua bunda nua e pressiono contra a minha ereção.

— Eu ficaria feliz em te ensinar.

— Bem, faça isso.

— Agora? — Ela consente com a cabeça, o que é apenas o necessário para o meu pau acordar mais rápido que o normal. — Tire minhas calças.

Os sorrisos desaparecem. Hope se move e desce pelas minhas pernas, ainda nua, sem desviar o olhar do meu. Ela desabotoa a calça jeans e se levanta para puxá-la, ficando imóvel e esperando pelo meu próximo pedido. Preciso ficar quieto por alguns segundos para poder observar seu corpo de cima a baixo, ao mesmo tempo que ela se mostra atenta em como meu pau cresce diante de seu olhar faminto.

— Aproxime-se.

Ela obedece e, sem que eu diga mais nada, se ajoelha entre as minhas pernas e aproxima sua mão com indecisão, até que o segura com firmeza e levanta seu olhar encontrando o meu. Começa a mover a mão para cima e para baixo e eu seguro um suspiro mordendo meus lábios.

— É isso, querida.

Por alguns minutos, ela continua apenas com a mão, olhando com curiosidade e fascínio ao mesmo tempo.

HOPE

Bem, eu acho que estou indo bem porque o rosto do Hell está... isso faz todo o meu corpo aquecer.

Meus olhos estão fixos nos dele e vou abaixando a cabeça lentamente, aproximando-me pouco a pouco até a ponta que agora meus dedos acariciam. Eu realmente não sei como fazer isso, só espero não o machucar.

O Hell lambe os lábios e leva a mão à minha cabeça, segurando meu cabelo suavemente. Eu abro minha boca para que os lábios cubram os dentes e eu o insiro até a metade, sem conseguir mais que isso. Lembro-me do filme que assisti com uma amiga de escola e tento imitá-lo.

— Deus — ele rosna, agarrando um punhado do meu cabelo. — Mova sua mão.

Ele traz a mão que tem livre para envolver a minha, movendo-a para cima e para baixo até bater na minha boca para me mostrar como fazê-lo.

HELL

Quando vejo que pegou o ritmo, eu tiro minha mão e a deixo sozinha, estou incrivelmente excitado com o pouco que já fez, embora imagino que também tenha relação com o fato de ela estar nua na minha frente e me chupando pela primeira vez, depois de termos transado — também pela primeira vez —; ela é, afinal, a garota por quem estou irremediavelmente apaixonado, e isso ajuda muito.

— As panquecas vão esfriar. — Isso não pode estar acontecendo comigo. — Porra, vocês poderiam trancar a porta — protesta minha irmã antes de fechá-la novamente.

— Hope, não pare agora — suplico, quando ela se detém.

— Eu estou fazendo bem?

— Está perfeito! Só continue.

Seguro o cabelo dela de novo e começo a empurrar sua cabeça, mais e mais rápido e violentamente. Eu não quero que se engasgue, mas, porra, eu vou gozar a qualquer momento.

— Mais rápido — repito as palavras que me disse quando estávamos transando, desejando que ela o fizesse com a mesma velocidade.

Um calor começa a se formar na base do meu pau e eu sinto as veias inchando enquanto o líquido sobe através dele.

— Se afaste.

— Por quê...?

HOPE

Eu não termino a frase. Ele puxa meu cabelo para trás e tira a minha mão para substituí-la com a dele. Eu me afasto e sinto como fico molhada ao ver como goza na minha frente, grunhindo e apertando os músculos de seus braços. As veias dele incham e a mandíbula fica tensa enquanto seus lábios formam um "o". Gotas semitransparentes se espalham e outras escorregam de sua mão, esgueirando-se entre os dedos e caindo no lençol azul da minha cama.

HELL

Abro os olhos e a visão que tenho diante de mim parece que veio de um sonho. Eu não sei se é porque eu acabei de gozar ou se essa menina me conquistou completamente, mas vendo como me observa, passando a língua nos lábios, as faces coradas e tentando não sorrir, isso me mata.

Eu aceito o lenço que me oferece e limpo minha mão, enquanto assisto como ela olha para o que faço.

— Vem aqui. — Eu jogo o papel no chão e pego na mão dela para se aproximar.

Ela se senta no meu abdômen e eu posso sentir como está molhada, percebo que está excitada com o que acabou de acontecer.

— Por que você está tão molhada, Hope? — Abaixo as mãos e as deixo em suas coxas.

— Eu acho... acho que foi ver o seu rosto...

— Gozando.

— Sim.

— Diga.

— Quando você goza.

— Você também quer? — Eu aproximo minha mão lentamente e a deixo descansar sobre o meu abdômen, colocando meu polegar para cima e tocando levemente o clitóris.

— Ah... — Um pequeno gemido escapa da boca dela e começa a se mover em círculos — Hell...

— Caramba, eu tenho que fazer isso.

— Fazer o quê? — pergunta, confusa, quando eu coloco minhas mãos entre suas pernas e a faço subir no meu corpo. Eu a puxo até que fique sentada sobre a minha cara, exatamente onde eu queria — O quê...? Ah!

Ela grita sem vergonha quando minha língua bate em seu clitóris, e a cabeceira da cama vibra contra a parede quando ela apoia as mãos. Eu a seguro com minhas mãos e a faço ficar parada para que eu possa chupá-la com vontade.

HOPE

Ver a cabeça de Hell entre as minhas pernas, enquanto estou de joelhos e ele está enterrado lá embaixo, causa uma onda de sensações em todo o meu corpo. Eu estou literalmente sentada em sua cara, isso eu não tinha visto em nenhum filme.

Ele aperta minha bunda com suas mãos e me tortura com sua língua, lambendo, chupando, sugando e fazendo não sei o quê, são coisas que eu nunca experimentei em toda minha vida. E quando penso que não posso sentir nada melhor que isso, mais uma vez ele me mostra como estou errada ao me penetrar com dois dedos.

— Hell! — Mordo os lábios para evitar liberar outro grito daqueles, o que faz com que me chupe mais rápido. — Deus.

— Eu quero que você goze —murmura sem tirar a cabeça, olhando para mim com olhos do inferno e me tentando para que o obedeça.

— Saia — eu digo quando acho que vou gozar.

— Nem fodendo. — Ele ri sarcasticamente antes de introduzir mais um dedo.

— Ah! Hell, caramba, chega — repito, tentando me mexer, mas o aperto dele não permite.

— Goze.

— Ah! — Seus dedos vêm e vão, sua língua os acompanha.

HELL

O líquido me faz cócegas enquanto escorre pelo meu queixo, enchendo minha boca e meus lábios. Meus dedos se movem com tanta facilidade que eu não sei se estão dentro ou fora, Hope grita sem se preocupar em ser ouvida. Suas pernas pressionam em ambos os lados da minha cabeça e movem seus quadris incontrolavelmente, mesmo que eu a segure pela bunda.

— Deus — ela sussurra com a voz embargada, inclinando a cabeça contra a parede.

— Não, querida. Muito pelo contrário.

HOPE

Hell me segue até o chuveiro sem se incomodar em perguntar se eu me importo. Acho que o fato de ter acabado de gozar em sua boca nos dá alguma intimidade.

— O que vai acontecer conosco? — pergunto quando terminamos um banho mais do que quente.

— Sempre dando nomes às coisas. — Ele sorri com o canto da boca e volta para a cama depois de colocar a cueca.

— Querido, eu gostaria de saber se posso ter certeza de que você vai ficar comigo, ou se vou ter que te dividir com aquela cadela de nariz empinado e outras cinquenta. — Eu deslizo a camisa sobre o corpo e visto calcinhas limpas antes de me deitar ao lado dele.

— Hope, não dormi com ninguém desde que te conheci.

— Não acredito.

— Bem, o problema é seu — responde e se vira, ficando de costas para mim.

— Hell... — Eu toco seu braço suavemente e trago meu corpo mais para perto dele. — Me desculpe, eu não estou acostumada com isso — digo em seu ouvido.

Ele se vira e suspira antes de colocar um braço atrás da minha cabeça.

— Bem, você terá que se acostumar rapidamente, porque eu amo você, mas minha paciência tem um limite que você superou há muito tempo.

— Como devo entender isso? — pergunto, confusa.

— Aceite de uma vez que estou apaixonado por você e não quero estar com mais nenhuma outra mulher.

— Nem eu. — Sorrio.

— Você não quer estar com nenhuma outra mulher? — Ele faz uma careta. — Poxa, eu ia propor um trio.

— Idiota! — Nós dois rimos. — Eu quis dizer com nenhum cara...

— Eu entendi você, querida. — Ele move a boca lentamente e me dá um beijo demorado e úmido. — Vamos dormir um pouco, ok? Eu tenho assuntos a tratar mais tarde.

— Que assuntos?

— Me escute. — Ele se senta um pouco, se apoiando em um cotovelo. — Se queremos que isso funcione, você deve ficar longe de todas as minhas merdas. Não pergunte, não investigue, não me siga e, acima de tudo, não se coloque em perigo. Não mate mais pessoas.

— E se eu não aceitar, o que acontece?

— Isso termina aqui e agora.

HELL

Eu não acredito em minhas palavras, mas devo tentar. Não posso permitir que continue se colocando em perigo dessa forma.

— Como vou ficar se algo acontecer com você?

— Você confia em mim?

— Você é a única pessoa em quem confio, Hell.

— Bem, confie também quando eu disser que volto para casa todas as noites. — Ela fica pensativa por alguns segundos e finalmente concorda.

— Tenho apenas uma condição.

— Qual?

— Me conte tudo o que você faz.

— Eu já não disse que nenhuma pergunta, trapaceira? — retruco com uma pergunta, sem deixar de sorrir.

— Não posso viver na ignorância. Se você quer que eu não te siga e fique quieta, preciso saber o que faz, com o que você está envolvido e com quem.

Eu duvido que precise, mas pelo seu rosto e seu olhar sei que, se não aceitar o que me pede, qualquer dia vou encontrá-la no meio de um tiroteio.

— Ok, trato feito.

— Prometa.

— Prometo.

Eu a beijo nos lábios e a abraço. Nossas respirações se acalmam e, alguns minutos depois, pegamos no sono.

Eu acordo com gritos vindos de algum lugar da casa. Hope ainda está adormecida, a cabeça ligeiramente escondida no meu pescoço. Eu me movo lentamente e a deito no travesseiro para poder levantar, pego minha calça jeans e coloco-a antes de sair do quarto.

— Eu disse pra você sair! — minha irmã grita da sala de estar. Eu olho para o relógio enquanto passo pelo corredor. São três da tarde.

— Bebê, por favor, me escute. — Connor tenta segurar sua mão.

— Vai embora agora ou eu juro por Deus que vou te bater e você vai desejar não ter me conhecido! — Sasha pega um vaso de cima da mesa para arremessar nele, mas eu o tiro de suas mãos por trás.

— O que está acontecendo? Você me acordou.

— Nada demais, vá para a cama — ela responde, tentando se acalmar.

— Connor? — Eu cruzo meus braços e olho para ele.

— Sua irmã me viu com uma amiga e acha que estou traindo ela.

— Não era uma amiga, seu mentiroso de merda! — Eu a levanto do chão quando vejo que vai correr na direção dele.

— Se acalme.

— Me deixe! Me bota no chão! — reclama energicamente.

— Pode soltá-la — ele me diz.

Quando eu a solto, ela sai em disparada, mas Connor a segura pelos pulsos e a vira, de modo que os braços de Sasha ficam bloqueados e as costas encostam no peito dele.

— Bebê, juro que é apenas uma amiga — ele diz em uma voz calma. — Eu só gosto de você, porra. — Ela tenta se soltar, mas pelo menos não grita mais.

Como vejo que Connor sabe lidar com a situação perfeitamente sozinho, eu me viro e volto para o quarto. Algo me diz que esse garoto sabe como domar bestas selvagens.

Minha fera pessoal ainda está dormindo como se fosse um anjo, algo curioso, considerando que vive cercada de chamas e perigos constantes.

— Você vai adicionar assédio à sua lista de crimes?

Eu sorrio para sua voz sonolenta quando me aproximo dela e ela abre os olhos.

— Eu já cometi todos os crimes que podem ser cometidos.

— Todos? — ela me pergunta ficando séria. Eu rio de sua expressão preocupada e balanço a cabeça.

— Não, Hope, não todos. Não fiz os que você está pensando, mas você conhece quase tudo o que já fiz. E mesmo assim, você caiu na minha rede. Você gosta do perigo, né? — Ela sorri e se levanta, vai ao banheiro e volta em alguns segundos com a escova de dentes em sua boca.

— Sem perigo, a vida seria muito chata — responde, com a boca cheia de espuma.

— Bem, eu adoraria ficar entediado todos os dias. — Bufo e deito de costas. — Mas aí não seria eu, não seria a minha vida.

— Sua vida sempre vai ser assim? — pergunta, minutos depois, quando retorna para o quarto.

— Assim como?

— Máfia, drogas, prostituição... assassinato.

— É o negócio da família, Hope. Eu sou a terceira geração dos Ivankov, eu não posso desistir. Minha mãe morreu por causa disso... — Ela se deita de bruços e me dá um beijo rápido nos lábios. Eu sorrio ao seu gesto espontâneo e retribuo com outro beijo.

— Sinto muito pela sua mãe.

— E eu por seus pais. E sua avó. — Eu a abraço novamente e respiro fundo para sentir seu cheiro.

— E onde eu me encaixo nesse quebra-cabeça?

— Você é minha esperança. O motivo para eu voltar para casa e poder ver esse sorriso, beijar as covinhas das suas bochechas quando você sorri. — Ela sorri e eu a beijo.

— O que vai fazer hoje?

— Já começamos?

— Nós temos um acordo, você esqueceu?

— Não, mas esperava que você sim. — Sorrio.

— Bem, não esqueci. — Eu suspiro e a solto para me levantar.

Saio do seu quarto e ela me segue pelo corredor até o meu. Quando a olho, abre os braços e levanta as sobrancelhas de maneira questionadora.

— Oi?

— Diga.

— Como assim, "diga"? Você está brincando comigo? — ela pergunta ofendida.

— Desculpa, você disse alguma coisa?
— Vá se foder.

HOPE

Eu me viro para sair e o ouço rir e correr para mim. Ele me levanta no ar e me joga na cama, jogando-se em cima de mim.

— Desculpe, bebê. — Ele ri.

— Por que você me chama de bebê? Não gosto.

— Ah, não? — pergunta, surpreso. — Por quê?

— Porque tenho certeza que você chama todas assim.

— Bem, mais uma vez, minha querida Hope, você está errada.

— Vamos ver. Como você as chama?

— Linda, boneca... ou pelo nome. — Olho para ele com desconfiança.
— Hope, não faço nem te digo nada da mesma forma que com as outras.

— Vou ter que acreditar em você. — Ele sorri com satisfação. — Por enquanto.

— Por quê, por enquanto? — Ele se afasta e começa a me fazer cócegas por todo o corpo.

— Mas que palhaços. — Sas olha pela porta. — Nós vamos para a piscina, vocês querem ir?

— Eu tenho que trabalhar, vão vocês — responde ele quando se levanta, eu o sigo.

— O que me diz, Úr? Vamos?

— Desde quando você me pergunta? — Eu levanto uma sobrancelha.

— Bem, é verdade — responde ela e se vira para sair. — Coloque seu biquíni! Saímos em vinte minutos!

— Eu não posso acreditar que vou deixar de te ver de biquíni. — Meu inferno sorri com o canto da boca e caminha lentamente em minha direção.
— Molhada... você tem alguma ideia do que eu poderia fazer com você, querida? — Ele coloca as mãos na minha cintura e me aperta levemente.

— Posso imaginar.

— Não. — Ele ri sarcasticamente. — Posso te garantir que o que passa dentro dessa pequena cabeça não é um quarto do que eu faria com você.

Eu fico na ponta dos pés e coloco meus braços em volta do seu pescoço, me aproximando da sua boca.

— Você vai me mostrar um dia? — sussurro em seus lábios.

— Deus, você não quer saber — rosna ele, controlando suas mãos.

— Hmm... Talvez sim.

Ele me olha com os olhos apertados, como se estivesse me analisando. Abaixa as mãos lentamente até que descansem no meu traseiro, se abaixa um pouco sem tirar os olhos dos meus e me levanta. Eu abraço o corpo dele com as pernas e deixo que me leve até a cômoda onde guardo as calcinhas. Ele me coloca em cima dela e sobe suas mãos novamente, desta vez para acariciar minhas pernas nuas.

— Hope, eu perdi a virgindade aos catorze anos. Desde aquele dia, já transei com tantas mulheres que você não poderia contar e fiz coisas com elas que você nem imaginaria.

— O que quer me dizer com isso?

— Cuidado com o que você me pede quando estou perto, porque não tenho como me controlar muitas vezes.

— Ah.

XVI

HELL

— Puta merda, V, não fode!

— Me respeite, Hell. Não ouse levantar a voz de novo. — Ele estende o dedo e aponta para mim.

Eu bufo e esfrego meus cabelos enquanto ando de um lado para o outro, me aproximo de sua mesa e pego um dos cigarros que encontro.

— O que vamos fazer? — Olho para ele sem levantar totalmente a cabeça.

— O que fazemos de melhor. Sobreviver.

— Eu sabia que isso iria acontecer, porra. Eu sabia! — Dou um soco na mesa em que estou apoiado e ele me dá uma advertência com o olhar.

— Quero que seu irmão venha também, ele precisa despertar para a vida de uma vez por todas.

— Eu não acho necessário que Nate nos acompanhe. Para quê?

— Nós somos uma família, Hell. A família deve estar sempre unida, a família é a única coisa que nos mantém onde estamos. A família mostra a força, a união.

— E Sas?

— Não. Sua irmã fica, eu nem quero que saiba disso. Se souber, ela vai querer vir. Quanto menos russos souberem de sua existência, melhor.

HOPE

Sasha se joga na piscina bem próxima de onde estou, espirrando água em meus olhos e molhando a esteira onde colocamos nossos copos de tequila.

— Você encharcou tudo! — Jogo água nela quando sua cabeça volta à superfície.

— Merda — diz ela, olhando para toda a tequila derramada. — Mon, pega a outra garrafa na geladeira.

— A Candy pega, esta é a casa dela — reclama a outra sem sair da rede de balanço.

— Que se foda, eu não vou levantar.

Sasha nada até a borda e pega o celular que está debaixo da toalha, destrava-o e franze a testa.

— O que está acontecendo? — Nado até ela.

— Eu não sei, meu irmão não respondeu à mensagem.

— Bem, ele disse que tinha que trabalhar.

— Não, ele sempre me responde, mesmo que seja para me mandar para o inferno. Sempre. — Pega um impulso e sai da água, eu vou logo atrás. — Aconteceu alguma coisa.

— O quê? Por que diz isso? — questiono, começando a me assustar.

— Tenho um pressentimento.

Vejo como ela entra na casa e pega a bolsa que trouxemos com nossas roupas, toalhas etc. Pega o vestido e o coloca de uma só vez, sem se secar. Faz o mesmo com as sandálias de salto alto, prendendo-as de cada lado.

— O que você está esperando? — pergunta ela quando me vê paralisada, observando-a.

— Mas para onde estamos indo? — Eu pego meu shorts e camiseta e passo uma pequena toalha no meu corpo antes de me vestir.

— Eu já te disse, aconteceu alguma coisa, vamos para a minha casa.

— Quê? — Me detenho. — Com seu pai lá?

— Ele não vai morder você — ela suspira, exasperada pela minha lentidão.

— Eu não sei, eu...

— Vamos, porra! — Ela joga meus sapatos e meias para perto de mim.

— Estou indo, estou indo — digo, tentando me apressar.

Sasha entra na propriedade de seu pai derrapando e quase batendo na árvore que lhe serviu tantas vezes para entrar secretamente em seu quarto.

— Eu não quero morrer tão cedo — digo, segurando o painel.

— Se é assim, então você arranjou o namorado e a família errados — diz, saindo do carro.

Eu a sigo, ficando para trás. Ela abre a porta do escritório de seu pai sem bater nem pedir licença, mas não há ninguém. Rosna e sobe as escadas de dois em dois, enquanto fico esperando na entrada.

— Eles saíram. — Ela me diz, descendo novamente.

— Para onde?

— Não sei.

HELL

Casper e Key caminham atrás de nós, com uma arma em cada mão e munição o suficiente para explodir a porra do armazém em que eles nos chamaram. V, Nate e eu também estamos armados, embora não deixemos aparente como eles. "Fingir estar em segurança" são as palavras que meu pai não parou de repetir enquanto dirigíamos para cá.

Eu me odeio por não ligar para Hope e lhe contar o que está acontecendo, que os russos descobriram que somos os responsáveis pelos assassinatos mais recentes e que nos juraram de morte. Pode ser que hoje não saia vivo desta porra de lugar, mas, se for esse o caso, não levarei Hope nem minha irmã comigo. Isso estava por acontecer, em algum momento essa bomba iria explodir em algum lugar e, aparentemente, esse momento vai ser hoje. V nos avisou quando retornou de sua viagem a Connecticut, mas acho que nenhum de nós queria pensar muito sobre isso.

— E agora o quê? — pergunto, quando já estamos dentro.

O lugar cheira a mofo e está cheio de umidade e pombos, entrando e saindo, pelas janelas quebradas no topo do prédio. Há muito tempo, este local não tem outra função que não seja a troca de mercadorias e possivelmente reuniões como a que está prestes a acontecer.

— Cale a boca — me instrui V, acenando com a mão para mim. Continuamos avançando até uma cortina de plástico no final de um corredor, como aquelas nas entradas dos matadouros. Vozes podem ser ouvidas do outro lado, mas nada coerente pode ser entendido.

— Se algo acontecer, acertem um tiro entre os olhos deles e vão embora. — Ele coloca uma das mãos no meu ombro e a outra no do meu irmão. — A estante do meio no quarto da sua irmã tem um fundo falso — diz ele para mim. — Olhe atrás e vai achar a senha do cofre no meu escritório. Dentro dele, você encontrará tudo que precisa para cuidar desta família.

— Mas quê...?

— Entendido — interrompo meu irmão, olhando nos olhos do meu pai e não questionando mais nada.

Ele concorda e dá a cada um de nós um tapinha na bochecha antes de passar pelos plásticos. Os russos levantam-se assim que nos veem, eles ficam mais alerta, mas tentam disfarçar. Estão em nove, puta merda. E nós, apenas cinco. Estamos fodidos.

HOPE

— O que você está fazendo? Está me deixando nervosa! — grito com Sasha enquanto ela atravessa a casa, procurando por algo, abrindo gavetas e desmontando armários.

— Cale a boca, porra! — exclama ela, abrindo a porta do armário onde guardam os biscoitos. — Sim! Sabia que havia deixado em algum lugar.

Ela tira um dispositivo de uma caixa que parecia estar vazia, uma pequena tela acende e apita. Eu me aproximo para olhar por cima de seu ombro e vejo que é um tipo de localizador, ela se vira e aponta para um ponto vermelho no meio.

— Você notou o anel que meu irmão está usando?

— Sim.

— Eu dei a ele quando desapareceu por três dias e o encontramos caído no Novo México com duas balas. Estava prestes a morrer e eu quase morri com ele. — Levanta a cabeça para me olhar com uma expressão séria. — Percebi que não posso perdê-lo, que... — Ela respira. — Que eu realmente preciso que continue vivendo, então pedi que instalassem um localizador em um anel e dei a ele. Ele nunca o tirou.

— Então, eles estão... — Eu me aproximo para ver melhor o endereço.

— Vamos, eu sei onde fica.

Eu a sigo pela cozinha em direção a entrada principal e a vejo entrar no escritório de seu pai. Ela abre outro armário e faz um gesto para que me aproxime.

— Segura. — Joga uma arma em minha direção, que quica entre os meus dedos até que consiga segurá-la bem.

— O que você quer que eu faça com isso?

— Olha só, se quiser, pode encher de tequila e apertar o gatilho pra ver o que sai, — sugere sarcasticamente.

— Porra — bufo e balanço a cabeça —, você não quer que eu use isso, né?

— Você matou dois caras.

— Com uma faca, não com isso.

— Bem, isso é melhor. — Ela pega a arma da minha mão, confere o pente, verifica que está cheio e devolve para mim. — Engatilhe a arma.

Eu faço o que tenho visto tantas vezes em filmes e ela sorri.

— Boa garota, Úrsula.

— Sas...

— Se meu irmão estiver em perigo, você vai atirar?

— Sim — respondo prontamente e ela sorri de novo.

— Já imaginava. Vamos lá.

Pega uma pistola a mais para cada uma de nós e vamos até a porta, quando saímos, nos chocamos com dois homens de terno muito altos.

— Senhorita, aonde vai com isso?

— Meus irmãos e meu pai desapareceram. Eu sei que eles foram encontrar os russos por tudo que tem acontecido.

Viro minha cabeça para olhá-la surpresa e apavorada com o que acabou de dizer, noto que começo a tremer e meu pulso dispara. Por que não me disse isso antes? E por que o Hell não me ligou? Se o que Sasha está pensando é verdade, é muito possível que... Deus, não. Não é possível, nada pode acontecer com ele, não pode ser que o dia que eu tanto temia tenha chegado tão cedo.

— Acho que não, nós saberíamos — um deles responde.

— Vocês só sabem o que ele quer que saibam. — Sas se desespera. — Vocês vêm ou não?

— Sabe onde eles estão? — Ela levanta a tela para mostrar o ponto vermelho e eles acenam. — Vamos lá.

HELL

Andamos com confiança até a mesa no meio da sala enorme e abandonada, nos sentamos enquanto Casper e Key ficam de pé ao nosso lado. Quando terminamos, os russos nos imitam. Apenas dois se sentam, o resto fica atrás deles com as armas prontas.

— Muita segurança desnecessária, Kozlov — meu pai é o primeiro a falar.

— Segurança nunca é demais, Ivankov — responde ele com um sotaque forte.

— Eu não tenho muito tempo, tenho muitos assuntos importantes para me ocupar, então diga o que você tem a dizer — meu pai fala e eu admiro sua indiferença fingida.

— Sua filha e a putinha do seu filho mataram cinco dos meus homens. — Ele olha para mim.

— Ouvi alguma coisa, sim. — V encolhe os ombros.

— Temos que equilibrar a balança — diz o que já esperávamos. Meu corpo fica alerta perante uma ameaça tão sutil.

— O que você propõe? — Olho para o meu pai sem entender por que ele fez essa pergunta, mas logo olho para frente de novo.

Segurança, Hell. União.

— Minhas fontes me disseram que essa... qual era o nome dela? — Kozlov olha para o garoto sentado ao lado dele, que deve ter quase a mesma idade que eu. Seu filho.

— Hope — diz ele, ainda olhando para mim.

— Isso, Hope. — Ri de uma piada que aparentemente só ele entendeu. — Era uma puta. Trabalhava no seu clube, certo?

— Sim.

Todas as veias do meu corpo estão explodindo e, pela voz do meu pai, ele não gosta do rumo que a conversa está tomando. Nathan permanece impassível, mas posso ver de soslaio como crava seus dedos nas próprias pernas, provavelmente tentando diminuir a sensação de coceira nas mãos que o incita a sacar a porra da pistola e encher todo mundo de bala.

— Bem, meu filho ficou com vontade de provar a moça — continua Kozlov.

— E ele vai continuar com vontade, porque ela é a namorada do meu filho — responde meu pai. Estou surpreso e aliviado ao mesmo tempo.

Eles riem. Com vontade. Nós não nos movemos, mas minha mão vai se aproximando da arma.

— Por favor, quem é puta uma vez, é puta a vida toda.

Eu tomo o impulso de levantar, mas meu pai coloca uma mão no meu joelho e aperta com toda a força, sem virar a cabeça para olhar para mim nem mover um único músculo do rosto. Eu respiro fundo pelo nariz e tento me acalmar.

— O que é que você quer? — pergunto.

— Uma noite para o meu filho com a sua putinha. — Sorri e olha para o meu pai. — E uma para mim. Com a sua filha.

HOPE

O homem de preto número um, que atende por Adam, estaciona o carro ao lado do jipe de Hell. Eu suspiro um pouco ao saber que ele está aqui, mas não fico aliviada pois não sei em que estado se encontra.

— Senhorita — diz para Sasha —, vocês ficam aqui.

— Sim, eu estava pensando nisso — declara ela, abrindo a porta dos fundos e descendo enquanto os dois a olham indignados.

— Fiquem atrás de nós.

— Eu estava pensando nisso também. — Sasha corre e eu vou atrás dela.

Ela para ao lado de uma porta que está aberta e me observa, ignorando os dois homens de preto que nos acompanham.

— Está pronta? — pergunta, sacando uma das pistolas.

— Não. — Eu encho meus pulmões vendo seu olhar fixo e concordo. — Vamos lá.

Passo na frente dela, andando tão devagar que ela acaba me ultrapassando. Adam e o outro nos seguem, também com armas prontas. Paramos atrás de uma cortina de plástico, típica de um filme de assassinato e tortura. Sasha leva um dedo aos lábios, indicando que não devemos fazer barulho, e nós duas aguçamos o ouvido. De repente eu vejo a mim mesma de cima, como quando você se vê em um sonho, com a arma em minhas mãos, segurando-a com tanta força que minhas juntas estão brancas.

Pronta para matar ou morrer.

— Uma noite para o meu filho com sua putinha e outra para mim. Com a sua filha.

O rosto de Sasha se transforma e então eu percebo o que está acontecendo. É hoje. É agora. A data que vai estar escrita em minha lápide será a de hoje, a possibilidade de sair viva é tão escassa quanto a de um míssil nos atingir.

HELL

Um tiro assobia pela minha cabeça. Os russos se jogam no chão e uma inesperada chuva de balas começa. Eu não sei de onde os disparos estão vindo ou em quem estão mirando.

— Sasha! — Eu me viro quando ouço o nome da minha irmã saindo da boca do Nathan.

Hope avança ao lado dela, puxando o gatilho como se ambas usassem um colete à prova de balas ou um escudo invisível que as protegessem. Adam e Vince vêm atrás das meninas, tentando alcançar os russos. No mesmo instante, me levanto e corro em sua direção, uma queimação forte e intensa me faz colocar a mão nas costas, mas não paro. Eu me jogo em cima delas, fazendo-as cair no chão e protegendo-as com o meu corpo. Sasha tenta se livrar de mim, mas eu não vou permitir, então cubro suas cabeças com meus braços e olho para os lados, tentando encontrar uma rota de fuga, um lugar para escondê-las.

— Venham comigo! — Eu me levanto, ignorando totalmente a dor aguda que sinto.

Continuo cobrindo-as enquanto as levo para um muro baixo. Eu as empurro assim que outra bala roça meu braço, e ambas caem no chão de concreto, arranhando suas pernas e mãos.

— Hell, volte! — Hope grita quando vê que eu não as sigo.

— Não saiam daí!

Com os olhos peço à minha irmã que proteja Hope e a impeça de me seguir, então viro e volto para o restante.

— Hell! — Eu ignoro os gritos angustiados da mulher que amo e me jogo no chão, onde está meu irmão.

— Estão bem? — pergunta meu pai.

— Sim.

— Você não está. — Nate observa o sangue que já cobre minha camisa.

— Estou bem, temos que sair daqui.

Os russos não param de atirar nem parecem ter intenção de sair de seus lugares, então precisamos de outra ideia.

— Eu vou distraí-los, tirem Sasha e Hope daqui — mando, levantando.

HOPE

Hell se levanta de repente, no meio de toda aquela chuva de balas. Levanta suas mãos e olha para os russos.

— Você quer morrer? — grita aquele que parece ser o chefe. — Parem de atirar!

— Não quero morrer, mas também não quero que você mate minha família.

— Há pouco que você possa me oferecer, Ivankov.

Toda a explosão ensurdecedora de alguns momentos atrás vira um completo silêncio que faz meu cabelo se arrepiar. Já escutou que antes da tempestade vem a calmaria? Bem, esta é a descrição gráfica dessa frase.

— Me diga o que você quer.

— Você já sabe. — Sorri e olha para nós.

— Filho da puta! — Sasha se levanta e eu a seguro pelas pernas.

— Sasha, fique abaixada! — grita Hell.

O russo apenas ri junto com os companheiros que ficaram vivos.

— Essas duas putas mataram mais dois. — Ele aponta para os cadáveres no chão. — A balança está ficando cada vez mais desequilibrada.

Vejo como as veias dos braços de Hell incham, isso não vai acabar bem.

Aquele que parece ser o chefe sorri de lado, olhando em nossa direção, mas Hell está na frente de seu campo de visão em uma tentativa de nos proteger.

— Você deve estar completamente doido se acredita por um segundo que tem alguma chance de conseguir o que quer.

— Então alguém da sua família vai morrer hoje — sentencia.

Imediatamente, os homens que protegem os russos levantam as armas, e quando vejo que eles pretendem apontá-las para Hell, deixo o esconderijo sem pensar duas vezes. Todos eles se viram na minha direção.

— Mas o que você está fazendo?! Volte para a porra da parede! — Hell implora com puro terror em seus olhos.

— Não! — Eu me surpreendo com a força da minha voz.

Fingindo segurança, embora por dentro esteja morrendo de medo, ando até ficar próxima a Hell, que me fita com os olhos arregalados imaginando o que pretendo fazer.

— Você vai nos matar, garota. — V murmura, ainda atento a todos os movimentos do outro chefe. O russo olha para mim atentamente, engulo em seco e ele inclina o rosto como um predador que estuda sua presa.

— O que está fazendo? Você vai me dar o que eu quero? — pergunta sorrindo e gesticulando para seu filho se aproximar.

— Você vai deixar todo mundo em paz? — murmuro e me xingo porque minha voz não soou tão segura.

— O que você acabou de dizer?! — Hell fala entre os dentes, aperta meu braço e me coloca atrás dele, virando-se para olhar para mim. — Eu quero que você volte até onde está minha irmã e não saia de lá — ordena, furioso e com as veias do pescoço a ponto de estourar.

Eu entendo que se sinta assim, eu também me sentiria, mas a culpa de tudo isso é minha. Eu matei aqueles homens, junto com Sasha, como ele pode pensar por um momento que vou deixar que atirem nele a um palmo do meu nariz?

— Não posso deixar nada acontecer com você por culpa minha, não entende? — falo em voz baixa para que só ele possa ouvir.

— Bem, isso vai acabar como Romeu e Julieta? — pergunta o russo atrás dele.

— Foda-se, seu filho da puta. — Sasha se levanta de repente e as balas começam a perfurar o ar novamente.

— Puta merda. — Hell se joga em cima de mim, como há alguns minutos atrás, e nós dois caímos no chão.

HELL

Puta que me pariu. Puta que pariu, Sasha. O que é que ela tem na cabeça além de sapatos? Desgraçada!

— Vá para trás da coluna — peço a Hope sob o meu corpo.

— Estamos juntos nisso, Hell. Eu não vou sair sem você.

— Merda, Hope — rosno e lhe entrego uma das minhas pistolas antes de sair de cima dela.

— Eu já tenho uma. — Ela mostra para mim e eu aceno.

— Fique atrás de mim. Nate! — Procuro o meu irmão com os olhos e vejo que ele correu em direção a Sas e agora ambos atiram se protegendo detrás da parede.

— Casper, munição! — V estende as mãos e recebe a munição que Casper lhe lança. — Hell, leve-as daqui. E seu irmão também.

— E você?

— Faça isso!

— Porra! — xingo, ao adivinhar suas intenções.

Puxo Hope pela mão e corro com ela até a cortina de plástico enquanto meu pai, Casper e os outros três nos cobrem.

Key daria vida por qualquer membro dessa família, assim como seu primo Adam.

— Nate, vamos! — Hope levanta a arma ao meu lado e começamos a atirar para que meus irmãos possam sair sem que nenhuma bala os atinja no percurso.

Os dois correm, Nathan cobrindo Sas com seu corpo, eles vão atrás de nós e Hope puxa meu braço.

— Vamos! Que você está esperando?! — Hope grita para mim quando me vê parado no meio da cortina, embora meus irmãos já tenham saído.

— Vamos deixar o papai aqui? — Sasha olha para mim com os olhos arregalados.

Meu olhar encontra o de meu pai e, sem que ele precise repetir, empurro meus irmãos e Hope para fora da sala e todos desaparecemos daquela cena apocalíptica.

— Temos que ajudá-los! — exclama Sasha, lutando para voltar.

Eu seguro o corpo da minha irmã como posso, porque toda vez que eu sinto a adrenalina diminuindo a ferida piora.

HOPE

Eu corro para a frente do carro de Hell, enquanto Nathan empurra sua irmã para o banco de trás.

— Vocês são uns desgraçados! Ele é o nosso pai! — Nós a seguramos para que o Hell pudesse dirigir.

— Você vai nos fazer bater! — grito para ela.

— Sasha, acalme-se, por favor — pede Hell. — Vou deixar vocês em casa e volto para ajudá-lo.

Então, sou eu quem se vira para olhá-lo, ele ainda está concentrado na estrada, sem desviar o olhar e sem parar de sangrar.

— Eu volto com você! — Sasha aperta a cabeça entre os bancos da frente.

— Eu não vou deixar você voltar lá sozinho — advirto, mas ele me ignora. — Você me ouviu? — Eu me aproximo dele, colocando a mão em sua perna, e vejo seus olhos se fecharem por um segundo. — Você está sangrando, caramba! — Procuro algo no carro para cobrir a ferida.

— Eu estou bem, não se preocupe — murmura, mas percebo como sua voz não está tão firme quanto há alguns minutos e seus olhos se fecham novamente.

— Ei! Hell, abra os olhos, porra! — Nathan empurra Sasha para longe e se aproxima. — Vamos, está tudo bem.

— Eu estou bem — repete como se por reflexo.

HELL

Não estou bem. Minhas pálpebras pesam e tenho dificuldade em manter as mãos no volante, a ferida não dói tanto quanto deveria e estou com frio. Gotas de suor gelado escorrem pelas minhas costas, misturadas com o sangue espesso que sai do buraco na minha pele. É uma sensação que eu conheço bem... como se fosse um balão que está se esvaziando.

— Cara, freia. — Eu obedeço à voz do meu irmão quando chegamos à nossa casa.

Os seguranças que ficam nas portas e em todo o terreno vêm e me ajudam.

— O que aconteceu, senhor?

— Levem elas para dentro e vamos voltar para lá. Meu pai e Casper precisam de ajuda.

— O único lugar para onde você vai é um hospital! — Hope dá a volta no carro e fica na minha frente.

— Temos que ajudar meu pai! — grita Sasha.

— Seu irmão está sangrando! — responde minha garota.

— E meu pai pode estar morrendo!

— Basta, parem de gritar — imploro sem forças, minhas pernas falham e se não fosse por Tim e Joe, agora eu estaria no chão.

— Você não pode ajudar ninguém neste estado. Eu vou — diz Nate, entrando no banco do motorista e fazendo um sinal para o resto dos homens.

— Porra nenhuma, Nathan. Eu não vou deixar você ir sozinho.

— Ele não vai sozinho, senhor — diz Joe. — Nós não vamos deixar que nada aconteça com ele e nem com seu pai.

— Eu também vou — informa Sasha, passando por mim, mas consigo segurá-la pelo braço.

— Entre na porra da casa de uma vez! — seu gêmeo ordena com raiva genuína e nós olhamos para ele, surpresos. Geralmente não é ele quem perde os nervos. — Tudo isso foi culpa sua, então pare de desperdiçar nosso tempo e obedeça!

Sasha olha para ele com olhos cheios de lágrimas, paralisada e sem saber o que responder, todos aproveitam a oportunidade para entrar no carro e sair.

— Nate... — Eu tento me aproximar da janela com a ajuda dos meus dois homens.

— Vou tomar cuidado. Volto logo.

HOPE

— Por favor, vamos para dentro — imploro quando o carro desaparece pelo portão de segurança de metal.

— Se algo acontecer com eles...

— Nada vai acontecer.

Eu o seguro pela cintura já que todos os seguranças da casa foram com o caçula da família para tentar salvar o resto.

— Droga, eu tinha que estar lá — murmura ele com raiva e dor enquanto coloca um braço em volta dos meus ombros e caminhamos em direção à casa.

Sasha nos segue em completo silêncio, com um olhar perdido e uma cabeça baixa. Cuidarei dela mais tarde, agora a minha prioridade é o Hell.

— Sente-se — digo quando chegamos ao escritório de seu pai.

Ele se inclina sobre a mesa e dá um pequeno impulso para se sentar sobre o tampo.

— Já volto. — Eu vou para a porta, mas depois percebo que não sei onde encontrar nada. — Onde está o kit de primeiros socorros?

— Tem um aqui, naquele armário. — Aponta com a cabeça, eu vou correndo e volto com ele nas mãos, deixando-o na mesa. Eu pego as bandagens, água oxigenada e olho para ele, não sei como fazer isso. — Encontre as pinças — ele murmura.

— Pinças. Ok. — Levanto a cabeça e dou-lhe um tapinha na bochecha. — Ei, abra os olhos.

Ele balança a cabeça e eu despejo a maldita bolsa de remédios na mesa.

— Achei.

— Tesoura para cortar a camisa.

— Aqui. — Meto a lâmina por dentro do tecido para rasgá-lo completamente. — Deus! Oh, Deus. — Eu respiro profundamente para não desmaiar quando vejo a quantidade de sangue.

— Hope, você matou dois homens — lembra ele.

— Eu sei, mas o sangue não era seu. Não foi você quem sofreu.

— Eu não estou sofrendo, estou bem.

— Está ótimo, posso ver. — Ele olha para mim de relance e me lembro que odeia sarcasmo. — O que eu faço?

— Você tem que tirar a bala.

— Porra — murmuro. — Ok, eu posso fazer isso. Vai doer — digo quando aproximo as pontas da pinça do buraco.

— Não é a primeira vez. Faça logo.

— Espere, eu não vejo nada, droga.

Ele me passa um punhado de gaze para remover um pouco de sangue e ver melhor. Eu respiro e aproximo a ponta, tentando não tocar nas bordas da ferida.

— Sinto muito — digo, quando vejo como os músculos estão tensos.

— Vamos, tire isso — rosna com os dentes cerrados.

Eu noto algo duro, então pego com a pinça e o tiro de dentro de seu corpo. Ele respira fundo e os nós dos seus dedos ficam brancos quando ele aperta as bordas da mesa. Deixo a bala em cima da bolsa de remédios junto com a pinça suja de sangue e coloco mais gaze na pele dele. Hell libera todo o ar contido e balança a cabeça.

— Bem, agora você tem... que costurar a ferida — diz exausto, fecha os olhos e toma mais ar, tentando controlar sua respiração. — Me dê a garrafa de uísque.

— Para desinfetar? — pergunto, pegando e abrindo antes de dar a ele.

— Sim. — Ele dá um longo gole. — Para desinfetar por dentro. — Sorri com o canto da boca e com esforço.

Por um momento, eu sorrio também e dou um gole quando me oferece, esta cena é tão surreal para mim, mas tão real para ele.

— Você fez tudo certo, querida — diz quando eu termino de costurá-lo.

— Eu nunca pensei que teria que fazer algo assim. — Deixo a agulha e o fio ensanguentados em cima da bolsa branca de remédios, e ele me coloca entre suas pernas.

— Você não deveria ter que fazer isso. Não deveria ter ido lá.

— Você quebrou o nosso acordo, eu também.

— Que acordo eu quebrei?

— Você disse que me contaria tudo, aonde você vai e com quem, e você não fez.

— Se eu tivesse dito, você não teria me deixado ir — adivinha acariciando meu rosto.

— Sim, mas eu teria ido com você.

— Exato, pior ainda.

Fecho os olhos com desaprovação e ele fecha um pouco os dele.

— Você tem que se deitar, perdeu muito sangue. — Ele concorda e eu o ajudo a levantar para ir ao sofá, mas depois vejo a ferida em seu braço.

— Ei, eu tenho que cuidar do seu braço.

— Só tape isso, foi de raspão.

Faço o que me pede em silêncio, recapitulando os últimos minutos, até o momento em que Nathan gritou com sua irmã e ela ficou paralisada, deixando de insistir para voltar ao prédio.

— Ei, há algo de errado com a Sasha — comento depois de botar a cabeça para fora da porta. Ela está sentada no sofá da sala sem fazer nada.

— É por causa do que Nate disse — ele diz fazendo força e pegando um impulso para se levantar. — Eu vou falar com ela.

HELL

Depois que Hope cobre a ferida em meu braço com um curativo, eu vou para a sala de estar e me sento no sofá ao lado de minha irmã, criando força para evitar cair no chão por causa da tontura que sinto.

— Ei, princesa, você está bem?

— Hell. — Ela olha para mim e parece voltar à realidade. — Você está bem? — pergunta, olhando para o meu braço e se inclinando para trás para olhar minhas costas.

— Eu perguntei primeiro.

— O quê?

— Se estava bem.

— Ah, sim.

— Nate não queria falar assim com você, foi por causa da tensão do momento — digo a ela, e então começa a chorar, me pegando de surpresa.

— Ei, ei! — Eu a abraço sem prestar atenção na dor e acaricio sua cabeça.

— Lamento muito, eu não queria que isso acontecesse, apenas... — gagueja ela sem deixar de chorar.

— Eu sei, ok? Não se torture mais, nós somos uma família e você só fez o que qualquer um de nós teria feito em seu lugar, tentar proteger os seus.

— Tem uns carros chegando! — ouvimos Hope gritar.

XVII

HOPE

Hell passa pela porta para falar com sua irmã e eu decido que é melhor deixá-los sozinhos por um momento, então fico dentro do escritório do pai deles. Percebo que na última vez que estive aqui não foi nada bom. Na verdade, se não fosse por Hell, provavelmente agora eu estaria deitada em algum beco ou na cama de algum russo, sendo sua escrava sexual e obedecendo a tudo em troca de um pouco de bondade da sua parte.

Tudo aconteceu rapidamente, embora já tenham se passado quase dois meses em que mal nos separamos por algumas horas. Eu acho que é isso que nos uniu dessa maneira. Tudo foi intenso, muito intenso, apressado e louco. Na verdade, ainda não sei como me sentir em relação a essa família.

O barulho de rodas no cascalho da entrada da propriedade faz com que eu me aproxime da janela. Dois carros estão avançando a toda velocidade, um atrás do outro.

— Tem uns carros chegando! — grito enquanto corro para a entrada da casa.

Hell e Sasha saem da sala, o primeiro empunhando a arma e a segunda secando as lágrimas com uma das mãos antes de sacar sua arma com a outra.

— Merda, merda — murmuro, parada ao lado do Hell.

— Fique calma. — Sasha olha para fora pela janela. — São o Connor, Calvin e os meninos.

— Você ligou para eles? — Hell se aproxima para abrir a porta enquanto sua irmã concorda.

— Quando você nos empurrou para a parede no armazém. Eu sabia que isso terminaria assim, vi nos olhos do papai.

Eles olham um para o outro por um segundo e depois abrem a porta.

— Bebê. — Connor sobe os degraus de dois em dois e abraça Sasha como se uma vida inteira tivesse se passado desde que se viram pela última vez. Ela chora e ele a aperta mais ainda contra o seu corpo.

Um nó se forma na minha garganta quando vejo como ambos fecham os olhos e não conseguem se soltar. Três caras saem do carro e eu os reconheço: são os amigos de Hell.

— O que aconteceu? Cara, de novo? — Calvin aponta para a ferida coberta nas costas.

— Temos que ir ajudá-los. Nate voltou para lá com os seguranças, não posso deixá-lo sozinho — diz Hell.

— Vamos. — Dave corre de volta para o carro, seguido pelos outros dois. Então Hell para e se vira para me olhar.

HELL

Hope sacode a cabeça. Seus olhos se embaçam e ela rapidamente seca a lágrima que corre pelo seu rosto, posso imaginar o quão difícil isso deve ser para ela. Desde o primeiro dia, viveu com medo disso acontecer, mas ela tem que entender que não posso deixar minha família.

— Por favor — murmura ela.

— Eu tenho que ir. É minha família, Hope. — Seguro suas mãos entre as minhas, trazendo-a para perto de mim.

— Por favor — repete ela, desta vez sem se preocupar com as lágrimas.

— Eu prometo que voltarei.

— Você não pode prometer algo que não tem como controlar. Além disso, olhe para você, Hell, você está caindo, não pode fazer nada.

— Eu consegui sobreviver com um tiro no pescoço, querida, nada vai acontecer comigo.

— Por favor, não vá.

— Lamento, mas não posso abandonar meu pai e meu irmão. Eu te amo, Hope, — admito, enquanto acaricio seu rosto e a beijo nos lábios, sentindo um sabor salgado neles.

HOPE

— Eu também vou. — Sasha se solta do abraço de Connor e ele vê a arma na sua mão.

— O que você está fazendo com isso? — O garoto se vira para olhar para Hell. — O que está acontecendo?

— Mais tarde eu te explico — diz ela.

— Não. Largue isso e me explique agora.

— Vamos embora! — Dave coloca a cabeça para fora da janela.

— Connor, eu tenho que ir.

— Você não vai a lugar nenhum sem mim e muito menos armada.

— Sas, você fica. — Hell olha para mim por um segundo e entra no banco da frente que foi liberado.

— Não! — grita ela.

— Connor, segure-a e não deixe que nos siga.

Ele obedece e envolve o corpo de Sasha com os braços. Eu fico lá, vendo o carro se afastar e sem desviar o olhar de Hell até o carro desaparecer. Um "eu te amo" sai, sussurrado entre seus lábios, antes de o carro se afastar.

HELL

— É aqui. — Eu aponto para o armazém quando estamos a alguns quilômetros de distância.

— A ferida abriu — Elliot me avisa do banco de trás.

— Estou bem. Você tem mais armas?

— No porta-malas — diz Dave, acelerando.

— Se eu te disser para ficar no carro, você não vai, né? — Calvin me pergunta quando chegamos.

Eu olho para ele pelo espelho retrovisor enquanto seguro minha arma. Ele acena e me imita. Nós quatro saímos do carro e vamos para a porta dos fundos, de onde eu saí mais cedo com meus irmãos e Hope. Parece que a coisa está um pouco mais calma, já que não se escuta os estrondos de antes, apenas um ou outro tiro. Seguimos pelo mesmo caminho que andei e vejo a cortina de plástico no final do longo corredor, Dave vai na frente, então puxo sua camisa para que ele fique atrás de mim. Eu olho através das tiras entre um plástico e outro e vejo Casper deitado no chão, seu rosto desfigurado por um enorme buraco entre os olhos. A adrenalina toma conta do meu corpo e, sem pensar em nada nem em ninguém, afasto a porta improvisada e entro na sala, querendo transformá-la em um maldito campo de guerra. Meus amigos me seguem, começando a atirar assim que os russos o fazem.

A primeira bala atinge a garganta do filho da puta do chefe.

— Não! — O filho de Kozlov grunhe e puxa o gatilho freneticamente.

Tiros correm pelos dois lados do meu corpo, sem me atingir. A adrenalina volta a invadir meu sistema e eu paro de sentir dor à medida que avanço e percebo o massacre que aconteceu aqui. Key, Casper e Joe estão mortos. Tim, Adam e Vince disparam implacavelmente contra os cinco que continuam vivos. Bem, agora são apenas quatro.

— Nathan! — Procuro meu irmão em desespero e minha respiração fica presa na garganta com o medo de que o pior tenha acontecido. — Nathan!

— Aqui!

Eu rastejo pelo chão até a parede onde Hope e minha irmã estavam se protegendo, e de onde Nate gritou para mim.

— Ele não acorda — diz quando eu chego. Fico paralisado quando vejo o corpo do meu pai, inconsciente e coberto de sangue.

— O que aconteceu? — Eu me ajoelho, rasgando sua camisa de cima para baixo, procurando pelo buraco de entrada. — Nate! — Sacudo meu irmão para reagir. — Quem foi?

— Aquele filho da puta — diz, sua mandíbula cerrada.

— Ele está morto — falo e ele olha para mim sem entender. — Kozlov. Acabei de colocar uma bala nele. Há quanto tempo está assim? — pergunto tentando sentir o pulso do meu pai.

— Não sei. Uns dez minutos.

— Temos que tirá-lo daqui. Ele perdeu muito sangue.

Rasgo a manga da camisa do meu irmão e a uso para tentar estancar o sangramento causado pela bala que acertou o estômago do meu pai.

— Ele se jogou em cima de mim quando aquele filho da puta atirou. Essa bala estava vindo na minha direção, Hell — diz meu irmão, tremendo de raiva.

— Todos eles vão morrer. — Faço uma promessa que sei que vou cumprir.

HOPE

Sasha está totalmente descontrolada, chora enquanto grita e joga no chão tudo que consegue alcançar. Connor a segura para não sobrar para ele, já que ela tentou acertá-lo várias vezes e conseguiu em mais de uma ocasião.

— Bebê, se acalme, por favor. — Ele a abraça por trás, agarrando seus braços para que não possa se mover.

Ela começa a chorar de novo e Connor apenas a mantém perto de seu corpo.

— Hope, você pode me dizer o que está acontecendo? — implora ele.

Não saí da entrada da casa desde que se foram. Meus olhos vão da tela do celular para a entrada da propriedade, onde os seguranças restantes estão preparados para atacar a qualquer momento. Tenho certeza de que cada um deles daria sua vida por qualquer membro dessa família, e isso me tranquiliza até certo ponto.

O carro de Dave aparece trinta e quatro minutos depois. Os trinta e quatro minutos mais longos da minha vida.

Connor solta Sasha, que corre ao meu lado para ajudá-los. Nate sai do banco de trás primeiro, puxando algumas pernas inertes.

— Não — um fio de voz sai da minha boca sem perceber.

— Sasha, chame a Babi! — sua voz me devolve a vida.

Hell sai do outro lado do carro e corre para ajudar seu irmão. Eles trazem V, pendurado no pescoço de ambos, enquanto seus pés arrastam no asfalto a caminho da entrada.

— Eu prometi a você que voltaria — diz ele, passando por mim.

— Babi... Sim, você tem que vir agora... Traga tudo. Ok. — Eu ouço a conversa de Sasha antes de desligar o telefone.

— Eu sei que não é a melhor hora, mas... — eu falo com Hell enquanto ele corre para o banheiro para pegar toalhas. — Por que você mandou ligarem para a Babi?

— Ela é enfermeira.

HELL

Olho para Hope por um segundo, reforçando o que eu disse, ela me dá um olhar perplexo e surpreso.

— Nós não podemos ir ao hospital e explicar tudo isso, Hope. Ela sempre nos ajuda quando essas coisas acontecem.

— Entendo. — Eu me viro para correr para o escritório, mas vejo que ela fica no banheiro, com os olhos perdidos. — Ei. — Volto e seguro sua mão. — Prometo que depois te explico tudo e não me separo de você novamente, mas agora preciso ajudar meu pai.

— Ok, vá. — Ela não me diz isso muito convencida, mas eu me afasto, de qualquer maneira.

Meus irmãos pressionam a ferida com tudo o que encontram, até eu jogar as toalhas para eles. Eles colocaram V na mesa do escritório.

— Você não pode morrer. — Sasha não chora, apenas balbucia as palavras.

Tim, Adam e Vince monitoram o acesso à casa, assim como o resto do pessoal de segurança.

— Há um carro chegando — diz Hope.

— É a Babi, senhor — Vince me diz.

— Deixe-a entrar — ordeno, enquanto pressiono a ferida do meu pai, ignorando a minha.

Ela entra com um passo apressado e uma mala pendurada na mão. Não cumprimenta ninguém, caminha até a mesa onde meu pai está deitado e abre a maleta sobre a mesa ao lado, vejo como Hope a olha de cima a baixo, mas não diz nada nem se aproxima.

— Há quanto tempo foi baleado? — ela me pergunta.

— Eu não sei, mais de meia hora.

— Se você não o salvar, eu vou me certificar de pisotear você até que morra — Sasha ameaça por cima do corpo do meu pai.

— Cale a boca — ordena Nate.

Ela olha para ele e vejo como morde as bochechas por dentro da boca para não começar a chorar de novo. Posso ver como seu peito se expande quando inspira fundo e lentamente solta o ar novamente.

— Nate, venha comigo por um momento. — Ele olha para cima e sabe que tem que me obedecer.

Eu saio do escritório com ele, deixando Babi cuidar do meu pai. Acho que ela é a única pessoa em quem confiaria a vida da minha família se eu não pudesse fazer mais nada por eles.

— O que foi?

— Você está pegando pesado com a Sasha.

— Foi ela quem causou tudo isso. O mínimo que tem que fazer é fechar a porra da boca e deixar os outros consertarem o que ela arruinou.

— Ela só queria ajudar, Nate — explico, tentando fazer com que ele entenda que, quando ela e Hope apareceram, foi com a intenção de nos salvar. — Você não acha que está sendo muito duro com ela?

Ele não responde, apenas olha para longe e se vira para o escritório, onde Connor agora fala com a minha irmã e a puxa pela mão para abraçá-la. Nate olha para mim com pena e caminha em direção a eles, coloca uma mão no ombro de Sas e ela se separa do namorado para olhar para ele.

SASHA

Desvio o olhar de meu irmão quando uma nova onda de dor perfura meu coração. Eles podem me bater, me esfaquear, atirar em mim, fazer o que quiserem, e nada será tão doloroso quanto as palavras que Nathan está usando contra mim hoje. Eu sei que, em grande parte, eu sou a causa do que aconteceu, mas ouvi-lo dizer isso é mil vezes pior. Odeio me sentir vulnerável e posso contar nos dedos as vezes que chorei, e foi só pelos meus irmãos ou pelo meu pai, por mais ninguém.

— Bebê, venha. — Os braços de Connor em volta de mim conseguem me consolar um pouco. — Vai passar, ele só está nervoso.

Eu não digo nada porque vou chorar de novo, apenas o abraço e tento respirar calmamente. Então, noto uma mão no meu ombro e me viro para ver, com surpresa, que é Nate. Hell me olha da porta e acena com um sorriso triste.

— Sinto muito. — Eu paro de prender a respiração e começo a chorar quando o lábio inferior de Nathan treme e ele me abraça. — Daria minha vida antes de te fazer qualquer mal, Sas. Me desculpe.

— Tudo bem, me desculpe também — consigo dizer sem soltar meu irmão.

Nate acaricia meu cabelo enquanto beija meu rosto sem parar, até que me dá uma pequena mordida e nós dois rimos.

— Fale comigo assim de novo e eu mesma vou te levar para o túmulo, idiota — eu o aviso para quebrar a tensão do momento.

— Eu acredito — diz ele, enquanto nós dois sorrimos e nos abraçamos novamente.

HOPE

— Sinto muito. — Ouço Nathan falando para Sas.

Ela apenas balança a cabeça e o abraça mais forte. Eu olho para Hell, que se aproxima com um meio sorriso, me oferece sua mão e eu aceito.

— Está bem? — pergunta.

— Você está?

— Estou.

— Então eu também estou, mas eu não acho que você esteja, Hell. Você foi baleado e voltou outra vez para ser morto! — eu levanto minha voz mais que o necessário.

— Hope, não quero falar sobre isso agora.

— Mas eu, sim — afirmo, me afastando dele e cruzando os braços.

Ele suspira e vai até a mesa onde estão seu pai e a aquela cadela com os lábios operados, me ignorando e me deixando ali de pé.

— Como estão as coisas? — pergunta. — Me diz que ele vai sair dessa. — Ela o olha e levanta uma sobrancelha ligeiramente, abrindo um sorriso.

— Você me subestima, querido — diz Babi, piscando para ele e depois olha para mim. — Vá.

Ele lhe dá um beijo na bochecha e sorri, antes de se virar e caminhar na minha direção.

— Venha comigo.

Eu o sigo, desta vez sem aceitar sua mão quando me oferece. Saímos para o jardim dos fundos e me sento ao seu lado enquanto ele se joga em um dos bancos próximos à piscina, suspira e se encosta lentamente, com uma careta de dor.

— Não posso continuar com isso.

HELL

Apesar da forte dor que sinto nas costas, me apoio com cuidado na parte de trás do banco e solto um suspiro.

— Não posso continuar com isso — ela fala de repente.

— Hope... — O que ela diz me pega totalmente de surpresa.

— Não, deixa eu terminar. — Ela se vira no banco e flexiona uma perna para olhar para mim. — Antes, quando você saiu com seus amigos, eu me convenci de que nunca mais o veria, e por um momento percebi o que poderia sentir se te perdesse.

— Querida... — Acaricio a perna dela tentando... não sei, não consigo nem pensar agora.

— Deixa eu terminar — ela me interrompe. — Se queremos que isso funcione, preciso me tornar uma parte mais ativa de sua vida. No seu negócio.

— Você quer ir receber a cocaína? Cuidar de que a extorsão e a chantagem de políticos e policiais tenham sido realizadas corretamente? Sequestrar? Matar se necessário?

— Eu farei isso se, dessa forma, pudermos ficar juntos — diz ela com convicção.

— Meu mundo é um inferno, Hope. Eu vivo cercado de morte, de perigo e de dor. — Aponto para o interior da casa com a mão, onde meu pai está entre a vida e a morte.

— Esse será o meu mundo também.

— Não.

— Então acabou — Hope se levanta e olho para ela, surpreso.

— Onde você está indo? Ei. — Seguro seu braço ignorando a queimadura das minhas costas.

— Eu te disse, Hell, não posso continuar com isso. Não desse jeito.

— Não faça isso comigo, Hope. Eu não posso te perder.

— Eu também não, é por isso que estou te pedindo.

— Me dê um pouco de tempo, por favor. Nós podemos...

— Não. — Merda, não tem como convencê-la. — Ou você aceita ou isso termina agora.

— Você está tornando tudo muito difícil para mim.

— Você é que dificulta para mim, Hell. Você anda por aí armado até os dentes! Corre para ser morto sem se preocupar nem pensar no que será de mim se você morrer! — exclama ela, soltando de uma só vez tudo o que estava guardado. Eu seguro sua mão quando seu lábio inferior começa a tremer.

— Vem aqui. — Eu tento abraçá-la, mas ela me empurra.

— Você sempre tenta me fazer esquecer as coisas com beijos e abraços!

HOPE

— Eu só quero te abraçar, querida. Não estou tentando convencer você de nada — a tristeza em sua voz me desmorona.

— Hell, eu não posso... — Começo a chorar sem conseguir segurar mais.

— Está tudo bem — sussurra e eu deixo que seus braços me envolvam. — Eu não vou te deixar sozinha, Hope. Por favor, pare de chorar.

— Prometa — peço com uma voz embargada.

Ele se separa de mim e me dá um beijo lento e profundo nos lábios, descansando a testa na minha e fechando os olhos por alguns segundos.

— Eu prometo.

— Você vai me deixar te ajudar? — pergunto.

— Vamos falar sobre isso quando tudo se acalmar, ok?

— Eu não vou esquecer, se é isso que você está esperando.

— Eu sei.

O pai do Hell ainda não acordou. A enfermeira disse que pode levar vários dias para que acorde, ele perdeu muito sangue e seu corpo vai demorar a se recuperar, mas vai sobreviver.

Hell organizou uma reunião com toda sua equipe de segurança, chefes de famílias aliadas e outros bandidos, traficantes e criminosos que também tiveram ou têm problemas com os russos. Todos estão no escritório de V. Calvin, Dave, Elliot e Nathan também. Sasha e eu ficamos de fora. Ela está se divertindo, contando tudo para o Connor, que range os dentes e puxa os cabelos cada vez mais. Mas eu? Eu estou de braços cruzados, olhando para a porta do escritório e lutando contra o desejo de entrar e descobrir tudo.

HELL

— Obrigado a todos por virem. Sentem-se, por favor.

Meu irmão se afasta e puxa a cadeira do meu pai para que eu possa me sentar também, agradeço e levanto a cabeça para ver como todos me observam com expectativa. Molho a garganta e suspiro.

— Temos um problema.

— O problema é seu, eu não sei o que estamos fazendo aqui. — O filho mais novo de Ramírez rosna e dá uma tragada no cigarro.

— Cale a boca — seu pai bate na cabeça dele e ele murmura algo em voz baixa. — Continue, por favor — pede.

— Minha família é a mais poderosa de Nova York, Lucas — digo ao adolescente, que é a promessa do futuro do tráfico de drogas na América Latina. — Se os russos acabarem com a gente, o que te faz pensar que não irão atrás de vocês logo em seguida?

— O que podemos fazer? — intervém o chefe da família Manzotti, observando-me reflexivamente.

— Você será o próximo, se cairmos — respondo.

— Eu sei.

— Eu preciso que vocês cuidem da parte leste da cidade. Eu tenho que proteger os meus e não tenho pessoal suficiente em que eu confie.

— Considere feito.

— Obrigado, Marco.

Marco Manzotti. Vinte e sete anos. Sete meses atrás os russos mataram seu pai, desde então, ele se tornou o líder mais importante em lavagem de dinheiro depois de nós. Além disso, o comércio de heroína é dele desde que V e seu pai fizeram um acordo para que não nos matássemos toda vez que nos encontrássemos. Uma aliança foi criada naquele dia entre os Manzotti e os Ivankov.

— O que podemos fazer? — pergunta um dos vários delinquentes que servem como alvo para confundir os policiais que não aceitam subornos. Nem sei como se chama.

Eu ia respondê-lo quando as portas se abrem sem aviso e Hope entra sem dizer uma palavra. Todos, e eu digo absolutamente todos, olham para ela de cima a baixo e depois para mim.

— Me desculpem, é só por um momento. — Eu faço um movimento para me levantar, mas ela já está ao meu lado. — O que você está fazendo? — pergunto em voz baixa.

Dave, Elliot, Calvin e Nathan são os únicos que estão nos ouvindo, pois estão de pé atrás de mim. Bem, exceto Dave, que está sentado à mesa.

— Fazendo parte — ela revela prontamente, pegando uma cadeira e colocando-se ao meu lado.

Olho para ela confuso e irritado, este era realmente o melhor momento? Que merda. Todo mundo espera que eu diga alguma coisa, então levanto e puxo sua mão para que faça o mesmo.

— Essa é Hope, minha garota. Eu preciso de absoluta segurança para ela.

— Eu tenho dois homens perfeitos para esse trabalho. Eles poderiam segui-la noite e dia — oferece Marco.

— Não — ela responde.

— Hope, você tem que...

— Não quero dois estranhos me seguindo. Eu não vou me sentir segura com ninguém como me sinto com você — responde, olhando para mim.

Marco sorri de lado e ergue as mãos em um ato de rendição, levantando-se e caminhando até nós.

— Sou Marco Manzotti, um prazer conhecer a mulher que finalmente roubou o coração do Hell. — Ele estende a mão e Hope oferece a sua.

Ele a pega e beija as costas de sua mão, sorrindo para ela depois.

— Você tem a mim e toda a minha família para o que precisar — diz ele para mim.

HOPE

— Obrigada.

Marco retorna ao seu lugar e deixa Hell continuar com a reunião que eu interrompi, mas estou cansada de pedir a ele que me leve a sério, pedir que confie em mim e me deixe entrar em seu mundo. Tentei fazer do seu jeito, eu o escutei e tentei não me intrometer. Realmente tentei, mas não funcionou, então agora será do meu jeito.

— Posso sugerir algo? — pergunto, depois de ouvir por um tempo a conversa deles.

Todos olham para mim, incluindo Hell, que está prestes a perder a paciência, mas eu não ligo. Acho que sou uma das poucas pessoas que não o temem.

— Meu amor, eu não acho...

— Deixe a menina falar, garoto — interrompe uma das pessoas, fazendo um sinal para mim.

— Deus! — ele solta num rosnado, e se senta.

HELL

Ela olha para mim e depois caminha para ficar no meio da sala. Qualquer outra garota ficaria chocada ao saber que está cercada por mafiosos, assassinos, traficantes de drogas e sequestradores, mas ela não. Está na nossa frente e fala como se fôssemos todos um bando de crianças no recreio da escola. Deus, isso não pode acabar bem.

— Hell matou Kozlov esta noite.

— Como sabe disso...?

— Eu ouvi quando você estava contando — responde ela sem me deixar terminar e sem olhar para mim. — O filho dele é obcecado por mim e é claro que, agora que Hell matou seu pai, ele vai querer se vingar. E que melhor maneira de fazer isso do que através de mim?

— O que você propõe? — pergunta Marco.

— Dar a ele o que ele quer.

Eu rio sarcasticamente quando essas palavras saem de sua boca. Ela olha para mim e levanta as duas sobrancelhas interrogativamente.

— Vá em frente, continue — digo.

— Posso saber do que está rindo? — pergunta ela, ofendida, cruzando os braços.

— Do que estou rindo? — Eu me levanto com a ajuda do meu irmão e caminho até ela. — Você realmente acha que eu vou deixar você fazer isso? Você não me conhece.

— Não é sua decisão.

— Errado. É minha guerra, portanto, é minha decisão.

— É meu corpo que ele quer.

— Só por cima do meu cadáver. — Eu viro minha cabeça para ela seriamente. — Ninguém jamais colocará uma mão em você enquanto eu estiver vivo.

— Então você vai morrer. Ele vai te matar.

— Não se eu o matar antes.

HOPE

Ele olha para mim asperamente e fica na frente, dirigindo-se ao resto.

— Quero saber com quem posso contar. Quem me trair vai morrer.

— Comigo. — Marco se levanta e ambos apertam as mãos. Hell acena e o italiano se afasta.

— Conte com a gente, garoto.

— Eu agradeço, Emilio — responde meu inferno pessoal a ele.

— Sinto muito, filho. — Um homem de bigode e chapéu levanta e sacode a cabeça. — Eu não posso pôr a minha família em perigo para salvar a sua.

— Entendo.

Eles se despedem com um abraço e o homem mais velho se afasta pesaroso.

O restante dos criminosos também se juntam e prometem ajudar da forma que puderem. Alguns por lealdade e outros por puro terror.

A reunião termina e todos se despedem. Dave, Calvin e Elliot dizem a Hell que vão pegar algumas roupas em casa e voltarão para ficar conosco até que as coisas se acalmem. Será que esses caras não têm pais?

Marco me dá um beijo na mão e, quando todos saem, Hell fecha a porta e se vira para olhar para mim, abre a boca para dizer algo, mas eu me viro e pego minhas coisas da bolsa de Sasha, que largamos aqui há um tempo quando voltamos da piscina a toda velocidade. Ele se aproxima.

— Onde você está indo? — pergunta, quando eu passo por ele na direção da saída.

— Vou embora.

— Para onde? — pergunta ele, confuso.

— Não sei.

— Pare de falar besteira. — Ele pega o telefone das minhas mãos e coloca no bolso de trás.

— Devolva.

— Quando você parar de se comportar como um bebê.

— Você me fez parecer ridícula na frente de todos — digo, puxando o braço dele e pegando meu telefone.

— Será que fui eu que te fiz de boba?! — exclama. — Você entrou em uma reunião privada, Hope!

— Porque estou cansada de você nunca me escutar e não me levar a sério!

Sasha nos observa silenciosamente, acenando de vez em quando e concordando comigo. Connor tenta levá-la embora, mas ela quer ficar.

HELL

Hope não consegue agir racionalmente. Eu não entendo como ela não percebe a minha posição. Tenho certeza de que, se estivesse no meu lugar, faria o mesmo.

— Por favor, vamos nos acalmar. Eles atiraram em mim, não seja tão dura, vamos. — Eu reprimo um gesto de dor quando levo a mão ao ferimento, enquanto caminho até o sofá e sento com cuidado.

— Droga, Hell — protesta ela, se aproximando. — Depois falamos disso.

— De acordo. E Babi? — pergunto à minha irmã. — Ela disse alguma coisa antes de sair?

— Que vai voltar amanhã e que temos que trocar os curativos hoje à noite.

— Ok.

— Você precisa descansar — diz Hope com uma voz mais relaxada. — Suba e deite-se por um tempo.

— Eu tenho que organizar os turnos de vigilância com Vince.

— Deixa que eu faço. — Connor fala pela primeira vez.

— Você? Eu pensei que você iria sair correndo depois de ver tudo isso.

— Sim, bem. As pessoas muitas vezes me subestimam. Seu irmão pode me ajudar.

— Onde ele está?

Olhamos ao redor, tentando encontrá-lo, eu não o vi sair.

— Nathan! — Sasha percorre o térreo e depois sobe as escadas.

— Ele estava aqui há um segundo — diz Hope, voltando da cozinha.

— Estava com papai. — Sasha desce e Nate vem atrás dela.

— Como ele está? — pergunta Hope.

— Ainda não acordou. — Eu noto a voz trêmula do meu irmão, então levanto e vou até ele.

— Droga, Hell — Sasha me repreende —, olha como você deixou o sofá. Rosa vai te matar.

Eu vejo uma grande mancha vermelha no sofá de veludo bege, ignoro-a e olho para Nathan.

— Nate, não foi culpa sua — digo a ele, lhe dando um tapinha no ombro.

— Papai tem que melhorar.

— Babi disse que ele vai.

Ele acena e eu aperto sua bochecha sorrindo.

— Alguém deveria ligar para sua mãe para contar tudo isso — sugiro e olho para minha irmã.

— Eu passo. Ela vai ficar histérica e vai acabar com outro pote de pílulas.

— Onde ela está, exatamente? — pergunto.

— Em um retiro espiritual. — Nate faz uma expressão de desgosto. — Quem se importa?

HOPE

— Como sabem — ele diz para os dois —, vou ligar para Vince e preparar os turnos. Eu preciso ter tudo perfeitamente amarrado, aquele filho da puta não vai desistir fácil.

— Deixe com a gente, Hell — seu irmão diz.

— Tem certeza?

— Sim, confie em mim, Connor vai me ajudar. Aparentemente, a pequena demônia o trouxe para o lado sombrio.

Sasha sorri e Connor puxa sua mão para abraçá-la e beijá-la na cabeça.

— Se um ano atrás me dissessem que eu estaria cercado de mafiosos e apaixonado por essa louca, eu não teria acreditado.

— Você disse essa palavra mesmo? — Nate pergunta, surpreso.

— Ele disse a palavra, sim — ele responde.

Sasha olha para ele e se inclina na ponta dos pés sobre suas sandálias de salto alto para beijá-lo, sem tirar um sorriso cheio de amor do rosto.

— Ele disse isso — sussurra ela em seus lábios.

— Eu acho que eles precisam de alguns minutos de privacidade — observo. — Vamos lá, você tem que descansar e trocar o curativo. Você está encharcado de sangue e suor.

Eu pego a mão do Hell e junto com o Nate saímos da sala.

— Vou ligar para o Vince. Depois, eu te mostro os turnos e as posições no caso de você querer mudar alguém — seu irmão afirma.

— Ok. Eu só preciso de alguns minutos, vou descer em breve.

— Sem problemas.

Nós dois subimos lentamente para o quarto dele, deixo-o sentado no colchão e fecho as cortinas. Procuro o controle do ar-condicionado e o coloco em vinte graus.

HELL

Hope tira minhas calças e sapatos enquanto eu faço o mesmo com a camisa que vesti ao receber as famílias aliadas.

— Vamos para o banheiro.

— Você quer me ver nu? — Eu sorrio de lado e a puxo pelo decote da blusa para trazê-la para perto de mim.

— Eu não posso acreditar que você quer brincar tendo um buraco de bala nas costas — diz ela, tentando não rir.

— Quem disse que estou brincando?

— Pare, Hell — diz, quando minha mão chega a sua bunda. — Eu tenho que trocar o curativo ou a ferida vai infeccionar.

— Estraga-prazeres. — Reviro os olhos e obedeço, entrando no banheiro.

Eu apoio minhas mãos na pia e olho para ela através do espelho enquanto faz seu trabalho. Dói muito, mas tudo fica mais suportável ao ver o seu rosto concentrado, a maneira que ela enruga o nariz e tenta não me machucar.

— Que foi? — pergunta, quando seus olhos encontram os meus no espelho e vê meu sorriso.

— Você deveria ser modelo.

— Sim, de meias.

Rio descontroladamente e ela me acompanha. Eu me viro e coloco minhas mãos em sua cintura, posicionando seu corpo entre as minhas pernas.

— Como você consegue estar de bom humor depois de tudo que aconteceu hoje? — questiono com verdadeiro interesse e fascínio.

— Suponho que sou mais parte do seu mundo do que você quer admitir. Eu sou forte, Hell. — Ela dá de ombros e me beija.

— Não é que não te queira na minha vida, Hope. Eu te quero nela, mas só na parte boa.

— Não há partes boas sem partes ruins, Hell, eu quero estar com você. No bem, no mal, nos tiroteios, nos negócios, na extorsão... quero dormir com você e saber que quando eu me levantar você estará lá.

— E sexo?

— O quê? — pergunta ela sem entender.

— Você não quer sexo?

— É claro, mas eu prefiro que seja quando meu namorado não está sangrando ou no meio de uma guerra.

— Estou sempre no meio de uma guerra, querida.

— Bem, então faremos isso entre balas e cadáveres.

XVIII

HELL

Depois que Hope trocou meu curativo, nos deitamos na cama e eu não sei se é por causa do ar condicionado, por estar ao lado dela ou ela ter me abraçado, mas eu adormeço em questão de segundos.

Alguém grita, tiros são ouvidos. O barulho de sapatos de salto se junta aos tiros. Eu não posso me mover, tento correr, mas parece que meus pés estão ancorados ao chão. Uma porta se abre e Hope entra através dela, com uma faca em uma mão e uma arma na outra.

— Solte isso! O que está fazendo?! — minha voz está perdida na escuridão que nos rodeia.

Ela caminha lentamente em minha direção, olhando para mim sem expressão no rosto.

— Escolha — diz ela, levantando as duas mãos.

— O quê? Largue isso! — Eu tento tocá-la, mas não consigo.

— Escolha.

— O que você quer que eu escolha?

— A arma com a qual eu vou morrer.

— O quê? Não! — Ela começa a recuar sem que eu consiga alcançá-la. — Hope!

— Eu vou escolher — ela sussurra, sorrindo e desaparecendo.

— Hope!

Eu sinto minha cabeça dando voltas, alguém me sacode e não consigo respirar.

— Hell! — uma voz sussurra no meu ouvido. — Hell, estou aqui.

Abro os olhos de repente, sentando na cama, e uma pontada de dor cruza minhas costas.

— Shh, quieto, não se mova tão rápido. Com que estava sonhando? — Sua mão limpa o suor da minha testa quando joga meu cabelo para trás.

Eu olho para ela por um segundo e solto um pouco de ar antes de trazê-la para perto de mim e segurá-la com força, verificando que foi tudo apenas um pesadelo horrível.

— Estou aqui, meu amor.

HOPE

Meto meus dedos em seu cabelo para abraçá-lo com mais força quando sinto algumas gotas molhando meu pescoço. Está chorando?

— Me diga o que há de errado, por favor.

— Me dê um momento — ele balbucia. — Eu preciso...

— Ok, se acalme.

Deixo-o chorar por mais alguns minutos até que se afasta e passa as costas da mão no rosto para secar as lágrimas.

— Eu não posso perder você — diz ele antes de me dar um beijo encharcado.

— Você não vai me perder.

— Vou sim, se você ainda estiver determinada a entrar no meu mundo, Hope. Por favor, meu amor, eu te imploro, eu preciso que entenda que tem que ficar afastada de tudo isso.

— Nós não vamos falar sobre isso agora, você tem que descansar. Está todo suado. — Eu levanto e vou ao banheiro pegar uma toalha. Quando volto, ele está sentado na beira da cama e toca na ferida por cima das ataduras. Ele faz uma careta de dor e suspira antes de se levantar. — Aonde você está indo?

— Tenho que ver as mudanças que Nate e Connor organizaram.

— Volte a se deitar, agora — digo enquanto passo a toalha em seu peito.

— Estou bem, já dormi demais. — Ele segura meu rosto e se inclina para me beijar. — Você não está acreditando, não é?

— Você sabe a resposta.

— Bem, nesse caso, vou ter que te ensinar várias coisas.

— Eu sou toda ouvidos — respondo com um sorriso triunfante.

Ele suspira e eu o ajudo a se vestir antes de pegar a minha mão para sair do quarto. Nós vamos para o andar de baixo e entramos no escritório. Nathan, Connor, Sasha e Vince estão em volta da mesa olhando alguns planos e fazendo anotações.

— Como está? — pergunta seu irmão.

— Bem. Me deixe ver o que você fez — ele responde, soltando a minha mão. Sasha me dá um sorriso e se move para abrir um espaço para mim ao lado dela.

HELL

Olho os planos de cima a baixo e todo mundo espera que eu diga alguma coisa.

— Tudo ok, exceto por Alec e Jack. Coloquem eles juntos e no topo do terraço, eles têm boa pontaria a longa distância. Serão nossos novos atiradores.

— Tudo bem — diz Vince. — Algo mais?

— Temos que duplicar a quantidade de armas e quero que ligue para o Marco.

— Marco? — Nathan pergunta.

— Sim, vou precisar dele.

— Para quê?

— Ele tem muitos contatos e confio nele.

— Eu não. — Sasha se junta à conversa.

— Não lembre disso agora, nós éramos crianças — respondo, cansado.

— Como você quiser. — Ela revira os olhos e cai no sofá.

— Do que você está falando? — pergunta Connor.

— Marco tentou me matar quando éramos pequenos — revelo, encolhendo os ombros, já tinha deixado isso pra trás.

— O quê? Por quê? — Hope olha para mim, preocupada.

— O pai dele mandou, foi um absurdo. Podemos nos concentrar, por favor?

— Sim, eu quero ajudar. — Connor me olha convencido.

— Tem certeza? Esta não é uma brincadeira de criança, campeão.

— Eu sei.

Eu o observo por alguns segundos, tentando ver através de seus olhos se ele será capaz de lidar com isso. Nesse momento, a porta de segurança externa se abre e depois a principal. Por causa do barulho do motor, sei que é o carro de Dave com Calvin e Elliot.

— Eu nunca atirei — continua Connor —, mas eu aprendo rápido.

— Não tenho tempo para te ensinar. Você vai vigiar a parte de trás da propriedade, Nathan vai te acompanhar.

— Venha — meu irmão diz, pegando um par de armas no armário de vidro. —Vou te ensinar. — Eu o escuto dizer para o cunhado, enquanto saio para abrir a porta da entrada.

— Alguma novidade? — Dave pergunta.

— Não. — Os três deixam uma sacola esportiva no chão, acho que com as roupas e as armas deles.

— Minha mãe está histérica — diz Elliot, desligando o telefone.

— O que você disse pra ela? — pergunto.

— Que um amigo precisava da minha ajuda e eu iria ficar fora de casa por alguns dias.

Faço que sim com a cabeça, volto para o escritório e vejo Hope olhando para o mapa com Sasha. Vince e Nathan já foram embora, então eu vou até elas e coloco uma das mãos na cintura de Hope para atraí-la para mim e lhe dar um beijo rápido nos lábios.

— Você vai cuidar para que ninguém se mova de seu posto — digo, desistindo, finalmente.

— Ok — ela concorda, concentrada, passando a ponta do dedo sobre o nome de cada um dos homens que eu espalhei no mapa da propriedade. — Onde você vai estar?

— Aqui, com você. — Ela sorri sem disfarçar que está gostando. — Sas, garanta de que todos saibam o que devem fazer e que os comunicadores estejam ligados. — Eu lhe entrego o aparelho principal e ela conecta.

— Bem, pessoal — diz ela, apertando o botão —, a festa está começando.

Marco aparece quarenta minutos depois com a namorada e outros sete homens.

Anna e ele se conheceram quando Marco começou a seguir os passos de seu pai. Ela era filha de um importante figurão no mercado automotivo de luxo. Ilegal, claro. É um ano mais nova do que ele, mas tem a mesma experiência em termos de crime. Eles são almas gêmeas, acho que nunca vi ninguém amar outra pessoa como eles se amam. Eles se completam perfeitamente, como peças de quebra-cabeças diferentes que surpreendentemente coincidem criando um quebra-cabeça próprio.

— Obrigado por aceitar — digo, apertando sua mão. — Como você está, Anna?

— Muito bem. — Ela sorri. — E seu pai? Melhorou?

— Continua inconsciente — eu respondo quando entramos no escritório. — Anna, esta é minha garota, Hope. Hope, essa é Anna, a namorada do Marco.

— É um prazer te conhecer.

— Igualmente. — Anna estende a mão, educada como sempre.

Se há algo que essa garota tem é educação e elegância. Pode te envenenar, cortar o seu pescoço ou passar as quatro rodas de um jipe por cima de você, mas o fará com elegância e sem manchar as roupas caras que ganha do namorado.

— Estou feliz em te ver novamente, Hope. — Seguindo seu hábito particular, Marco pega sua mão e lhe dá um pequeno beijo.

— Eu também.

— Querido, preciso ir ao toalete — Anna diz, olhando para o namorado.

— Hope pode te mostrar onde fica — respondo antes dele.

— Claro, vamos.

HOPE

Os saltos de Anna me seguem pela entrada principal, a caminho do banheiro neste andar.

— E Sasha, onde está? — pergunta, interessada, quando eu lhe mostro a porta.

— Verificando se todos sabem o que precisam fazer.

— Ok. Vou sair logo, posso voltar sozinha, obrigada. — Ela move o canto dos lábios e fecha a porta.

Eu não imaginava que Marco tinha uma namorada, não sei por quê. Suponho que ele tenha essa imagem de solteirão, com o terno e a elegância. Bem, na verdade eu só o vi uma vez, mas sabendo que está vindo para uma batalha de armas e provavelmente uma guerra entre os russos, eu não sei... Hell está vestindo calças de moletom e uma blusa. Eu acho que é mais prático se você sabe que vai ter que correr e, muito provavelmente, se jogar no chão e desviar de balas. Embora o mesmo não possa ser dito de Anna. Onde você acha que está indo com um vestido Gucci e um par de Louboutins? E ainda por cima, brancos! Será que ela nunca esteve em uma situação como essa? Não me parece, mas acho que vamos descobrir em breve.

Quanto ao meu conhecimento de marcas caras e moda, digamos que eu tenha uma cunhada que não sabe cozinhar, mas tem um mestrado em tudo o que se refere a roupas. Conhecimento que foi compartilhado comigo durante os longos dias que passamos juntas.

HELL

Depois que Marco enviou seus homens junto com os meus para se familiarizarem com a casa e o restante da propriedade, nos acomodamos no escritório. Calvin, Dave e Elliot foram verificar os arredores, porque eu não confio muito que Connor e Nathan estejam fazendo o trabalho corretamente.

— Como você está? — pergunta Marco.

— Bem, eu já fui baleado em lugares piores.

— Eu sei. — Ele sorri vagamente.

— Como está a Anna? Eu não a via há muito tempo.

— Tivemos alguns problemas...

— Algo em que posso ajudar?

— Acho que não. — Ele ri pesaroso. — Queremos ter um bebê, mas parece que vai ser difícil.

— Droga. Eu sinto muito, não sabia que você queria ser pai.

— Nem eu, até conhecê-la. — Nós dois sorrimos.

Marco vai até o bar e serve dois copos de uísque, volta para me dar um e nós dois brindamos sem dizer outra palavra sobre o assunto.

— Você se lembra do hotel Murray Hill? — ele me pergunta, segundos depois.

— Sim, você o mantém fechado desde que seu pai morreu.

— Eu não quero cuidar daquilo e não sei o que fazer. Estou pensando em vendê-lo e queria saber se você estaria interessado.

Um hotel? Para que eu iria querer um hotel? Como se eu não tivesse o suficiente com toda esta merda, ainda teria que lidar com um hotel a mais. Além disso, agora que V está ferido, não vou ter tempo nem para respirar. Mas, pensando bem, talvez seja uma boa oportunidade para afastar Hope de tudo. Se ela se concentrar na administração do hotel, ficará mais concentrada nisso do que nos meus problemas.

— Vou comprar.

— Eu nem te contei o preço. — Solta uma risada.

— Você sabe que dinheiro não é problema. — Concorda com a cabeça e aperta os olhos.

— Você conseguirá administrá-lo?

— *Eu* não.

— Quem então?

— Hope.

— O que eu vou fazer? — Nós dois viramos nossos rostos quando ouvimos sua voz.

— Marco tem um hotel que está fechado há uns meses. Ele o ofereceu pra mim e vou comprá-lo, pensei que você poderia cuidar dele — digo quando ela se aproxima de mim e se inclina sobre a mesa ao meu lado.

— Mas eu nunca fiz isso, não sei se...

— Eu vou te ensinar — interrompo, ela olha para mim e eu sorrio. Não parece muito convencida, mas finalmente concorda.

— Onde fica?

— Em Murray Hill.

— E como se chama?

— Você pode chamar do que quiser, linda. É seu.

— Isso não é um tipo de distração para que eu não me envolva em seus assuntos e me mantenha ocupada, certo? — Ela arqueia uma sobrancelha e vira o quadril de leve para o lado.

— De jeito nenhum — respondo, fazendo minha cara mais inocente.

— É melhor que não seja, porque não vai funcionar.

— Tudo bem? — Marco pergunta a Anna quando retorna do banheiro.

— Sim. — Caminha até ele e eles se dão um beijinho. — Qual é o plano?

— Mandei todos patrulharem com os homens do Hell, para se acostumarem com o terreno — explica ele.

— E podemos fazer mais alguma coisa?

— Você deveria ir para casa, querida. Eu prometo que ligarei se acontecer alguma coisa.

Hope e eu nos olhamos, virando de costas para eles, oferecendo um pouco de privacidade.

— Essa menina é um pouco estranha — ela sussurra, me abraçando para que ninguém mais possa ouvi-la.

— Shh, ela vai te ouvir. Eu te conto mais tarde.

— Ok. — Ela toca meus lábios com os seus e me dá outro beijo na ponta do nariz.

— O que acha do hotel?

— Acho que você já tem muitos negócios para entrar em um novo.

— Mas isso seria nosso, querida. Seu e meu.

— Legal?

— O que você quer dizer? — pergunto sem entender.

— Será um hotel legalizado ou apenas um disfarce para assuntos mais obscuros?

— Podemos discutir isso. O que você acha?

Pego a sua mão para dar a volta na mesa e me sento na cadeira do meu pai com ela em meu colo.

Marco ainda está tentando convencer sua namorada a ir embora.

HOPE

— Bem, acho que, mesmo se tentarmos, algo ilegal certamente vai acontecer.

— Por que diz isso?

— Imagine a manchete, traficante de drogas russo abre hotel com sua namorada órfã, ex-*stripper*/prostituta. — Reviro meus olhos e ele ri.

— Nada disso vai acontecer, Hope. Pode ser perfeitamente legal, se nós quisermos.

— E é isso que você quer?

— Por um lado sim, mas por outro...

— Viu? — eu o interrompo.

— Você não me deixou nem terminar! — ele se queixa, rindo. — Acho que poderia ser bom para algumas pessoas.

— Como por exemplo...? — pergunto.

— Políticos. Empresários. Famosos. Outras famílias dedicadas à máfia, pessoas importantes.

— E por que eles iriam querer um hotel?

— Me dê um papel e vou desenhar algo para você — sugere ele com um sorriso torto.

— Imbecil. — Eu bato no ombro dele com cuidado. — Trair as esposas não é fazer algo ilegal.

— Não apenas para infidelidades, meu amor. Também para assuntos de negócios, acordos, trocas de mercadorias. Seria uma boa cobertura. Por um lado, teríamos famílias felizes com seus filhos brincando na piscina e, do outro lado, os figurões com suas histórias. Ninguém suspeitaria. — Olha para a frente, enquanto esfrega o queixo. Meditando e, com certeza, se decidindo.

— Você realmente acha que eles não nos pegariam? — Hell vira a cabeça para olhar para mim.

— Eu realmente acredito nisso.

— Bem, parece que acabamos de dar à luz a um hotel de luxúria e devassidão. — Ele sorri e me beija.

— Sexo e diversão em família.

— Com esse nome estou certo de que vamos nos ferrar — afirmo. Nós dois rimos e nos beijamos novamente.

HELL

— Que lindo tudo isso — diz minha irmã, aparecendo à porta do escritório. — Nós vigiando e vocês se beijando.

— Estão todos prontos? — pergunto.

— Sim, prontos para levar uma bala por nós. Que romântico. — Estala a língua e se deixa cair no sofá. — Olá, Anna. — Sas não mostra muito interesse e ignora Marco completamente.

— Olá. Como vai? — A garota parece sincera no sorriso que mostra.

— Bem, aguardando o dia da minha morte. Espero que eu tenha tempo suficiente para criar minha linha de sapatos. — Ela se levanta e caminha graciosamente até a mesa. — E desde que você tocou o assunto, irmãozinho... — Ela sorri angelicamente e olha para Hope e para mim. — Preciso dos cinquenta mil que me prometeu.

— Para quê? Amanhã você tem que ir para a aula, Sasha. Quantos dias você já perdeu? As aulas voltaram no dia 16 de novembro e hoje... — Ele ergue a mão para olhar seu relógio de pulso. — Porra, Sas, hoje é dia 27. Você já perdeu duas semanas, acha isso normal?

— Isso é problema meu. — Ela desvia o olhar. — Além disso, você deve estar louco se acha que eu vou para a aula depois de tudo o que aconteceu.

— Bem, sim, mas, se você não se formar, esqueça a linha de sapatos. Foi a minha condição.

— Sim, seu bobo. Você vai me dar os cinquenta mil ou não?

— Agora não é hora de falar sobre isso. Quando tudo isso terminar, chegaremos a um acordo.

— Quando tudo isso terminar, haverá algo novo. Como sempre — diz ela, grunhindo, e sai do escritório.

— Por que ela quer cinquenta mil dólares? — pergunta Hope.

— Disse a ela que quando se formasse, eu lhe daria o dinheiro para começar sua linha de sapatos.

— E precisa de cinquenta mil? — pergunta surpresa.

— É pouco — diz Anna, olhando para os pés. — Estes custaram mil. Ou foram dois mil, querido?

— Dois mil e quinhentos — responde Marco.

— Para começar uma linha ela precisa de um bom desenhista para os projetos que tem em mente, e ainda vai ter que registrar o nome e a marca, comprar os modelos, materiais, mão-de-obra... — diz sarcasticamente. — E, considerando que é a Sasha, esse montante não vai dar nem pra começar.

— Bem, eu não vou dar nem mais um centavo.

— Você sabe que vai. — Hope sorri e me dá um beijo na bochecha.

— Veremos.

HOPE

Já é noite e nada aconteceu. Ninguém nos atacou, nem algo incomum ocorreu, contando com uma briga entre Sas e Connor e um par de vasos quebrados. A casa está cheia de seguranças, tanto de Hell quanto de Marco. Eu duvido muito que algo possa acontecer com tantas pessoas nos protegendo.

Os amigos de Hell, Sasha, Connor, Nate, Anna, Marco, Hell e eu estamos no escritório, cada um com sua arma. Os caras falam sobre armas e um novo carro esportivo que foi lançado na semana passada, que Hell está pensando em adquirir. Connor diz a ele que gostaria de ganhar mais dinheiro para poder comprá-lo e ele menciona algo sobre colocá-lo no negócio, o que Sasha rejeita imediatamente, apesar de estar concentrada falando sobre sapatos com Anna.

— Não é uma decisão sua — diz Hell.

— Você não quer que Hope entre.

— É diferente.

— É o mesmo, não seja machista — exige ela.

— Eu não sou machista, você sabe disso melhor do que ninguém — diz ele, ofendido.

— Bem, agora você está sendo. Por que o Connor pode e Hope não? Porque ele é um homem, certo?

— Não, porque ele não é minha namorada — responde Hell, espirituoso.

Todos riem, exceto Sasha. Eu tento me segurar, mas sua resposta foi engraçada.

— Bem, então é isso — digo, enquanto o olho para deixar o assunto de lado. — Cada um faz o que quiser, você não pode proibir ou permitir nada a ninguém.

— Exatamente, nem Sasha. Então, se Connor quiser comprar o carro esportivo, ele já sabe o que tem que fazer. — Ele olha para o rapaz com um sorriso travesso.

— Hell! — grita sua irmã.

— O que está errado?

— Você está chantageando ele!

— Isso não é chantagem, apenas um pouco de persuasão sutil.

— Você é um safado. — Dave levanta para se servir de bebida, andando sem pressa alguma. — Por que não jogamos pôquer? *Strip*, se puder. — Ele levanta as sobrancelhas com um sorriso safado no rosto.

— Olhe para minha garota assim de novo e aguente as consequências, seu crápula. — Hell ri, levantando-se para beber também.

— Ah, você não pode fazer muito com um buraco nas costas.

— Venha só me testar, então.

— Eu passo — responde Dave.

— Eu topo o pôquer — eu digo.

— Mas você sabe jogar? — Hell pergunta, surpreso.

— Alguma coisa. — Eu dou de ombros.

— Vamos lá. — Marco esfrega as mãos e se levanta.

Juntos, colocamos as cadeiras na posição correta para jogar na mesa de reunião, enquanto Sasha distribui as fichas e cuida do jogo.

— Então, é pôquer normal ou *strip*? — Anna pergunta.

— *Strip* — responde Elliot, Dave e Calvin ao mesmo tempo.

— Muito bem. — Nós, mulheres, nos olhamos com um sorriso. — As regras — começa Sasha guardando as fichas que neste caso não vamos usar.

— Todos nós temos que ter o mesmo número de peças de roupa — diz Anna. — Eu só tenho cinco, então esse será o máximo.

— Que cinco? — Dave pergunta com curiosidade mórbida.

— O vestido, sutiã, minha calcinha fio dental, meu elástico de cabelo e os sapatos.

— São seis — diz Nathan.

— Sapatos contam como um — Sas, Anna e eu dizemos ao mesmo tempo. Nós três rimos e olhamos para os garotos.

Eu uso calças, camisa, sutiã, calcinha e sandálias, então não preciso tirar nada. Os meninos não se livram de nada, exceto das meias.

— Querida, vista uma calça e uma camiseta e todos nós teremos a mesma quantidade de peças de roupas — diz Marco.

— Ok — responde e olha para Sas, que acena e leva dois minutos para ir até seu quarto e descer com jeans e uma camisa azul.

Anna sai do escritório e retorna imediatamente com roupas trocadas e o vestido na mão.

— Próxima regra — continua Sas. — As apostas serão feitas com roupas. A roupa íntima custará cinco mil.

— Calças, dois mil — eu digo.

— Camisa, mil — Dave abre um sorriso torto de novo, parece que é o mais travesso de todo o grupo.

— E sapatos, quinhentos — termina Anna. — Com cada aposta, você deve remover a peça correspondente e colocá-la na mesa. Se você quiser cobrir a aposta, você tem que tirar um pedaço de valor equivalente, e, se quiser aumentar, você sabe. Aquele que vencer pega tudo e pode se vestir de novo, aquele que perder... — Sorri, pois não é necessário terminar a frase.

— Vamos começar. — Marco se inclina e dá um beijo rápido na namorada.

Sasha embaralha e distribui cinco cartas para cada um. Ok, eu tenho dois 9, um 3 e dois 4. Dois pares. Se houver mais um 9 ou 4 na mesa, seria perfeito.

— Eu vou com mil — começa Hell, tirando a camisa.

— Você não é muito sexy todo enfaixado — Calvin diz.

— É sexy mesmo assim — respondo.

Ele olha com orgulho para o amigo e faz um gesto com os dedos para que eu me aproxime para poder me beijar.

— Cubro a aposta. — Anna o imita, mostrando um sutiã de renda roxa com pequenos cristais.

— Aumento a aposta. — Todos eles me olham surpresos quando é a minha vez.

— Quanto? — Marco pergunta.

Eu me levanto e todos me observam enquanto eu puxo as alças do sutiã pelos meus braços e então abro o fecho nas costas. Eu o tiro debaixo da camisa e deixo na mesa.

— Cinco mil.

— A gente se deu mal — Calvin reclama. — Nós não temos sutiã, vocês têm uma peça a mais de roupa.

— Putz, é verdade — diz Nathan.

— Então, os sutiãs não contam — Dave ri, batendo na mão de seus dois amigos.

— Ok — tiro o sutiã da mesa e coloco minhas calças no chão —, dois mil, então.

— O que você está fazendo? Nós só começamos e já estou com a minha namorada seminua, seus bastardos. — Hell puxa minha mão para me aproximar. Ele se inclina e esconde a cabeça no meu cabelo. — Calcinha legal, você vai me deixar tirá-la mais tarde? — sussurra ele.

— Talvez. — Eu sorrio e volto para o meu lugar. — Alguém vai cobrir a aposta ou vão sair do jogo logo na primeira rodada?

Sasha, Nathan, Hell, Marco e Anna levantam-se para tirar as calças. Os outros três riem e soltam as cartas.

— Eu não tenho nada — diz Elliot.

— Covardes — alfineta meu namorado.

HELL

Duas mãos depois, Hope está completamente vestida e o resto, meio nu. Minha irmã ficou só com a calcinha, que não sei nem se está vestindo... Connor não parece muito feliz com o fato de que todos a viram só de lingerie, já faz algum tempo que não sorri e eu acho que isso vai lhe trazer problemas.

— Desde quando você sabe jogar pôquer assim? — pergunto quando Hope ganha de lavada novamente, deixando todos nós de cueca.

— Você sabe que eu tive um tempo sombrio no colégio... — diz, envergonhada.

— Nos dê um pouco dessa escuridão e me lembre de não jogar com você de novo — resmunga Calvin.

— Bem, eu a levaria ao cassino — diz Marco, vestindo uma cueca Diesel branca.

Estava abrindo a boca para responder quando uma onda de tiros emudece nossos arredores.

XIX

HELL

Meu primeiro instinto é abraçar Hope, e ela faz o mesmo comigo enquanto os outros olham ao redor.

— Não os deixem entrar — grita Marco, após a primeira onda de balas.

— Calvin, Dave, Elliot, comigo — digo, me levantando. — Nate e Connor com Sas e Hope. Marco e Anna, subam as escadas — ordeno, conferindo se minha arma está carregada.

Todos acenam e se movem, Hope olha para mim.

— Tenha cuidado — pede antes de me beijar.

— Não se separe do Nathan. Te amo.

— Eu também.

Eu olho para ela uma última vez antes de sair pela porta do escritório, nós quatro vamos para a parte de trás, de onde os tiros parecem ter vindo. Nos agachamos na frente das janelas e nos posicionamos atrás da parede principal do jardim. Vejo Jack e Alec atirando com a submetralhadora do terraço no último andar.

— Quantos são?! — pergunto de baixo.

— Duas vans!

— Mirem no tanque de gasolina! — Dave grita.

— O que vai fazer? — pergunto enquanto ele rasteja à nossa frente.

— Bom. — Sorri de um jeito perverso e olha para cima. — Preciso de cobertura!

Ele corre pelo gramado até o bar e se joga atrás dele logo antes de uma bala quase atingir sua cabeça.

— O que você está fazendo, Dave? — Calvin não entende.

— Eu acho que já sei.

— Me explica então — ele reclama.

Então, vemos Dave sair com três garrafas de rum e se aproximar na mesma velocidade de antes. Nós atiramos para cobri-lo, mas uma bala perfura sua coxa e ele cai no chão.

— Porra! — rosna Calvin.

Olho entre os arbustos e a parede e vejo a van. Os dois caras na frente estão recarregando suas armas. Eu tenho dez segundos.

Nove... eu corro como nunca em sua direção.

Oito...

Sete...

— Venha, levanta! — grito, colocando um braço em volta dos meus ombros.

Seis...

Cinco...

Quatro...

— Corram! — Alec nos grita do andar de cima, ainda disparando.

Três...

Dois... Elliot e Calvin chegam a meio caminho para nos ajudar.

Um...

— Pro chão! — diz Calvin. Os tiros assoviam em nossos ouvidos.

— Filho da puta — diz Dave, apertando a ferida.

Pego as duas garrafas que ele conseguiu trazer e ergo a cabeça o suficiente para mirar e jogá-las contra a parte de trás dos veículos.

— Para o depósito! — Eu olho para Jack e Alec no terraço. — Protejam-se!

As balas voam novamente e a próxima coisa que ouvimos é uma enorme explosão. Eu sinto a parede atrás da qual estamos nos escondendo se quebrar e somos lançados no ar. Os pontos da ferida nas minhas costas rasgam completamente, abrindo o buraco e deixando o sangue escorrer novamente. Meus ouvidos assoviam. Eu noto o gosto metálico de sangue na boca. Um golpe na cabeça, o que me deixa imediatamente tonto e meu campo de visão escurece. Meu corpo colide contra o gramado. Algo está esmagando meus ossos.

HOPE

Eu corro para a porta do escritório quando uma explosão faz meu corpo estremecer.

— Hell! — grito, aproximando-me do jardim. Os outros me seguem.

Enormes blocos de pedra do muro externo estão espalhados por toda parte. Calvin afasta a poeira do ar depois que se levanta, Dave está de bruços em um canto, Elliot debaixo de uma árvore em chamas e Hell... onde está Hell?

— Que porra aconteceu? — Sasha corre para Elliot e o puxa pelas pernas para tirá-lo de lá. Connor a ajuda.

— Hell! — Eu choro como uma histérica olhando em toda parte. — Hell!

Uma tosse seca e rouca me faz virar a tempo de ver que ele tenta remover várias pedras de cima do corpo. Calvin se aproxima com pressa e nós dois conseguimos libertá-lo.

— Você está bem? — ele me pergunta.

— Deus. — Eu acaricio seu rosto e o beijo lentamente. — Temos que te levar para um hospital.

— Que você esteja bem... — repete.

— Estou bem, Hell. É você quem deve ter metade dos ossos quebrados.

Em seguida, uma nova onda de tiros começa, não nos dando descanso para nos recuperar.

— Mas de onde eles estão vindo?! — Connor exclama em desespero.

— Vamos. — Eu e Nathan ajudamos Hell a ficar em pé. — Nós temos que tirar você daqui, eu posso fazer isso — eu digo para Nate. — Ajude os outros.

— Ok.

— Eu acho que... — sussurra o Hell.

— Cale a boca, esta casa deveria ter uma sala de emergência ou algo assim.

— Temos.

— Onde?

— O sótão.

— Então, vamos.

— Não, não. — Ele para de repente. — Vamos para o escritório, eu tenho que usar o telefone.

Marco e Anna descem as escadas e ainda estão de roupas íntimas por causa do maldito *strip* pôquer, assim como os outros, incluindo o Hell.

— Droga, a ferida se abriu — ele diz, vindo segurá-lo. — Vamos colocá-lo no sofá.

— Ligue para o Ramírez — diz ele para Marco.

— Assim que eu costurar a ferida novamente.

— Hope vai fazer isso, precisamos de Emilio.

— Eu vou cuidar disso — digo a Marco, pegando o kit que ainda estava no chão e tirando as gazes e o peróxido de hidrogênio para limpar a ferida de toda a terra e grama que tem.

— Estamos segurando eles. — Escutamos a voz de Sasha pelo walkie-talkie um minuto depois. — Mas Dave não acorda. — Hell fica tenso imediatamente.

— Não se mexa — peço, antes de enfiar a agulha de sutura.

— Mais rápido! — ele grita comigo.

— Bem, fique parado!

Ele nem sequer se encolhe quando a agulha perfura a carne de um lado para o outro. Marco retorna naquele instante e nos diz que Emilio está com o telefone desligado e seu filho Lucas também.

— Só pode estar brincando — sussurra o Hell. — Depois eu cuido disso, vá buscar Dave, por favor.

Marco concorda e dá um beijo em Anna antes de sair pela porta a toda velocidade.

HELL

— Pode cortar.

— Eu preciso de mais dois pontos!

Bufo e conto até dez para não perder a paciência. Este não é o momento para suturas, caramba.

Marco entra com Dave em seu ombro e então eu não me importo se Hope terminou ou não. Eu inclino para frente com força para arrebentar o fio, mas é muito resistente e tudo que consigo é morrer de dor.

— Corte agora! — digo, ela resmunga mas obedece.

Levanto-me e ajudo Marco a colocar Dave no sofá. Continuamos de cuecas por causa do jogo estúpido e a perna do meu amigo sangra.

— A bala atravessou, então só temos que fechá-lo — diz Anna, se abaixando.

— Ei, cara — eu digo, dando um tapinha no rosto dele.

Enquanto eu tento fazer com que abra os olhos, Hope começa a cuidar de sua ferida e Anna a ajuda.

— O pulso está bom, ele só está inconsciente — diz Marco depois de colocar os dedos indicador e médio no pescoço.

— Ele acordou? — Sas entra, com o rosto e o que sobrou de suas roupas manchadas de cinzas e sujeira. Ela tem um corte no pescoço e as mãos machucadas. — Deem espaço — diz ela, vendo por si mesma que não há espaço. Me empurra, abre uma garrafa de uísque e a leva ao nariz dele. — Acorda, seu safado.

— Pelo amor de Deus — murmura Anna com reprovação.

— Ah! — Dave encolhe o rosto com dor e leva a mão à perna, mas eu o seguro a tempo.

— Calma, elas estão costurando você — digo.

— O que aconteceu? Eles morreram?

— Sim, mas você quase foi com eles — repreende Hope. — Pronto.

Ela corta o fio e enfaixa a coxa, ele solta uma expressão de dor e tenta se sentar. Todos nos entreolhamos e respiramos por um segundo como se nada estivesse acontecendo lá fora.

— Segunda rodada. — Marco carrega sua arma e se vira na minha direção. — Você consegue?

— Não, ele não consegue — Hope responde defensivamente. — Você não está vendo como ele está?

— Puta que pariu! Quem está destruindo a minha casa?

— Ah, merda! — xingo e saio do escritório.

— Não posso ficar inconsciente nem por um maldito momento! O que você fez?! — V desce as escadas com o rosto cheio de fúria.

— Eu matei Kozlov.

— Puta que me... — Ele esfrega o rosto e respira com dificuldade. — Ok, tudo bem, bem feito. — Anda ao meu lado e entra no escritório, uma das mãos pressionando a ferida em seu estômago. — Saiam todos daqui! Mas o que vocês estão fazendo nus? Crianças estúpidas. — Ele olha em volta e caminha até a mesa com o corpo encurvado.

— Como você está? — Sas se aproxima, ignorando o comentário anterior.

— Estou bem, filha. Tire todas essas pessoas daqui, faça-me o favor. — Ele bufa e olha para ela de cima a baixo. — E se vista.

— Vocês ouviram. Saiam.

Levamos Dave para a sala e todos se instalam lá, agora que o tiroteio parou.

— Vou falar com meu pai — digo a Hope.

Ela assente e se encosta, de modo que Dave descanse a cabeça em suas pernas, enquanto bebe diretamente da garrafa de Tanqueray.

Abro a porta e vejo-o arremessando o telefone pelo ar e depois se encostando na mesa por causa da dor. Nathan me empurra para longe e anda rapidamente para segurá-lo.

— Você não deveria ter feito aquilo — murmura meu irmão, tentando soar forte.

— Fazer o quê? — V franze o nariz enquanto fecha os olhos.

— Se colocar na frente daquela bala.

— Você é meu filho, eu morreria por você — ele confessa, levanta a cabeça e, depois de olhar para ele, olha para mim. — Eu morreria por qualquer um de vocês.

— Ninguém vai morrer. — Eu pego o telefone do chão e sirvo três copos de Mezcal.

— Deus, são seis da tarde, cara. — Nate rejeita a bebida depois de cobrir o nariz e eu o ignoro.

— Vocês já comeram? Estou com fome. — Meu pai olha em volta, procurando por alguma comida que tenhamos trazido para o escritório dele. — Quanto tempo fiquei apagado? Quem está com a gente? Me atualize. — Ele se senta na cadeira principal e olha para o mapa acima.

— Manzotti.

— Eu já os vi. Eu gosto dela, dele não.

— É confiável, pai.

— Tudo bem. E Ramírez?

— O telefone está desligado e o do Lucas também.

— Desgraçado miserável, me deve uma fortuna.

— Eu sei. Na reunião, ele disse que podíamos contar com eles, mas agora não responde.

— Esqueça, não temos tempo. — Ele se levanta e volta para a porta.

— Onde você está indo?

— Precisamos de mais gente.

HOPE

Passaram-se dez dias desde o ataque dos russos e a casa já está completamente consertada. Bem, na verdade, dois dias depois já estava. É bom ter dinheiro e administrar metade da cidade.

A propriedade está mais protegida do que nunca, há mais de quarenta homens ao redor da casa, tanto dentro como fora, também nos arredores, cerca de um quilômetro e meio a partir da entrada principal.

Vladimir saiu no dia em que acordou e ainda não voltou para casa. Disse que está lidando com o assunto e que nós só devíamos nos preocupar em vigiar e ser cuidadosos se saíssemos. Aparentemente, ele desenvolveu um tipo de afeição por mim. Eu, por outro lado, ainda não consigo, não é fácil esquecer tudo o que fez comigo.

Sasha se mudou com Connor. Sim. Bem, na verdade quem se mudou foi o Connor... para o nosso apartamento. Nathan, Hell e eu ficamos na casa do pai deles, disseram que é o lugar mais seguro para nós. Sas, como sempre, é indomável.

Hell sai do banheiro e caminha até a cama com um sorriso.

— Não dói mais? — Eu aponto para a ferida nas costas dele quando se senta no colchão.

— Você sabe que eu já estive muito pior. A ferida do pescoço estava a ponto de me matar.

— Não me lembre — lamento. Meu estômago revira só de pensar nisso.

— O que está vestindo? — Ele remove o lençol para observar a camisola, se é que posso chamá-la assim, que comprei no outro dia com Sas.

— Você gosta? — Sorrio e fico de joelhos a um metro de distância para ele me ver, joelhos na cama e braços abertos.

Ele aperta os olhos e me olha de cima a baixo enquanto passa a língua sobre os lábios. Para primeiro em minhas pernas, subindo lentamente minhas coxas até o elástico do fio-dental que completa a lingerie. Eu vejo como sua garganta se move enquanto engole devagar. Seus olhos sobem o tecido semitransparente até as bordas dos meus seios, um pouco visíveis através dele. Ele pega minha mão e me puxa para cima dele, com as pernas abertas em ambos os lados do meu corpo.

— Você usou isso para me aquecer? — Uma gota de suor escorre pela testa dele.

Eu não digo nada, apenas olho para ele, as pontas de seus dedos descem pelos meus braços. Suavemente. Devagar. Parando na minha bunda, antes de pressioná-la com força apertando-me e me fazendo sentir sua ereção.

— Você acha normal conseguir isso sem me tocar?

— Eu não sei se é normal... — murmuro perto dos seus lábios. — Mas eu adoro.

HELL

Ela envolve meu pescoço com seus braços e cola os lábios nos meus. Então, segue-se um beijo feroz e ininterrupto por vários segundos sem respirar. Hope se move inconscientemente sobre mim, procurando atrito com a protuberância debaixo das minhas calças. Meus dedos descem pela sua cintura, para a área interna de suas pernas, percorro lentamente a borda da calcinha, sem tocar em mais nada, mas fazendo-a suspirar. Seus beijos se tornam mais intensos, chegando a morder meus lábios e a segundos de alcançar o ponto mais alto de excitação.

— Querida, acalme-se ou eu não conseguirei parar — afirmo, entre-dentes.

— Eu não quero que você pare, quero que dê tudo de si, Hell. — Sua voz rouca e excitada, acompanhada daquele olhar lascivo e desesperado, era tudo que eu precisava.

Eu rosno sem pronunciar nenhuma palavra coerente e me levanto com ela em volta do meu corpo. Ando com os olhos fechados até a cômoda das calcinhas e a coloco sobre ela, sua bunda encontra a madeira de uma maneira violenta e suas costas batem na parede, fazendo cair um retrato dos meus irmãos quando eram pequenos, que estava pendurado. O vidro estilhaça contra o chão e eu acho que um pedaço de vidro bate em meus pés. Seguro Hope por um segundo, pelos ombros, me afastando um pouco e forçando-a a olhar para mim, ela faz força para que eu a solte, como quando um cão feroz quer te atacar e alguém o está puxando pela coleira para que não te morda. Seus olhos me perfuram e a pele macia de seus lábios treme. De onde veio essa Hope? Tanto faz. Eu afasto minhas mãos e deixo que ela me beije, meus dedos alcançam sua roupa íntima, sentindo sua umidade.

— Deus — eu rosno e mordo seu pescoço sem poder me controlar mais.

Seguro a calcinha e a puxo com força para arrancá-la.

— Ah! — queixa-se.

— Eu te avisei. — Cravo as pontas dos dedos em suas coxas, forçando-a a separá-las.

— O que você vai fazer? — pergunta ela com uma respiração irregular.

— Hoje eu estou com fome.

HOPE

Minha nossa. Eu não consigo pensar no que responder quando ele pronuncia essas palavras. Tudo o que posso fazer é tentar controlar minha respiração e ver como se inclina e enfia a cabeça entre as minhas coxas.

— Ahh! — Eu seguro nas bordas de madeira quando sua língua invade meu interior.

Ele crava seus dedos na pele das minhas coxas com força, quase posso sentir as marcas se formando. Ele me chupa com uma velocidade e selvageria desconhecida para mim. Em apenas alguns minutos, ele me provoca um orgasmo que não termina. Não termina porque ele não para.

— Merda, Hell, pare — suplico, incapaz de parar de ofegar.

Ele tira a cabeça e se levanta, deixando-me ver como respira como um touro quando está com raiva, profundamente, pelo nariz, com a boca fechada e os músculos da mandíbula tensos. Todo o seu queixo e lábios brilham, seus olhos parecem ser apenas pupilas agora. Ele passa as costas da mão pelo rosto em uma tentativa de secar tudo o que veio de dentro de mim e chegou até ele. Deixo escapar um gemido quando seus dedos entram em mim de repente. Ele morde os lábios muito perto da minha boca, ainda olhando para mim como um verdadeiro predador.

HELL

Eu a penetro com meus dedos sem qualquer controle. Não me importo se alguém nos escuta. Eu não me importo se nos veem. Não me importa nada. Só em estar dentro dela.

— Porra! — Ela encosta a cabeça na parede, fechando os olhos e colocando as mãos na borda da cômoda.

— Abra a boca — ordeno.

Não penso. Ela olha para mim. Meus dedos saem dela e vão até seus lábios, os atravessam e ela mostra a língua.

— Isso, muito bom. Viu como você sabe? — sussurro antes de tirá-los e beijá-la.

Eu percebo como ela abaixa o tecido da minha cueca boxer, fazendo com que caia em volta dos meus pés, que eu levanto para me livrar. Sua mão procura meu pau com desespero e nervosismo, ela tem medo de fazer errado, eu sei. Eu decido ajudá-la. Eu envolvo sua mão com a minha e a movo para cima e para baixo. Eu gemo dentro de sua boca e ela continua sozinha. Trago minha mão para a parte de trás de seu pescoço, debaixo de seu cabelo, para trazê-la mais para perto. Está longe demais, preciso dela mais perto. Não quero que nem um único milímetro de sua pele esteja afastado da minha.

Os espasmos começam debaixo do meu umbigo, lentamente descendo e se estabelecendo na base do meu membro, mas eu não quero me apressar, então seguro seu pulso para que pare.

— Vamos, faça. Você está querendo isso — ela murmura, arrastando as palavras no meu pescoço.

— É isso que você acha? — Eu puxo sua mão e me aproximo de sua entrada.

Ela acena e eu coloco apenas um centímetro. Hope tenciona sua mandíbula e me tortura com os olhos.

— Hell...

Antes que eu possa dizer qualquer outra coisa, abaixo minha mão para segurar seus quadris e não permitir que se mova enquanto meu pau alcança o fundo.

— Ahh!

Eu levanto suas coxas, fazendo-a colocar os calcanhares na madeira e abrir-se completamente. Meu olhar encontra o ponto em que me perco dentro dela, entrando e saindo. Lenta e depois rapidamente. Nunca conseguirei apagar essa imagem da minha mente enquanto viver.

— Desça — peço.

Eu me separo dela e a coloco no chão, seus olhos me olham, confusos.

Com as mãos em seus quadris, faço-a virar e forço-a a colocar a palma das mãos na madeira. Imediatamente, levo minhas mãos até suas pernas separando-as, eu fico de joelhos e começo a beijar sua bunda, dando pequenas mordidas que fazem gemidos altos escaparem de sua boca. Eu escalo seu corpo, como se sua pele me empurrasse para chegar ao topo. Deslizo as mãos por sua cintura, acariciando a pele macia de seu abdômen, descendo lentamente.

— O que é essa tortura? — ela ronrona.

— O inferno está cheio de torturadores, querida. — Eu sorrio e sei que ela também está fazendo isso.

Eu envolvo minha mão em seu cabelo e o puxo com força, colocando sua cabeça em meu ombro, fazendo-a abrir a boca. Ela fecha os olhos e espera, eu sorrio de novo e envolvo meu pau com a mão para guiá-lo. Eu a faço dobrar as costas, penetrando-a completamente. Mordo seu ombro e falo coisas sem sentido enquanto sinto os músculos internos de sua vagina me abraçarem e me torturarem, assim como fiz com ela há alguns segundos. Sua pele cheira a orgasmo. Minha respiração está presa na garganta e minha boca está seca, mordo sua orelha e a puxo com os dentes. Ela coloca a mão para trás para fazer o mesmo com o meu cabelo.

— Você gosta que eu te coma como um animal, hein? — sussurro em seu ouvido sem parar de me mexer.

— Sim — ela balbucia, sem forças. — Eu vou gozar de novo... — ela murmura. — Porra, Hell... Ahh! — Seguro seus quadris com força e a fodo com ainda mais vontade do que antes.

Eu devo a estar machucando. Estou me machucando, mas não consigo parar, não agora. Eu avisei a ela. É tarde.

Eu a giro e a empurro para cama. Suas pernas tremem visivelmente e seu peito sobe e desce incontrolavelmente, ela tem vários círculos que começam a adquirir um tom roxo em suas coxas. Meus olhos percorrem sua pele de um canto para outro, sem saber por onde começar, eu mordo meu lábio e ela olha para mim nervosamente, mas com um desejo incontrolável. Me deito sobre ela e devoro seu pescoço. Eu passo minha língua desde a base até a orelha, mordendo-a, ela geme e puxa meu cabelo. A umidade de seu orgasmo recente está me saturando ainda mais, toda vez que meu esfrego nela. Meu pau está à beira do êxtase, mas eu não quero gozar, quero mais. Eu me afasto e passo a mão pelos seus seios, indo para sua barriga e parando entre suas coxas.

— Não, Hell... — Ela me olha suplicante. — Eu não vou aguentar outro.

— Claro que vai.

Com uma mão seguro as suas acima da cabeça quando ela tenta me afastar com um sorriso cansado no rosto. Cruza as pernas, mas meus dedos já estão dentro dela, penetrando-a e querendo dar todo o prazer que posso.

— Ah, Deus! Porra! — Arqueia as costas e levanta a cabeça quando um novo orgasmo a invade.

Levo meus dedos à boca e volto a me levantar. Ela olha para mim com os olhos semicerrados e completamente exaustos, o peito subindo e descendo descontrolado e sinto sua boca tão seca quanto a minha quando a beijo.

— Ahh! — exclama em meu ouvido quando meu pau finalmente entra nela.

— Você está completamente encharcada — eu digo sobre seus lábios.

— Eu... — Inspira. — Gozei três vezes.

HOPE

— Eu vi. — Ele sorri com o canto da boca e me beija.

Ele descansa as mãos nos lados da minha cabeça e pega impulso para meter em mim mais rapidamente. Eu posso ver como absolutamente todas as veias em seus braços, ombros e pescoço incham. Eu prendo a respiração e me concentro em sua expressão quando ele perde completamente a consciência e adquire um ritmo recorde. Uma camada de suor cobre sua testa, sua respiração dispara e no final ele goza como uma verdadeira fera. Um calor invade meu interior e é aí que percebo que esse líquido não devia entrar em mim.

Ele sai de mim lentamente e se joga no colchão ao meu lado. De repente, como da primeira vez, o frio me invade e o calor de seu corpo desaparece. A necessidade retorna. Viro a cabeça para olhá-lo e me preocupo, ele está com os olhos fechados e respira com dificuldade. De repente, a ferida nas suas costas vem à minha cabeça. Não dói? *Ele não sente nada*, diz meu subconsciente.

Minutos depois, expira longamente e se levanta, entra no banheiro e volta depois de alguns segundos com um copo de água.

— Beba — ele me oferece.

Eu aceito o copo e o termino sem poder desviar o olhar dele em pé à minha frente. Ele sorri e balança a cabeça sem dizer nada, mas para quando vê minhas coxas. Eu olho para baixo e vejo os hematomas que já previa.

— Eu te disse para não me provocar até esse ponto, meu amor. — Pega as roupas do chão e as veste. Ele abre o armário e me passa uma de suas camisas para que eu possa me vestir.

— Não achei que fosse tanto assim — admito, aceitando.

— Hope, as mulheres com quem eu costumo ficar são viciadas e gostam de sexo selvagem. Eu não sei como fazer de outra maneira, nunca me pediram para ser delicado. — Ele se deita ao meu lado e suspira enquanto ainda olha para as minhas coxas.

— Na primeira vez, você foi.

— Sim, e quase morri tentando.

— Exagerado.

— Acho que acabou de ver que não estou exagerando. — Eu abro minha boca para responder quando alguém bate na porta. — O que foi?

— Me desculpe por incomodar, senhor. — Pela voz, eu diria que é Vince. — Há um moço no escritório e ele diz que quer vê-lo.

— Que moço?

— Ele diz que seu nome é Nicholas.

XX

HELL

— Nicholas? — Eu me sento imediatamente e olho para Hope.

— Quem é?

— Espero que não seja quem eu estou pensando. Vamos. — Antes de sair pela porta, viro-me e olho para as pernas nuas da minha garota. — Coloque uma calça primeiro.

Ela franze a testa, mas caminha até o armário. Sigo Vince e nós dois descemos as escadas, ele aponta para o escritório antes de se retirar. Abro a porta e o vejo se servindo de um copo de Hendrick's de maneira distraída.

— Não pode ser — falo em voz alta.

— Ora, ora. — Ele se vira lentamente com um sorriso torto nos lábios.

— Nick? — Mexo as mãos, que estão inquietas, e ando em sua direção. — O que você está fazendo aqui? — Ele pousa o copo na mesa e me abraça com força.

— Seu pai não ligou pra você? — pergunta depois.

— Não. O que aconteceu? Eu não tenho notícias dele há dias.

— Ele está em Acapulco, com a minha família. As coisas estão uma merda. — Ele pega o copo de novo e se senta no sofá.

— O que você quer dizer? — pergunto, enquanto sirvo outro para mim e o acompanho.

— Olá! — Hope já está vestida e com um sorriso desconfiado.

Eu estendo minha mão e ela se aproxima, olho para o meu primo e o vejo morder o lábio e examiná-la de cima a baixo.

— Meu amor, este é o meu primo Nicholas, do México. Essa é Hope, *minha* namorada. — Dou ênfase ao possessivo para que fique claro para o pirralho.

— Que linda. — Ele se levanta e coloca a mão em sua cintura para lhe dar dois beijos.

— Vamos lá, haverá tempo para isso depois. — Eu o afasto e faço com que Hope se sente no meu colo. — Me diga o que aconteceu.

Ele revira os olhos e balança a cabeça, ainda sorrindo. Eu daria o que tenho para saber o que está pensando, embora eu possa imaginar.

— Papai roubou o cartel de Los Templarios e agora eles querem matá-lo — solta, como se não fosse nada demais.

— Puta merda! — xingo alto. — Seu pai é retardado ou a porra da heroína está matando os neurônios dele?

— As duas coisas — ele responde, sorrindo para Hope, não parou de observar seu corpo desde que chegou.

— Ei. — Estalo os dedos na frente dele. — Concentre-se. O que você veio fazer aqui?

— Eles querem me matar. Estão procurando por mim em todo o México, seu pai fez um acordo com o meu e me mandou para cá.

— Que acordo?

— Ajudaremos vocês na sua guerra em troca de me deixar ficar aqui. Eles não acham que vão me procurar nos Estados Unidos.

— Em que você vai me ajudar? Deus — bufo e mexo minha perna. — Deixe eu me levantar, querida.

Ela se move e senta no sofá, evitando o olhar do meu primo, o qual percebo que deve estar a incomodando.

— Nick! — Nós três olhamos para a porta quando Sas corre na direção dele.

— Porra! — Meu primo a levanta do chão e a gira ao redor.

— O que você está fazendo aqui?! Vai ficar?! Claro que você vai ficar!

Eu lamento enquanto assisto à cena na minha frente.

Esses dois sempre foram inseparáveis. Todo verão, até as coisas ficarem muito complicadas em Acapulco, nós passávamos dois meses em sua casa. Embora Nicholas tenha apenas dezenove anos, a vida que seu pai lhe deu o tornou mais maduro do que deveria. Devido às surras que recebeu quando criança nas mãos de outras gangues rivais, aprendeu a defender-se de maneira selvagem e letal. Punhaladas, golpes na cabeça, ossos quebrados e vários ferimentos eram seu pão de cada dia. Até que acabou no hospital e seu pai decidiu que já era o suficiente. Meu tio costumava dizer: *Esse pirralho não vale a merda que caga, tem que aprender a se defender de uma vez por todas.* De certa forma, meu tio sempre me lembrou meu pai, só que Denis não tem um traço sequer de compaixão ou humanidade.

Nicholas largou a escola aos catorze anos. Foi aí que sua verdadeira luta pela sobrevivência começou.

— Caramba, Sas! Você está incrível! — Ela ri e se vira fazendo uma pose para que nosso primo possa vê-la bem.

— Eu não suporto vocês — reclamo, esfregando meu cabelo. — Podemos ter um pouco de ordem, por favor?

— O que foi? — Nick me pergunta. — Qual será o meu quarto?

— Em tempo, em tempo. — Isso não pode estar acontecendo. — Vamos nos acalmar e pensar um pouco. — Hope se levanta e se aproxima, tentando me dar apoio moral. — Você não pode ficar aqui, Nick.

— Por quê?

— É... — Sasha diz, cruzando os braços e levantando uma sobrancelha. — Por quê?

— Quando você chegou? — pergunto, percebendo que ela não mora aqui há vários dias. — Não importa, você não pode ficar, porque não, porque como você disse estamos no meio de uma guerra e não é seguro.

— É mais seguro que Acapulco — diz ele, virando o rosto, sério.

— Eu sei, mas é que... — Ele não tira os olhos de mim, tentando me fazer desistir. Eu o conheço bem.

— Deixe ele ficar — Hope me diz. Eu olho para ela interrogativamente e ela balança a cabeça.

— Não é uma boa ideia — lamento —, mas é a decisão do meu pai, então...

Sasha continua olhando para mim com a mesma expressão insistente de sempre, esperando para ver qual seria a minha resposta.

— Está bem — suspiro. — Sas, leve-o para o quarto de hóspedes.

Ambos sorriem e saem do escritório de mãos dadas. Isso imediatamente me faz lembrar de Avery.

Nós nos falamos há alguns dias, na semana passada, mas fui fiel ao que prometi a mim mesmo e não contei nada sobre o que aconteceu. Ela disse que o jornal e o noticiário informaram que houve um tiroteio no Bronx, mas eu lhe contei que havia sido entre gangues de rua e que não devia se preocupar, que tudo estava bem por aqui. Ela é meu oásis, minha fuga de tudo isso, sempre que possível, e neste caso, continuarei a mantê-la longe dos meus problemas.

HOPE

— Hell, se acalme. Eu não acho que seja tão ruim — comento e o sigo com os olhos enquanto ele caminha de um lado para o outro no escritório.

— Você não sabe o que diz, você não o conhece.

— O que está acontecendo? — Eu o seguro pelos ombros para que pare, isso está me deixando tonta.

— Nicholas não é como eu. Quero dizer, é sim, apenas com cinco anos a menos e sem nenhum tipo de consciência nem raciocínio. Ele não pensa, Hope, apenas age.

— Você faz o mesmo.

— Mas tenho vinte e quatro anos e sei como isso vai acabar, conheço as consequências e sei o que tenho que fazer em cada momento. Ele... Deus, Nick não pensa no que pode acontecer a seguir. Não é culpa dele, porra — fala como para si mesmo. — Meu tio o obrigou a ser assim.

— Bem, é isso, não podemos deixá-lo na rua — decido, segurando o rosto dele entre as minhas mãos e forçando-o a olhar para mim. — Eles o matariam.

— Droga, eu odeio quando você está certa.

Eu sorrio e fico na ponta dos pés para beijá-lo.

— De quem é essa moto? — Dave entra mancando ligeiramente.

— Nicholas.

— Volkov? — Seus olhos arregalados de surpresa.

— Sim.

— O que ele está fazendo aqui? — Olha em volta, procurando por ele.

— O palhaço do meu tio roubou o cartel dos Los Templarios e agora eles estão procurando o meu primo para matá-lo.

— Seu tio... não pensa direito, né? — ele diz e balança a cabeça, indo devagar para uma das cadeiras para se sentar.

— Onde estão os outros? — Hell pergunta.

— Calvin está jogando basquete com Elliot e Marco está cozinhando não sei o que com Anna.

— E Nate?

— Com o namorado na piscina.

— Shh! — Ele olha para fora com um olhar de advertência. — Meu pai não sabe.

— Bem, como eles não param de se comer na água, alguém vai vê-los e vai contar para o velho.

— Deixe pra lá, eles já são grandinhos. Eu nem sei como ele teve a ideia de trazer o namorado pra essa casa, considerando o estado atual das coisas.

— Venha, vamos relaxar um pouco. Por que não damos um mergulho também? — proponho, puxando a mão do Hell. Pisco para ele, indo para as escadas, ele sorri de volta para mim e suspira.

Ele me segue até as escadas e quando entramos no quarto, fecha a porta. Hell se inclina e me observa relaxado. Eu o olho e me livro das calças lentamente, também da camisa, ficando nua.

— Devo tomar banho assim ou melhor usar um biquíni? — Finjo estar pensando enquanto ele se aproxima.

— Se você não vestir algo imediatamente, eu vou ter que transar com você de novo — diz ele, cravando os dedos em cada lado do meu quadril.

— Hmm, é uma decisão difícil. Quanto tempo tenho para decidir?

— Três segundos. — Sua voz soa mais séria agora, assim como seu rosto.

— Três — eu digo, desafiando-o com os olhos. — Dois — continua. — Um.

Coloca uma mão na minha nuca e com a outra segura minha bunda, juntando seu corpo ao meu enquanto sua língua entra na minha boca. Eu deixo ele me deitar na cama, ficando sobre mim. Ele acaricia minha pele, lenta e decisivamente.

— Eu deixaria qualquer droga pra ter você para sempre.

— Você já me tem — digo, com a respiração irregular.

— Para sempre.

— Sim.

Sua mão desliza entre nossos corpos, chegando até minhas coxas e separando-as completamente. Ele me acaricia do lado de fora, tomando seu tempo. Eu puxo suas calças para tirá-las, mas não consigo me concentrar em outra coisa senão seus dedos.

— Vocês precisam de um preservativo? Eu acho que tenho um aqui.
— Ele levanta a cabeça do meu pescoço e me cobre com a camisa que tirei minutos antes.

Nós dois olhamos para a porta e lá está Nicholas, encostado no batente enquanto come uma maçã e olha para nós.

— Fora daqui! — Meu homem grita, completamente furioso. Está tão nervoso que eu tenho que segurá-lo para que não vá atrás dele para espancá-lo.

— O que foi? — Seu primo parece confuso. — Pior que eu ainda ofereci ajuda. — diz, ofendido, e sai como se não tivesse feito nada demais.

HELL

— Me solta! — Eu tento me livrar do aperto de suas pernas. — Vou matá-lo!

— Ei, ele já foi. Relaxe!

— Como posso relaxar? — Eu me solto e me levanto. — Eu te disse que isso ia acontecer, Deus, esse garoto não tem moral, não sabe o que é certo e o que não é.

— Você vai ter que ensiná-lo.

— Eu não sou o pai dele! Porra, sabia que isso não era uma boa ideia. Ele tem que ir embora.

— Não, Hell. Ele é seu primo e precisa de você — ela diz, enquanto se levanta e puxa um biquíni azul do armário. — Agora coloque uma sunga e vamos para a piscina.

— Você quer que eu aja como se nada tivesse acontecido? — pergunto em descrença.

— É exatamente o que eu espero.

— Ele te viu nua! Ele... ele... — gaguejo de raiva. Ela se aproxima e coloca as mãos nos meus ombros.

— Respire — ela me pede.

— Não... não...

— Hell. — Ela me dá um beijo e sorri. — Respire. Se vista. Tome uma bebida e desça para a piscina. Eu vou esperar por você lá, ok?

— Eu vou precisar de mais do que uma bebida para não quebrar os dentes daquele babaca.

HOPE

Saio para o jardim e sorrio quando vejo Sasha beijando Connor, que acabou de trazer algumas roupas de sua casa. Deveríamos ir ao nosso novo apartamento, que mal aproveitamos, mas acho que todo mundo prefere não perder de vista tudo o que aconteceu.

— Bonito biquíni. — Nick abaixa seus óculos escuros e seus olhos percorrem meu corpo de cima a baixo.

— Sua vida está em perigo — comenta Nate de sua rede.

— Que nada, é da boca pra fora. — Ele ri, olhando para a sacada de onde Hell o observava. — Ele nunca encostaria em mim.

— Ele faria isso por ela — diz Sas. — Então, não vá longe demais.

— Repito, da boca pra fora. — Então, sorri com maldade.

Hell o adverte com o dedo porque, apesar de não ouvir o que diz, certamente está imaginando isso.

HELL

Me sirvo de uísque e ando até a varanda, abro as portas e me inclino na grade. Hope acabou de sair para o jardim e a porra do pirralho já está olhando para ela. Deus, eu não sei como vou fazer para não o esganar enquanto dorme, sei que está falando sobre mim porque continua olhando para cá, mas eu não consigo ouvi-lo. Eu sorrio quando Hope passa e o ignora, indo direto para uma espreguiçadeira vazia e pulando na água depois.

Eu termino a bebida e vou até o jardim depois de colocar uma sunga.

— Ligou para o papai? — Nate me pergunta.

— Não, ele enviou esse cara aí de presente. — Eu aponto para Nicholas e vou até Hope.

— Priminho, relaxe. — Ele ri. — Não pretendo me apaixonar pela sua garota, fique calmo.

— Eu vou te dizer uma coisa. — Eu expiro e fecho os olhos para não perder a paciência.

— Hell — Hope me avisa da água, meu primo olha para mim sem apagar aquele sorriso estúpido.

— Você está acostumado a fazer todas as merdas que passam pela sua cabeça, onde quiser e com quem bem entender...

— É isso mesmo. — Ele me interrompe. Solto um pouco de ar e conto até três.

— Pois isso vai acabar.

— Por quê? — pergunta curiosamente.

— Como... como assim por quê? — Eu olho para os outros sem acreditar nesse imbecil, será que isso é uma piada que armaram para mim? — Porque você está na minha casa e nesta casa há normas. Regras que são respeitadas. Códigos, Nicholas. Você sabe o que é isso?

— O único código que conheço é o do meu celular. — Ele encolhe os ombros e toma outro gole de refrigerante.

— Deus — bufo novamente. — Ok. De acordo. A partir de hoje, você aprenderá novos códigos.

— Tipo qual?

— Respeito. Esse é o primeiro. Você vai respeitar a casa e quem vive nela, nada de andar pelado. Nada de tentar ver minha namorada nua. Nada de...

— Mas isso eu já vi. — Ele sorri em direção a Hope.

— Cara — Connor balança a cabeça enquanto eu conto até vinte e cinco para me acalmar. — Você valoriza sua vida de alguma forma?

— Sim, por quê?

— Por nada, cara. — O namorado da minha irmã ri. — Continua assim, então.

— Olha, esqueça tudo o que eu te disse — digo, dando dois passos em direção a ele. — A única coisa que peço é que mantenha distância de Hope. Você acha que pode fazer isso?

— Você não pode me pedir algo mais fácil?

— Você vai embora. O que você acha disso?

— Hell, não. — Hope nada até a borda e sai da água. — Nick, estamos contentes por você estar aqui, mas vai ter que se comportar se não quiser que o senhor Rabugento te chute para fora.

— De acordo. — Ele sorri para ela e então olha para mim. — Viu como foi fácil?

Eu cerro os punhos e vou para a mesa onde deixei meu telefone, que começa a tocar.

HOPE

Eu reviro os olhos e volto para a piscina. Hell larga seu celular na mesa e se joga na água. Nado até onde mergulhou e paro a alguns centímetros dele.

— Está bem? — pergunto.

— Sim. Não. — Suspira. Eu seguro seu rosto e lhe dou um beijo para olhar para mim.

— Não pode ficar assim, você tem que esquecer dele e continuar com suas coisas. Imagine que é um inquilino a mais, ponto final.

— Não é assim tão fácil, você viu. O que qualquer outro faria com intenção de provocar, ele faz sem nem pensar. Faz sem perceber, merda.

Eu suspiro e envolvo seu corpo com minhas pernas, ele sorri e me segura pela bunda.

— Não me importo se ele andar nu pela casa, jogar tudo para o ar ou que tente me provocar a cada minuto, Hell.

— Ah, é? — pergunta com uma cara de interesse fingido.

— Sim.

— Por quê?

— Porque eu te amo. Estou apaixonada, você me deixa louca.

Ele me beija e para de sorrir quando se separa. Franze a testa e acaricio seu rosto molhado.

— O que está acontecendo?

— Me prometa uma coisa — diz, separando-me dele.

— O quê?

— O que quer que aconteça, mantenha-se a salvo.

— Eu farei isso se você estiver comigo.

— Hope.

— Hell. — Eu o aviso com o olhar que não estou gostando dessa conversa.

— Eu preciso disso, preciso que você me prometa.

— Por quê?

— Porque eu sei que, se você me prometer, fará todo o possível para não quebrar sua promessa.

— Você me conhece bem — digo, dando-lhe um pequeno beijo na ponta do nariz.

— Melhor do que qualquer um, meu amor. Vamos, prometa.

— Eu prometo — digo depois de alguns segundos.

— Obrigado. — Ele respira calmamente e me abraça de novo.

HELL

Eu deixo o corpo da minha garota me confortar e me acalmo.

— Você não tem ideia do quanto preciso de você — digo em seu ouvido.

— Tanto quanto eu de você? — pergunta ela sem se mexer.

— Mais. — Ela me beija no pescoço e se separa para olhar para mim.

— Isso é impossível.

— O que é impossível é que eu consiga me afastar de você mais do que um metro. E mais ainda, querida, que eu tenha me apaixonado dessa maneira.

— Cala a boca, idiota. — Sorrio. — Você sabe que não estou acostumada a ouvir isso.

— Bem, você terá que se acostumar porque eu pretendo repetir todos os dias que estiver vivo.

— Eu espero que você viva para sempre então.

— Sabe... — Puxo uma mecha de cabelo molhado do rosto dela e sorrio. — Se eu morresse amanhã, não me importaria.

— Pare de dizer essas coisas! — Ela tenta se soltar, mas eu não deixo.

— Ouça! — Seguro seu corpo com um braço e seu rosto com a outra mão. — Eu não me importaria porque, graças a você, descobri o que significa amar alguém além de mim mesmo, e acredite em mim, isso era impossível até você chegar.

— Não diga nem mais uma vez que você vai morrer.

— Eu vou, um dia.

— Depois de mim — diz, convencida.

— Claro, claro! — Eu rio amargamente. — Eles terão que me matar primeiro para que possam fazer algo com você.

— Pare com isso, Hell — insiste ela. E então, pela sua voz, percebo que as gotas em suas bochechas não são de água, são lágrimas.

— Ei, querida. — Eu a abraço e pressiono contra o meu corpo. — Sinto muito, me perdoe.

— Você sempre fala comigo sobre morte, parece que quer me preparar porque algo vai acontecer com você — soluça.

— Nada vai acontecer comigo, pare de chorar, eu sou um idiota e falo demais, você sabe disso. — Eu acaricio seu cabelo e sussurro que tudo vai ficar bem.

— O que estão fazendo? — Dave aparece junto com Calvin e Elliot.

— Venha comigo. — Eu saio da água e ajudo Hope a fazer o mesmo. — Já voltamos — digo aos meus amigos.

HOPE

Deixo Hell me levar para dentro da casa, molhando todo o chão por onde pisamos. Subimos as escadas até o quarto, lentamente, para não escorregar. Eu não falo nada, porque ainda sinto um nó desconfortável na garganta e não quero continuar chorando.

Ele me leva para o quarto e fecha a porta atrás dele. Pega minha mão novamente e me leva ao banheiro, abre a torneira do chuveiro e se vira para mim. Abaixa sua sunga e me chama com a mão para eu me aproximar. Eu deixo ele tirar meu biquíni e nós dois vamos para o chuveiro, sem dizer uma palavra, ele passa os braços ao redor do meu corpo e me abraça. A água quente e a sensação do seu corpo me acalmam.

— Eu não quero que você chore de novo — ele diz de repente.

— Bem, não diga essas coisas de novo.

— Eu só quero que você esteja preparada. — Eu me separo dele e vou para o outro lado do box.

— Preparada para o quê? O que há de errado, Hell? — Eu abraço a mim mesma e as lágrimas voltam.

Ele suspira e passa os dedos pelos cabelos, estende a mão e gesticula para eu aceitar. Eu dou dois passos em direção a ele e fecho meus olhos quando ele acaricia meu rosto.

— Meu pai me enviou uma mensagem — ele finalmente diz.

— E...? — pergunto, inquieta.

— Ele disse que não vai voltar. Mataram meu tio.

Eu cubro minha boca imediatamente e volto um passo.

— O pai do Nick? — Ele concorda com a cabeça e a joga para trás, apoiando-a nos azulejos da parede. — Você tem que dizer a ele — eu declaro, enquanto envolvo seu corpo com meus braços.

— Eu não posso — diz ele, me imitando. — Ele vai ficar louco, Hope.

— Em algum momento você vai ter que dizer a ele, Hell. O que mais seu pai lhe contou?

— Meu pai vai se matar.

— O quê?

— Ele vai vingar o primo — diz ele, enxugando a água do rosto —, por isso digo que ele vai se matar.

— Ma-mas... como ele vai deixá-los assim? E a esposa dele?

— Beatrice não vai voltar, certamente encontrou um novo marido que cuidará dela vinte e quatro horas por dia.

— E Sas e Nate?

— Você os viu sentindo falta da mãe? Eu duvido que eles se lembrem dela.

— Por Deus, é a mãe deles.

— Ela os pariu, mas não é a mãe deles. Eles nunca tiveram uma mãe. — Ele olha para mim seriamente e pega uma toalha para sair do chuveiro.

— Tá, ok. — Eu expiro sem perceber que tinha contido o ar, e também deixo o chuveiro. — E o que vai acontecer agora? Para o que você está me preparando?

— Para o que pode acontecer.

— Se seu pai não vai voltar, não há nada que o force a continuar com o seu negócio.

— Você está errada, Hope. Agora é que não tenho escolha a não ser continuar.

— Por quê? — Eu o sigo do banheiro e pego algumas roupas para vestir.

— Quando a cidade descobrir que Vladimir Ivankov foi embora, todas as famílias... todas as máfias vão querer ocupar essa lacuna. Todas vão querer ser a mais poderosa da cidade, estar acima de nós.

— Bem, deixe-os. É a sua chance de deixar tudo isso para trás.

HELL

Eu sorrio um segundo por causa de seu olhar esperançoso. Há tantas coisas que ela não entende...

— Isso é o que eu mais desejo, querida — admito, acariciando seus cabelos.

— Então, faça!

— A única maneira que eles têm de conseguir o poder é nos matando. A todos nós.

Ela começa a balançar a cabeça e a se afastar de mim. Eu suspiro e vou para sua frente pegar sua mão, mais lágrimas caem de seus olhos e a única coisa que posso fazer é segurá-la.

— Vamos, por favor — diz ela, ainda chorando. — Compre passagens para todos e vamos embora. Para outro continente, se necessário. Para onde for.

— Hope, a máfia está no mundo todo. Eu mesmo tenho uma família em todo lugar. Por que você acha que leva tanto tempo entre um ataque e outro? Eles estão se reagrupando, estão fazendo o mesmo que nós, recrutando o máximo de gente possível. Isso acabou de começar. — Ela descansa a testa na minha e deixa escapar um suspiro. — Sempre haverá alguém que nos conhece, alguém que sabe para onde estamos indo, nosso próximo passo e contará para o resto. Fugir não é a solução.

— E morrer é? É?! — Ela me empurra e seca as lágrimas de raiva.

— Meu amor, me escute.

— Não! Estou cansada de te ouvir! Escute você! — Eu tento me aproximar, mas ela não me deixa. — Ou todos nós saímos daqui, ou eu juro por Deus, vou me jogar na frente da próxima bala que for disparada contra você.

— Não brinque com isso — eu a aviso com um olhar.

— Você está avisado! — Ele fixa seus olhos em mim duramente e me empurra quando passa por mim para sair do quarto.

Eu demoro alguns segundos para reagir e depois corro atrás dela.

— Hope! — Seguro-a pelo braço e evito que desça as escadas.

Ela olha para mim desafiadoramente e espera que eu diga alguma coisa.

— Vamos conversar sobre isso, por favor — imploro.

— Estamos indo embora? — pergunta ela.

— Não.

— Bem, então não temos nada para conversar.

— O que está acontecendo? — Anna sai do banheiro.

— Nada, você já fez o bolo? — pergunta ela.

— Sim, Marco está tirando do forno. — Ela olha para a minha mão em volta do braço de Hope e franze a testa. Eu a solto e as duas descem as escadas.

HOPE

Já são duas da manhã e eu ainda não estou falando com Hell. Estamos todos na sala, Marco e Anna, Sas e Connor, Nate e Nicholas, Calvin, Elliot, Dave, Hell e eu. Todo mundo sentado em um lugar diferente na sala. Percebo os olhares que ele lança para mim como se fossem punhais, mas não cederei. Quando me disse tudo aquilo mais cedo... senti que nosso mundo estava em colapso. Eu senti a possibilidade real de perdê-lo. Na verdade, eu sempre soube que a vida dele está em perigo a cada instante, mas eu não sei, tudo que saiu de sua boca... é demais para mim. Eu pretendo fazer tudo o que puder, tudo ao meu alcance para convencê-lo de que devemos partir. Desaparecer do país e, se necessário, do continente.

— Vou para a cama, estou caindo de sono — declaro, levantando e passando pela televisão.

— Boa noite — dizem alguns.

Eu nem sequer olho para Hell.

Vou até a cozinha buscar uma garrafa de água na geladeira e depois ando até o quarto. Após fazer xixi, escovo os dentes e tiro a calça do pijama para ficar apenas com a camisa e calcinha. Apago a luz quando já estou na cama, de costas para a porta de entrada, que se abre naquele momento.

— Hope.

Não respondo.

Eu o ouço suspirar e depois se deita atrás de mim. Estou pronta para pedir para se afastar quando for me abraçar para tentar me amolecer, mas ele não o faz. Ele se deita de barriga para cima e não se move de novo.

Os minutos passam e ele não diz, nem faz nada. Estou ficando nervosa, começo a mexer o pé inconscientemente e ouço uma risada suave dele.

— Você acha engraçado?

— Você está falando comigo? — ele diz em uma voz engraçada.

— Eu não sei o que você tem na cabeça, Hell. Eu juro que não te entendo. — Inspiro um pouco de ar e me coloco como ele, de barriga para cima.

Ele vira o corpo e apoia o cotovelo no colchão para olhar para mim.

— Você é maravilhosa.

— Não vai funcionar, Hell. Estou com muita raiva.

— Eu sei, isso te torna ainda mais linda. — Sorri.

— Eu não aguento mais — digo, deixando sair todo o ar em meus pulmões.

Eu paro de olhar para ele e olho para o teto, ele apenas suspira e coloca os dedos no meu queixo para que eu volte a encará-lo novamente.

— Preciso que você confie em mim, Hope. Agora mais do que nunca, você tem que entender que eu não posso sair, que este é o meu lugar. Esta é a minha vida.

— *Foi* a sua vida — friso o verbo no passado. — Não há nada que obrigue você a ficar, todos nós podemos ir e recomeçar em outro lugar.

— Não é assim tão fácil, sempre haverá alguém para nos encontrar.

— Bem, nos esconderemos.

— Eu me recuso a viver o resto da minha vida em um buraco como um rato assustado. Isso não vai acontecer comigo, Hope. Não sou assim.

— Faça isso por mim — imploro, aproximando-me dele.

— Não olhe para mim assim, caramba — ele me pede. — Ver esses olhos assustados me corrói por dentro.

— É como estou. Com medo. Morta de medo por pensar que algo poderia acontecer com você.

— Por favor, amor.

— Eu não quero...

— Hope — ele me interrompe, segurando as minhas mãos. — Quando você me conheceu você sabia como era. Você sabia o que era preciso para entrar neste mundo.

— Eu sei, mas antes eu não sentia o que sinto agora.

Hell sorri e se curva para me beijar, acariciando minha barriga com a mão livre.

— Eu amo toda vez que você diz isso — ele confessa, sem tirar o sorriso do rosto.

— Não mude de assunto. Hell, eu não sei... — Suspiro, cansada e exausta. — Eu não sei como explicar o que você é para mim, não há palavras que eu possa usar para...

— Eu te amo — ele me interrompe. Sorri e juro que sinto meu coração parar por um instante. — O que você acha disso?

— Perfeito.

Ele coloca uma das mãos no meu rosto e encosta seus lábios nos meus, enquanto eu sussurro por cima deles de novo e de novo que também o amo.

— O que aconteceu... o que aconteceu com meu tio e a decisão do meu pai mudou tudo. Ele colocou uma guerra em andamento. A guerra pela supremacia, pela sobrevivência. Nós temos que lutar, não temos escolha.

XXI

HOPE

Depois desse discurso do Hell, a única coisa que posso fazer é ficar ao seu lado e lutar. Eu sei que ameacei ir embora e deixá-lo mil vezes, mas a quem eu quero enganar? Eu morreria por ele, então... talvez eu tenha que fazer isso mesmo. E ele disse que me ama, você não morreria por alguém que ama? Porque é exatamente o que eu sinto, eu o amo. Eu amo cada poro de sua pele, cada fio de cabelo em sua cabeça, cada ruga que aparece em sua testa quando fica com raiva ou me olha animado. Adoro suas mudanças de humor, adoro quando me chama de minha garota, querida, meu amor, e qualquer palavra que indique que eu sou dele. Porque eu sou. E ele é meu. O final de tudo isso não pode ser diferente do que se aproxima.

— Quando você vai contar a todos o que aconteceu? Nick tem o direito de saber e seus irmãos também — falo para Hell quando estamos sozinhos no escritório.

— Eu sei, mas não sei como fazer isso. — Ele se senta e descansa a cabeça nas mãos.

— Não é algo que possa ser enfeitado, meu querido. Eles são fortes, vão superar isso.

— Porra. — Ele suspira e olha para mim. — Você vai estar comigo?

— Sempre estarei com você.

— Onde estão todos? — pergunta, se levantando.

— Eu acho que assistindo a um filme. O namorado do Nate foi embora há algum tempo, acho que eles discutiram. Eu ouvi algo como "isso é muita coisa pra você"" ou algo parecido.

— Normal, eu tinha avisado Sas e ele para não trazerem seus namorados para casa. Nós não somos uma família normal, droga.

— Eles poderiam ter dito a mesma coisa para você. — Eu vou até ele e coloco meus braços em volta de seu pescoço.

— O nosso caso foi diferente, linda. Nós não nos conhecemos em uma situação... normal.

— Eu sei. — Tento não lembrar do nosso começo, mas é algo que nos marcará para sempre.

— Eu nunca poderei recompensá-la por tudo o que você passou por mim.

— Não pense mais nisso, Hell. Não foi agradável, mas foi necessário para estarmos onde estamos hoje e para onde estamos indo. Você me salvou, fim do assunto. — Ele me dá um beijo e depois me abraça.

— Acho que chegou a hora — declara então.

— Vá em frente.v

Saímos do escritório e nos dirigimos ao salão onde todos estão. Eles parecem estar esperando que algo aconteça, que alguém venha nos matar, suponho. Há armas por toda parte. Armas, metralhadoras, facas, granadas e assim por diante. Deus, isso só acontece nos filmes, ou foi o que pensei até conhecer os Ivankov.

— Eu tenho que falar com vocês — Hell diz de repente.

Calvin abaixa o volume da televisão, mas Elliot a desliga completamente, sabendo que algo importante está por vir.

— Estou indo embora. — Connor olha para Sas e se levanta.

— Como assim vai embora? Para onde? — pergunta ela, levantando-se em seguida.

— Preciso ir, depois te ligo.

Ele caminha em nossa direção, para saída, e ela o segue. Ficamos de lado para deixá-los passar, mas ninguém diz nada, estamos curiosos, mas precisamos ter cuidado para que Sas não dê um de seus ataques de histeria e tenhamos que segurá-la para que não o mate.

— Com quem você vai ficar? — pergunta como se tivesse descoberto seu grande segredo.

Ele olha para ela e depois para nós por cima do ombro. Sas coloca as mãos na cintura e balança o quadril para o lado.

— Eu te ligo mais tarde, ok? — ele repete e tenta beijá-la, mas ela recua.

— Vai me dizer com quem você vai ficar?

Eu olho para Hell, que já lamenta o que sabe que vai acontecer em seguida. Na verdade, todos nós sabemos. Dave se levanta para olhar ao redor e Nate apenas balança a cabeça e a encosta no sofá. Nick ainda está brincando com o celular.

— Um momento. — Ela levanta o dedo e aponta para ele. — Me diga que você não vai ficar com aquela.

— Quem é "aquela"? — Dave pergunta para nós em um sussurro.

— Não faço ideia — respondo.

— Bebê, não comece — alerta Connor.

— Você ficou com ela!

— O nome dela é Wendy, não "aquela". E sim, ela vem de São Francisco para me ver com...

— Você está brincando comigo?! — ela o interrompe. — Você não vai ficar com ela!

— Primeiro, não grite comigo. — Isso é interessante. — Segundo, e espero que isso esteja claro o suficiente, eu sempre ficarei com quem eu quiser. Você não vai me proibir de nada, assim como eu não te proíbo. — Disse muito bem. — E terceiro. — Sas permanece em silêncio. — Não vou ficar sozinho com Wendy, minha irmã Alice também vem com meu sobrinho, que não vejo desde que vim para Nova York.

— Sua irmã está vindo?

— Sim.

— E você não ia me contar? — Agora, sim, Sasha está ofendida.

— Ela vai ficar alguns dias, achei que agora não era o melhor momento com tudo que está acontecendo.

— Você conhece toda a minha família! — Ela aponta para nós e engolimos em seco por nos envolver, observando a cena da porta da sala de estar. — Eu quero conhecer a sua.

— Outro dia. — Connor decide e tenta beijá-la novamente, mas ela o empurra para longe, deixando-o ofegante.

— Não. Hoje.

— Eu não vou te levar para brigar com a Wendy, Sasha. Eu te conheço e sei que vai querer conhecê-la.

— Mentira. — Ela cruza os braços. — Espere por mim, vou me vestir.

— Você não vai.

— Estou indo.

— Tio Denis morreu.

Eu me viro imediatamente para Hell e levanto minhas mãos em uma pergunta imaginária, *essa pareceu ser a melhor hora para dizer isso?* Ele olha para mim sem saber o que dizer e se volta para seu primo. Sasha e Connor voltam para a sala de estar e todos nós focamos nossa atenção no pequeno da casa.

— Repita isso. — Nick coloca o telefone no bolso e se levanta devagar do sofá.

HELL

Maldita seja minha decisão e o que minha cabeça entende como "momento certo".

— Sinto muito, Nicholas.

— Onde está o papai? — Sasha aparece por trás. Eu suspiro e Hope pega minha mão e entrelaça nossos dedos.

— Papai... ele decidiu ficar em Acapulco, ele quer vingar o primo.

— Eles vão matá-lo! — Nathan grita e começa a ficar nervoso.

— Por favor, me escutem. — Tento colocar alguma ordem, mas Nick pega sua arma e caminha em nossa direção para sair.

— Onde você está indo? — Eu coloco a mão em seu peito para detê-lo.

— O que você acha? Se afaste.

— Não, espere, por favor. — Sasha segura a mão dele para pegar a arma e Connor não se separa dela.

— Seu pai vai morrer! Vocês não pensam em fazer alguma coisa? — grita ele, olhando para todos e especialmente para mim.

— Nicholas, eu sei que você está com raiva e só quer sangue, mas, se não me ouvir e pensar com a cabeça fria, o único sangue que terá será o seu. Eu sempre agi como você, impulsivo e sem medo de nada, mas há coisas mais importantes. — Eu olho para Hope e ela sorri de leve para mim.

— De onde eu venho, lealdade é tudo o que importa — diz Nicholas, pegando a arma e batendo com o cabo em sua própria testa. — Ou você os mata ou eles te matam. Você entende isso?

— Perfeitamente, de onde eu venho é o mesmo — digo sério. — Mas para matar você tem que fazer isso com a cabeça. Está vendo todas essas pessoas? — pergunto, apontando para minha família. — Todos eles dependem de mim. O que vai acontecer se me matarem? Mais tarde eles virão atrás deles. Agora você também depende de mim e eu não vou deixar nada acontecer com você. Fui claro?

Nicholas não abre a boca. Seu lábio inferior começa a tremer e Sasha o abraça, eu me aproximo para pegar a arma e entregá-la a Hope.

— Acalme-se — digo a ele quando minha irmã o solta. — Eu prometo a você que isso não vai ficar assim, mas não podemos perder o juízo.

— O que vai acontecer com o papai? — Nate pergunta secando as lágrimas.

— Papai fez a escolha dele e devemos aceitar. Você sabe como ele é e não há como convencê-lo do contrário. A única coisa que posso fazer é lhe proteger, assim que as outras famílias descobrirem que Vladimir Ivankov... bem, que ele foi embora, você sabe o que vai acontecer.

— Guerra. — Sas revela com um olhar perdido.

— Deus. — Connor a abraça por trás e a beija na cabeça. — Por que vocês não saem da cidade?

— Isso não resolveria nada — Hope responde, me surpreendendo. — Há máfia em todo o mundo. Eles nos encontrarão mais cedo ou mais tarde.

— E o que vamos fazer então?

— Lutar — conclui ela.

— Nós não podemos lutar contra a máfia do mundo inteiro. Pelo amor de Deus! — Connor grita, olhando para todos nós. — Vocês acham que isso é um filme? É o mundo real! Vocês vão acabar mortos! — Sas pega a mão do namorado para acalmá-lo, que está transpirando bastante.

— Vou garantir que ninguém morra — digo com convicção.

— Você não é um super-herói!

— Vamos tomar um pouco de ar fresco — minha irmã pede, puxando-o para a saída.

Nicholas olha para mim do outro lado da sala onde se sentou e espera que eu diga alguma coisa, mas a verdade é que não sei o que dizer, sempre foi meu pai quem cuidou de toda essa merda. O que eu vou fazer agora?

— Porra. — Eu volto para o salão e me sento em uma cadeira, descansando a cabeça em minhas mãos e apoiando os cotovelos nos joelhos.

— Eu vou te ajudar. — Ouço a voz do meu primo e olho para a direita e vendo que está ao meu lado.

— Nicholas, sinto muito pelo seu pai — digo agora que ele se acalmou.

— Ele tomou suas próprias decisões, assim como você tomou as suas. Era uma questão de tempo antes que isso acontecesse. — Ele balança a cabeça e olha para Sas pela janela. — O que temos que fazer agora é lidar com a sobrevivência dos que permanecem.

— É a primeira coisa sensata que te ouvi dizer desde que te conheço, pirralho.

— Não se acostume com isso — responde ele.

Eu sorrio sem vontade e suspiro. Hope se abaixa ao meu lado e descansa o queixo no meu joelho, me observando. Eu acaricio sua cabeça e pego sua mão para que se levante.

— Bem, mãos à obra — digo, levantando e olhando para todos.

Sasha decide que Connor não irá ver Wendy e sua irmã sem ela, então, infelizmente, o menino não tem escolha a não ser aceitar. Eu acho que vai ser bom para ambos fugir de tudo isso um pouco. A verdade é que eu não sei como vamos fazer isso, mas o que eu sei é que faremos juntos. Isso é algo que sempre teremos, algo que jamais esqueceremos, a família vem em primeiro lugar.

— Você acha que fez bem deixando sua irmã sair com tudo o que está acontecendo? — Calvin pergunta.

— Tudo o que eu dissesse a ela não faria diferença, cara. Então é melhor ficar quieto e tranquilo. Eu só espero que ela não mexa com essa amiga do Connor.

— Mas quem é essa garota? — pergunta Hope.

— Eu não faço ideia, mas deve ser importante para minha irmã estar assim.

— Bem. — Nick entra no salão. — Vamos falar sobre o que importa?

— Sim, vamos. — Beijo Hope e nós dois vamos ao escritório.

— Ei. — Nós nos voltamos para olhar para ela. — Marco e Anna não vão voltar?

— Melhor não. Agora que não sabemos o que vai acontecer, é melhor que estejamos sozinhos. A família — pondero.

Ela balança a cabeça e se encosta ao lado de Nate no sofá.

Sento-me na cadeira que costumava ser do meu pai, liberando o ar contido e pronto para tomar decisões com meu primo. Ele traz uma cadeira para a mesa e fica na minha frente, Nate não diz nada nem mostra qualquer desejo de colaborar nas decisões, e a verdade é que eu prefiro que seja assim.

— Vamos começar do começo — ele fala. — Quais são os negócios?

— Tráfico de drogas.

— De quê?

— Principalmente cocaína.

— Apenas?

— Ecstasy, mas em menor quantidade e estamos parando aos poucos. Pertence a outra família e não nos convém ter mais problemas.

— Bem, o que mais?

— Lavagem de dinheiro, extorsão, prostituição e tráfico humano. — Ele balança a cabeça e fica pensativo. — Vou abandonar a prostituição. — Confesso.

— Você não pode fazer isso — diz ele com convicção.

— Por quê?

— Seu pai sempre foi o mais poderoso no vício e no prazer pago. Todo mundo sabe e ele sempre se gabava disso. Se você sair de repente, as pessoas vão suspeitar que algo está acontecendo.

— Droga, Nicholas, eu não gosto, nunca gostei disso.

— Eu vou cuidar dessa parte — assume, então.

— Eu não quero saber de nada, direi a Alec para que te coloque a par de tudo.

— Ok.

— Continuaremos com lavagem de dinheiro e extorsão como fizemos até agora — continuo. — Se os policiais souberem que V foi embora, eles vão ficar doidos.

— Bom. Imagino que o tráfico humano esteja ligado à prostituição.

— Sim, meu pai compra as meninas de diferentes máfias em outros países. China, Rússia e alguns países latino-americanos principalmente. Alec está encarregado de procurá-las e negociar o preço, vou dizer a ele para te explicar tudo.

— Ok. E as armas? — Ele se levanta e caminha até o armário de vidro onde guardamos algumas. — Só tem isso?

— Não, essas são as que estão à mão. O resto está na garagem, em um cofre.

— Quem vende pra vocês?

— Bem, tínhamos um grande traficante em Flagstaff.

— Arizona?

— Sim, mas parece que ele foi embora, então agora só temos alguns caras que meu pai conheceu quando chegou em Nova York. Sempre foram os mesmos, não vão causar problemas, eles nos devem favores.

— De acordo.

HOPE

Hell nos contou o que Nick e ele pensaram sobre os negócios. Não me parece certo continuar com a prostituição, mas a essa altura não vou discutir isso com ele. Eu não esqueci de todas as garotas que conheci e que fazem isso pelo que parece ser uma vida inteira, mas as coisas não são tão simples como eu pensava... isso não me conforta, mas estou feliz que pelo menos as poucas com as quais eu vivi algumas horas estejam longe e livres.

A porta da frente se abre e ouvimos muitos gritos e vozes totalmente desconhecidas para mim. Hell me olha e todos nós nos levantamos correndo.

— O que aconteceu?

Connor traz Sasha, que está sangrando de um ombro, gritando xingamentos e insultos. Duas outras garotas aparecem atrás, com uma expressão de medo absoluto e uma criança pequena em seus braços.

— Filhos da puta! — grita a rainha da casa. — Vou matar todos eles!

— O que aconteceu? — eu pergunto, após ignorarem Hell.

— Fomos baleados. Alguém atirou de dentro de um carro quando saíamos da sorveteria — explica Connor, deixando Sas no sofá.

— Ah! — ela grita de dor.

Nick se ajoelha e rasga a camisa de sua prima de uma só vez, ela reclama de novo e fecha os olhos com força.

— O tiro atravessou, só tem que costurar — diz ele, olhando para o Hell.

— Quem foi? — pergunta enquanto vai ao escritório, acho que para o armário de remédios.

— Eu não sei, eles tinham uma van com vidros escuros. Dispararam e foram embora — continua o rapaz moreno.

— Connor... — Viramos para as meninas que vieram com eles e em que ainda não havíamos reparado.

Ele beija a namorada e se aproxima delas. Abraça a loira e pega a mão da menina morena.

— O que... o que é tudo isso? — pergunta a primeira.

Ele suspira e dá um beijo na testa da criança, que não abriu a boca nem chorou.

— Essa é Alice, minha irmã — ele nos diz. — Esse é meu sobrinho e essa é Wendy.

— Porra! — Hell continua a limpar a ferida da irmã, que reclama.

— Termine de uma vez!

— Então pare de se mexer, porra.

— Droga, acaba logo! — Acho que escuto entre seus berros.

— Essa que está gritando, vocês já conhecem — diz Connor às duas garotas —, esse é Hell, irmão dela. Hope, Nathan, o gêmeo de Sas, Calvin, Dave, Elliot e Nick, seu primo.

— Você não deveria ter trazido elas — diz Hell sem tirar os olhos da ferida.

— E o que você queria que eu fizesse? Eles as viram conosco, eu não as deixaria na rua.

— Você errou em colocá-las nesta casa, Connor — acrescenta Dave. — Agora eles sabem que estão conosco.

Ele coloca as mãos na cabeça em desespero e expira com força. Ele se vira para olhar para elas e Wendy levanta as mãos esperando por uma resposta.

— Você deveria ligar para seu irmão e Josh...

— Por quê? Vamos embora e você vem com a gente — diz a garota loira com firmeza.

— Não, Alice. Eu não posso sair e você também não pode, pelo menos por agora.

— Você está louco se você acha que eu vou ficar nesta casa onde ser baleado parece ser tão normal — diz ela. — Vamos.

— Escutem. — Ele pega seu sobrinho nos braços e olha para as duas. — Eu não tenho tempo para explicar tudo para vocês agora, mas eles são a família mais importante de Nova York e estão no meio de uma guerra.

— Família de quê? Guerra de quê? O que você está dizendo? — Wendy ri nervosamente e olha para todos nós. — Vamos!

— Espere, espere. — Ele a agarra pelo braço quando se vira para sair. — Por favor, confie em mim, linda.

— Como assim, linda? — Sasha abre os olhos e se estica no sofá.

— Deus, eles acabaram de atirar em você — diz Nate. — Tire um descanso de si mesma, ó, *maior beleza do mundo, rainha da inveja.*

Sasha o olha com raiva e se levanta, caminhando em direção a Connor e Wendy e olhando para os dois.

— Você — diz a ele —, conversaremos depois. E você — diz a ela. — Se você não queria se envolver nisso, devia ter ficado em casa. Agora vai se foder e feche a porra da boca porque sua voz está me dando dor de cabeça.

— E esta é sua namorada? — Wendy pergunta a Connor.

— Você tem algum problema com isso? — Sasha interrompe novamente.

HELL

Meu Deus, perdi a conta das vezes em que minha irmã me deixou envergonhado. Puta que pariu, ela não sabe quando fechar a boca.

— Você tem um problema mental sério — diz a morena.

— Você quer que eu te mate, certo? — Sasha ri.

— Tá bom, já basta. — Hope fica no meio. — Você, volte para o sofá e descanse. Deus, seria capaz de vencer uma guerra com apenas duas gotas de sangue restando no seu corpo. — Sasha a olha de mau humor, mas obedece e volta para a sala. — E você, nós não podemos perder tempo explicando o que está acontecendo, então eu vou fazer um resumo. — Ela olha para mim e eu aceno. — Máfia. Você sabe o que é isso? Bem, tenho certeza de que você já viu muitos filmes. Eles são os Ivankov, seu avô era o mafioso mais importante na Rússia e seu pai o mais importante em Nova York. Não há família acima deles, ninguém mais poderoso. Agora o pai deles foi embora e o Hell tem que fingir que nada aconteceu. Caso contrário, esta guerra em que estamos metidos vai se tornar o próprio apocalipse. Alguma dúvida?

Ambas olham uma para a outra e a menina loira começa a chorar. Connor deixa a criança no chão, que pega a mão da garota morena, e abraça sua irmã novamente.

— Como você se envolveu com isso? — Soluça.

— Isso não é o importante agora. Você realmente tem que ligar para Rick e Josh.

Onze horas depois da chegada da irmã de Connor, as coisas se acalmaram um pouco. O menino adormeceu na cama de Nate, que dorme ao lado dele. Wendy ficou longe de Sasha, porque eu acho que essa pequena morena tem tanta presença de espirito quanto a minha irmã, o que é muito perigoso. Alice e ela estão na mesa próxima à piscina, tomando um café enquanto Connor explica tudo de uma forma mais calma. Meus amigos estão andando pela casa com os guardas, para ter certeza de que ninguém está ao nosso redor. Sas adormeceu no sofá e Hope e eu estamos comendo pizza no sofá ao lado.

— Você está bem? — pergunto quando ela solta um suspiro.

— Estou. Eu ficarei bem contanto que esteja com você, Hell.

— Quando os tiros chegarem, e nós dois sabemos que eles vão chegar — acrescento com convicção e ela concorda —, você levará as garotas e todas entrarão na sala de segurança.

— Quando os tiros chegarem, vou levar as meninas e colocá-las na sala de segurança. Então, volto para cá e te ajudo.

— Não.

— Ei, Hell. — Ela coloca as mãos no meu rosto. — Eu te amo mais que tudo. Aceitei tudo o que você pediu. Eu disse para irmos embora e você não quis, então, agora que ficamos, não me peça para me esconder como uma garota assustada. — Ela dá uma mordida em seu pedaço de pizza sem tirar os olhos de mim.

— Não posso te convencer de alguma forma?

HOPE

— Não — respondo e sorrio.

— Está bem. — Ele se inclina e me beija.

Eu deixo o pedaço de pizza na caixa e puxo a gola de sua camisa para que caia em cima de mim. Ele ri e coloca o dedo nos lábios me avisando para não fazer barulho para não acordar sua irmã. Seus lábios se encaixam perfeitamente aos meus, como sempre, e o toque de sua mão, enquanto desce pela minha bunda, faz um calor familiar acender dentro de mim. Ele crava seus dedos na minha pele e intensifica o beijo, puxando meu lábio inferior entre os dentes. Nós dois sorrimos e nos beijamos novamente. Envolvo meus dedos em seu cabelo e o puxo para mais perto de mim, abro minhas pernas para que ele esteja mais confortável e eu possa ficar o mais perto possível de seu corpo. Uma pressão entre minhas coxas me faz sentir que ele está tão excitado quanto eu.

— Procurem a porra de um quarto — Sas sugere sem abrir os olhos.

Nós dois rimos e levantamos para obedecer, mas quando passamos pela entrada ouvimos o som de um motor parando do lado de fora do portão. Hell franze a testa e olha pela janela.

— É um táxi.

Então a porta do jardim se abre e Wendy, Alice e Connor entram.

— É o Rick — diz Alice. — Abra os portões — pede ao Hell.

Ele pega o celular e disca um único número enquanto ainda olha pela cortina.

— Deixe-os passar. — Depois dessas duas palavras, desliga novamente.

Connor abre a porta principal e se afasta, todos nós saímos e vemos como dois caras vêm correndo.

— Minha vida — diz um deles quando a loira se atira em seus braços.

Os outros dois fazem o mesmo, se abraçam e dizem coisas que eu não escuto claramente. Eles abraçam as moças e olham para nós logo depois.

— Eu sabia que devia ter te matado quando tive a chance — rosna o rapaz mais alto, que solta Wendy e caminha com determinação e fúria para Connor.

HELL

Instintivamente, me coloco na frente e ponho a mão no peito do rapaz para detê-lo, Connor já faz parte desta família.

— Josh, não. — A garota morena pede, recuando, afastando minha mão.

— Como assim "não"?! — Olha para o outro garoto, cuja mandíbula está tensa e tenta se libertar da loira.

— Filho da puta — murmura baixinho. — Onde está Greg? — pergunta à Alice.

— Está bem, dormindo em um quarto, tranquilo.

— Tranquilo?! Tranquilo?! Vá pegá-lo e vamos sair daqui agora.

— Vocês não podem sair. Além disso, todos nós devemos voltar para dentro de casa — digo, fazendo um gesto com a mão.

— Josh, por favor — implora Wendy. Ele a beija na testa e envolve sua cintura antes de entrar na casa.

O segundo garoto o imita e dá uma rápida olhada antes de fechar as portas.

— Josh Matthews. — Sasha sai da sala com um sorriso.

Connor joga a cabeça para trás e solta um pouco de ar. Esse tal de Josh olha para ele e depois para ela, sem entender o que está acontecendo.

— Agora não, Sas — digo. — Vamos, venham por aqui, por favor — peço para entrarem no escritório.

Todos me seguem e se acomodam onde podem, sem deixar suas garotas por um único segundo.

— Quem é você? — pergunta o cara que queria bater em Connor.

— Hell Ivankov — respondo, sem ficar chateado. — Eu suponho que você seja Josh e ele deve ser o marido da Alice, estou errado?

— Não, você não está errado. Eu sou Rick, irmão de Wendy. O que está acontecendo aqui?

— Suas garotas estiveram envolvidas em um tiroteio que não foi direcionado a elas, sinto muito.

— Você sente mesmo? — Josh ri amargamente. — Tudo é culpa deste bastardo. — Olha para Connor.

— Ele não é culpado de nada. A culpa é da sua namorada por ter vindo vê-lo — interrompe Sasha.

— E você é...? — pergunta ele.

— Sasha. A rainha do mundo. A diva das divas — explica Wendy sarcasticamente.

— Estou vendo que você aprende rápido. — Sas sorri de forma arrogante. — Bom para você.

— Hell, você tem que colocar ordem. Isto não está nada bom, são muitas pessoas. — a voz de Nick me traz à realidade.

Ele tem toda a razão. Essas pessoas chegaram de forma inesperada e se envolveram em algo que não tinha a ver com elas. O problema é que agora elas estão aqui, agora estão em casa. Na nossa casa. Se alguém está nos observando, e tenho certeza de que estão fazendo isso, eles já as viram. Eles sabem que estão conosco.

— Nós vamos fazer o seguinte — digo com um suspiro. Hope olha para mim. — Eu vou sair para distrair quem quer que esteja nos vigiando. Vocês vão aproveitar para ir embora, vão entrar em um carro e não vão parar até chegar ao aeroporto.

— Como você sabe que não haverá ninguém os seguindo? — Hope indaga.

— Eu não sei, mas, quando eu sair, todo mundo vai se concentrar em mim. Eles vão parar de observar a casa para me seguir.

— Eu não vou sair sem meu irmão — diz a loira.

— Alice, por favor. — Connor olha para ela suplicante. — Você tem que ir.

— Venha com a gente.

— Não posso.

— Onde está Jackson? Você sabe alguma coisa sobre ele?

— Não, e é melhor assim.

Josh e Wendy não se separaram por um único segundo. Pode-se perceber a cumplicidade entre os dois observando-os por alguns minutos. Como ele acaricia seu cabelo enquanto sussurra coisas em seu ouvido. Como ela entrelaça seus dedos com os dele e desenha círculos em sua pele com o polegar. É um tipo de eletricidade que não os separa.

— Rick, vamos embora. Eu tenho que tirá-la daqui — diz Josh. — Isso... isso é uma loucura do caralho.

— Estamos todos indo — diz Wendy.

— Sim. Alice, querida, vamos buscar a criança — Rick pede.

Ambos desaparecem subindo as escadas, embora a moça não estivesse muito convencida.

Hope se aproxima e me abraça por trás, descansando a cabeça nas minhas costas. Eu pego sua mão para puxá-la à minha frente e lhe dou um beijo antes de sorrir.

— Vai ficar tudo bem — sussurra ela, ficando na ponta dos pés.

Eu aceno e olho para as escadas quando os pais descem com seu filho.

— Por favor, venha com a gente. — Alice pede para seu irmão em um último ato de súplica.

— Vou ficar bem, te ligo depois. Eu prometo. — Ele a abraça e ela chora.

— Vamos — insiste Rick, segundos depois.

Wendy se despede de Connor com outro abraço sob o olhar de ódio de Sasha, que parece ter aprendido a calar a boca pela primeira vez.

— Tome cuidado, por favor — ela implora.

— Você também.

Eu me despeço deles com um simples olhar e balanço a cabeça. Beijo Hope e vou até a porta. Mas ela me segue.

HOPE

— Para onde você está indo? — pergunta Hell, parando na porta e olhando para mim.

— Para onde? Ora, vou com você!

— Não, não. Você fica, eu só vou dirigir com o carro para que eles tenham tempo de sair.

— Sim, claro. E você acha que eles não vão tentar te matar? Foram atrás da sua irmã em uma maldita sorveteria.

— Eu só vou sair e voltar logo depois, meu amor. — Tenta me convencer com um sorriso falso que mostra que nem ele acredita naquilo. — Não se preocupe.

— Não discuta comigo — digo, indo para o carro. — Se vai só "entrar e sair", então entramos e saímos juntos.

Ele permanece vários segundos no topo da escada, me observando com um rosto sério e preocupado, até que finalmente senta no banco do motorista, abaixa a janela e olha para os que ficaram dentro da casa.

— Esperem dez minutos e vão até o Audi na garagem. Nate, dê as chaves para eles.

Seu irmão acena e Hell arranca. Os portões de metal nos deixam sair e ele vira à direita para entrar na estrada principal. Alguns minutos depois, percebemos que duas caminhonetes pretas se colocam cada uma em uma pista, ao nosso lado. Nós olhamos um para o outro e ele pega minha mão para beijá-la.

— Relaxe — diz olhando no espelho retrovisor, eu me ajeito e prendo a respiração.

Ele dirige com tranquilidade na estrada, em direção à saída do Bronx. Nós paramos em um semáforo e os furgões estão um par de carros atrás, eu olho pelo o espelho e vejo que eles têm os vidros das janelas escuros, como sempre.

— O que vamos fazer? — pergunto.

— Eu vou tentar despistá-los.

Quando o sinal fica verde, ele acelera ao máximo e vira à esquerda, ultrapassando outro sinal vermelho e fazendo com que os carros tentem frear num susto e colidam. As vans ficam presas atrás deles sem poder passar e sorrimos, sentindo um pouco de alívio, mas ainda sem deixar de nos preocupar.

Hell continua dirigindo por mais alguns minutos calmamente e circulando sem uma direção específica, dando tempo suficiente para que outros cheguem ao aeroporto e escapem desse pesadelo no qual involuntariamente se envolvem.

— Você acha que eles não estão mais nos seguindo? — comento, depois de um tempo.

— Eu não os vejo mais, tenho que parar para abastecer — diz ele, olhando para o medidor de combustível.

Ele pega o desvio para um posto de gasolina e me dá um beijo antes de sair do carro, eu pisco um olho quando ele sorri e entra no posto. Eu estico meus braços para liberar a tensão dos músculos e descanso minha cabeça no assento por alguns segundos, fecho olhos e quando os abro novamente vejo uma van preta parando do outro lado da rua e a janela sendo abaixada lentamente. A ponta do cano de um rifle surge. Viro a cabeça quando abro a porta e vejo Hell saindo da loja de conveniência com o telefone no ouvido, rindo enquanto fala com alguém e carregando uma sacola na outra mão.

— Cuidado! — grito o mais alto que posso enquanto corro na direção dele tão rápido quanto minhas pernas permitem.

Hell pausa por um momento quando me vê e olha para os dois lados, percebendo a van e fazendo uma expressão de verdadeiro terror em seu rosto. Larga a sacola e torna a fixar seus olhos nos meus. Ele corre em minha direção quando um barulho de disparos faz todo mundo gritar e cair no chão.

— Hope!

Tudo queima sob as chamas do inferno.

Sucessos

UBK

Publishing House

Quando ela era virgem

Annie Vega tem um futuro promissor, pais que a amam incondicionalmente, ótimos amigos e as melhores notas da classe. Estudante de Direito e de Ciência Política em uma das melhores universidades da cidade, ela é uma boa garota que sabe controlar suas emoções. Apenas lhe falta uma coisa... amor.

Por outro lado, há Landon. Annie não o suporta porque ele representa tudo que uma jovem não quer de um homem: mulherengo, despreocupado e arrogante. No entanto, uma festa na faculdade vai mudar radicalmente os planos dela...

Porque todo mundo tem um ponto fraco, e o de Annie é Landon Cooper.

Tinha que ser você

William Hamilton tem o mundo a seus pés. Acostumado a conseguir o que quer e quando quer, ele é um pouco egocêntrico, ama sua vida de regalias e está seguindo os passos do pai.

Abigail Sheperd, por outro lado, é uma jovem que está aprendendo a ter mais confiança em si mesma. No entanto, ela ainda está acostumada a se esconder e a não ser o centro das atenções, diferente do resto das meninas da alta sociedade.

Um casamento arranjado mudará para sempre a vida de William e Abigail. Condenados a viver um com o outro para manter a linhagem real, os dois terão que encontrar a felicidade em um mundo onde a liberdade não existe.